KB121230

너의 의미

너의 의미 1

2018년 10월 31일 초판 1쇄 발행
2018년 11월 16일 초판 2쇄 발행

지은이 틸다킴
발행인 이종주

기획 편집 주종숙 주수지 정시연
경영 지원 배진경
마케팅 김정수

발행처 (주)로크미디어
출판 등록 2003년 3월 24일
주소 서울시 마포구 성암로 330 DMC첨단산업센터 318호
Tel (02)3273-5135 **Fax** (02)3273-5134
홈페이지 rokmedia.blog.me
E-mail queens@rokmedia.com

ⓒ 틸다킴, 2018

값 12,000원

ISBN 979-11-294-9450-4 04810 (1권)
ISBN 979-11-294-9449-8 04810 (세트)

I

틸다킴
장편소설

너의
의미

The Meaning Of You

Queen's
Selection

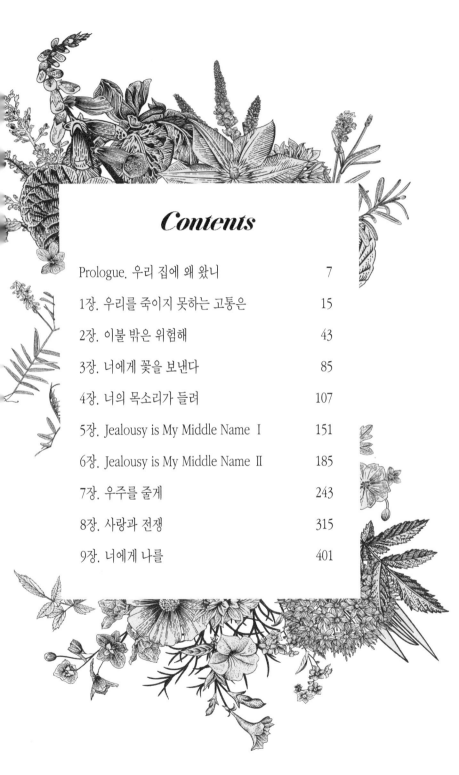

Contents

Prologue. 우리 집에 왜 왔니   7

1장. 우리를 죽이지 못하는 고통은   15

2장. 이불 밖은 위험해   43

3장. 너에게 꽃을 보낸다   85

4장. 너의 목소리가 들려   107

5장. Jealousy is My Middle Name Ⅰ   151

6장. Jealousy is My Middle Name Ⅱ   185

7장. 우주를 줄게   243

8장. 사랑과 전쟁   315

9장. 너에게 나를   401

Prologue.
우리 집에 왜 왔니

눈에 띄게 소란스러운 아침이었다.

걸음 소리 한 번 크게 내는 일 없이 매사에 조심스럽던 별궁의 시녀들은 오늘따라 조급한 기색이 역력했다.

모시는 이의 일과는 침실과 후원을 오가는 것이 전부였기에 덩달아 느슨했던 그녀들이었으나 오늘만큼은 다연을 한껏 힘주어 꾸미느라 여념이 없는 손길들이었다.

그렇게 2시간에 걸친 치장이 거의 끝나 마무리 단계를 향하고 있었다. 밖에서 잠자코 기다리던 시종 하나가 조심스레 시간이 얼마 남지 않았음을 알렸다.

그에 따라 얼굴과 머리를 분주히 오가던 시녀들의 손길은 더욱 다급해졌으며 나중에는 손끝에서 소리 없는 비명들이 쏟아져 나오는 착각마저 들었다.

'아니…… 지금 울고 싶은 건 난데.'

다연은 하얗게 분칠을 하고 엷은 색으로 입술을 바른 자신의 얼굴

7

을 거울에 비춰 보았다.

어딘가 조금 우울하고 또 침울해 보이는 얼굴이었다. 그리고…….

평범하다.

뭐랄까, 그냥 참 애를 썼구나 싶은 감상만 드는 단정함이 유일한 장점인 얼굴이었다.

알티우스 제국력 327년 2월의 열두 번째 날.

국경 지방에서는 몇 년째 사르만 족이 산발적인 국지전을 일으키며 제국민을 수탈하고 있었고, 이들을 복속시키기 위해 군을 이끌고 직접 출정했던 황제가 어제 승전하여 개선했다.

계시가 있고 다연이 이 세계에서 눈을 뜬 지 정확히 열아흐레째 되는 날의 일이었다.

{ 헤르고니아의 문이 열리고 나의 힘이 깃든 이가 나타난다. }

신권이 황권에 미치지 못하는 시대. 신전에서 계시를 내놓은 것 자체도 공식적인 기록에 의하면 32년 만의 일이었다. 그것만으로도 황궁과 알티우스 전역은 이미 떠들썩했다.

그러나 더 주목할 만한 것은 바로 계시의 내용이었다. 계시가 뜻하는 바에 대한 해석은 분분했으나 적어도 몇 가지는 명확했다.

헤르고니아는 신전 부지의 광활한 숲을 지칭하는 것이었으나 성서에서는 신이 머무는 땅을 의미했다.

때문에 헤르고니아의 문을 열고 나타났다는 것은 나타난 이가 곧 신의 대리자, 어쩌면 신계의 사람이라는 것을 의미했던 것이다.

계시가 있고 수일 후, 신전 부지를 수색하던 성기사들은 결국 넓은 숲을 헤매던 이국적인 용모의 다연을 발견해 냈다.

신전과 알티우스 황실은 오랜 적대 관계였다.

신전에 간자를 심어 놓고 동향을 파악하던 황제는 본인이 신전을 염탐해 왔음을 굳이 감추려 하지 않았다.

황제는 이때 한 가지 중요한 정치적 판단을 한다. 신전이 그녀를 점유하는 것이 곧 신전의 권력 강화로 이어지리라 생각한 것이다.

그래서 계시에서 말한 이를 찾았다는 소식에 황제는 대놓고 욕심을 드러내 보이며 다연을 황실로 인도받길 원했다.

황제는 본래 목표한 것은 반드시 관철해 내야 직성이 풀리는 성미의 타고난 정치가였다. 그는 이민족과의 거친 전쟁 중에도 관료들과 신전, 아군과 적군 양쪽을 달달 볶아 대는 현란한 갈굼과 정치의 기술을 유감없이 발휘했다.

그리고 마침내 계시의 증거물인 그녀를 신전에서 황실로 복속시키는 데 성공하고야 만 것이다.

알티우스 황제는 개선식도 생략하고 서둘러 환궁했다. 그리고 황성 안에 들여앉힌 다연부터 만나 보기를 원하고 있었다.

여기까지가 바로 그녀를 둘러싸고 진행되어 온 이야기의 전말이다. 그러나 문제는 이 모든 이야기가 시작부터 지금까지 그녀의 사정과 전혀 상관없이 진행되어 왔다는 것에 있다.

황제도, 신탁을 받은 대신관도, 그녀를 최초로 발견한 신실한 성기사도, 황제의 등쌀에 못 이겨 그녀를 두고 신전과 줄다리기를 해 왔던 관료들도 모두 예상하지 못했던 아주 사소한 문제.

거기에서부터 이야기는 시작된다.

"얼굴을 들어도 좋다."

황제가 말했다.

그녀는 가능한 한 황제의 얼굴을 똑바로 쳐다보지 않으려 애쓰며 온순한 태도로 고개를 들었다.

엥?

다연의 얼굴을 본 황제의 표정이 순간적으로 아주 살짝 무너졌다.

이국적인 생김이었다. 적어도 알티우스 대륙의 사람이라고는 생각할 수 없는 용모였다. 그녀는 이곳 사람이 아닌 것이 분명했다.

그렇지만 신비함이나 신성함이라고는 눈곱만큼도 느껴지지 않는 외모였다. 수수하고 단정했으나 존귀함은 느껴지지 않는다.

오히려 신화를 그린 벽화를 막 찢고 나온 만찢남은 의아한 표정의 황제 본인이었다.

"볼품없군."

줄지어 서 있는 대신들의 무리 어디선가 다연의 용모를 보며 수군대는 소리가 들렸다.

다연은 입 안쪽의 연한 살을 살짝 깨물었다. 그러지 않으면 위압감과 수치심에 몸이 움츠러들 것 같았기 때문이다.

"이름이 무엇이냐."

황제가 다소 차가운 눈빛으로 물었다.

"이다연입니다. 이가 성이고 이름이 다연입니다."

"네가 나타나기 전, 계시가 있었다. 알고 있느냐?"

"……네. 알고 있습니다."

"그래, 그간 하는 일이라고는 신을 들먹여 적당히 약이나 팔아 대서 제국민의 성금을 뜯어내는 게 전부였던 신전에 무려 32년 만에 내린 신탁이지. 덕분에 역대 가장 무능한 신관으로 역사에 기록될 뻔했던 늙은이가 지금은 무척 고무되어 있다고 하더군. 역시 그전에 뒈져 버렸어야 하는데 참 아쉽게 됐어."

"……."

여기서 다연은 살짝 깨달았다. 황제는 그 자체로 어마어마한 언어폭력자였다.

도열한 대신들의 얼굴색마저 하얘졌다 파래졌다를 반복했다. 그러나 가볍게 입 한 번 뗀 것만으로 한 노인의 인생을 너덜너덜하게 만든 그는 정작 매우 태연한 얼굴이었다. 그러다 곧 무언가를 깨달았는지 의아한 표정을 했다.

"……이상하군. 네게서 신성력이 느껴지지 않는다."

신성력은 신에 귀의한 사제와 성기사들에게서 가장 강하게 나타난다.

현 대신관은 신전 역사상 가장 신력이 약하다고 평가되는 이였으나 그럼에도 현 제국 내에서는 가장 강력한 신력을 가진 이였다. 대대로 그런 자만이 신의 목소리를 가장 가까이서 듣고 신전 세력의 수장이 된다.

하지만 엄밀히 말하자면 신성력은 누구에게나 발현될 수 있는 것이었다. 귀족들 또한 일부는 신력의 소유자이자 여신의 신실한 신도였고, 신전과 정치적 대립각을 세우고 있는 황제조차도 일반인들보다 빠른 치유 능력을 가지고 있었다. 신성력 덕분이었다.

그러나 신전의 영토에서 발견되었다는 낯설기 그지없는 외모의 여인에게서는 빈민가의 굶주린 아이에게도 가끔 발현된다는 한 줌의 신력조차 느껴지지 않았다.

"그렇다면 다른 걸 묻겠다. 신어(神語)를 읽을 수 있나?"

다연은 점점 더 이 문답에 기시감을 느꼈다. 시간이 갈수록 의아함과 오묘함을 더해 가는 황제의 표정 또한 그랬다. 신전에서 만난 신관들도 모두 같은 수순을 밟았다.

11

처음 자신이 눈을 떴을 때는 격한 감동을 주체하지 못했으나 어느 시점을 넘어서면 도무지 다연의 어디에서 신의 숨결을 느껴야 할지 모르겠다는 아리송한, 동시에 그런 불경한 생각을 하는 스스로에 죄책감을 느끼는 표정이 되었던 것이다.

황제는 의심의 눈초리로 다연의 전신을 훑었다. 매일같이 전투적인 수준의 야근을 소화하며 당이 떨어질 때마다 입안에 털어 댔던 초콜릿의 여파로 다연의 몸에는 군살이 가득했다. 보기 싫을 정도는 아니었지만 날렵하지도 않았다.

그다지 건강해 보이진 않는 체형을 보며 황제는 의심스럽게 물었다.

"……검이나, 따로 다룰 줄 아는 무기가 있나?"

알티우스는 무를 숭상하는 나라였다. 건국 황제는 무가(武家)의 후예였고 그 뒤로 알티우스의 황제는 대대로 황제이자 기사였다.

건국 초기, 황권과 신권의 균형을 이루며 출발했던 알티우스가 3백 년이 지난 지금 신권을 발아래 두고 강력한 황권 국가로 발돋움할 수 있었던 이유는 무를 숭상하는 황실을 구심점으로 치러 온 정복 전쟁이 그만큼 성공적이었고, 제국을 부강하게 만들었기 때문이다.

황실의 인기는 강력한 군사력을 바탕으로 한 것이었고, 알티우스에서 검과 무예가 차지하는 의미는 그만큼 컸다.

그러나 다연은 검은커녕 과도로 사과 깎기조차 할 자신이 없었다. 난처한 얼굴로 다루지 못합니다, 공손하게 대답할 뿐이었다.

이쯤에서부터 황제는 약간의 위화감을 느끼기 시작한다. 신의 힘을 일부 가진 신의 대리자라고 하기에 그녀는 너무나도 평범해 보였던 것이다. 왜소하고 조용했으며 가진 기운도 희미했다.

"넌 어디서 왔지? 신탁처럼 헤르고니아에서 왔는가."

마침내 그녀는 이곳에서 눈을 뜨고 20여 일간 알게 된 것들을 말할 기회를 얻었다.

정복 전쟁이 활발하고 신분제가 존재하는 살벌한 세계였다. 그녀가 하려는 말이 그녀 자신에게 불리하게 작용할 수 있다는 점을 예감했다.

그러나 모르는 것을 아는 척할 수 없었고, 없는 것을 있는 것처럼 포장할 수 없었다.

"……헤르고니아가 어디인지 저는 모릅니다. 그렇지만 알티우스나 대륙의 어떤 땅에 대해서도 모릅니다. 제가 속했던 세상은 이곳이 아니고, 그에 대해 얘기해 보았지만 아무도 제가 살던 곳을 모른다고 했습니다. 저는 신계의 사람이 아니지만, 이 세계의 사람도 아닙니다."

황제는 그녀의 말을 들으며 고개를 갸웃했다.

"'신계의 사람이 아니다'라……."

다연의 말을 듣고 황제는 한참을 심각한 표정으로 고심했다.

그녀를 노려보면 답이라도 나올 것처럼 오랜 시간 강렬한 눈초리로 꿰뚫어 보던 황제는 마침내 묻고야 말았다.

"그렇다면 넌 대체 무엇을 할 수 있지?"

정곡을 꿰뚫는 질문이었다.

그러나 차마 어제까지 전쟁터에서 적군을 도륙하고 온 무서운 황제의 면전에 대고 '제 말이 바로 그 말입니다. 아무것도 할 줄 모른단 말입니다!' 같은 소리를 할 수는 없었다.

그녀는 고민하며 눈치를 보다가 마침내 기어들어 갈 것 같은 목소리로 대답했다.

"청소나 세탁 같은 잡다한 일들은 다 잘할 수 있습니다……."

"……."

"……보기보다 튼튼하니 힘쓰는 일도 곧잘 할 수 있을 겁니다."

"……."

허를 찔린 듯 망연한 얼굴로 황제가 그녀를 바라봤다. 할 말을 잃은 표정이었다.

짧은 시간 황제의 얼굴은 시시각각으로 변했다. 황당해하는 표정을 지었다가 극도로 혐오하는 것을 보는 얼굴로 다연을 주시했다. 그리고 마침내는 급속도로 냉랭한 얼굴이 됐다.

그 얼굴을 보니 다연은 본인이 말한 것이 오답과 오답과 또 오답이었음을 확실하게 알 수 있었다.

하지만 그렇다고 없는 신력을 있다고 말하거나, 갑자기 신의 대리자가 되어 여신과 대화하고 검을 쓰고 고대 문자를 읽을 수는 없는 노릇이었다.

잠시 침묵하던 황제가 다연에게 물었다. 냉랭한 어조였지만 그 어조에는 한탄과 실망 또한 깃들어 있었다.

"헤르니야(여신)는 대체 널 왜 이곳에 보낸 것이지?"

이번에는 그녀도 대답하지 않았다. 입궁하기 전까지 속성으로 배운 궁의 법도에는 무척 어긋나는 일이었지만 황제가 대답을 듣고자 질문한 것이 아니라는 것을 알았기 때문이다.

그리고 그것은 그녀야말로 신에게 묻고 싶은 말이었다.

'대체 왜 저를 여기 떨어뜨리신 거예요?'

다연은 정말 울고 싶었다.

1장.
우리를 죽이지 못하는 고통은

처음 몇 달간은 그래도 간혹 찾아오는 사람들이 있었다.

신권이 황권보다 약화되고 1백 년. 신전은 모처럼 찾아온 기회를 놓치고 싶지 않았다. 정치적으로도 그러했지만 그녀는 신도를 모으고 신앙심 장사에 활용하기 좋은, 그 자체로 돈이 되는 소재였다.

비록 집요한 황제의 압력을 버텨 낼 수 없어 신전의 보호 아래 둘 수는 없었지만 이후로도 신전은 끊임없이 그녀에게 선을 대고자 했다.

그러나 한 명 두 명 찾아왔던 신관들의 발길이 끊기는 데까지는 그리 오래 걸리지 않았다. 기록적인 사건에 대해 탐구하고자 했던 학자들도, 그녀를 정치적 수 싸움의 장기말로 활용할까 호시탐탐 노리던 귀족들도 마찬가지였다. 마지막은 모두 닮아 있었다.

'왜죠?'

그들의 눈과 표정은 한결같이 '왜'라는 종착역에 도달했다.

성서와, 알아볼 수 없는 고대 문자가 가득 적힌 동판과, 신성도구

15

까지 과정들은 다양했다.

네가 뭘 할 줄 아는지 몰라서 이것저것 다 준비해 봤단다, 그러니 이 중에 뭐 하나는 너도 할 줄 아는 게 있겠지.

그들은 믿음을 가지고 접근했으나 슬프게도 다연은 정말 아무것도 할 줄 몰랐다. 그들은 하나같이 당혹감을 감추지 못했다. 그리고 얼마 지나지 않아 체념했다. 나중에는 신탁이 진실인지 의심하는 불순한 생각을 가진 자들까지 일부 생겼다.

당연히 다연은 괴로웠다. 경외에 찬 사람들의 얼굴이 기대를 품고 있는 것을 알아서 괴로웠고 자신이 그 기대를 채워 줄 수 없을 때 그들의 얼굴이 혼란을 품는 과정을 보는 것이 고통스러웠다.

마침내 그들이 실망하고 그녀의 존재 자체에 '왜?'라는 의문을 품는 것에는 조금 상처를 받았다.

황제의 경우는 신전이나 귀족들보다 판단이 빨랐다. 접견한 첫날 이후로 단 한 번도 그녀를 찾지 않았던 것이다. 알티우스의 황제는 목적 없이 움직이는 실없는 사람이 아니었고 황궁은 사르만 족의 전후(戰後) 배상금 조율을 시작하느라 눈코 뜰 새 없이 바빴다.

다시 말해 그는 관료들을 한창 조지는 중이었다.

다연은 이것이 흔히 말하는 끈이 떨어진 상황임을 어렵지 않게 알아챘다. 그도 그럴 것이, 살면서 이렇게 붕 떠 버리는 게 비단 처음 겪어 보는 일은 아니었던 것이다.

"……."

그러나 아는 이 하나 없는 낯선 땅에서 혼란이 채 가시기 전에 겪는 냉대가 못내 극복하기 어려웠고, 자꾸만 작아지는 느낌이 들었다.

황궁에 들어온 지 어느덧 석 달.

사람의 발길이 끊어진 지는 어느새 한 달.

싱그러운 녹음과 햇빛이 찬란한 5월이었다. 이 땅에서도 봄이란 계절은 아름답고 향기롭기만 했다.

"허허."

풀 쪼가리 조금, 수프와 빵이 전부인 플레이트를 보며 다연이 헛웃음을 흘렸다.

끼니로 못 먹을 정도는 아니었으나 처음에 비해 점점 부실해지던 식사는 다연이 아무 소리 없이 넘어가니 이제는 당연하다는 듯 이 모양이다. 악의와 불만이 있거나 중간에서 누군가가 뭔가를 많이 해 처먹었음이 여실히 느껴지는 모양새였다.

"허어……."

서러움보다는 역겨움과 삐딱한 감정이 치고 올라왔다.

살아남기 위해서는 지금, 없는 재능도 억지로 부풀려서 선보여야 할 판이었다.

쓸 줄 아는 문자가 한글밖에 없다면 '이것으로 말할 것 같으면 먼 대륙의 고대문자입니다요.' 시연해 보이며 약이라도 좀 팔아야 될 분위기였다. 쓸모를 증명해 보여야 했다.

그렇구나. 여기도 결국 똑같은 세상이었던 것이다.

다연은 항상 애를 써 가며 살아왔다. 타고난 잘하는 게 없어 늘 애쓴다, 라고 평가할 수밖에 없는 부단한 노력들과 대단치 않은 결과들. 할 수 있는 것 이상의 노력을 하고 능력 밖의 일을 해내어도 세상에는 늘 그녀보다 더 잘하는 사람들이 존재했고 어렵게 이루어 내면 곧바로 다시 쥐어짜졌다.

사실은 다 거기서 거기일 뿐인 그만그만한 능력의 경쟁자들과 나보다 조금 더 나을 뿐인 다른 이들의 삶에 나를 비교하며 좌절하고 실망하고. 뭔가 있는 척, 아는 척, 잘나가는 척, 그럴듯하게 스스로를 포장하고 남몰래 열등감을 느끼는 그런 날들의 연속.

아니, 여기서도 나 또 그렇게 살아야 해? 이곳의 기준에 맞추고 애를 쓰고 남들 눈 신경 써 가면서?

지겨움과 권태를 느끼는 것은 순식간이었다. 다연은 어느 순간부터 적응하기를 포기하고 굉장히 무기력해졌다. 자리를 보전하고 누워 침소 밖에 잘 나가지 않았으며 식사도 거르기 일쑤였다.

의욕과 열정이라는 것은 전에 살던 세상에서 모두 소진해 버린 듯 그녀는 모든 일에 심드렁해졌고 금세 무기력해지고 나태해졌다. 그리고 밤이 되면 이유 없이 눈물이 났다.

궁인들 사이에서는 별궁의 그녀가 마음의 병을 앓고 있다는 소문이 날개를 달고 퍼져 나갔다. 어쩌면 이곳에서는 그녀의 증상을 진단할 만한 진단명이 존재하지 않는 모양이었다.

이곳의 정서와 기후가 신계와 달라 그녀의 마음에 병이 침투한 것 아니겠냐며 우아한 어휘를 써 가며 그녀의 상태를 가십거리로 씹어 대곤 했지만, 사실 그녀의 증상은 별반 특별한 게 아니었다.

현대 직장인 열 명 중 일곱 명은 앓고 있다는 병. 그냥 흔한 우울증이었다.

"식사도 거르고 며칠째 침소 밖으로는 나가지도 않는다고?"

보고를 받은 황제는 대수롭지 않게 씹어 넘기려 했다.

그녀는 이미 효용 가치가 그다지 없었다. 그녀를 자신이 점유한 것만으로도 신전은 섣불리 정치적 행보를 시도하지 못할 것이다.

그리고 설사 그녀가 다시 신전의 관할로 넘어간다 해도 크게 달라질 것은 없었다.

─ 보기보다 튼튼하니 힘쓰는 일도 곧잘 할 수 있을 겁니다.

18

허, 거참.

그녀가 했던 말이 생각나 황제는 잠시 어이없는 얼굴을 했다. 그리고 고개를 설레설레 저었다.

참으로 무용하기 짝이 없는 여자였다. 잠시간 떠올랐던 다연의 얼굴은 황제의 뇌리에서 아무런 감흥도 주지 못하고 빠르게 사라졌다.

그러니 며칠 뒤 알티우스의 황제가 다연과 마주친 것은 계획되지 않은, 순전히 우연에 따른 일이었다. 의도되지 않은, 우연한, 마치 신이 안배한 운명 같은.

✢

"……다연 님, 다연 님. 일어나 보셔요."

아까부터 조잘조잘 옆에서 떠드는 시녀의 목소리가 시끄러워 다연은 얼굴을 찌푸렸다.

"알았으니까 조용히 좀 해, 마리."

"매일 알았다고만 하시고 계속 누워 계시잖아요! 그렇게 누워만 계시면 등에 곰팡이가 피고 말 거예요! 빨리요, 서궁으로 가는 길에 라일락이 예쁘게 피었어요. 오늘은 꼭 보러 가셔요."

"……으음, 내일 가면 안 될까?"

"안 돼요! 어제도 그제도 그렇게 말씀하셨잖아요! 이러다 꽃이 다 지겠어요!"

허리에 손까지 얹고 다연이 일어날 때까지는 잔소리를 멈추지 않을 듯한 매서운 기세였다. 다연은 땅이 꺼져라 한숨을 내쉬고는 미적미적 몸을 일으켰다.

침대에서 일어나는 다연을 보고 얼굴이 환해진 시녀 아이는 다연의 마음이 바뀔세라 재빨리 세숫물을 대령했다. 겨우 일어난 그녀의 꼴은 눈 뜨고 보아 주기 힘들었다.

며칠째 목욕은커녕 세수도 하지 않아 떡이 진 머리는 솔직히 좀 많이 더러웠다. 머리를 정돈해 주려던 마리가 손에 묻어나는 기름에 '꺄아아아!' 기겁하며 목욕물을 받으러 뛰쳐나갔다.

침소 안은 어둡고 퀴퀴했다. 곁에서 시중을 들어야 할 이들은 모두 어디에 가 있는지 고요하기만 했다. 다연이 며칠째 침소에서 이불을 뒤집어쓴 채 나오지 않은 까닭이다.

식사도 모두 침대 위에서 해결했고 그마저도 손대지 않아 들어왔던 그대로 나가기 일쑤였다. 어차피 손대지 않는 식사는 더욱 초라해졌다. 모시는 이가 찾는 일이 없고, 황궁 물정을 모르며, 끈 또한 떨어졌으니 그들을 단속할 이도 없었다.

마리는 시녀 아이들 중 특히나 다정하고 심성이 약한 아이였다. 그들 중 유일하게 옆에 붙어 다연을 끊임없이 귀찮게 하는 어린 시녀였다. 반대로 말하자면, 모질고 줄타기가 중요한 황궁에서 제 앞가림을 하기에는 다소 모자란 구석이 있는 아이란 소리였다.

"어떠세요? 제 말대로 엄청 예쁘죠? 원래는 재작년까지 이 자리에 목련나무가 있었거든요! 라일락도 예쁘지만 목련도 엄청나게 예뻤는데, 그게 글쎄……."

"응, 예쁘다. 그런데 있지, 나 좀 앉고 싶은데."

재잘재잘 한도 끝도 없이 길어지려는 그녀의 수다를 다연이 잘랐다. 최근 들어 부쩍 기운 없고 침울해진 다연이 외로워서 그렇다고 생각하는지 그녀는 이따금씩 쓸데없는 말을 중언부언 늘어놓곤 했다.

"어맛, 땅바닥에 앉으시면 안 돼요! 잘못하면 풀독 오르셔요! 제가 앉으실 만한 거 가져올 테니 잠깐만 기다리고 계셔요! 그냥 바닥에 앉으시면 안 돼요, 아셨죠?!"

"……."

대답도 듣지 않고 도도도 뛰어가는 마리의 멀어져 가는 뒷모습을 바라보다가 다연은 바닥에 털썩 주저앉았다. 바닥에 절대 그냥 앉지 말라는 당찬 당부는 귀담아듣지 않았다.

귀찮다, 귀찮아. 정말이지 만사가 다 귀찮을 따름이다.

"……예쁘긴 예쁘네."

이곳에도 봄은 오고 꽃은 핀다.

어떤 꽃은 하얗고 어떤 나무는 녹음이 우거졌다.

자연이 뿜어내는 생명력은 너무 강렬했다.

"……."

이상했다.

꽃은 이렇게 예쁘고, 햇살도 따사로운데, 이렇게 아름다운데…….

어째서 마음은 이렇게나 무기력하고 또 슬픈 걸까. 모를 일이었다.

손을 한참 뻗어도 잡히지 않을 만큼 두꺼운 허리의 나무 기둥에 기대앉아 다연은 눈을 감고 잠시 쉬기로 했다.

같은 시간.

황제 미하일 드나르 알티우스는 전후 보상금 문제를 협상하기 위해 파견된 사르만국의 사절을 접견한 후 다시금 내궁으로 향하는 길이었다.

황궁 내에서 황제와 동선이 겹친다는 건 원래대로라면 다분히 의도적인 일을 뜻한다. 황제의 일정에는 사적인 것이 없었고 용건이 있는 자들이 황제의 일정에 맞춰 그 주변을 기웃거리는 것은 심심치 않게 일어나는 일이었다.

그러나 황제는 그녀가 이 시간에, 자신이 지나가는 길목에서 눈에 띈 것은 의도되지 않은, 정확한 우연이리라 생각했다.

만약에 의도한 것이라면 다 큰 여자가 저렇게 양다리를 아무렇게나 뻗고 흙바닥에 무심하게 주저앉아 있을 리가 없지 않은가.

황궁에서 쉽게 할 수 없는 구경이 어처구니가 없기도 하고 피죽 한 그릇 못 얻어먹은 양 핼쑥한 얼굴이 한심스럽기도 해 황제는 우뚝 멈춰 섰다. 황제가 멈춰 서자 시종장 이하 시종들과 호위 기사들까지 긴 행렬이 동시에 멈춰 서야만 했다.

보고를 받기도 했지만 황제는 한눈에 그녀가 몸이 좋지 않다는 것을 알았다. 몇 달 새 눈에 띄게 야윈 얼굴은 볼품없이 희었다. 잠든 것인지, 그저 쉬는 것인지 그녀는 가만히 앉아 햇볕을 쬐고 있었다.

"……."

황제는 몇 발자국 떨어진 거리에 멈춰 서서 잠시 그 풍경을 감상하듯 물끄러미 바라봤다. 지치고 피로한 낯빛 위로 다정한 햇살이 쏟아지는, 기묘하게 사람의 시선을 끄는 풍경화를.

사실 다연이 기대어 앉은 고목나무는 미하일의 조부인 23대 황제가 직접 심은, 나름 유서 깊은 나무였다.

죽은 사람은 죽은 사람일 뿐이고, 나무는 나무일 뿐이라는 나름 실리적인 사고방식을 가진 황제였지만 그래도 선대 황제가 직접 심은 나무를 저렇게 등받이로 편안하게 쓰는 사람을 보게 될 줄은 몰랐다.

"기가 막히는군."

너 대체 땅바닥에서 뭐 하는 거니.

황제가 떨떠름한 얼굴로 다연을 쳐다봤다.

이건 뭐지, 잠이 덜 깼나. 다소 멍한 얼굴로 다연은 자기 앞에 펼쳐진 풍경을 바라봤다.

꿈꾸나?

눈을 뜨니 갑자기 많은 사람들이 눈앞에 나타났다. 그리고 그 한가운데에는 꼭 석 달 만에 보는 황제의 얼굴이 있었다.

"흙바닥에 그냥 앉다니 이건 좀 경박하군."

그러나 황제는 전혀 언행이 일치하지 않는 태도로 본인 또한 맨바닥에 털썩 주저앉았다. 뭐가 문제인지 전혀 모르는 듯한 여상한 태도였다. 이로써 황궁에 경박한 자가 하나에서 둘로 늘어났다.

수행하던 기사가 황급히 착장했던 망토를 떼어 앉을 자리를 마련하려 했지만 황제는 귀찮다는 듯 손을 휘휘 저을 뿐이었다.

경박한 자1이 경박한 자2를 약간 떨떠름하게 쳐다보고, 경박한 자2는 경박한 자1에게 아니꼽게 물었다.

"왜. 뭐 할 말이라도 있느냐."

말해도 되나?

다연은 잠시 고민했다.

"그게…… 음…… 햇빛을 가리셔서요."

황제를 따르던 시종들이 식겁한 얼굴을 아래로 숙였다.

아니, 쟤 왜 저래. 마음에 병이 들었다더니 그냥 단순히 미친 거였구나. 그러나 의외로 무례를 당한 황제는 별로 개의치 않는 듯 콧방귀를 뀌며 대꾸했다.

"네가 비켜 앉으면 되지 않느냐."

음, 그것보단 네가 그냥 가던 길을 가시면 될 것 같은데요…….

그러나 아직 그 정도로 인생을 내려놓지는 않았기에 다연은 깊은 한숨을 내쉬며 미적미적 몸을 움직였다. 귀찮음을 단전 깊은 곳에서부터 풀 파워로 끌어 올린 긴 한숨이었다.

"놔두어라, 한세월 걸리겠다."

황제가 몹시 짜증스러워하며 몸을 고쳐 앉았다. 지켜보던 애꿎은 시종들만 송구해 미칠 것 같은 표정이었다.

저 멀리서 마리가 도도도도 뛰어오고 있었다. 자기 몸집보다 큰, 돌돌 만 양탄자를 들쳐 메고 뛰어오던 그녀는 다연을 보고 뭐라고 소리를 지르려다가 그 옆의 사람 떼를 보고는 잠시 눈을 가늘게 떴다. 그리고 곧 그대로 굳어졌다.

그녀가 떨군 양탄자는 황제와 다연으로부터 훨씬 멀리 떨어진 바닥에 촤라락 예쁘게 펼쳐졌다.

"이곳 식사가 입에 잘 맞지 않는 건가?"

황제가 조금 찌푸린 낯으로 물었다.

"식사를 잘 하지 않는다고 들었다."

"……그런 건 아니고, 입맛이 별로 없을 때 몇 번 걸렀을 뿐입니다."

황제가 그런 세세한 부분까지 알고 있을 거라고는 생각하지 못했기에 다연은 다소 민망해하며 우물쭈물 대답했다.

우울증 환자의 멘탈은 매우 소중하고 조심스럽게 다루어야 한다. 그들은 생각보다 섬세하고 상처는 언제 어떤 지점에서 터져 나올지 예측할 수 없기 때문이다.

물론 알티우스의 황제는 누군가의 멘탈을 깨지기 쉬운 유리 다루듯 조심스럽고 예쁘게 가꾸기보다는 신나게 박살 내어 우주의 먼지로 산화시키는 것에 훨씬 더 많은 소질을 타고난 사내였다.

그는 평상시에 비해 비교적 온건하게 말을 하고 있었으나 그럼에도 불구하고 우울증을 앓고 있는 이에게는 하지 않았으면 좋았을 종류의 지적을 했다.

"네가 여기 와서 대체 한 일이 무엇이 있다고 대뜸 앓아눕기부터 하는 것이냐."

딱히 틀린 말은 아니었지만.

섬세한 환자의 멘탈을 건드리기엔 충분한 말에 그녀가 울컥했음은 당연한 일이다.

이렇게 또 한 인간의 마음속엔 뿌리 깊은 원한이 쌓이고 말았다.

꽃구경을 다녀온 뒤로 다연의 기분이 유독 저조한 이유를 마리는 알 수 없었다. 당시에는 기분이 나빠 보이지도, 좋아 보이지도 않았는데 이상하게도 그 이후로 그녀는 예전보다 더 침소 안에 틀어박혀 나가지 않으려 했다.

신계의 사람들은 참 조용하고 섬세한 정신을 가졌구나.

마리의 솔직한 감상이었다.

그리고 동시에 참 더러운 위생 관념을 가졌구나.

방에서는 이제 이상한 냄새마저 진동을 하고 있었다. 다연이 조용하게 있고 싶다며 창문을 열어 환기시키는 것도, 청소를 하는 것도 모두 싫어했기 때문이다.

그녀는 되도록 혼자 있고 싶어 했다. 본인이 찾을 때를 제외하고는 누군가가 옆에 있는 것마저 거부했다. 이불을 몸에 칭칭 감고 웅크린 그녀는 마치 침대에 뿌리를 내린 공격 능력 없는 식물 같았다.

너무 아무것도 하지 않으니 하루하루가 무료할 것 같아 그림책을 빌려다 주면 그래도 가끔 읽기는 했다. 여전히 침대에서 일어나지 않고 모로 누운 채 책도 그 방향으로 놓고서 말이다.

사람이 이렇게까지 움직이지 않을 수 있는 거구나, 넋을 놓고 보고 있으면 '아, 이 느낌이 아닌데. 스마트폰이 필요해…….' 뜻 모를 소리를 중얼거렸다.

대부분은 제대로 식사를 하지 않았지만 그녀도 가끔은 먼저 음식을 찾을 때가 있었다. 그마저도 침대 위에서 부스러기를 떨어뜨리며 먹기 일쑤였고 빵과 고기를 먹으면서도 '김치…….'라고 멍하니 중얼거리며 아련하고 서글픈 표정을 지었다.

32년 만에 여신 헤르니야가 계시를 내리고, 온 나라가 떠들썩해졌을 때 마리는 별궁 시녀로 배정된 것이 기뻐 방방 뛰었다. 다연을 가까이서 모실 수 있게 되었기 때문이다.

마리 또한 성금을 꼬박꼬박 내는 여신의 착실하고 신실한 신도였다. 신계에서 내려왔다는 고귀하고 신성한 이를 만날 수 있음이 그저 설렜다. 그러나 기대했던 고귀함과 신성함을 접할 새는 없었다. 의식 주의 대부분을 침대 위에서 영위하는 신계의 파격적인 라이프 스타일을 접하고 마리는 깊은 정체성의 혼란에 빠졌다.

그녀는 시녀였다. 주인을 보필하고 모시기 위해 궁에 들어왔는데 모시는 주인님이 도대체가 남의 보필이라는 게 전혀 필요하지 않아 보인다. 1g의 불필요한 에너지도 소모하지 않겠다는 듯, 그녀는 하루에 한 30cm 범위 내에서만 꾸물거리며 움직이는 것 같았다.

그리고 무엇보다도……

'신계에는 정말 다 저렇게 안 씻고 게으른 사람들만 사는 걸까.'

두껍게 떡이 진 다연의 뒷머리를 보는 마리의 눈이 어둡고 촉촉했다. 그녀의 신앙심이 급격하게 옅어지려 했다.

⚜

알티우스의 25대 황제 미하일 드나르 알티우스는 원래도 말을 예쁘고 상냥하게 하는 타입의 인간은 아니었다. 더구나 그는 황제였다. 다른 사람의 사정을 봐주어 가며 말을 할 필요가 없는 위치에 있었다. 그의 특기는 말로 대신들을 쥐어 패는 것이었다.

지위와 성품이 합쳐지니 가끔은 깡패도 이런 깡패가 없다고 중년의 시종장은 불경스럽게 생각했다. 유능하고 잘났지만 가끔은 밉살맞고 무척이나 피곤한 상사. 황제가 23세에 즉위하고 9년째 옆에서 보필해 온 시종장의 솔직한 평가였다.

그렇기에 시종장은 황제가 다연에 대한 보고를 들으면 이번에도 신랄한 독설을 날릴 것이라 생각했다. 그게 아니라면 언젠가 한 번 그랬듯이 그다지 중요하지 않은 일로 치부하며 흘려버릴 것이라 예상했다.

"공작의 접견 요청이 국무회의 후인가?"

"……예, 그렇사옵니다."

시종장은 황제가 하문하는 것에 바로 대답할 기회를 놓쳐 버리고 말았다. 황제의 행동이 전혀 예상 밖의 것이었기 때문이다.

"그 전에 잠깐 들르는 것이 좋겠군. 가지."

예상하지 못한 것은 비단 시종장뿐만이 아닌 듯 호위 기사와 뒤를 따르는 시종들의 얼굴에도 모두 하나같이 의아한 기색이 떠올랐다 사라졌다. 그리고 그로부터 30분 뒤, 황제는 본인의 인생에서 매우 충격적인 경험을 하게 된다.

황제가 다연이 머무는 별궁에 들른 것은 몸이 좋지 않다 하니 표면상 아픈 사람의 병문안을 하기 위해서였다. 병문안 겸 신전과 여론이 더 잠잠해질 때까지 잡음을 만들지 말라는 협박을 할 생각도 아주 조금은 있었다.

그러나 다연의 처소에 이르렀을 때, 황제는 애초의 의도를 완전히 망각해 버리고 말았다.

별궁 안은 사용인들이 극히 드물었다. 기척 없이 꽁꽁 닫혀 있는 침소의 문을 열자 드러난 방 안은 시간 감각을 완전히 상실한 채였다. 커튼을 얼마나 야무지게 쳐 놓았는지 빛이 한 줄기도 새어 들어오지 않아 방 안은 암흑이었다.

황제는 눈을 의심했다. 문을 열고 낯선 이들이 대거 출몰하자 침대 위에 뿌리를 내렸던 대형 애벌레가 여전히 이불을 두른 채 어둠 속에서 꿈틀 몸을 일으켰다. 그런데 그 모습이 어찌나 섬찟하던지 시종 하나가 헉! 하며 숨을 들이켜는 소리를 냈다.

시야가 어둠에 익숙해지자 천천히 그 모습을 드러내는 방 안 풍경은 더욱 처참했다. 하녀가 청소를 마지막으로 한 것이 언제인지 도무지 알 수 없었다. 이 퀴퀴한 먼지와 음습한 공기는 도무지 누군가가 생활하는 방이라고는 볼 수가 없었다.

알티우스 사람들은 대체로 호전적이고 외향적인 성향을 가지고 있었다. 그들은 신체를 단련하는 것에 큰 의의를 두었고 하루를 일찍 시작했으며 부지런함을 미덕으로 삼는 상식적인 문화의 소유자들이었다. 더군다나 황궁의 사람들은 오랜 시간 몸에 밴 미의식과 투철한 청결 관념을 가지고 있었다.

방 안의 모습 자체도 그들에겐 놀라웠지만……. 그보다 더 큰 문제는 냄새였다.

여인의 방에서, 그것도 황궁에서 노숙자 냄새가 날 수 있다는 것에 젊은 황제는 대단히 큰 충격을 받았다. 얼마나 충격을 받았던지, 황제가 이불 속 애벌레로 화한 다연에게 한 첫마디가 이랬다.

"너 미쳤느냐?"

에구머니나!

혼쭐이 날까 두려워 바닥에 넙죽 엎드려 벌벌 떨면서도 시녀 마리는 제 얼굴이 다 시뻘게지는 기분이 들었다.

흑역사다, 흑역사야.

황궁에 온 귀빈이 뭇 남성들 앞에서 이런 모습을 보이다니!

보통의 귀족 여성이라면 영원히 박제될 만한 흑역사 각이었다.

머리를 자그마치 일주일이나 안 감았는데 세상 사람들이 그 모습을 보다니! 나라면 벌써 수치사해서 이 세상에서 사라졌겠다.

"나는 네가 아프다고 들었는데, 그게 아니라 아주 정신을 놓아 버렸느냐?"

황제가 매우 끔찍한 걸 보는 눈빛으로 방 안을 훑으며 성큼성큼 창가로 걸어갔다.

휙, 하며 커튼을 열어젖히자 눈치 좋게 따라붙은 시종이 남은 커튼을 걷어 내고 조심스럽게 창문을 열었다. 열린 창틈으로 빛과 함께 상쾌한 공기가 쏟아져 들어왔다.

방 안의 대기가 한 차례 순환했고 일동은 그제야 한결 편안한 마음으로 숨을 들이쉴 수 있었다.

"지금이 대체 밤이냐, 낮이냐, 이른 새벽이냐. 알고 있긴 한 것이냐."

황제가 기막혀하며 쯧쯧 혀를 찼으나 다연은 순간적으로 밝은 빛에 눈을 질끈 감으며 몸을 웅크릴 뿐이었다.

어이쿠, 빛이다. 빛은 위험해…….

이상하게 그 모습에 울컥 울화가 치미는 것을 느끼는 황제였다.

눈, 코, 입만 빼놓고 전신을 꽁꽁 싸매고 있는 저 구질구질한 이불을 뺏어서 화형식을 치르고 싶어졌다.

"밥은 대체 또 왜 안 먹는 것이냐? 아니, 애초에 이 먼지 구덩이에서 밥이 넘어갈 리가 있겠느냐? 아프다고 하였느냐? 내 보기에 네가 아픈 것은 너무도 당연하다. 궁의가 진단할 필요도 없단 말이다. 이렇게 살면 아무리 건강한 이도 사흘이면 병이 나고 말 것이다."

넌 정신부터 글러 먹었다. 건강한 신체에 건강한 정신이 깃드는 것이다. 사람은 모름지기 햇빛을 쪼여야 하고, 신체를 단련하는 것은 삶에서 기초 중의 기초다.

……까지 황제는 폭풍과도 같은 기세로 다양한 레퍼토리의 잔소리를 시전했다.

이크, 시작됐구나. 시종들이 침통해하며 고개를 숙였다.

황제의 측근들은 저마다 위장약을 달고 살았다. 그의 특기는 거침없는 팩트 폭력이었다.

황제는 한번 상대를 조준하면 그 자리에서 박살이 날 때까지는 멈추지 않는 정신계 공격 수치 만렙의 언어 폭격기였다.

어찌나 사람을 요리조리 지치지도 않고 달달 털어 대는지 나이가 지긋한 대신들조차도 회의가 끝나면 눈물을 찔끔 쏟는 모습을 시종장은 무척이나 자주 보았다.

– 아니, 어찌 무가의 핏줄인 드나르 황가에서 황제 폐하 같은 분이 나온 것이오?

며칠 전 황제가 요구한 조세개혁 초안을 가지고 갔다가 풍화가 되어 사라질 정도로 쪼임을 당했던 재무대신의 넋두리였다.

신하 된 이로선 불충한 소리였지만 나무랄 수도 없는 것이, 시종장을 비롯해 측근들의 품 안에도 누구나 위장약 하나쯤은 늘 존재했기 때문이다. 더구나 그날 재무대신은 영혼을 완전히 상실한 상태였다.

그는 개혁안을 정확히 세 번째 반려당했고, 참다못한 황제는 이번엔 첫 장부터 마지막 장까지 한 줄 한 줄 문제점을 친히 첨삭하기 시작했다. 마지막 장까지 첨삭이 끝나는 것에 1시간이 넘는 시간이 걸렸고, 이 와중에 재무대신의 모든 영혼이 완전하게 탈곡당했음은 굳이 설명할 필요가 없다.

관료 생활 21년 차, 제국의 중앙 귀족이자 재무부 최고 대신인 그를 가장 슬프게 만들었던 것은 황제의 말 중에 틀린 점이 하나도 없었다는 것이다.

틀린 점이 있어야 반박도 하고 그러지. 안의 내용을 설명하기 위해 함께 들어갔던 젊은 실무 관료가 황제에게 탈탈 털리고, 자기는 웅변을 배울 거라며 눈물을 찔끔 쏟은 일화는 이미 황궁에 유명한 이야기였다.

그러나…… 처음 잔소리의 향연에 아찔해하던 다연은 이상하게도 잔소리가 계속될수록 기시감을 느꼈다.

아니 뭐시, 이 익숙함은.

죄송한데 혹시 저희 엄마세요?

난처하게 귓불을 만지며 황제가 하는 말을 가만히 듣고 있던 다연은 말이 도무지 끝날 것 같지 않자 다소 소심하게 자기주장을 펼쳐 봤다.

"음…… 어…… 그런데 저는 지금 그냥 혼자 있고 싶은데요."

황제가 콧방귀를 뀌었다.

아이고, 그냥 가만히 있지!

시종장 이하 시종들이 단체로 생각하며 고개를 조아렸다.

1절로 끝날 것이 대거리를 하면 2절, 3절, 4절까지 이어져 결국엔 말대꾸를 한 이만 만신창이가 되어 버리는 비극적 결말을 너무 많이 본 까닭이었다.

그러나 지금쯤 바로 2절을 시작해야 했을 황제는 무언가 심히 거슬리는 것을 본 사람처럼 얼굴을 찌푸리고 눈을 가늘게 떴다.

아직도 뭐가 더 남았나. 순진하게도 다연은 어색한 웃음으로 무마하기 위해 황제에게 착한 표정을 지어 보였다. 하지만 가까이로 성큼성큼 다가온 미하일의 얼굴 표정은 이루 말할 수 없이 딱딱해졌다.

그는 다연의 몰골을 보고는 더 이상 참을 수 없다는 듯이 부들부들 떨었다. 메마른 눈동자가 마침내 말했다.

"누가 이것을 좀 씻겨라."

고개를 든 마리가 '네……?' 반문하자 황제가 친절히 손가락으로 다연을 가리켰다.

"목욕물에 갖다 넣으라고."

"……."

"그냥 되도록 빨리 물에 처넣어."

애벌레는 껍질을 벗고 그렇게 질질 끌려 나갔다. 그것만으로 황제는 조금 개운해진 표정을 지었고 일동은 모두 안도의 한숨을 쉬었다.

엉망진창이었다.

"아니, 근데 원래 저렇게 잔소리가 심해?"

우리 엄마 살아 돌아오신 줄.

욕조에 몸을 담근 다연이 묻자 마리가 울먹이며 말했다.

"흐엉, 저 정말 큰일이 나는 줄 알았어요. 그리고 다연 님, 폐하께서 오셨는데 인사도 안 드리고 계속 침대 위에 앉아 계시면 어떡해요? 그러다 진짜 큰일 나서요."

"좀 놀라서. 아니, 그러니까 애초에 왜 남의 방에 불쑥 들어오는 거야."

"시종장님이 밖에서 몇 번이나 인기척을 했는데 다연 님이 계속 주무시고 계셨잖아요."

"아, 응. 그렇긴 하지."

할 말이 없어져 빠르게 수긍했다.

"하아…… 다시 가기 싫다."

아, 황제 좀 싫다.

아까 정신머리 운운했을 땐 정말 우리 사업실 부장 같았지.

마지막에 대차게 까이고 반려당한 기획안을 결국엔 다시 올리지 못하고 이곳에 왔는데 그건 지금 누가 맡아서 하고 있을까? 아직도 회사엔 내 자리가 남아 있을까?

갑자기 또 우울해질 것 같았다. 혼자 있고 싶었다.

다연은 우중충한 얼굴로 마리에게 물었다.

"저기, 좀 천천히 씻고 나는 다들 간 다음에 나가면 안 될까?"

그러나 그 짧은 시간 동안 몇 번이나 생과 사를 오갔던 마리는 안 될 일이라며 고개를 휘휘 내저었다. 다연의 몸에 물을 끼얹는 작은 몸이 아직도 오싹하다는 듯 부르르 떨렸다.

한편 주인이 사라진 침소에서 황제는 또 신나게 사람들을 조지고 있었다. 그는 방 안 이곳저곳을 들쑤시며 혀를 찼다. 일단 애벌레가 목숨줄같이 부여잡고 있던 이불부터 바닥에 집어 던졌다.

"갖다 버려라. 아니, 그거 꼭 태우거라."

이불을 바라보는 황제의 눈이 세상 그렇게 냉정할 수가 없었다.

"왜 별궁을 관리하는 사람이 이다지도 없는 것이냐. 이것들이 다 나라의 녹을 먹는 자들이 맞느냐? 다 찾아오거라. 아니, 그럴 필요도 없다. 그냥 다 황궁 밖으로 내보내."

"예, 일단은 잡아들여 책임을 묻고 하명하신 대로 처분하겠습니다."

"별궁에는 인원을 새로 배치해라. 제대로 된 이들로."

뒤늦게 소식을 듣고 황급히 침소로 향하던 시녀들은 별궁 안에 발을 들이지도 못하고 내쫓겨 구금됐다.

여전히 이것저것 마음에 안 든다는 눈으로 찜찜하게 둘러보던 황제의 시선 안에 곧 새로이 단장을 하고 걸어오는 다연이 들어왔다.

깨끗하게 단장된 얼굴을 보자 냉막했던 미하일의 얼굴이 조금 풀어졌다. 운동도 하지 않고 식사도 거르기 일쑤라 안색은 좀 초췌했지만 그래도 아까보다는 훨씬 보기에 좋았다.

10년 묵은 체증이 내려가는 기분을 느끼며 황제가 물었다.

"식사는 왜 하지 않지?"

가장 중요한 부분이었다. 황제는 다연이 왜 저러는지 도무지 이해할 수 없었다.

"지금은 별로 생각이 없어서……."

얼버무리며 나온 대답에 황제가 딱 잘라 반박했다.

"밥은 네가 생각이 있을 때 먹는 게 아니라 몸이 살기 위해서 정해

33

진 시간에 규칙적으로 하루 세 번 먹는 것, 그게 밥이라는 거다."

아니 어쩜 저 입은 저렇게 옳은 말만 재수 없게 하지?! 다연을 비롯한 침소 안 모두가 감탄했다. 황제는 다소 짜증을 느끼며 말했다.

"네가 무엇을 하건 내 알 바는 아니나 황성에서 굶어 죽는 바보 천치가 있다는 건 용납할 수가 없군."

경박한 이에 이어 이번엔 바보 천치도 된 다연은 또 울컥했다.

그래서 황제의 말에 반박했다.

"저는 제 몸이 원할 때 먹겠습니다."

역시 저 여자, 미쳐 버린 게 맞나 봐. 시종장 이하 전원이 생각했다.

대차게 대꾸를 하였으나 다연은 황제가 또 나, 너, 극도로 혐오함 표정으로 노려보자 금방 눈을 내리깔고 딴청을 피웠다. 황제는 혀를 찼다. 그리고 점심 무렵 들어왔다가 손도 대지 않은 플레이트를 신경질적으로 들었다 던지듯이 내려놨다.

"음식이 대체 이게 뭔가? 그녀가 몸이 좋지 않다는 소식은 나만 들은 것이냐? 이건 도대체가 먹고 힘을 내라는 것이냐, 아니면 먹고 그대로 다시 앓아누워 뒈지라는 것이냐. 별궁 요리장을 당장 불러와라. 내가 직접 그 입에 처넣고 힘이 나는지 어떤지 물어봐야겠다."

오늘따라 건수를 제대로 잡은 황제가 요리장에 이어 정원사, 빨래하녀, 나중엔 그들의 사돈의 팔촌까지 줄줄이 소환하려 할 때쯤 이제나저제나 언제쯤 끼어들 수 있을까 타이밍만 재던 시종장이 겨우 입을 뗐다.

"아뢰기 송구하오나, 폐하."

"뭐냐."

"이제 그만 국무회의에 가셔야 합니다. 대신들이 아까부터 기다리고 있습니다."

지금도 이미 예정된 시각을 한참 넘긴 참이었다.

34

"하아…… 일단은 가지."

황제는 한발 물러섰다. 그러나 곧이어 무서운 첨언을 남겼다.

"일성을 마치면 다시 오겠다."

……왜, 왜죠?

황제를 제외한 모두가 좌절했다.

"너."

일동의 좌절을 모르는 황제는 마리에게 손짓했다. 마리가 황급히 다가와 황제 앞에 무릎을 꿇었다.

이름을 말하십시오, 시종장이 작게 속삭였다.

"마리라 하옵니다, 폐하. 다연 님의 시중을 들고 있습니다."

"그래, 마리. 너는 내가 다시 올 때까지 이 거지 소굴을 사람이 살 만한 곳으로 돌려놓거라. 환경이 멀쩡해지면 네 주인의 어리석은 몸 도 음식이란 걸 원하게 되지 않겠느냐."

어딘가 뒤끝이 진하게 묻어 있는 말이었다. 가시가 잔뜩 돋친 황제 의 말에서 말대꾸에 대한 원한을 느낀 다연이 몸을 부르르 떨었다.

별궁 곳곳을 한껏 휘저은 황제의 무리는 그렇게 침소를 빠져나갔 고 남겨진 마리는 울상을 지으며 엎어졌다. 아직도 먼지 소굴인 바닥 에 그대로 쓰러져 좌절하던 그녀가 다연을 원망했다.

그러니까 청소는 하게 해 달라고 했잖아요, 흐엉.

마지막 기억은 회사에서였다.

순환보직이라 쓰고 그냥 소방수라 읽는다.

아무 곳에나 투입해도 평타 이상을 치는 멀티 플레이어를 원하는 회사 탓에 다연은 희망과는 관계없이 판촉기획팀에 배치되었다.

매일매일이 스트레스였다. 부장이 먼저 퇴근을 해야만 퇴근 준비를 할 수 있는 경직된 조직 문화도 스트레스였고, 그 와중에 집에는 안 가고 스포츠 하이라이트 영상을 다 보고 있는 나이 든 부장도 너무 싫었고.

조직원의 창의성이라고는 눈곱만큼도 존중하지 않는 꼰대 문화이면서 말로는 창의적인 기획안을 원하는 모순. 어차피 기존을 답습하지 않는 기획안은 시행 단계에서 막혀 버릴 것이 뻔했다.

기술적으로 불가능하거나, 재정적으로 푸시해 줄 수 없거나, 타 부서와의 알력 다툼에 걸려 넘어지거나, 셋 중에 하나는 반드시 문제가 될 터였다. 고작 기획안 하나를 내는 데도 사내 정치를 이해하는 폭넓은 시야가 필요했다.

밤 11시 반에 결재판을 올렸는데 납득이 전혀 가지 않는 이유로 반려하는 팀장 새끼 때문에 혼자 사는 다연은 가끔 세탁기를 돌릴 시간도 없었다.

어떤 날은 일어났는데 입을 팬티가 없어서 새벽같이 편의점에 가서 팬티를 사 입고 출근. 새벽 1시에 귀가했는데 스트레스를 풀 도리가 없어서 집에서 혼자 깡소주를 때리고 아침엔 기운이 없어서 택시를 타고 출근.

몇 시고 야근을 하다 당이 떨어질 때쯤이면 입안에 다크 초콜릿을 한 줌 털어 넣곤 했다. 그러다가도 점점 불어 가는 뱃살을 보면 이렇게 살아도 되나, 하는 생각이 가끔 들기는 했다. 하지만 안 먹으면 일을 할 수가 없으니 악순환의 반복이었다.

나를 해할 수 없는 고통은 정말 나를 강하게 만드는가?

나를 해할 수 없는 고통은 나를 그냥 힘들게 만들 뿐인 것 같았다.

정신은 소모재가 분명하다.

다연은 그때 이미 우울증 거의 전 단계까지 와 있었다.

가장 싫은 건 과도한 업무량과 신물 나는 조직 문화보다 타인의 기준에 얽매이고 쉽게 상처받는 본인의 성향이었다. 정작 지금 행복하지가 않은데 돈을 얼마나 벌고, 어떤 이름 있는 회사에 다니는가가 자신을 평가하는 척도가 되는 현실들이 싫었다.

그런데 항상 그런 평가 기준의 집단에 섞여 있었고 다연은 그런 사람들의 시선을 무시하지 못했다.

그래서 마지막엔 늘 어딘가로 떠나는 꿈을 꿨다. 나를 아무도 모르는 먼 나라, 이국의 땅에서 다시 처음부터 시작하는 꿈. 아무도 나를 평가할 사람이 없고 나도 그들을 신경 쓰지 않는.

처음 숲에서 기사들에게 발견되고 신전에서 눈을 떴을 때, 다연은 이게 본인의 간절한 염원이 현실로 이루어진 모습인가 생각했다.

적당히 이름 있는 대학을 나와, 또 적당히 이름 있는 회사에 입사해서 4년, 마케팅 그룹 대리 1년 차. 이다연 대리로서 애써 왔던 삶이 모두 지워졌다.

굉장하잖아.

아무도 모르는 낯선 곳에 왔다는 불안감이 있었지만 꼭 그만큼의 설렘과 희열이 있었다. 항상 바라고 상상해 왔던 일이니까.

그러나 사실 그게 크나큰 착각이었다는 것을 깨닫는 데는 오래 걸리지 않았다. 신전과 황실은 누구 하나가 고개를 숙여야 끝나는 오랜 정치적 싸움을 하고 있었고, 다연이 떨어진 곳은 바로 그 정쟁의 한복판이었던 것이다.

이곳도 결국엔 똑같은 세상이었다. 아니, 훨씬 더 치열한 세계였다. 정치와 권모와 줄타기가 존재하는, 능력도 신분도 중요한 세계.

한 차례의 실망감이 휩쓸고 난 뒤 찾아온 것은 심각한 피로감과 무기력증이었다.

제대로 우울증이 찾아온 다연은 오늘도 이불을 휘감고 침대에 누워 천장을 바라보며 곰곰이 생각이라는 걸 했다.

아무것도 하고 싶지 않다. 물론 지금도 아무것도 하고 있지 않지만, 더 격렬하게 아무것도 하고 싶지 않다.

그런데…….

"오늘은 하루 종일 무얼 했지?"

오늘도 상쾌한 표정으로 성큼성큼 걸어 들어오는 황제 미하일 드나르 알티우스.

다연은 자신의 표정에 싫은 감정이 너무 티가 날 것 같아 재빨리 이불 끝으로 얼굴을 감추었다.

강렬히 아무것도 안 하려고 드는 자와 강렬히 뭐라도 하게 만들려는 자의 치열한 공방전.

여기저기 들쑤시고 간섭하고 다니기 일쑤인 황제는 일이 자신이 원하는 대로 이루어질 때면 무척 개운한 얼굴을 했다. 아무래도 그는 좀 사디스트적인 성향이 있는 것 같았다. 조직원을 부려야 하는 상사들은 다 저런 성향을 타고 태어나는 것인가?

그는 꼭 사람의 쓸모를 찾아 적재적소에서 그 효용을 다하게 할 때 지상 최대의 행복을 느끼는 사람처럼 보였다. 신분제 사회에서 태어나지 않았어도 뭐라도 크게 한자리해서 족적을 남겼을 인간이라고, 다연은 생각했다.

성실하고 건강한 마인드의 사람이지. 그래, 좋다. 다 좋은데, 문제는 요즘 그런 그가 꽂혀서 털어 대는 분야가 자신이라는 것이다.

다연을 사람 구실 하게 만드는 게 지상 최대의 목적이라도 되는 양털어 대는데, 이제는 다연은 물론 마리와 별궁의 시녀들도 다 질려 버릴 지경이었다.

다연은 절규했다. 제발 나를 그냥 좀 숨만 쉬게 내버려 둬라…….

침대가에 다가선 황제가 얼굴을 가리고 있는 다연의 이불을 잡아 내렸다.

"오늘은 무얼 했느냐?"

다연이 대답할 생각이 없자 황제의 시선이 그대로 마리를 향했다.

마리가 매우 난처한 표정으로 땀을 삐질삐질 흘리며 대답했다.

"10시쯤에 기침하셔서 씻으시고, 그 뒤로는 쭉 휴식을 취하셨습니다."

"결국 아무것도 안 했다는 말이로군."

황제가 간단히 정리했다. 다연을 바라보는 그의 얼굴이 심각해졌다. 어쩐지 또 굉장히 한심해하는 표정이라 주눅이 든 다연이 다시 슬며시 이불을 얼굴 위로 끌어 올렸다.

황제는 정말 굉장히 성실한 사람이었다. 일단 미모부터가 열일을 하고 있지 않은가. 그런 면에서 자신은 이미 얼굴부터 게으르게 태어났구나, 다연은 담담히 생각했다.

일곱 살 때부터 하루도 빠짐없이 새벽 5시에 일어나 1시간씩 수련을 하는 것으로 일과를 시작한다는 황제는 도무지 다연을 이해할 수 없는 눈치였다.

그는 근본적으로 심약한 정신이라든가 그 심약해진 마음에 병이 침잠할 수 있다는 사실 자체를 이해하지 못하는 사람이었다. 머리는 알지만 마음으로 공감하지 못하는 사람.

새벽 5시, 수련, 전쟁, 전략가, 황제.

이불, 어둠, 먼지, 애벌레, 백수, 문맹.

둘은 현재를 관통하는 키워드 자체가 정확하게 대척점에 있는 사람들이었다.

황제가 다시 이불을 잡아 슬그머니 끌어 내렸다.

"식사는 하긴 한 건가? 늦게 일어났으니 아침은 안 먹었을 테고."

"……."

이번에도 다연이 대답이 없자 황제가 시선을 그대로 마리에게 다시 돌렸다.

며칠째 계속되고 있는 이 이상한 공방전의 중간에 낀 마리만 미친 듯이 새우등이 터지는 중이었다. 고달픈 시녀 생활에 이미 신앙심이 바닥을 찍은 마리는 조만간 신전의 안티가 될 생각이었다.

"아직 식전이셔요. 주방장이 소고기 수프와 오믈렛을 만들었지만 생각이 없다고 하시어……."

며칠의 실랑이 끝에 황제는 이럴 때 본인이 원하는 결론을 이끌어 낼 만한 방법을 터득했다.

"……음식에 문제가 있나 보군. 주방장을 불러와라. 실력에 부족함이 없었는지 내가 물어야겠다."

"아, 좀!"

울컥한 다연이 이불을 걷어차고 벌떡 일어나서 외쳤다.

"다연 님, 제발 폐하께 말씀을 좀……."

듣다 못한 시종장이 매우 난처하고 곤란한 표정으로 끼어들었으나 정작 미하일 본인은 뭐가 웃긴지 피식거리며 웃는 것이었다. 그리고 지시했다.

"점심을 다시 내오거라. 잘 먹지 않으니 회복도 더디고 마음도 약해지는 것이다. 다 먹는 것을 보고 가겠다."

황제의 명령에 따라 곧이어 가짓수는 소박하지만 무엇 하나 고급스럽지 않은 게 없는 점심 식사가 침소 안으로 들어왔다. 보는 이의 식욕을 돋우는 먹음직스러운 모양새였다. 그러나 정작 다연은 본인 제사상을 보는 것 같은 칙칙하고 우울한 얼굴이었다.

원한에 가득 찬 얼굴로 수프와 황제를 번갈아 가며 노려보던 다연은 마침내 스푼을 들었다. 그리고 달칵달칵 스푼을 접시에 부딪혀 가며 부러 큰 소리를 냈다.

소고기 수프를 크게 뜬 다연이 보란 듯이 입안에 숟가락을 쑤셔 넣었다. 잔뜩 화가 난 사춘기 딸이 거실에 아빠를 남겨 둔 채 방문을 쾅 닫고 들어가는 모습을 연상시키는 전투적인 식사 매너였다.

나 짜증 났어, 시위하는 듯한 반항적이고 무례한 태도에 시종장의 얼굴은 새파랗게 질렸지만 정작 황제는 전혀 개의치 않는 얼굴이었다.

"입맛에는 맞느냐. 잘 먹으니 좋군. ……별궁 요리사에게 상을 내려야겠다."

원하는 바를 모두 이룬 황제는 다연이 먹는 양을 보며 묘하게 배부른 얼굴을 했다.

그는 다연을 마치 며칠째 낯을 가리며 책상 밑에 처박혀 나오지 않던 고양이 보듯 바라보았다.

일주일 만에 마침내 밖으로 나온 고양이가 끝끝내 곁을 내어 주진 않으면서도 조심스레 첫 사료를 먹는 것 같은 기분이었다.

황제의 시선에 만족감이 떠올랐다.

2장.
이불 밖은 위험해

황제의 하루는 동이 트기 전부터 시작된다.

32년 전, 알티우스에 번영을 가져올 것이라는 계시와 함께 태어난 미하일 드나르 알티우스는 유능한 황제이자 탁월한 전략가였다.

대대로 뛰어난 기사였던 드나르 황가의 적통이었으나 어릴 적 미하일은 검술에 재능이 없었다고 전해진다.

그에 비해 역사, 외교, 정치에 대한 이해가 상당해 역대 황제들과는 다른 성향을 가지고 태어났다고 보는 시선이 대다수였으나 미하일의 진가는 그가 바로 '노력형' 천재라는 것에 있었다.

일곱 살 황자 시절부터 새벽 5시면 어김없이 행했던 검술 수련을 그는 황제가 된 지금도 이어 오고 있었다.

그는 자만하지도 않았고 실망하지도 않았다. 해야 할 당연한 일을 수행하듯 흔들림이 없을 뿐이었다.

1년, 또 1년. 시간이 흐를 때마다 그는 검에는 재능이 없다는 세간의 평가를 뒤엎고 대다수의 쟁쟁한 황실 기사들을 실력으로 꺾었다.

황제보다 실력이 뛰어난 기사는 여전히 알티우스 대륙에 얼마든지 있었다. 그러나 황제의 검에는 한 사람의 성격과 의지가 그대로 담겨 있었다.

그가 검으로서 증명해 낸 것이 무엇인지를 아는 이들은 황제가 검을 잡을 때마다 일종의 경외심을 느꼈다. 일할 때 빈틈을 주지 않는 황제는 대신들에게는 좀 인기가 없었지만 무의 길을 걷는 기사단에서만큼은 존경의 대상이었다.

숨을 고르는 황제가 수련을 다 마친 듯하자 근위대장은 시종장이 들고 있던 수건을 건네받아 앞으로 나섰다.

"신전에서 다연 님께 알현 요청을 넣었습니다."

황제가 수건을 건네받아 얼굴을 닦았다.

"……신전에서? 잠잠한 줄 알았는데."

"그들이 그렇게 쉽게 포기할 리가 있겠습니까?"

"이번엔 누구를 보낸다고 하던가?"

"그게 알려지지 않았습니다. 공식적으로 방문 요청을 넣었지만 임시 직함을 사용했습니다. 신전 측에 심은 이들을 통해 알아보려 했지만 그들도 정확히는 모르고 있었습니다. 저희 눈과 귀를 피하려고 한 것 같습니다."

찌푸린 얼굴로 곰곰이 생각하던 황제는 수건을 다시 시종장에게 건네며 근위대장에게 말했다.

"누가 되었든 신전에서 보낸 자와 그녀가 둘만 있게 놓아두어선 안 된다. 믿을 만한 자를 동석시키고 필요하다면 감시를 붙여도 좋다."

"예, 알겠습니다."

"명심해라. 신전이 일을 꾸미게 놔두지 마라."

"예, 폐하."

잠깐의 휴식 뒤 미하일은 곧바로 국무회의에 임했다. 출정을 했을 때를 제외하고 황제의 일과라는 건 결국 보고와 회의의 연속이었다. 알티우스 황실은 현재 밖으로는 사르만국의 전후 배상금 문제로, 안으로는 조세개혁의 필요성으로 쉴 틈 없이 바쁘게 돌아가고 있었다.

"사절단의 태도가 순순하지 않습니다."

"어떤 면에서 그러하지?"

황제가 흥미롭다는 듯 묻자 산전수전 다 겪은 주름진 얼굴의 외무대신이 피로가 가득한 표정으로 말했다.

"그쪽에서 제시하는 배상금 수준이 저희 쪽에서 제시한 수준과 관례에 못 미칩니다. 저희와 본격적으로 줄다리기를 할 생각인 것 같습니다."

"너무 꼬장꼬장하게 나갈 필요는 없다. 그쪽의 요구를 어느 정도 수용할 용의가 있다는 걸 보여 주는 것도 괜찮겠지."

황제가 숙이고 들어가는 모양새가 되자 대표적 강경파인 내무대신이 발끈했다.

"폐하! 승전한 것은 알티우스이지, 사르만 족이 아니옵니다!"

"바보 같은 소리."

황제가 싸늘하게 일별했다.

"그래, 승전국은 알티우스이지. 그리고 내무대신은 그 전쟁을 누가 승리로 이끌었는지도 알아야 할 것이다."

한마디로 전쟁은 내가 했으니 그만 닥치란 뜻이었다. 황제는 화제를 전환했다.

"외무대신, 문무대신에게 묻겠다. 사르만의 땅에 학교를 세우는 일이 가능하리라고 보는가."

예상치 못한 황제의 물음에 귀족 각료들이 술렁였다.

"그들이 받아들일지, 또 실현 가능성에 대한 그대들의 의견을 물어

보는 것이다."

"……유화책을 펴실 생각이십니까?"

외무대신이 조심스럽게 묻자 미하일이 만족스럽게 웃었다.

얼굴에 걸린 그 미소가 또 일을 꾸미려는 악당 같다고 시종장은 속으로만 생각했다.

"하나의 예시일 뿐이다. 전쟁의 대가를 꼭 돈으로 받을 필요는 없지 않은가."

신료들의 얼굴이 심각해졌다.

사르만 족은 알티우스 건국 초기부터 국경 지방에서 제국민을 수탈하고 해를 입혀 온 대표적인 전투 민족이었다. 기사로서의 긍지를 중요하게 생각하는 드나르 황가의 어떤 황제도 사르만 족과의 화평을 생각하지 않았다.

"그렇지만 전례가 없는 일입니다."

조심스럽게 한 관료가 이의를 제기하자 황제가 고개를 저었다.

"전쟁은 미봉책이라는 것이 이미 그 전례로 수차례 증명됐다. 전투에 승리할 수는 있지만 사르만 족 모두를 멸족시킬 게 아니라면 그들은 결코 굴복되지 않는다. 그대들은 내 부친이 사르만과의 교전에서 세 번이나 승리했지만, 그들은 어김없이 네 번째 전쟁을 일으켰다는 사실을 기억해야 할 것이다."

황제가 진지한 눈으로 대신들을 바라보며 말을 이었다.

"어차피 알티우스에는 사르만의 여자도 노예도 필요 없다. 그들은 긍지와 민족애가 높은 자들이니 노예 대신 교역을 원한다고 협상하면 받아들일 가능성이 높을 것이다. 시세보다 낮은 가격으로 곡물이나 필수 물자에 대한 거래를 터라. 우리 경제에 의존하게 만들란 말이다. 외무대신, 그대의 외교적 역량을 믿어 보지. 다음 국무회의 때는 현황이 아닌 결과를 가져오길 바란다."

나이 든 외무대신의 주름이 더욱 깊어졌다.

"그럼 이쯤 하고 다음은 조세개혁 안건으로 넘어가지. 재무대신."

호명당한 재무대신이 순식간에 10년 정도 늙어 버린 어두운 표정이 됐다.

"조세법 개혁 초안은 아직인가."

그 초안을 바로 사흘 전에도 쓰레기라며 반려한 당사자가 아무 일도 없었다는 듯 매끈한 얼굴로 묻자 재무대신은 미치고 팔짝 뛸 심정이었다.

"재무부 최고의 인재들이 며칠째 귀가도 하지 못하고 밤샘을 하고 있습니다만……."

재무대신이 최대한 불쌍해 보이는 표정을 지어 보이려 애쓰며 말끝을 흐렸다.

그러나 별로 먹힐 만한 방법은 아니었다. 황제는 그다지 동정심이 많은 사람이 아니었고 국무에 사감을 개입하는 일이 잘 없었다.

"그대는 아직 조세 법안을 개혁하려는 취지에 대해 이해하지 못하고 있다."

제국 최고의 엘리트들을 회의 때마다 사정없이 박살 내는 황제가 간만에 자비를 베풀었다. 그러나 황제가 던진 답은 그대로 폭탄이 되어 회의실에서 터졌다.

"이번 조세개혁안의 골자는 신전의 납세가 되어야 할 것이다."

"폐하……."

여기저기서 침음이 터졌다.

"하지만 폐하, 신전의 반발이 만만치 않을 것입니다."

성질이 급하고 호전적인 내무대신마저 사안의 무거움에 조심스럽게 우려를 표했으나 황제는 태연히 대꾸했다.

"그걸 해결하기 위해 그대들이 있는 게 아닌가."

월급을 놀면서 받을 생각은 아니겠지. 이번에야말로 정말 악당 같은 못된 표정으로 미하일이 미소했다. 그러나 이 순간 함께 웃을 수 없는 재무대신과 관료들이었다.

"그 일이 정말로 가능하겠습니까? 아무리 신전의 힘이 쇠약해졌다고는 하나 어찌 되었건 제국민의 다수가 헤르니야의 신도입니다. 최악의 경우 신전에서 신도들을 앞세워 반대 여론을 일으킨다면 일이 어렵게 될 수 있습니다."

외무대신의 발언에 황제가 고개를 끄덕이며 긍정했다.

"매우 중요한 지적이다, 외무대신. 여론의 선점이 무엇보다 우선시되어야 할 것이다. 신전이 축적한 막대한 재산에 대해 부정적인 여론을 퍼뜨려라. 사제들을 뒷조사해 이용할 수 있는 스캔들은 최대한 긁어모으고."

심각해진 분위기에서 황제가 말을 이었다.

"그대들이 우려하는 부분은 나 또한 잘 알고 있다. 그러나 신전에 과세하는 것은 그만큼 중요한 일이야. 신전의 권위가 땅에 떨어졌다고는 하지만 그들은 기회만 있으면 황권을 흔들려고 하지. 알티우스 황실의 인기라는 것도 결국 강력한 군사력과 국방력을 바탕으로 한 것이다. 신전은 그것을 알고 있기 때문에 더더욱 성기사와 병사들을 양성하는 것이고. 나는 그들이 세금 한 푼 내지 않고 축적한 재산으로 군사력을 불리는 것을 더는 보아줄 수 없군."

대신들의 얼굴을 면밀히 살피며 더 이상의 이견이 없는 것을 확인한 황제가 재무대신과 내무대신에게 말했다.

"재무부는 빠른 시일 내에 개혁안을 완성해서 올리도록 하고. 법안이 시행될 만한 여론 조성은 내무부에서 맡지."

재무대신에 이어 내무대신의 얼굴도 급격히 어두워졌다.

사실 황제의 단기적인 목표는 법안 시행에 있지 않았다. 황제는 이 일이 단번에 가능하리라고 보지 않았다. 중요한 것은 단지 필요성을 환기시키는 것이다. 그게 한 번이 되고 두 번이 되고 세 번이 되면 낙 숫물이 바위를 뚫듯 결국에는 이루어질 것이었다.

그러나 기준이 높은 상사인 미하일은 굳이 그런 생각을 대신들 앞에 풀어놓아 그들의 짐을 덜어 주지 않았다. 목표는 높게 가질수록 좋은 거니까.

"오늘 회의는 여기에서 마치도록 하지. ……시종장, 신전의 접견 요청이 언제로 잡혀 있지?"

오전에 보고된 다연의 일정을 묻는 말에 시종장이 공손히 답했다.

"내일모레로 잡아 두었습니다."

고개를 끄덕인 황제가 일어섰다.

별궁으로 간다, 말하는 그의 뒤를 기사와 시종들이 따랐다. 황제가 떠난 회의실엔 침묵이 가득했다.

"휴, 그래도 오늘은 폐하의 기분이 좋으시군요."

대신들 중 하나가 그리 말하며 안도의 한숨을 쉬었지만 남겨진 누구도 그러한 사실에 위로받지 못했다. 앞으로 할 일이 잔뜩인 관료들의 얼굴에 드리운 먹구름은 좀처럼 가실 줄 몰랐다.

"오늘은 기분이 어떠하지?"

미하일은 회의실에서보다 훨씬 상쾌해진 얼굴로 들어섰다.

밥은 먹었니, 기분은 어떠하니, 오늘은 뭐 했니. 황제의 인사는 대체로 저 세 가지 중에 하나였다. 이해할 수 없지만 황제는 이 시간을 즐기는 것 같았다. 하지만 받아들이는 사람은 아니었다.

이건 분명 괴롭힘이다. 새로운 방식의 괴롭힘이 분명해.

다연은 그렇게 생각했다. 그리고 그 의견에 시녀들과 시종들 대다수가 동의했다. 시도 때도 없이 들이닥치는 황제 때문에 죽어나는 것은 아랫사람들이 더했던 것이다. 황제는 원래 깐깐하기로 유명한 사람이었다.

"좋습니다."

"너는 늘 하나도 안 좋은 얼굴로 좋다고 말하는구나."

"……."

이럴 거면 왜 물어봄? 지금 시비 거세요?

듣고 있던 모두가 생각했지만 아무도 비난하지 못했다. 권력이 깡패라서.

게다가 황제는 계급장을 떼고 붙더라도 이기기 어려운 사람이었다. 어차피 이기지 못할 거라면 계급 때문이라고 핑계 대고 명예롭게 패배하는 편이 나았다.

황제의 방문은 대중없었지만 대체로 점심 무렵에 이루어지곤 했는데 회의나 접견 일정을 소화하기 전에 잠시 들르기도 했고, 모든 일정을 마무리하고 와선 느긋하게 쉬었다가 가기도 했다.

왜 대체 여기서 남에게 잔소리를 하면서 쉬는가. 모두가 그 사실에 의문을 느꼈지만 분명한 것은 그 횟수가 점점 늘어 가고 있다는 점이었다.

처음에는 그저 주기적으로 보고만 받던 것이 언제부턴가 직접 눈으로 확인하고 싶어 했고, 또 사사건건 참견을 하고 싶어 했다. 일주일에 한두 번 시간을 내어 다녀가던 것이 점점 잦아져 매일같이 들르는 게 벌써 수일째였는데, 그에 대한 자각이 있는 건지 없는 건지 알 수 없었다.

그럼에도 불구하고 가장 가까이에서 황제를 모시는 시종장은 황제가 다연을 좋아하는 건지 싫어하는 건지 잘 모르겠다고 생각했다. 이건 잘해 주고 있는 건지 괴롭히고 있는 건지 그 경계가 모호했다.

식사를 챙겨 먹이고, 먹는 모습을 흐뭇하게 바라보는 걸 보면 잘해 주고 싶어 하는 것 같기는 한데…… 하도 사사건건 간섭을 해 대고 잔소리를 해 대니 괴롭히는 것 같기도 하고 그랬다.

그렇지만 요즘 들어 황제가 다연에게 각별히 관심을 쏟고 있는 것만은 사실이었다. 얼마 전부터는 별궁의 시녀들도 다연을 대하는 태도가 훨씬 조심스러워진 게 육안으로 보일 정도였다.

궁인들은 눈칫밥으로 살아온 자들이었다. 그들이 모두 느낄 만큼 요즘의 황제는 좀 유난스러운 구석이 있었다.

황제는 다연이 보다가 탁자에 그대로 늘어놓은 그림책을 힐끔 쳐다보았다.

"책을 읽었군."

"음, 네."

난처함에 다연이 뺨을 긁었다.

이곳에 오고 다행히 말은 알아듣고 통했는데 문자 체계는 전혀 달라 글을 읽을 수 없었다.

"어린이용이네."

그는 중얼거렸지만 딱히 비웃는 기색은 아니었다. 미하일은 기준이 높아서 그렇지, 상벌과 호불호가 확실한 사람이었다.

다연이 '전 오늘 그냥 숨만 쉴 생각인데요.' 얘기했을 땐 질색을 하며 치를 떨었다. '어제도 아무 생각이 없었지만 오늘은 더 아무 생각이 없네요.' 했을 때는 충격을 받은 듯 혐오한단 표정마저 지었다.

하지만 그녀가 뭐라도 하고 있을 땐 그게 제아무리 하찮은 일일지라도 관심을 기울여 줬다.

워낙 처음에 잉여인간처럼 지내는 모습을 봤던지라 이제는 뭐라도 한다는 것 자체가 고무적이라고 느끼는 모양이었다.

그때 문득 황제가 물었다.

"글을 배워 보는 것은 어때?"

어쩐지 황제의 말이 점점 더 격의 없어지고 친근함을 표하는 것처럼 들렸지만 다연은 자주 보다 보니 그도 자신이 편해져서 그러나 보다 했다.

"글을 꼭 배워야 하나요?"

그건 그거고, 귀찮은 건 귀찮은 거고.

그녀의 시큰둥한 대답에 미하일이 답답해하며 말했다.

"알티우스에서는 아주 가난한 빈민이 아니라면 글자를 읽고 쓸 줄 안다. 아이가 학교를 가기 전부터 부모는 집에서 글을 가르치지. 평민에겐 시험을 봐 하급 관리가 되는 것이 가장 확실한 출세의 길이거든. 네가 관직에 나갈 것은 아니지만 어린아이도 배우는 글을 굳이 안 배울 이유도 없지 않느냐?"

황제는 말을 너무 잘했다. 늘 맞는 말만 해서 다연을 할 말이 없게 만들곤 했다.

그렇지만 귀찮은데.

만성적인 무기력증에 시달리고 있는 다연이 영 내키지 않는 얼굴로 대답이 없자 미하일이 금세 비난의 눈초리를 했다.

"난 너같이 게으른 인간은 처음 본다."

그렇지만 그 부분에 대해서는 다연도 할 말이 많았다.

"죄송한 말씀이지만 제가 살던 곳엔 많았습니다."

그 말엔 황제뿐만 아니라 시녀들도, 시종들조차도 믿을 수 없다는 표정을 했다.

나 그 정도니? 다연은 어쩐지 좀 민망해졌다.

"말도 안 된다. 신계의 사람들은 죄다 폐인들뿐이란 말이냐?"

폐인…… 와, 말 다 하셨어요?

이번엔 다연이 비난의 눈초리를 했다. 그러나 황제는 여전히 못 믿는 표정이었다.

"헤르고니아에는 정말 그렇게 게으른 사람들이 많느냐?"

황제가 궁금해하며 묻자 다연이 답했다.

"게으른 사람도 많고 일하지 않고 놀고먹는 사람들도 많습니다. 방 밖으로 나가지 않고 안에서만 생활하는 사람도 있습니다. 물론 열심히 일하는 사람들도 많구요. ……그리고 전에도 말씀드렸지만 제가 살던 곳은 헤르고니아가 아닌데요."

아까 황제가 신계라고 칭한 것이 마음에 걸려 다연이 말미에 정정했다.

"그게 뭐가 중요하겠느냐?"

황제가 태연히 반문하자 듣고 있던 시종장은 다소 어이가 없어졌다.

……그게 중요하지 않으면 대체 뭐가 중요한데요?

그러나 가만히 고개를 숙여 황당한 얼굴을 감췄다. 이번에도 권력이 깡패라서.

불과 몇 달 전까지 그게 굉장히 중요했던 것 같은데. 그래서 실망했던 거 아니셨어요? 다연도 의아한 표정을 했지만 황제가 다시 화제를 전환했다.

"어쨌든 글은 배워 두는 게 좋겠어. 가르칠 사람을 알아보도록 하지."

마지막 말은 다연이 아니라 시종장에게 하는 것이었다.

"구해 놓겠습니다, 폐하."

아니, 제 의사는요. 다연이 조심스럽게 반대 의견을 제시해 봤지만 바로 묵살됐다. 오히려 황제는 본인의 계획이 매우 마음에 든 눈치였다. 곧바로 다른 계획이 추가됐다.

"몸을 전혀 움직이질 않으니 이참에 운동도 좀 하는 것이 좋겠다."

"운동이요?"

그런 것은 태어나서 아직 해 본 적이 없는데요.

다연이 떨떠름한 표정으로 되물었으나 황제는 본인의 계획에 본인이 고무되고 있는 눈치였다.

"몸을 움직이고 햇빛을 자주 쐬어 주어야 몸이 건강해진다. 몸이 건강해야 마음도 건강해지는 것이지. 검을 배워 본 적은 있느냐?"

"검이요? 여자들도 검술을 배우나요?"

여자 기사는 못 본 것 같은데……. 다연이 의아해하며 묻자 황제가 답했다.

"알티우스에서는 여자들도 호신과 단련을 위해 무예를 배우는 경우가 많지. 너도 배워 두면 여러모로 좋을 것이다. 황궁에서 호신이 필요할 일은 많지 않겠지만 땀을 흘리고 나면 기분 전환에도 도움이 되니까."

매우 좋은 생각이라는 듯 본인의 말에 만족한 황제가 물었다.

"아예 나 수련할 때 옆에서 같이 할래?"

이번엔 다연이 아니라 시종장과 수행하는 기사들이 놀랐다. 그들의 얼굴에는 물음표가 떠다녔다.

아니, 그런 성격 아니시잖아요? 수련할 때 누가 방해하는 거 질색하시지 않아요?

폐하께서 왜 저러시는 거요? 수행 기사가 시종장에게 눈짓으로 물었다.

시종장은 그 눈짓을 애써 무시하며 생각했다. 아무래도 좋아하시는 게 맞나 보다.

"몇 시에 하시는데요?"

다연이 무척이나 떨떠름한 얼굴로 마지못해 물었다.

"5시에 매일 1시간쯤."

"오후 5시죠?"

"그럴 리가."

다연이 기절할 것 같은 표정을 했다.

지금 나보고 새벽 5시에 일어나서 칼질을 하라는 거야?

다연은 몹시 망설이더니 입을 열었다. 그녀는 심각했다.

"정말 죄송한데요."

"응."

"이거 다 농담이신 거죠?"

황제는 의아한 표정을 했다.

"뭐가 말이냐? 검술을 배워 보자는 게? 아니면 시간을 말하는 것이냐?"

"음음…… 둘 다요?"

황제도 심각해졌다.

"나도 정말 미안하지만."

"……."

"두 쪽 다 농담이 아니다."

대답하면서 뭐가 웃겼는지 황제는 몇 번이나 피식 웃었다. 그러나 다연은 웃을 기분이 아니었다.

"죄송해요. 저는 이번 생은 안 될 것 같아요."

다연이 매우 깔끔하게 사과하자 미하일이 아쉽다는 표정을 지었다. 그 모습을 바라보는 시종장의 시선이 복잡 미묘했다.

그러나 황제는 역시 잘 포기하지 않는 역사를 가진 인간이었다. 황태자 시절 검술에 재능이 전혀 없다는 평가를 듣고서도 남이 뭐라 하건 말건 25년째 검술을 갈고닦아 온 집념을 보라.

그것은 미하일이 성실하고 쉽게 포기하지 않는 성품의 사내였기에 가능한 일이었다. 그리고 동시에 타인의 평가를 전혀 신경 쓰지 않기에 가능한 일이기도 했다. 그는 타인의 평가에 실망하거나 미리 포기하지 않았던 것이다.

그랬던 황태자는 장성하여 어릴 때보다 더 강직한 성격을 자랑하는 황제가 되고, 이제는 그 집요함을 이상한 곳에다가 쓰는 중이었다.

"아직도 취침 중이라니 갓 태어난 새끼 강아지도 그녀처럼 자진 않을 것이다."

황제가 혀를 끌끌 찼다. 감히 황제를 기다리게 한 송구함에 마리가 침소 문 앞에서 안절부절못했다.

그녀도 조만간 위장약 장기 복용자가 될 예정이었다.

새벽 수련을 마친 미하일은 무슨 바람이 불었는지 다연을 데리고 나오라고 별궁에 기별을 보냈다. 역시 운동을 시켜야겠다는 것이다.

그러나 그녀도 어마어마한 인간이었다. 가히 폭면이라 부를 만한 수면이 정오가 되도록 이어지자 황제는 좀처럼 믿을 수가 없어 했다. 그래서 확인하고자 직접 별궁에 온 참이었다.

"이제 그만 일어나지. 해가 중천에 떴단 말이다."

막 일어난 다연이 아직도 이불 속에서 헤매고 있자 황제가 잔소리를 했다.

너무한 것은 누구인가. 이 명제에 대한 황제의 시종들과 별궁의 시녀들의 의견은 매일매일 뒤엎어졌다.

다연은 먹고 자고 숨만 쉰다. 방 안에 틀어박혀 잘 나오지도 않았다. 일생에 생산적이고 의미 있는 일은 하나도 하지 않겠다는 듯 그녀는 그냥 태어났으니 사는 사람 같았다.

처음엔 너도 참 징하다, 생각했던 시종들이었으나 황제가 누구인가. 신이 가장 공들여 빚은 이 피조물은 성실함의 화신이었다.

정력적으로 정무를 소화하다 못해 약간의 일중독자 성향마저 보이는 황제는 팩트 폭력도 가히 수준급이었다.

마치 한 인간에 대한 갱생 프로젝트를 수행하는 듯한 태도로 황제가 다연을 털어 대는 걸 보고 있노라면 시종들도 시녀들도 황제가 너무해, 생각했다.

그 열정과 다양한 레퍼토리에 듣는 이들이 질려 버릴 지경이었다. 꼬장꼬장한 시어머니도 저렇게까지 잔소리를 할 수는 없겠다.

그런데 저렇게까지 옆에서 털어 대는데도 여전히 숨만 쉬는 다연을 볼 때면 역시 더 문제는 다연인 것 같기도 했다.

그냥 둘 다 참 징하다. 그리고 둘은 너무 다르다. 모두의 마음속에 자리 잡은 잠정적인 결론이었다.

그래도 황제의 열정의 결과물로 다연은 이제 어느 정도 규칙적으로 식사는 했다. 잘 먹은 얼굴은 예전보다 안색도 좋아지고 표정도 좋아졌지만 황제는 남들보다 목표 의식이 높은 인간이라는 게 다연의 불행이자 시종장의 고충이었다.

"셋을 셀 때까지 일어나지 않으면 엉덩이를 걷어차 주겠다."

시녀들과 시종장의 안색이 파리해졌다.

계속 그렇게 괴롭히고 장난치시면 미움을 사실지도 모릅니다, 여자들은 섬세하단 말입니다. 시종장이 우울하게 생각했다.

"그건 좀 성희롱 같은데요."

전혀 불쾌하지 않은 얼굴로 다연이 말했다.

"그렇다고 실제로 한 건 아니지 않느냐?"

황제 또한 뻔뻔한 얼굴로 대꾸했다.

"씻고 오면 그때 식사를 하지."

황제가 마리에게 눈짓하자 마리가 황급히 다연을 모셨다.

"……별궁에서 드십니까?"

시종장이 의아한 얼굴로 묻자 황제가 고개를 끄덕였다. 갑자기 황제의 식사 준비를 해야 하는 별궁 요리사가 가여워지는 순간이었다.

"후원에 식사를 할 만한 자리가 있겠느냐? 날이 좋으니 밖에서 먹도록 하지. 그녀에게 햇빛을 쐬어 주어야겠다."

그리고 별궁의 시녀들도 불쌍해지는 순간이었다.

"날이 이렇게 좋으니 자주 나와서 산책도 하고 그러거라. 더 더워지면 그 허약한 몸으론 나오는 것도 무리일 테니. 더위는 많이 타느냐?"

"아니요, 괜찮습니다. 알티우스의 여름은 많이 덥나요?"

"글쎄. 기준점을 모르겠군. 심한 날은 오래 밖에 있으면 땀이 날 정도는 된다."

그렇게까지 폭염은 아닌 모양이었다.

"내일부터는 잠깐씩 검을 배우는 것을 봐 주겠다."

황제의 말에 우물우물 음식을 씹던 다연이 인상을 썼다.

"그 얘기는 어제 끝난 거 아니었어요?"

"새벽에 하는 게 무리라는 얘기는 했지. 새벽만 아니라면 상관없지 않느냐."

다연이 매우 유감 있는 얼굴로 황제를 바라보았다. 하지만 미하일은 단호했다.

"해 보면 생각이 달라질 것이다. 땀을 흘리는 것만큼 정서에 도움이 되는 일은 없지. 그러니 일단은 해 보거라. 몸이 건강하지 않은데 기분이 좋을 리가 있겠느냐."

네가 그렇게 우울한 건 안 움직이고 운동을 안 해서야, 라는 말을 황제가 돌려 가며 했다. 딱히 틀린 말은 없어 반박은 할 수 없었지만 고개를 끄덕이는 다연의 얼굴이 우울했다.

"내일 신전에서 너를 만나기 위해 사람이 온다는 얘기는 들었느냐."

"네, 마리가 얘기해 줬어요."

"별일은 없겠지만 그래도 항상 조심하렴."

황제가 제법 다정한 말투로 걱정하자 수행 기사가 또 시종장에게 표정으로 질문했다. 폐하께서 또 왜 저러시는 거요?

저 검만 쓸 줄 아는 눈치 없는 양반 같으니. 시종장이 고개를 설레설레 저었다.

다연이 의아한 표정으로 물었다.

"위험한 사람인가요?"

"누가 오는지는 알 수 없지만 대체로 신전 놈들은 음험하니까."

대체로 그 신전 놈들보다 더 음험한 것은 황제였다. 정쟁과 모사에 도가 튼 황제가 그런 소리를 하자 모두가 적응이 안 되는 눈치였다.

"신전에서 독대를 요청하고 사람들을 물려 달라 해도 응해선 안 된다. 기사들을 붙여 줄 테니 반드시 사람들을 대동하고 접견하거라."

"네, 알겠습니다."

과한 걱정인 건 알았지만 황제가 신전과 사이가 좋지 않다는 것 정도는 다연도 알았기에 순순히 고개를 끄덕였다.

자신의 존재가 안 그래도 예민한 신전과 황실의 감정싸움에 도화선이 됐다는 것도 들었다. 자신이 신전을 떠나 입궁하게 됐을 때 신관들은 다연이 험지에라도 가는 듯 안 좋은 반응들이었다. 그래도 다연의 앞에서는 말을 가려 했지만 현 황제에 대해 결코 좋은 분위기가 아니었다.

떠나던 날 연로한 대신관이 비통한 얼굴로 다시 뵐 날이 있을 거고 말했던 게 기억났다.

"신전에서는 왜 저를 또 만나려고 하는 걸까요?"

"그대를 이용하려는 거겠지. 어떻게든 쓸모를 찾아서."

"음, 근데 저는 아무 쓸모가 없을 텐데요."

"……."

미하일이 오랜만에 나, 너, 정말 극도로 혐오함 표정을 했다.

정직한 자아비판이 기가 막힌 모양이었다.

"뭐, 그대는 나타난 것 자체가 신전에 도움이 됐으니까. 계시가 내린 직후에 신도 수와 성금이 늘었다는 사실을 알고 있나?"

처음 듣는 소리였다.

"인간이란 원래 끊임없이 의심하는 존재지. 32년간 아무런 목소리도, 응답도 없는 신에게 의문을 가지는 인간이 없었을까? 신도 수는 감소 추세였고 신전 세력은 계속 약화되는 중이었지. 아마 그대로 놔두었으면 자연적으로 도태했을 것이다. 그런 와중에 내린 신탁이 그들에게는 얼마나 반가웠겠나. 신전을 찾는 이들이 많아지고 성금이 폭발적으로 증가했지."

식사를 멈춘 황제의 이야기는 진지했다.

"네가 만약 강력한 신력을 보유하고 있었다면 문제는 더 어려워졌을 것이다. 치유력이라도 있었으면 정말 곤란해졌겠지."

"어째서요?"

"평민들은 아파도 금전적인 문제로 치료를 받기가 어려우니까. 계시를 받고 나타난 신녀가 대륙을 순회하며 치유의 기적을 베푼다, 너무 감동적인 각본이 아닌가. 나라도 사재를 털어 신전에 기부금을 바치고 싶어질 것 같군. 이 생각을 신전에서 떠올리지 못했을 리 없다."

다연은 아무 말도 하지 못했다. 실제로 신전에서는 처음 다연에게 치유 사제와 같은 신성력이 있는지 알아보려고 했으니까. 물론 다연은 대륙에서 둘째가라면 서러울 정도로 무능력한 잉여인간이었지만.

"제가 아무 능력이 없어서 다행인 것 같은 모양새네요."

다연이 말했지만 황제는 고개를 저었다.

"그대는 그 자체로 상징적인 존재니까. 신전에서는 어떻게든 그대를 이용해서 세를 불리려고 들었을 것이다. 반대로 그게 황실로서는 위협적이었지."

"……."

"나는 정치적 부담을 안고서라도 반드시 너를 데려와야만 했다."

왜 갑자기 이런 이야기를 하는 걸까? 다연이 애매한 표정으로 미하일을 바라보자 그의 표정이 조금 장난스러워졌다. 그렇지만 어조는 확고했다.

"넘어가지 말거라."

"네?"

"신전 놈들이 잘해 준다고 꼬셔도 네가 그 길로 따라가선 안 된다는 뜻이다."

수행 기사의 표정은 이제 아예 괴이한 걸 보듯 변했다.

다연은 기분이 좋은 듯 웃고 있는 황제의 얼굴에 어떤 대답을 돌려줘야 할지 알 수 없었다.

그래서 말없이 앞에 놓인 과일만 집어 먹었다.

지난밤 다연은 황궁에서 꼬질꼬질한 새끼 강아지를 봤다.

어디서 깡, 깡, 개 짖는 소리가 들린다 싶었는데 창밖을 내다보니 작고 지저분한 강아지가 눈에 띄었다. 처음에는 더러워진 잿빛 몸이 잘 보이지 않아 한참을 눈을 가늘게 뜨고 있었다.

황궁은 원칙적으로는 동물을 키우지 못하게 되어 있었다. 규모와 영토가 거대한 황궁은 자연에 둘러싸여 있었고 그 자체로 이미 하나의 숲이었다.

사슴, 토끼와 같은 초식동물은 물론 간혹 여우나 멧돼지도 발견되곤 하기에 다소 설득력이 떨어지는 규정이긴 했지만 질병 위험과, 관리 안 된 동물이 야생화되는 것을 막기 위한 조치였다.

어떻게 흘러들어 왔을까? 다연은 작고 못난 새끼 강아지에게 삼식이라고 이름을 붙여 줬다.

삼식이는 뒷발로 목덜미도 긁고 혼자 나무 기둥과 싸우기도 하면서 한참을 씩씩하게 뛰어놀더니 다시 어둠 속 어딘가로 사라졌다.

너를 또 볼 수 있을까?

"처음 뵙겠습니다."

다연이 어제 만난 강아지 생각에 한창 빠져 있을 때, 회견장에는 낯선 사람이 들어섰다. 신전에서 온다고 해서 혹시나 아는 얼굴일까, 생각했지만 이제껏 본 적 없는, 전혀 모르는 얼굴이었다.

"안녕하세요?"

인사 같기도 하고 물음 같기도 한 말을 던지며 다연이 고개를 갸웃하자, 하얀 신관복을 입은 사내는 부드러운 미소를 지었다.

"안녕하세요, 다연 님."

"네, 안녕하세요."

테오라고 부르십시오, 어딘가 상냥하게 들리는 말투에 다연이 어색한 얼굴로 마주 웃었다.

남자의 태도는 누구나가 느낄 수 있을 정도로 호의적이었다. 그러나 신전에 그랬던 사람이 한두 명이었나. 다연의 마음에는 불신과 회의가 가득했다.

"……신관님이시죠?"

"정식 신관은 아니고 신의 길을 가고자 하는 견습사제입니다. 아직은요."

남자가 말을 덧붙이며 빙긋 웃었다. 시원스런 미소였다.

"음, 저를 만나려고 하셨다고 들었어요. 무슨 이유 때문이세요?"

수려한 외교적 언어는 딱히 알지도 못하고 쓸 생각도 없는 다연이 용건부터 물었음에도 남자는 얼굴에 미소를 지우지 않았다.

조용하고 결이 부드럽다. 그렇지만 품격 있고 흔들림이 없다.

……정말 견습사제일까? 그 자리에 동석한 황제의 기사도, 시녀들도 모두 의심했다.

"신전에서 다연 님의 안위와 안부에 대해 관심을 기울이는 건 당연한 일입니다."

그는 부드러운 말로 다연의 단도직입적인 질문을 무마하려 했다. 그러나 어제 황제가 한 이야기의 영향일까, 다연은 그의 말이 거짓이라 느꼈다.

"제가 계시의 증거물이라서인가요? 그렇지만 전 당신들이 생각하는 그런 사람이 아녜요."

남자가 또다시 빙긋 웃었다. 그리고 도리어 물었다.

"그런 사람이란 어떤 사람입니까?"

"……저는 신력이 없고, 다른 특별한 능력도 없어요. 다른 세계의 사람인 것은 분명하지만 그곳은 헤르고니아가 아니고요."

다연은 한숨을 내쉬었다.

"전 어떤 것도 할 수 없어요."

"……."

"그러니 제가 신의 숲에서 발견된 건 그냥 우연일 거예요."

이를테면 착오 같은 것 말예요.

그러나 견습사제라는 사내는 다연의 말에 고개를 내저었다. 엷은 갈색 머리를 한 그의 눈이 따뜻하게 빛났다. 다정하지만 단호함과 확신이 담겨 있는 어조로 그는 다연의 말을 부정했다.

"우연이 아닙니다."

"……."

"실수라고도 하지 마십시오."

"……."

"헤르니야가 아무 이유 없이 당신을 보냈을 리 없습니다. 분명히 당신이 이곳에 온 의미가 있을 겁니다."

"……."

분명히 아니라고 생각하면서도. 그의 말에 담긴 강한 신념과 확신은 다연에게도 전해졌다. 그래서 다연은 그의 말에 곧바로 반박하지 못했다.

왜 그렇게 확신하는 것일까. 물어보고 싶었지만 이번에는 남자가 말을 돌렸다.

"황궁에서는 무얼 하면서 시간을 보내십니까?"

갑작스런 질문에 다연은 당황했다.

무얼 하면서 시간을 보내냐니. 그야 아무것도 안 하지.

"……운동을 할 겸, 검을 배워 보기로 했어요. 그리고 곧 글자도 배우게 될 것 같아요."

결국 죄다 황제가 권한 것들이었다. 식사마저 황제가 잔소리를 퍼부어서 먹은 게 당장 엊그제 있었던 일이니, 본인 의지로 하고 있는 것은 숨 쉬는 것 정도라고 봐야 옳았다.

……나 정말 쓰레기같이 살고 있구나. 문득 얻은 깨달음에 아주 잠시 숙연해지려 했다.

"알티우스 문자를 배우십니까?"

"네. 아직은 예정이지만요."

남자가 의외의 것을 물었다.

"그렇다면 글은 누구에게 배우십니까?"

"그건 아직 정해지지 않았어요. 시종장님께서 정해지면 알려 주신다고 하셨어요."

남자는 그 말을 듣고 잠시 생각하는 얼굴이 됐다. 웃지 않는 얼굴은 저렇게 생겼구나, 다연은 생각했다. 금세 미소를 띤 얼굴로 돌아온 그는 다연에게 한 가지 제안을 했다.

"글자를 배우실 거라면 저는 어떠십니까? 당신을 가르칠 스승으로 말이지요."

그러나 신전을 신뢰하는 것은 아니었다. 당신이 이곳에 온 의미가 있을 거라는 말도 믿지 않았다.

테오라는 남자는 신전에서 어린아이들에게 글을 가르쳐 본 경험이 있다고 했고 다연은 생각해 보겠노라 답변을 했다.

그를 믿어서는 아니었다. 좀 약삭빠른 생각이지만 미래를 알 수 없으니 신전에도 줄 하나 정도는 대어 놓는 게 좋지 않나 하는 생각이 들었기 때문이다. 좀 얌체 같긴 하지만 비빌 곳 없는 세상이 아닌가.

느린 걸음으로 별궁에 돌아왔는데 주인이 없는 처소에는 이미 황제가 와서 기다리고 있었다.

"왔느냐."

"어쩐 일이세요?"

다연이 묻자 왜인지 미하일이 조금 인상을 썼다.

"오늘 네게 알현이 있지 않았느냐."

"예, 방금 끝내고 오는 길입니다."

"별일은 없었는지 해서 들렀다."

"음, 특별한 일은 없었어요."

그러나 황제는 자리를 뜨지 않고 방 한가운데에 있는 의자에 앉았다. 자연스럽게 테이블을 사이에 두고 방의 주인인 다연도 맞은편에 앉았다.

"무슨 얘기를 했지?"

"어…… 자기를 견습사제라고 소개했어요. 이름은 테오라고 했고요."

알아보겠습니다, 묻지도 않았는데 시종장이 알아서 끼어들었다. 그리고 다연에게 계속 말씀하십시오, 속삭였다.

낄 때 낄 줄 알고 빠질 때 빠질 줄 아는 유능한 부하 직원 같았다. 이렇게 될 때까지 얼마나 많은 위통과 업무 스트레스에 시달려야 했을지 어렴풋이 짐작만 하는 다연의 짧은 감상이었다.

"음, 그리고 특별한 건 없었어요. 안부를 묻고 요즘 뭘 하고 지내느냐고 물었고요. 그래서 제가 글자를 배울 거라고 하니까…… 자기가 가르쳐 줄 수 있다고 했어요."

호오, 황제가 탄성 같기도 하고 조롱 같기도 한 모호한 소리를 내며 눈을 빛냈다.

같이 듣고 있던 시종장과 기사들은 심장이 쫄깃해지는 것 같았다. 오랜 경험으로 황제의 심기를 거슬렀음을 알았기 때문이다. 실제로 그쯤에서 이미 황제의 기분은 좋지 않았다.

이 건방진 것들이 왜 아직도 주제를 모르고 황궁에서 수작질이실까.

그러나 아직 그 정도까지는 미하일에 대해서 알지 못하고, 새로운 세계에 적응하는 데에도 실패에 실패를 거듭하고 있는 다연은 황제를 더욱 화나게 하는 결정타를 날리고 말았다.

"제가 그 사람에게 글을 배워도 될까요?"

시종들은 심장이 쫄깃해지다 못해 쪼그라 붙는 기분을 느꼈다.

황제가 사납게 웃었다.

결과론적으로 말하자면 다연은 테오라는 사제에게 글을 배우기로 했다. 다름 아닌 황제가 허락했기 때문이다.

그러나 그녀도 눈치가 둔치는 아니라서 자신이 황제의 기분을 완전히 망쳐 버렸다는 것 정도는 눈치챌 수 있었다.

누구라도 알 수밖에 없었다. 황제의 표정은 사납기 그지없었고 시종들은 물론 시녀들의 안색까지 창백해졌기 때문이다.

침대에 가만히 앉아 창밖을 바라보던 다연이 마리에게 물었다.

삼식이를 기다리고 있었는데 오늘은 나타나지 않을 것 같았다.

"마리, 신관에게 글자를 배우는 거 말이야. 폐하는 왜 싫어하실까?"

마리가 눈을 동그랗게 떴다. 그리고 당연한 사실이라는 듯이 대답했다.

"폐하는 신전과 사이가 좋지 않으시니까요. 어느 황제님이 정적이 자기 영역에 대놓고 왔다 갔다 하는 것을 반긴답니까?"

정답이었다. 다연은 마리의 야무진 설명에 수긍했다. 황제가 싫어할 수 있겠다, 정도는 다연도 예상하던 사실이기 때문에.

그렇지만 여전히 풀리지 않는 의문은 있었다. 그렇다면 황제는 왜 허락한 것일까?

"그런데 왜 폐하는 그러라고 하셨을까?"

그 물음에는 마리도 바로 대답하지 못했다.

그것은 황제를 보좌하는 모든 이의 의문이었던 것이다.

한참을 고민하던 마리는 뎅글뎅글 눈을 굴리다 확신이 없는 목소리로 대답했다.

"다연 님이 스스로 글자를 배우겠다고 말씀하셔서가 아닐까요?"

말하고 나니 어쩐지 이것도 정답 같았다.

❧

헉, 헉, 으헝.

누군가가 숨을 몰아쉬는 소리가 후원에 가득했다.

"피, 피를 토할 것, 으헉, 같, 은데요."

"사람이 어찌 내상도 없이 피를 토한단 말이냐."

말도 안 된다는 듯 부정한 황제가 인간의 몸은 그리 약하지 않다, 냉정하게 덧붙였다.

더는 안 되겠다 싶었던 다연은 황제가 뭐라 하건 말건 아랑곳하지 않고 그냥 벌러덩 바닥에 누워 버렸다.

쯧쯧, 혀를 차면서도 내심 걱정이 되었던 황제가 다연의 옆에 쪼그리고 앉았다.

크게 숨을 몰아쉬는 다연에게 황제가 물었다.

"괜찮으냐?"

아니, 이게 지금 괜찮아 보여요?

굉장히 불만이 많은 얼굴로 불퉁하게 노려보면서도 숨을 몰아쉬느라 대답을 하지 못하는 다연이었다.

이상하게 그 모습이 귀여웠던 황제가 혀를 차면서도 웃었다.

"어찌 이 손바닥만 한 후원을 열 바퀴도 돌지 못한단 말이냐. 그런 체력으로 이 험난한 세상을 아무 일 없이 살아왔으니, 천운이 존재한다면 너를 두고 이르는 것이다."

뭐랄까. 황제와 적지 않은 시간을 보내면서 다연은 황제의 말투에 이제 좀 익숙해지는 것 같았다. 처음에는 그의 핀잔을 주는 듯한 말투에 상처를 받기도 하였으나 겪어 보니 황제는 그냥 원래가 타고나길 잔소리쟁이였다.

예를 들면, '너 왜 이렇게 오래 자니?' 하면 될 것을 '갓 태어난 새끼 강아지도 너처럼 잠만 퍼질러 자진 않을 것이다.'라고 한다든가.

'너 참 게으르구나.' 하면 될 것을 '헤르고니아에는 죄 방구석 폐인들만 사는 것이 분명하다.' 한다든지.

때론 아주 간결하게 그냥 '너, 미쳤느냐?' 할 때도 있긴 했다.

물론 위의 것은 아주 온화하고 귀여운 예에 속했고, 신료들에게 있어서 황제는 가장 효율적으로 인간의 영혼을 탈곡하는 방법을 알고 있는 어려운 결정권자였다.

처음에 미하일은 다연에게 목검을 쥐는 법부터 가볍게 알려 주고 시작하려 했다. 그러나 인생에서 운동이라는 것을 거의 해 본 적이 없는 다연의 저질 체력에는 그 정도도 쉽지 않았던 것이다.

목검을 들고 중심을 잡는 것도 버거워 팔을 부들거리자 일단 체력을 길러 주자 싶었던 황제는 다연에게 냅다 후원부터 뛰어 보라고 했다.

"으헝, 토할 것 같아요."

다연이 고통스러워하며 몸을 뒤집었다.

물론, 그녀의 말처럼 살벌하게 피를 토하고 그러진 않았고.

그런 일은 황제의 말처럼 쉽게 일어나지 않는다.

웩웩거리며 다연이 헛구역질을 하자 쯧쯧 모자란 것, 혀를 차면서도 황제가 등을 두드려 줬다.

팡팡.

"아오, 씨, 쫌! 아파! 아프다고오!"

"아니, 다연 님, 폐하께 제발 말씀을 좀……."

격한 통증과 불쑥 튀어나온 짜증에 버럭 비명을 지르자 시종장이 땀을 삐질삐질 흘리며 끼어들었다. 황제는 개의치 않는지 유쾌하게 웃는 낯이었다. 그리고 넌지시 말했다.

"점점 나아질 것이다."

다연이 기겁을 했다.

"점점? 설마 다음에 또 하실 생각이세요?"

"안 할 생각이었느냐?"

"……저를 그냥 포기해 주시면 안 될까요?"

다연이 헛구역질을 하던 것도 잊고 몸을 바로 하고 누웠다. 손을 모아 배 위로 올리고 눈을 감았다.

죄송한데, 제가 지금 죽은 것 같은데요. 저를 이만 흙으로 돌려보내 주세요.

나는 못 한다는 의사를 온몸으로 강경하게 표현하는 다연을 보고 황제는 크게 웃었다. 그리고 웃음기가 채 가시지 않은 목소리로 이야기했다.

"처음부터 잘할 거라 생각했느냐? 어찌 처음부터 쉽기를 바라느냐. 세상에 그런 일은 존재하지 않는다."

"⋯⋯."

황제는 의도하지 않았을 것이다. 그러나 말은 이상하게도 다정하게 내려앉았다.

다연은 눈을 슬며시 떴다. 좀 의외의 말을 들은 기분이었기 때문이다.

왜냐면 그녀가 본 황제는 오만했고, 당당했다. 그는 사람의 마음에 존재하는 연약한 부분과 약함을 이해하지 못하는 사람같이 보였다. 그래서 그라면 아마 처음부터 다 잘하지 않았을까, 모든 것을. 막연히 그런 느낌이 들었다.

다연의 머릿속에 문득 묻고 싶은 말들이 몇 가지 생겨났다.

그렇다면 당신도 어려웠던 일이 있나요?

자신의 특출하지 않음에, 특별하지 않음에 좌절했던 적이 있나요?

극복되지 않는 열등감에 혼자 괴로워했던 적이 있나요?

그러나 그녀는 소리 내어 물어보지 못했다. 그러한 비틀린 마음을 누군가에게 끄집어내어 보여 준다는 것이 여전히 부끄럽고 초라하게 느껴졌기 때문이다.

그런 일이라고는 없었을 것 같은 그에게, 그런 마음이라고는 모를 것 같은 황제에게 솔직한 마음을 내비쳤다가 부정당하고 싶지 않았다.

한편 다연을 신나게 굴리고 어쩐지 기분이 상쾌해진 황제는 아침보다 한결 말끔해진 얼굴로 집무실로 돌아왔다. 시종장은 적당히 식힌 차를 집무실 책상 위에 올려 두었다.

망설이던 얼굴로 황제를 보던 시종장이 마침내 마음을 먹었다. 시종장이란 황제의 최측근이었고 어차피 시종장인 자신이 묻지 못한다면 아무도 황제에게 직접적으로 물을 수 있는 사람은 없을 것이다.

"송구하지만 뭐 한 가지 여쭤도 되겠습니까?"

"말해."

"……다연 님을 왜 그렇게 괴롭히십니까?"

황제가 별 희한한 소리를 다 듣는다는 듯 시종장을 바라봤다.

"내가?"

"……."

마치 전혀 아니라는 듯한 뉘앙스와 태도였다.

시종장이 더 말을 잇지 못하고 입을 다물자 황제는 어깨를 으쓱하며 앞에 놓인 서류철을 집어 들었다.

"……."

그렇지만 본인은 괴롭힘을 당한다고 생각하실 것 같은데요.

시종장이 진짜로 하고 싶은 말은 그것이었지만…… 그는 차마 거기까지 용기를 내지는 못했다.

첫째로 그런 친근한 화제를 꺼내 들기에는 황제가 너무 어려웠기 때문이고, 둘째로는 외근을 하던 근위대장이 때마침 보고를 하기 위해 돌아왔기 때문이다.

"그대 왔군. 조사는 해 봤나?"

다름 아닌 견습사제에 대한 이야기였다. 다연에게 글을 가르치기로 한.

"예, 폐하. 전부는 아니지만 1차 조사는 마쳤습니다. 다만……."

"다만?"

"그다지 특이점이라 할 만한 것이 없었습니다. 사실 그래서 더 수상한 면도 있습니다."

"자세히 보고하라."

황제가 차를 한 입 음미하고 다시 내려놨다.

"이름은 테오, 나이는 27세. 평민 출신으로 성은 없습니다."

평민이 신관이 되는 일은 드물지만 아예 없는 일은 아니었다. 신력이 뛰어난 이들은 신분을 막론하고 어렵지 않게 신관이 될 수 있었다.

그러나 그와 관계없이 집이 찢어지게 가난한 경우 부모들은 어린 자식을 신전에 허드렛일하는 심부름꾼으로 팔았다.

그렇게 헐값에 팔린 아이들은 어릴 때는 성기사의 말을 돌보는 말구종이 되거나 청소, 정원 일을 하는 잡부로 쓰인다. 그러다 자라면 신전의 사병이 되는 것이 대부분이었다.

간혹 숫자에 자질이 있으면 행정관으로, 신력을 조금이라도 운용할 줄 알면 견습사제의 신분을 주는 일도 종종 있어 왔던 것이다.

"신력은 뛰어난 자인가?"

"그렇진 않습니다. 미력하게나마 신력이 있기는 하나 눈여겨보실 정도는 아닙니다."

그렇다면 아마도 후자의 경우일 것이었다.

"그 외 다른 점은?"

"없습니다. 신전 쪽을 수소문해 봤지만 특별하게 흘러나오는 이야기도 없었고, 무엇보다 그와 딱히 친분을 가진 자가 없었다고 합니다. 조용한 성품인지 이름을 말해도 바로 떠올리는 이가 많지 않았다

하더군요. 그리고 그가 간혹 신전의 아이들에게 글자를 가르친 것은 사실인 모양입니다."

"그렇군. ……일단은 신전에 귀의하기 전의 삶에 대해 더 상세히 조사해 봐라."

"예, 폐하."

황제가 미간을 찌푸리며 생각에 잠겼다. 그러다 입을 열어 냉소했다. 결론을 내리는 그의 목소리에는 적잖은 불쾌함이 서려 있었다.

"감히 다른 곳도 아닌 황궁에 정기적으로 드나들 생각을 하다니. 그 오만함에 화를 내야 할지, 용기 있다 칭송을 해 주어야 할지 나는 헷갈릴 지경이야."

"송구하옵니다, 폐하."

"그가 아무리 말단 사제일지언정 신전의 소속이 분명하거늘, 이 일이 신전 전체의 뜻과 무관하다 볼 수 있겠느냐? 그가 어떤 성품을 가졌든, 그의 신전 내에서의 지위가 무엇이든 간에 그는 결국 신전 전체의 목적과 의도를 업고 접근한 것이다. 안심하지 마라."

"예, 폐하."

"허나 한편으로는 모든 가능성 또한 열어 둬야 할 것이다."

"……무슨 말씀이시온지."

"포섭의 가능성을 열어라. 적의 간자의 손발을 묶는 것은 결국 방어책에 그칠 뿐이다. 가장 상책은 내 편으로 만들어 상대를 치는 데 이용하는 것이다. 물론 상대가 신전이니만큼 모든 일에 신중하게 접근하도록."

황제가 다소 퉁명스러운 표정으로 힐끗 근위대장을 바라봤다.

대체 어쩌라는 겁니까?

다양한 가능성에 앞으로의 나아갈 방향을 잃은 근위대장이 망연한 얼굴로 바라봤으나 황제는 어깨를 으쓱할 뿐이었다.

내 스타일 알지? 느낌 아니까. 잘해 봐.

근위대장의 낯빛이 핼쑥해졌다. 끄응, 앓는 신음 소리를 내며 그가 마지못해 대답했다.

"……노력하겠사옵니다, 폐하."

어두운 표정을 끝내 수습하지 못하고 근위대장은 비틀비틀 집무실 밖으로 나섰다.

쉬지 않고 일을 던져 주는 황제로 인해 입궁을 하기가 무섭게 다시 나가야 하는 근위대장을 보는 시종장의 눈이 애잔했다. 잠시 동병상련의 감정을 느끼던 시종장이 황제에게 물었다.

"폐하, 저는 그보다 다른 것이 의문입니다."

"무엇이지?"

"……신탁이 과연 진짜일까요?"

의미심장한 질문이었다. 그리고 그 의문은 다연의 존재와도 맞닿아 있었다.

그녀는 누구일까. 진짜일까, 가짜일까.

잠시 턱을 매만지며 생각에 빠진 황제가 말했다.

"가져 봄직한 의문이다."

"저는 수세에 몰린 신전이 고안한 일종의 정치적인 간계라는 생각도 듭니다."

"……그럴 수도 있겠지. 허나 신전에도 우리의 눈과 귀가 있었다. 32년 만에 계시가 내렸을 때 그들은 지나치게 우왕좌왕했다. 그들이 보인 반응들은 지금 생각해 보면 하나같이 미숙했고 짜여진 것이라고 보기에는 어려운 부분들이 많았지."

황제는 이미 그러한 의문에 도달한 적이 있었다. 그래서 어렵지 않게 결론을 다시 내릴 수 있었다.

"그리고 시종장, 가정해 보거라."

"예?"

"그대가 만약 신전의 입장에서 조작된 계시를 발표했다면 그 무대에는 어떤 이를 올릴 것인가. 신성력까지는 아니더라도 적어도 무언가는 할 줄 아는 이를 중심으로 판을 짰을 거라는 생각이 들진 않나?"

황제는 냉소적으로 말하면서도 다소 어이가 없는 듯했다. 그리고 가장 가까운 곳에서 그를 지켜보는 이는 예전과는 완연히 다른 온도 차이를 느꼈다.

얼마 전까지만 해도 그녀가 아무것도 할 줄 모른다 하면 차가운 얼굴을 하던 황제가 입매를 무너뜨리고 웃고 있다. 본인은 그러한 온도의 차이를 전혀 자각하지 못하고 있는 듯했다.

그 스스럼없는 얼굴을 보는 것이 황송하게 느껴져 시종장은 얼른 고개를 숙였다.

✤

글을 배우기 시작하자마자 다연은 큰 난관에 부딪혔다. 알티우스는 한글과 같은 표음문자를 쓰는 게 아니라 한문과 같은 표의문자권의 나라였던 것이다.

한글이나 알파벳 정도의 짧은 노력만 기울이면 금세 글을 읽고 쓸 수 있을 거라 생각했던 다연은 깊은 실의에 빠졌다.

"여기, 가장 기본적으로 익히셔야 할 글자들을 모은 책입니다."

"……."

"학교에서는 물론 귀족, 평민을 막론하고 가장 널리 쓰이는 교재입니다만."

"……."

"……무슨 문제 있으십니까?"

사제가 의아해하며 묻자 다연이 뭐 씹은 얼굴로 떨떠름하게 물었다.

"이거 몇 글자인가요?"

"1만 자입니다만."

"……."

"다 익히시면 더할 나위 없이 좋지만 5천 자 정도만 익히셔도 일상생활을 하시는 데는 무리가 없으실 겁니다. 물론 고등 수준의 서적을 보시려면 다 배우셔야 합니다."

테오는 싱긋 웃으며 답했다. 이상하게 얄미웠다.

수업은 그 뒤로도 난관과 고통의 연속이었다.

"이게 어딜 봐서 나무같이 생겼다는 거죠?"

"나무죠. 이게 이파리, 이게 뿌리 아닙니까. 매우 잘 형상화한 글자라고 생각합니다만."

"아니죠. 나무는 이렇게 생긴 게 나무죠."

답답해진 다연이 손수 나무 목(木) 자를 써 주었다.

"……대체 이게 어딜 봐서 나무입니까?"

처음부터 지금까지 항상 미소를 유지하고 있던 테오의 입가가 무너졌다. 절대로 납득할 수 없다는 완고한 표정이었다. 테오는 물론, 옆을 지키고 있는 황제의 기사와 시녀들마저 '아니죠, 어디 나무가 그렇게 생겼답니까?!'라고 입을 모아 말해서 다연은 억울해졌다.

외롭다.

첫 수업이 끝나고 다연은 깊은 고뇌에 빠졌다.

이후 몸이 좋지 않다 알리고 다음 수업 일정을 잡지 않았는데 아마 몸은 계속 아플 예정이었다.

고등 수준의 서적을 읽기 위해 배워야 하는 문자가 무려 1만 자라

니, 그런데도 교육열은 뜨겁고 글을 읽지 못하는 걸 부끄럽게 여긴다
니, 이 동네 아이들은 모두 영재란 말입니까?

역시 배우지 않는 편이 좋겠다. 깊게 고민하지 않고 그녀는 빨리
포기했다.

포기하면 편해.

예전에도 뭔가를 이렇게 쉽게 결정하고 그만둘 수 있었다면 좋았
을 것이다. 그러나 다연은 대다수의 평범한 사람들이 그렇듯이 일생
의 중요한 순간을 스스로 선택하기보다는 그냥 흘러가게 방조하는 편
이었다.

생각을 비우고 시간이 흘러갈 때까지 상황에 몸을 맡긴 채 내버려
둔다. 그러면 대체로 그 순간의 고통은 시간과 함께 언젠가는 흘러가
사라진다. 그러나 그런 시간을 몇 번이고 거쳐 남아 있는 마음이 모두
소진되고 나면 극도로 삶이 허무하고 내가 행복하지 않다고 느끼는
순간들이 찾아오게 된다.

세상에는 나대로 살기로 했다는, 떠나기로 했다는 각종 자아 성찰
의 자기계발서들이 쏟아졌다. 사람들은 앞에서는 부러워하며 그들의
용기 있는 선택에 찬사를 보냈지만, 뒤에서는 그들의 불안정한 삶과
경제적 불안을 보면서 자신들의 불행하지만 안정된 현실을 위로하고
안도했다.

그런데 그것은 떠나는 사람들도 마찬가지였다. 용기 있게 다른 선
택을 한 사람들은 아직도 그렇게 살고 있는 사람들을 바보 취급했다.
여전히 변한 것 없는 그들의 삶이 불행하다 여기며 본인의 선택을 후
회하지 않으려고 노력했다. 서로가 서로를 패배자 취급하면서 위로용
땔감으로 삼았다. 결국 타인의 삶이 아니라 진짜 스스로의 삶을 사는
사람은 별로 없었다.

다연의 우울증과 무기력증은 극도로 전력을 다해 살아온 사람들이

라면 누구나 이해할 만한 일종의 번아웃 증상이었다. 정신과 신체 모두 극도의 피로감을 느끼다가 쉽게 무기력해지고 급속도로 일상의 전반이 다 무너져 내리고 마는.

그녀에게는 이렇게 그녀 나름의 사정이 있었지만.

문제는 황제가 이 소식을 듣고도 그냥 두어 넘기는 성미가 아니라는 것이었다.

황제는 한참 조세 제도 개편의 막바지 작업으로 골치 아픈 나날을 보내고 있었다. 얼마나 눈코 뜰 새 없이 바빴느냐면 한동안 별궁에도 발걸음이 뜸할 정도로 바빴다.

그러나 다연이 사제와의 수업도 미루고, 거기에 더해 붙여 준 기사와의 운동까지 미룬 채 또 두문불출한다는 소식에는 한달음에 달려왔다. 사실 그는 다연이 앓아누웠을까 걱정이 됐다.

불똥은 오자마자 마리를 비롯한 별궁의 시녀들에게부터 튀었다. 이유는 참으로 사소했는데, 궁 안이 너무 어둡고 칙칙하다는 것이었다.

"지금이 몇 시인데 처소를 이렇게 어둡게 둔단 말이냐."

언제부턴가 미하일은 다연에게 문제가 생기면 다연의 주변인들부터 털곤 했기 때문에 별궁의 사용인들은 죽을 맛이었다.

얼마 전엔 별궁의 정원사를 불러 왜 후원에 꽃이 없고, 보는 멋이 없으며, 이렇게 구성이 단조로우냐며 손수 타박했다. 정원사는 환장할 노릇이었다.

궁은 그 자체로 유기체이며 궁의 후원은 대체로 통일성을 가진다. 궁별로 각각의 특색이 있어 그것을 부각할 만한 조금의 개성은 허락되지만 내궁의 후원에 갔다가 서궁의 후원에 갔다가 별궁의 후원을 다녀간 자라면 누구나 생각하게 될 것이다. 몇몇을 제외하고는 심어진 꽃나무가 비슷하다고.

한마디로 봄이 다 지난 이 계절에 꽃이 별로 없고 구성이 단조로운 것은 다연이 머무는 별궁도, 황제가 머무는 내궁도 다 마찬가지라는 뜻이다. 그런데 난데없이 꽃을 더 심으라니.

사실 이쯤 되면 사용인들은 모두 알았다. 황제의 주문은 모두 한 가지를 아우르고 있었고 별궁의 사용인들은 그 지향점이 가리키는 바를 정확히 이해하고 있었다. 밝게, 생기 있게, 그래서 다연이 우울해하지 않게.

"다연 님께서 오늘은 조용히 쉬고 싶다고, 커튼도 다 닫아 달라고 하셔서……."

문제는 그 처소 주인의 취향이 세상 어둡고 칙칙하고 음침하다는 것에 있었지만.

마리가 기어들어 가는 목소리로 답하자 황제가 싸늘하게 말했다.

"그녀가 조용히 쉬고 싶다 하는 것이 하루 이틀 일이더냐. 이건 조용히 숙면을 취하다 못해 그대로 관짝에 들어가 누워도 이상하지 않을 분위기다."

황제의 타박에 마리는 눈을 질끈 감았다.

신전의 계시는 무언가 잘못된 것이 틀림없다. 완벽히 신전의 안티 화가 진행된 별궁의 시녀들과 사용인들은 조만간 한데 규합하여 헤르니야를 규탄하는 결사를 조직할 예정이었다.

"웬만하면 저 커튼도 바꾸도록. 이제 여름이니 벽지를 바꾸는 것도 고려해 보고."

"……예, 폐하."

그리고 결사의 장은 마리가 될 예정이었다.

황제가 침소로 들어서며 혀를 쯧쯧 찼다.

"그만 일어나고 잠은 죽어서 실컷 자거라."

침소의 문은 아까부터 열려 있었지만 애벌레가 된 다연은 이불을 돌돌 말고 눈을 꽉 감고 있었다. 황제가 다가서자 다연이 못 이긴 척 가만히 눈을 떴다.

시종장이 눈치 좋게 의자를 가져와 침대가에 놓았다. 의자에 앉으며 황제가 한숨을 쉬었다.

"대체 숨은 귀찮아서 어찌 쉬느냐?"

가끔 저렇게 황제는 답변을 듣는 게 목적이 아닌 한탄성의 질문을 했다. 할 말이 없어진 다연이 이불에 더 깊이 파묻혔다. 이불과 어찌나 자주 한 몸이 되는지 어린아이들이 애착 담요를 두고 심리적 안정을 찾는 모습 같았다. 미하일이 또 한숨을 쉬며 이불을 끄집어 내렸다.

"몸이 좋지 않다고. 사제가 기별을 넣었는데도 그렇게 전하고 미뤘다 들었다. 선생이 마음에 들지 않아서 그러니?"

"아뇨. 아닙니다, 그런 것은."

테오에게 피해가 돌아갈까 봐 다연은 황급히 부정했다.

"그럼 왜지?"

"……."

어렵고 오래 걸릴 것 같아서, 하기 싫어서 등등 이유는 많았지만 솔직하게 말하기가 좀 그랬던 다연이 입만 다물고 있자 황제가 답답해하며 말했다.

"어찌 단 한 번 해 보고 그렇게 쉽게 그만두느냐?"

황제는 정말로 이해할 수 없어 하는 표정이었다.

황제의 말은 지극히 옳았고 상식적이었다. 그래서 다연은 좀 혼나는 기분이 되었다.

"그렇다고 딱히 다른 할 것도 없지 않느냐?"

아니, 그렇다고 팩트 폭력 이대로 괜찮은가. 사실로 뼈 때려도 되나요?

다연은 말문이 막혔다.

황제는 날을 잡았는지 오늘도 이것저것 열심히 털어 댔다.

운동은 왜 쉬느냐, 모든 것은 꾸준함이 중요한 것이거늘, 잠은 줄이지 않아도 되지만 규칙적인 시간대를 유지하는 것은 중요하다, 음식도 마찬가지다, 너처럼 살다가는 서른도 되기 전에 몸이 다 망가지고만다, 신체를 100세까지 사용한다고 생각하고 아끼고 단련해야 한다, 병든 몸으로 노년을 보낸다고 생각하면 얼마나 우울하겠느냐…….

야, 우리 황제 폐하 대단하시다.

듣는 시종과 시녀들은 본인들의 멘탈이 다 나가는 기분이 들었다.

이래서 재무대신이 그 고연봉을 받으면서도 자꾸만 사직서를 내고싶어 하는구나.

"너는 달리 하고 싶은 것도 없느냐?"

연이은 황제의 정신 공격에 점점 황폐한 표정이 되어 가던 다연은 대답했다. 영혼이 이미 이 공간에 존재하지 않는 것 같았다.

"전 그냥 우주의 먼지가 되어 사라지고 싶어요."

"……."

심오한 대답에 모두가 웅성였다.

저건 신계의 문답입니까? 또 마음의 병이 오신 거 아닙니까?

이번엔 황제가 어이가 없어서 말문이 막혔다.

역시 둘 다 대단하다. 관전하던 이들이 감탄했다.

얼굴을 찌푸리던 황제는 무심결에 손을 뻗으려 했다. 다연의 머리칼이 흐트러져 내려와 있었던 탓이다. 다연이 몸을 한 번 크게 움찔하자 대수롭지 않게 그만두었지만.

이 시간까지 제 주인의 몸단장을 시키지 못한 마리는 그 광경에 안절부절못하며 괴로워하다가 결국 남몰래 위장약을 꺼내 침과 함께 삼켰다. 시종장이 그 광경을 딱한 눈으로 바라보았다.

황제는 아까보다 한결 누그러진 목소리로 말했다.

"잘하지 못해도 괜찮다."

"……."

"나는 너에게 잘하라고 하지 않았다. 좀 더디면 어떻단 말이냐. 그러니 보름만 더 해 보거라. 그 뒤에도 흥미가 없으면 강요하지 않겠다. 하고 싶은 걸 찾아보자."

황제는 본래 굉장한 완벽주의자였다. 사적인 인간관계가 거의 없는 탓에 비교할 수 없었지만, 황제가 하라고 하면 대체로 해낼 때까지이를 악물고 모든 일을 해내 온 시종 집단과 기사 집단들은 이 말랑한분위기에 낯섦을 느꼈다.

결국 다연은 황제의 말에 고개를 끄덕이며 수긍했다. 저렇게까지말하는데 안 하기도 뭐했던 것이다. 미하일의 말처럼 딱히 다른 할 일이 없는 것도 사실이었고.

"볼 때마다 항상 이불에 파묻혀 있는 것 같구나. 그 이불이 그렇게좋으냐."

황제가 분위기를 전환하며 물어 오자 다연은 익숙한 농담으로 응수를 했다.

"……이불 밖은 위험하니까요."

그러나 농담을 이해하지 못한 황제는 진지했다.

"위험하다고? 별궁에 너를 해하려는 자라도 있단 말이냐?"

황제의 표정이 심각해지고 지키고 서 있던 기사들의 기세도 덩달아 심각해졌다. 그러자 다연이 깜짝 놀라 부정했다.

"아니요, 제 말은 그런 뜻이 아니라……."

궁금해하는 사람들의 시선에 큰 압박감을 느끼며 난처해하던 다연이 몸을 황제에게 가까이 했다. 미하일이 고개를 기울여 주자 다연이그 귓가에 대고 속삭였다.

내막을 듣고 난 미하일이 기가 막히다는 표정을 지었다.

모두가 내용을 알고 싶어 했지만 감히 낄 수 없는 자리라 궁금해만
할 뿐이었다.

"신계는 정말 다 그렇게 게으르고 무사안일주의의 정신들이 팽배
하단 말이냐?"

어쩐지 미하일의 경악이 좀 웃겼던 다연이 고개를 숙이고 키득거
렸다. 꼭 그런 것은 아니지만 부정하기엔 일단 상황이 웃겼다.

"그런 개탄스러운 풍조가 제국에까지 퍼지기 전에 신전을 다 밀어
버려야겠다."

내용은 좀 무서웠지만 키득거리는 다연을 보고 있는 황제의 얼굴
에도 미소가 가득했다.

3장.
너에게 꽃을 보낸다

알티우스 제국력 327년 7월.

며칠 새 연달아 고위급 사제들의 추문을 담은 벽보가 붙었다.

내용은 자극적이었고 정황은 꽤나 구체적이었다.

저명하고 잘 알려진 간부급 고위 신관이 불법 도박장 운영에 관여하여 부를 축적한 사실이라든가, 마을에서 치유의 권능을 행사하며 덕망을 쌓았던 신관이 뒤로는 남편이 있는 여자와 간음한 일이라든가. 연일 터지는 스캔들에 제국은 술렁였다.

황실은 공식적으로 유감을 표명했다. 철저한 조사를 통한 의혹 해소와 함께 피해자들에 대한 신변 보호 또한 약속했다.

본격적으로 신전에 대한 불만 여론을 일으키고자 했으나 신전의 대응 또한 신속했다. 신전은 문제가 된 신관들을 어김없이 모두 파면했고 신전 세력의 수장인 대신관이 직접 나서 제국민에 사죄했다. 또한 그 사죄의 의미로 신전 소유의 부지 일부와 재산을 풀어 파격적인 빈민 구휼에 나섰다. 그 규모는 방대했다.

성이 날 기세였던 제국의 여론은 다소 뜨뜻미지근해지고 있었다.

"약한데."

황제의 짧은 감상에 국무회의에 참석 중인 대신들의 얼굴빛이 어두워졌다.

황제는 지향점이 높은 군주이긴 했지만 굉장히 합리적인 사람이었다. 적어도 관리들의 능력과 통제를 떠난 문제로 일이 틀어졌을 때 그것을 가지고 화를 내거나 책임을 묻는 스타일은 아니었다. 그런데 그런 합리적인 면이 가끔은 신하들을 더 어렵게 했다.

굳이 군주의 자질까지 운운하지 않더라도 사람이라면 응당 일이 틀어졌을 때 실망하고 책임을 돌릴 곳을 찾기 마련이다. 최악의 경우 화풀이를 하기도 한다. 본인들마저 본인 밑의 하급 관리에게 책임을 돌리고 화풀이를 하는데도.

그러나 황제는 인력으로 어찌할 수 없는 결과에 실망을 하거나 책임의 소재를 찾기보다, 그렇다면 이 난국을 타개할 방법을 다시 한 번 생각해 보자며 다음 판을 짜며 대신들을 더욱 갈아 넣는 타입이었던 것이다.

물론 그런 만큼 잘잘못에 대해서는 엄격했지만 아주 가끔은 잘못에 대해서조차 너그럽게 이해하기도 했고 관용을 베풀기도 했다. 오히려 그런 면 때문에 관리들은 일을 뭐 하나 허투루 할 수가 없었다.

적어도 황제가 비합리적이고 감정적인 상관이 아니고 실무에 적용했을 때의 문제점까지 이해해 주는 합리적인 사람이다 보니, 정신을 차려 보면 너도나도 자진해서 황제가 원하는 바를 이룩해 주기 위해 골수가 뽑히도록 일을 하고 있는 것이다.

'하아…… 내가 죽어야 이 고통이 끝날 것 같다.'

내가 왜 이렇게 살아야 하나, 신전이 당혹해하지도 않고 재빨리,

예상보다도 훨씬 통 큰 대응을 한 탓에 여론전에서 물을 먹은 내무대신이 한탄했다.

한편으로 황제는 다른 생각에 빠져 있었다. 가진 모든 정보력으로 추문이 될 만한 거리들을 조사했지만 신전은 생각보다 그런 쪽으로는 청렴했고 황제도 이미 그 사실을 잘 알고 있었다. 이를테면 자기 관리가 철저하다고 할까.

황제가 신전을 치려 하는 것은 신전이 부패해서가 아니었다. 그들이 황실의 권한을 넘보려 하기 때문이었다. 신전이 세를 불려서 이루고자 하는 목표는 제국의 통치에 있었다. 황실이 건재함에도.

"아쉽지만 예상된 일이었다."

황제가 짧게 정리했다.

"일단, 이 상황까지 이끌고 와 준 그대들의 공로에 감사한다."

그러나 황제의 말에도 대신들의 낯빛은 밝아지지 않았다. 그들 역시 이 일에 열심이었던 탓에 기대에 못 미치는 결과가 실망스러웠던 것이다. 그 모양새를 가만 보고 있던 황제가 피식, 웃었다.

"다들 알고 있지 않은가. 어차피 이 일은 그냥 초석에 불과했다. 황실의 역사가 3백 년이라면 신전의 역사도 마찬가지다. 그들은 한 번에 무너지지 않는다."

황제가 가장 실망한 것 같은 내무대신을 호명했다.

"내무대신."

"예, 폐하."

"더 이상 쓸 수 있는 카드가 많지 않겠지만 마지막까지 여론 관리에 신경 쓰도록 해라. 여론을 얻는다는 것은 결국 사람을 설득하는 것이다. 그대가 설득해 내는 사람이 많아질수록 조세개혁은 앞당겨지고 내 목표가 이루어지는 것도 빨라질 것이다."

"……예, 폐하."

감정적인 내무대신의 눈이 어쩐지 글썽글썽했다. 일이 기대에 못 미침에도 황제가 탓하지 않은 것은 물론 자신의 역할의 중요성을 상기시키며 그 나름의 위로를 했다는 것을 알기에 감동받은 것이다.

이렇게 내무대신은 오늘도 야근이 확정되었다.

"그리고, 재무대신."

이번에 황제는 재무대신을 호명했다. 얼마 전 조세 제도 개편안 초안을 겨우 승인받았던 재무대신은 며칠 새 몇 년은 늙은 사람 같았다.

"예, 폐하."

"조세안을 수정해야겠다."

재무대신의 얼굴이 사색이 됐다. 다른 대신들이 재무대신을 대신하여 탄식했다. 그간 재무대신이 얼마나 고통의 나날을 보냈는지 알기에 남 일 같지 않았던 것이다. 그리고 언제 저 불똥이 자신들에게까지 튈지 몰라 다들 초조해했다.

"신전에서 확보할 세수의 일부를 지방으로 보낸다. 그 부분을 보완하도록 하지."

회의실 안이 술렁였다.

그들 모두는 제국의 중앙 귀족이었다. 갑자기 황제가 지방 귀족들에게 힘을 실어 주는 것 같은 모양새가 되자 의아했던 탓이다.

"목적은 지방 귀족들을 중앙에 결속시키고자 함이다. 알겠지만 신전은 제국의 중앙집권화를 좋아하지 않지. 확보된 세수의 일부를 중앙에서 재배분하여 황실의 지방에 대한 영향력을 강화하고 지방 귀족들과 신전이 결탁하는 것을 막겠다."

황제는 말을 이었다.

"확보된 세수에서 지방에 보내야 할 적정한 비율과 사용처에 대해서 일단 간략하게 정리해서 올리도록. 검토하고 다시 얘기하도록 하지. 그리고 내무대신."

"예, 폐하."

"지방에 이 사실에 대해 흘려라. 개혁안이 통과되면 얻게 될 것들을 일러 주면 어느 쪽에 서는 것이 이득이 될지 그들도 판단할 것이다."

"알겠습니다."

"외무대신."

황제가 이번엔 외무대신을 호명했다. 오늘은 그냥 넘어갈 줄 알았던 외무대신이 뜨끔해서 '예? 예.' 대답했다.

"교역을 하는 것에 대한 사르만 족의 반응은 어떤가."

"예정되지 않았던 부분이기 때문에 본국과 조율할 시간을 달라고 했습니다."

황제가 외무대신의 말에 비아냥거렸다.

"딱히 나라랄 것도 없는 것들이 본국 같은 소리."

황제가 아무렇지도 않게 유목 민족 출신인 사르만의 아킬레스건을 건드리는 발언을 했다.

"특이 사항이 있으면 바로 보고하도록. 오늘 회의는 여기서 마친다. 다들 고생하지."

장장 3시간여에 걸친 긴 회의가 끝나고 미하일은 곧바로 다연에게로 향했다.

"지금 그 사제와의 수업 중인가?"

"그렇사옵니다, 폐하."

시종장이 재빨리 뒤를 따르며 대답했다.

"장소가 어디인가?"

"서궁 근처의 별관에 장소를 마련하였습니다."

"그리로 가겠다."

먼저 도착한 시종이 황제의 방문을 기별했다.

황제의 방문을 받는 것은 흔히 있는 일이기에 다연의 반응은 무심했지만 테오는 그렇지 않았다. 그의 지위를 고려했을 때 황제는 평생 만날 일이 없는 사람이나 마찬가지였기 때문이다.

약간 긴장된 얼굴로 그가 황제에게 예를 갖추었다.

"신의 종이 알티우스의 황제를 뵙습니다."

황제의 반응은 생각 이상으로 차가웠다.

"예비 종이겠지. 그리고 그 전에 제국민일 테고."

한마디로 너 아직 견습이지 않느냐는 뜻이었다. 그리고 그 이전에 내가 너의 황제이니 알아서 기라는 의미였다.

으아, 못됐다. 일동은 모두 생각했다. 정작 무례를 당한 테오는 약간 난처한 미소를 지었을 뿐 별다른 반응이 없었지만 말이다.

시종장은 의아한 표정으로 황제를 바라봤다. 평소와는 다른 황제의 반응이 이상했던 까닭이다.

황제는 다소 괴팍한 면이 있고 말을 아주 직설적으로 하기는 했지만 무례하거나 경우가 없는 사람은 아니었다. 오히려 기분이 좋을 때는 농담도 건넬 줄 알고 유연성도 있었다.

만약 황제라는 무거운 왕관을 짊어지지 않았더라면 필시 그를 좋아하며 따르는 친구들도 많았을 것이었다.

미하일이 가만히 서 있는 다연에게 한 걸음 다가섰다.

"내가 방해가 되었니?"

시종장은 황제의 다정하기 그지없는 말투에 팔뚝에 소름이 오소소 돋는 것 같았다. 황제는 거기에서 멈추지 않고 손을 뻗어 다연의 머리칼을 가볍게 쓸었다. 시종들의 아연한 시선들이 허공을 오갔다.

우리 폐하 또 왜 저러서?

다연은 당황해하며 고개를 저었다.

"아니요, 뭐 대단한 거 하고 있었던 것도 아닌데요. 방해 안 됐어요."

다연이 부정하자 황제가 흐뭇하다는 듯 미소 지었다. 그 시선이 어찌나 따사로운지 일동은 오한을 느꼈다.

"힘들거나 어려운 것은 없고?"

"네, 없어요."

뭐 대단한 일이라고 힘든 일씩이나. 어린아이들도 배우는 글자가 아닌가.

사람들이 속으로 탄식했다.

"진짜로 방해가 되기 전에 이만 가 봐야겠군. 마치면 내궁으로 오거라. 저녁은 함께 먹도록 하지."

"네, 알겠습니다."

황제는 대답하는 다연에게 따뜻한 미소를, 사제에게는 경고성 시선을 한 번 보내는 것을 잊지 않고 돌아 나왔다. 방을 나서는 그의 얼굴에서는 웃음기가 순식간에 사라졌다.

"근위대장."

황제가 부르자 동행했던 근위대장이 서둘러 나섰다.

"예, 폐하."

황제는 매우 짜증스러운 얼굴이었다. 이유를 알 수 없었던 근위대장이 의아한 얼굴로 바라보자 황제가 신경질적으로 말했다.

"저렇게 반반하게 생겼다는 얘기는 보고에 없었지 않나."

"……송구하옵니다."

근위대장은 억울했다. 장님이 개안할 만한 미남도 아니고, 그냥 남들보다 아주 조금 더 곱상하게 생겼을 뿐인 얼굴인데.

막말로 저 사제가 수업을 하면서 미남계를 쓸 것도 아니고 그게 왜 보고 내용에 포함되어야 하는지 전혀 알 수 없었지만, 황제의 심기가 좋지 않아 보였기에 일단은 넙죽 사죄를 했다.

황제는 되었다는 듯 손을 휘저어 보였지만 한 번 찌푸려진 미간은 좀처럼 펴질 줄 몰랐다.

수업을 마치고 다연은 황제가 머무는 내궁으로 향했다.

황궁에 온 지 어느덧 다섯 달이 지나고 있었다. 길다면 긴 시간이 었지만 황제의 내궁에 오는 것은 제일 처음 황제를 알현할 때를 제외하고는 없었다.

내궁은 다연이 거처하는 별궁보다 훨씬 웅장하고 화려했다.

"글은 많이 배운 것이냐."

별궁과는 비교도 안 되게 큰 식탁을 사이에 두고 마주 앉은 미하일이 물었다.

"음, 이제 한 5백 자 정도 배웠습니다."

갈 길이 너무 머네요…… 1만 자 실화입니까……?

다연의 표정이 지나치게 아련해졌다. 황제가 웃으면서 격려했다.

"조만간 다 배울 수 있을 것이다. 규칙성이 있어 배울수록 속도가 나거든. 글을 읽을 수 있게 되면 볼만한 책들을 가져다주마. 황궁 도서관에는 다양한 서책들이 있으니까. 흥미로운 책들이 많아 시간을 보내기에 좋겠지."

제국에서 황궁 서고만큼 다양하고 많은 책이 모여 있는 곳은 없었다. 황제의 머릿속에는 다연에게 보여 줄 만한 책들의 목록이 벌써 몇 개나 떠올랐다.

저녁 메뉴는 소고기의 연한 부분을 사용하여 구운 스테이크와 생연어에 레몬드레싱을 한 연어 샐러드였다.

취향을 정확하게 저격하는 요리였다. 최상급의 식재료로만 만들어진 요리는 입안에 들어가기가 무섭게 사르륵 녹았다.

헤헤, 묘하게 행복해 보이기까지 하는 그 얼굴을 보는 황제의 마음 한구석이 흐뭇했다.

"잘 먹으니 보기 좋군. 다행한 일이야. 나는 네가 식사를 하지 않을 때마다 요리사를 불러 깊고 내밀한 대화를 나누고 싶어지거든."

밉살맞은 황제의 말에 다연이 정색을 했다. 실제 몇 번은 일어났던 일이기에.

"그러지 마세요. 폐하 때문에 별궁에서 일하는 사람들은 모두 저를 싫어하게 생겼어요."

처음에만 해도 철이 없다 싶을 정도로 해맑았던 마리가 요즘 들어 부쩍 어두워진 것을 볼 때마다 다연은 죄책감을 느꼈다.

마리는 요즘 여름을 맞아 별궁 인테리어를 싹 갈아엎는다고 열심이었다. 본래는 처소 주인의 취향과 손길이 반영되어야 할 일이었으나 다연이 그런 쪽에 워낙 관심이 없고 별궁 살림에 무지했으니 사용인들이 대신 더 고생을 하는 것이었다.

그러나 황제는 다연의 말에서 다른 어떤 부분이 거슬린 듯했다.

그는 의아해하며 물었다.

"왜 그런 것을 신경 쓰느냐?"

다연이 빤히 바라보자 황제가 말을 이었다.

"그들이 왜 너를 싫어한단 말이냐. 그들은 그들의 자리에서 해야 할 일을 할 뿐이다. 그에 대한 보상으로 충분한 급료를 받고 있고. 노동과 보상의 균형이 맞지 않는다 여기면 사직하면 그만이겠지만 그런 일은 일어나지 않았잖느냐?"

신분이면 모든 것을 해결할 수 있는 전제군주제 사회에 살면서도 황제는 의외로 자본주의의 핵심 원리를 정확하게 꿰뚫고 있었다.

대단하다. 역시 신분제 사회의 가장 상층부에 태어나지 않았더라도 뭐라도 해서 인류사에 입신양명했을 인간이 분명하다고 다연은 생각했다. 그러나 황제는 이번에는 그녀의 감정적인 부분을 지적했다.

"너는 그들 모두를 좋아하느냐?"

"……."

"어차피 너 또한 그들의 이름조차 잘 모르지 않니."

미하일과 다연은 근본적으로 매우 다른 사람들이었다. 살아온 세계나 환경을 제외하고서라도 타고난 성향이 그랬다.

다연이 조용하고 방어적인 성향의 사람이라면 황제는 성실하면서도 정열이 있는 사람이었다.

그래서 둘은 다르게 사고하기도 했고 다르게 행동하기도 했으며 서로를 의아하게 여기기도 했다. 아무리 가까운 사람들이라도 타인에게는 그럴 수밖에 없듯이 말이다.

"너는 가끔 보면 놀라우리만치 게으르면서 다른 사람의 사정 같은 건 참으로 꼼꼼하고 성실하게도 신경을 쓰는구나. 어찌 그런 것에는 이리도 부지런한 것이냐?"

황제는 대수롭지 않게 핀잔하며 웃었다. 다연은 그런 황제의 말을 얼떨떨하게 듣고 있었다.

황제의 말은 옳았다. 물론 모두 옳지는 않았다. 사람에게는 저마다 관계를 쌓아 나가는 본인만의 방식이 있을 것이었다. 다른 사람과 주변을 신경 쓰고, 눈치를 보고, 고민하고. 그렇게 본인의 입지를 마련해 나가는 것이 다연의 방식이었다.

그럼에도 다연은 이 순간 황제의 말을 긍정하기로 했다.

"너는 네 자신만 생각하거라."

왜냐하면 황제가 놀라울 만큼 다연에게 유리한 쪽으로만 이야기하고 있었기에.

그는 그녀에게 매우 불공정하고 자기중심적이고 이기적으로 행동하기를 종용하고 있었다.

그녀는 이제껏 그런 사람이 아니었고, 앞으로도 갑자기 그렇게 될 수는 없을 것이다.

그렇지만 그가 종용하는 삶의 태도가 이 순간 매우 옳게 들려서. 끔찍하게 다정하고 달콤해서 앞으로는 나도 내 자신만을 생각해야지, 생각하고 말았다.

"네, 맞아요."

순순한 태도로 수긍한 다연이 다시 한 번 말했다.

"폐하 말씀이 다 옳다구요."

"짐이 하는 말은 대체로 다 옳지."

"아, 예."

황제는 별로 새삼스러워하지도 않았다. 지극히 당연한 사실만을 얘기한다는 듯 엄격하고 근엄하게 고개를 끄덕였다.

'근데 왜 대체로예요?' 묻자 '그렇다고 사람이 어찌 항상 옳기만 하겠느냐? 여신 헤르니야조차도 가끔은 실수를 할 것이다.' 말했다.

불경함의 미덕까지 뽐내면서 그는 우아한 태도로 식사를 마쳤다.

이제는 우울증이라는 것에 대해 마지막으로 이야기해 보겠다.

우울증 환자의 멘탈은 극도로 섬세하게 다루어져야 한다. 생각지 못했던 곳에서 상처가 터질 수 있고 가끔 아주 작은 자극에도 그들은 민감하게 반응하기 때문이다.

그들과 대화해 본 적이 있는가? 그들은 쉽게 말로 설득되지 않는다. 당신이 어떠한 긍정의 언어로 그 생각의 흐름을 바꾸어 주려고 노력해도 당신은 그들이 결국에는 부정적 결말을 도출해 내는 기적을 보게 될 것이다.

부정적으로 이어지는 생각의 줄기를 잘라 내는 데 잠시 성공해도, 어두운 생각은 금방 다시 싹을 틔워 사고를 잠식한다.

사실 황제는 다연의 우울증을 치유해 주기 위해 음으로 양으로 최선을 다했다. 미하일의 마음속에서 다연이 차지하는 지위는 예전과는 많이 달라져 있었는데, 사실 처음 황제가 다연을 대하는 방식은 버려진 유기견을 대하는 그것과 비슷했다.

시무룩해하는 모습이 꼭 제 밥그릇을 뺏긴 새끼 강아지 같아서 밥을 챙겨 주고 놀아 주고 할 일을 만들어 주고 예뻐하고.

손이 많이 가고 유별나다 생각했는데 어느 순간에는 다정한 천성이 보였고, 웃으면 그 얼굴이 보기가 좋아 눈길을 끌었다.

다연은 생각보다 재밌는 농담을 할 줄 알았고 조용했지만 재치 있고 유쾌했다.

황제는 점점 다연에게 시간과 마음을 쏟았고 나중에는 무척 게으르다는 그녀의 치명적 단점에마저 물러졌다. 그것은 사람들이 작고 까칠한 동물에게 별생각 없이 동정을 베풀다 점점 마음을 주고, 나중에는 몸도 마음도 지갑도 다 갖다 바치고 마는 것과 비슷한 세상사의 이치였다.

접근 방식에 있어 이견이 존재할지 모르나 대체적으로 황제의 방법들은 유효했다. 밝은 환경에서 이것저것 할 일을 만들어 주고, 사람을 만나고, 또 몸을 움직이고 땀을 흘리면서 다연의 상태는 굉장히 호전된 것처럼 보였다. 특히 운동을 할 때만큼은 다연 본인도 사람들이 이래서 운동을 하는구나, 하는 후련한 마음을 느끼곤 했다.

때로 마음이 치유되는 것 같았다. 그녀는 겉보기에는 이제 멀쩡하게 잘 지내는 것처럼 보였다.

그러나 문제는 늘 그렇지만은 않았다는 것이다. 그녀는 여전히 가끔은 잠을 이루지 못했고, 여전히 가끔은 식욕을 잃었고, 아주 가끔은 고향을 그리워하기도 했다. 어떤 날은 혼자 울기도 했으며 심한 날은 다시 방에 틀어박히기도 했다.

원래라면 황제는 그런 것을 두고 보아 넘기는 사람이 아니었다. 그러나 그도 적잖은 시간을 함께 보내며 다연에 대해 어느 정도 알게 된 터였다.

그도 하루 이틀 정도는 그녀의 핑계를 눈감아 주기도 했다. 시간이 지나면 괜찮아지는 것을 알았기에 부러 마음을 추스를 수 있도록 찾지 않기도 했다.

그러나 그렇다고 해서 그 시간이 무한정 길어지게 놓아두지도 않았다. 그렇게 두기에는 본인의 마음이 불편했기 때문이다.

"오늘도인가?"

마리는 침소 문 앞에서 또 땀을 삐질삐질 흘리며 쩔쩔매고 있었다. 다연이 방 안에 틀어박힌 지 또 며칠이 지났다.

신계는 대체 얼마나 삭막한 곳이길래 사람을 이렇게 황폐하게 만드나요? 모두의 공통적인 생각이었다.

참 상냥하고 유순한 사람인데. 좋은 사람인데. 체력도 없고, 아프기도 잘 아프고, 가끔 이렇게 말라 버린 식물처럼 맥도 못 춘다.

다들 그것이 안타까웠다. 사실 마음만 고쳐먹으면 다연에게 황궁처럼 편하게 살 수 있는 곳은 없었다. 그러니 그냥 좀만 더 편안하게 생각하면 좋을 텐데.

그리고 그때였다. 결심한 듯한 황제가 말했다.

"문을 열어라. 들어가겠다."

역시 동굴이 필요하다.

한편, 방 안에 늘어져 꿀을 빨고 있던 다연은 팔자 좋게 그런 생각이나 하고 있었다.

그녀의 기분은 이틀 새 제법 괜찮아져 있었다. 방에 처박혀서 실컷 폭면을 취하고 일어난 참이었다.

괜찮다고 생각했는데 정신적으로 스트레스가 엄청 쌓였는지 사실은 좀 울기도 했다. 청승맞고 추하지만 그러고 나니 기분만큼은 훨씬 나아졌다. 그러나 무한정 이러고 있을 수는 없는 일이었다.

하루 이틀 쉬었으니 이제 그만 일어나자. 세수도 하고 밥도 먹고 사람 구실을 해야지.

제법 건설적으로 생각한 그녀는 침대에서 일어나 방 밖으로 나가려고 했다. 문제는 그 순간에 안으로 들어오려는 사람도 있었다는 것이다. 방문이 열리고 열린 문틈으로 밝은 빛이 쏟아져 들어왔다.

"……어어?"

황제가 왜 거기서 나와?

방 안으로 들어오는 황제를 보며 그녀는 고개를 갸웃하다 괴상한 소리를 냈다. 약한 감탄과 진한 의아함이 섞인 목소리였다.

예기치 못한 방문에 다연은 아무런 반응을 떠올리지 못하고 멍하게 황제를 바라만 보고 서 있었다. 그리고 그런 그녀의 눈가는 당혹스럽게도 아직 젖어 있었다.

깜빡. 그 순간, 눈물 한 방울이 볼을 타고 수직 낙하했다.

"……어어?"

다연은 이번에는 다른 이유로 괴상한 소리를 냈다.

어우 씨, 이거 왜 이래. 다연은 조금 당황했다.

그런데 그 순간 다연보다 더 당황한 사람이 있었다. 안으로 들어오려던 황제가 다연을 보고 굳은 표정으로 우뚝 멈춰 섰던 것이다.

"……."

"……."

안녕하세요? 오랜만입니다아? 잘 지내셨나요? 식사는 하셨어요?

거기서 다연은 무슨 말이라도 했어야 했다.

실제로 그녀는 그러려고 했다.

그런데 무슨 조화일까. 한 번 눈물을 떨군 눈물샘은 황제의 딱딱하게 굳은 얼굴을 마주하고 나자 고장이 난 것 같았다. 아까보다 더 많은 양의 눈물이 삽시간에 후두둑 쏟아졌다.

왜 이러니! 나대지 마, 눈물샘아.

당혹해하며 얼른 눈물을 닦아 내는 다연에게 황제가 한 걸음 다가섰다. 그녀가 깜짝 놀라 움찔하자 다시 제자리에 멈춰 섰지만.

"이건 그게 아니라요."

"……."

해명을 하려 했으나 몇 걸음 떨어진 거리에서 미하일은 굳은 표정으로 그녀를 한참 바라봤다. 그리고 입을 열었다.

"잘못했다."

뒤에서 듣고 있던 시종장은 귀를 의심했다. 기가 막혔다.

아니, 대체 뭘 잘못하셨다고 사과를 하십니까?

그리고 당황스러운 것은 다연도 마찬가지였다. 너무 당황스러워서 터졌던 눈물이 쏙 들어갔다.

"……왜 사과를 하세요?"

그녀가 황당해하며 묻자 황제가 당연하다는 듯, 그러나 다소 격양되었음이 분명한 목소리로 답했다.

"네가 울지 않았느냐."

"제가 무엇 때문에 우는지 알구요."

"그래, 그런데 너 왜 울었느냐?"

아니, 이게 도대체 말이야 방구야.

모두가 이 심각한 비논리성에 어떻게 반응해야 할지 당혹해하고 있을 때 황제만큼은 본인 말의 이상한 점을 눈치채지 못하는 것 같았다.

황제는 여전히 심각했다. 계속 딱딱하게 굳은 표정을 하고 있었다.

그는 그 심각한 얼굴로 다연에게 한 걸음 다가와 조심스럽게 손을 뻗었다. 타인의 손이 얼굴을 향하자 다연은 본능적으로 어깨를 움츠렸다.

그에 황제는 허공에서 그 손길을 잠시 멈추었지만 그것은 잠시에 불과했다. 머뭇거리던 손은 다시 천천히 다가와 마침내 다연의 뺨을 소중하게 감싸 쥐었다.

얼굴을 떼지도 못하고, 커다란 손에 감싸인 채 다연이 눈을 동그랗게 떴다.

아, 아니 지금 저한테 왜, 왜 이러세요? 우리가 이런 스킨십을 할 사이는 아니잖아요.

그러나 다연은 입을 멍하게 벌렸을 뿐 입 밖으로 아무런 말도 꺼내지 못했다. 가만히 다연의 얼굴을 들여다보고 있던 미하일의 얼굴이 너무나 진지하고 심각했으며 또 침통했기 때문이다.

그가 나직한 목소리로 속삭이듯 말했다.

"울지 말거라."

"……."

방 안이 침묵에 휩싸였다. 심상치 않은 분위기에 황제의 시종들과 시녀들은 숨조차 크게 쉬지 못하고 힐끔힐끔 눈치만 보고 있었다. 다연 역시 아무런 대꾸가 없었다.

근데 뭐라도 황제의 말에 대답해야 하지 않을까? 사람들이 한두 명씩 생각하기 시작했다.

황제 역시 가만히 다연의 말을 기다리고 있었으나 왜인지 다연은 아무 말도 하지 않고 서 있기만 했다. 대신, 사람들은 그 순간 한 명의 사람이 불타는 토마토로 말없이 화하는 광경을 봤다.

처음에 빨갛게 달아오르기 시작한 건 그녀의 목덜미 부근이었다.

그리고 홍조는 점점 온 얼굴로 번져 가기 시작했다.

모두의 시선을 받으며 부끄럽게 전진한 홍조는 마침내 황제의 손이 감싸 쥐고 있는 뺨까지 올라와 다연의 얼굴 전체를 새빨갛게 물들여 버렸다. 달아오른 얼굴이 잘 익은 토마토 같았다.

거울을 안 봐도 자신의 얼굴이 어떻게 됐을지 알 것 같아 다연은 고개를 아래로 푹 숙였다. 그러자 이번에는 면목 없는 토마토 같았다.

보는 사람이 다 부끄럽고 홧홧해지는 광경이었다. 이쯤 되자 황제도 상대가 부끄러워하는 걸 느낀 모양이었다.

그 부끄러움이 전염이 되는지 늘 당당하기만 했던 황제의 얼굴에도 어느새 약간 쑥스럽고 멋쩍어하는 기색이 떠올라 있었다. 자세히 보니 그의 잘생긴 귓바퀴마저도 빨갰다.

뭐야, 뭐야, 이 분위기 뭐야.

얘네 뭐야, 연애함?

뒤에 도열해 있던 시종 집단의 시선이 어지럽게 오가고 시녀 집단은 소리 없는 비명을 지르고 있었다.

아오, 미친다. 이거 뭐냐, 설렌다.

소리 없이 수신호를 보내느라 난리였다.

황제는 귀 끝을 빨갛게 물들이고도 다연의 뺨에서 손을 떼지 않았다. 손을 내리려다가도 머뭇거리며 무언가에 홀린 듯 다시 눈가를 더듬었다. 미하일은 손끝에 전기가 이는 것 같은 기분이었다. 심장이 거세게 요동쳤다.

그리고 황제가 얼굴을 더듬을수록 다연의 얼굴은 점점 더 빨개졌다.

"손 좀……."

결국 다연이 기어들어 가는 목소리로 주변 눈치를 보며 말했다.

부끄럽고 낯 뜨겁다 못해 온몸을 덜덜 떨고 있었다.

미하일은 그녀가 불편해하자 마지못해 손을 내려놓았다. 손만 닿아 있었는데 애가 탔다. 황제가 초조한 얼굴로 마른침을 삼키자 그 목울대가 일렁이는 광경을 모두는 보았다.

그때였다. 이 말랑하고 습한 분위기를 헤치고 별궁에 들어온 시종 하나가 황제의 앞에 고개를 조아렸다. 그리고 소식을 전했다.

"폐하, 말씀 중에 송구하옵니다. 외무대신이 사르만 사절과의 대담 후 폐하께 따로 보고드릴 것이 있다 하여 집무실 앞에서 폐하를 기다리고 있사옵니다."

황제의 시종들은 모두 안도했다.

저 소식을 전하는 대역 죄인이 내가 아니라서 다행이다. 됐어, 이 정도면 잘 살았어. 좋은 인생이었다.

어쩌다 이런 분위기로 흐르게 되었는지 정확하게 알 수 없었지만 이 상황을 끊은 죄로 저 시종은 감당할 수 없는 황제의 분노를 사게 될 것 같았다.

아니나 다를까, 보고한 시종을 바라보는 황제의 눈에서 레이저가 나올 것 같았다.

시종을 노려보다 짧은 한숨을 쉰 황제가 이번엔 고개를 돌려 다시 다연을 바라봤다.

다연을 바라보는 황제의 눈에서는 형용할 수 없는 감정들이 휘몰아치며 흘러넘쳤다. 미련 같기도 하고, 아쉬움 같기도 하고, 정염 같기도 한, 지켜보는 이의 몸을 배배 꼬게 만드는 진득한 감정이었다.

"다시 오겠다."

어딘가 미련이 뚝뚝 떨어지는 목소리로 황제가 말했다. 곧이어 황제가 앞장서서 빠져나가고 그 뒤를 황제의 시종들이 조용히 따랐다. 한차례 폭풍이 휩쓸고 지나간 듯했다.

잠시 뒤 방 안에선 남겨진 시녀 아이들이 꺄아아아아, 비명 같은 소리를 지르며 서로의 몸을 부여잡고 마구 흔들었고, 마리만이 고뇌와 울분에 찬 표정으로 세숫물을 준비했다.

외무대신의 보고는 그날따라 길었다. 순간순간 인내심이 필요했다. 그러나 분명 보고를 들을 때에는 마음에 조급증이 일어 빨리 가야겠다고 생각했는데, 막상 별궁 앞에 오니 황제는 어쩐지 좀 머뭇거리게 됐다. 다연이 눈물짓고 있던 게 생각났다.

지켜보던 시종장은 눈꼴이 시고 기가 막히고 코가 막혔다.

언제부터 별궁 출입할 때 그렇게 내외하셨습니까? 발로 문을 막 팡팡 차고 들어가고 그러지 않으셨습니까?

그러나 황제는 황제였기 때문에 시종장은 이번에도 속으로만 생각했다.

아까만 해도 폭탄을 맞은 것 같았던 방 풍경은 황제가 다시 돌아왔을 때는 어느새 깔끔하게 정돈되어 있었다. 다연은 그 방 한가운데에 앉아 종이에다 글자를 쓰며 연습을 하고 있었다. 휘적휘적 성의 없이 써 내려간 글자들을 황제는 물끄러미 내려다보았다.

황제가 들어오자 다연은 펜을 내려놓고 일어서서 맞았는데, 정염이 사라지고 난 다음 남녀 사이에 흐르는 분위기는 다소 어색했다. 황제는 손으로 입가를 가리며 헛기침을 조금 했다.

"글공부를 하고 있었느냐?"

"……네. 앉으실래요?"

황제는 선선히 앉았다.

다연은 종이 뭉치를 대충 모아 구석에 내다 버리듯이 치웠는데 종이 위의 글씨는 그 필체를 논하기 힘들었고, 그나마도 몇 자는 혼돈 그 자체였다.

그런데도 황제는 종이 귀퉁이가 구겨지는 걸 잠시 아쉬워하며 바라보았다.

"아까는 왜 운 것이지?"

황제가 다연을 빤히 보며 물었다.

"집이 그리워 울었니?"

황제의 물음에 난처해하며 뺨을 긁적이던 다연은 말했다.

"별로 살던 곳이 그립거나 하지는 않아요."

"왜지? 너에게 좋지 못한 곳이었느냐?"

"음, 그런 것은 아니지만 그렇다고 좋은 기억도 별로 없는 것 같아서요."

"그랬구나."

황제는 고개를 끄덕였다.

아까의 일 때문인지 다연은 묘하게 황제를 어색하게 대했다. 황제를 외면하는 것은 아니었지만 시선을 어긋나게 하며 다소 서먹하게 구는 것이었다.

다연이 그러는 것이 황제는 섭섭하고 또 초조했다. 물론 본인만의 생각일 뿐 지켜보는 사람들이 보기에는 그저 다 예쁘고 간질간질했을 뿐이었다.

둘은 어색해했지만 묘하게 수줍어하고 있었다. 의식하고 있지 못했지만 시선을 마주치지 못하는 그들의 귀 끝이 둘 다 빨갰다.

그 뒤로 둘이 나눈 대화는 참으로 쓸모없는 것들이었다. 어색하고 알맹이가 없었으며 묘하게 횡설수설하기까지 했다. 평소엔 달변으로 유명한 황제도 오늘은 그다지 실력을 발휘하지 못하는 것 같았다.

일단 용건이 없기도 했고 둘 다 서로를 너무 의식한 나머지 발생한 대참사였다. 그런데도 그 어색하고 알맹이가 없는 대화를, 누군가에게는 의미가 없어 보이는 그 언어들을 황제는 인내심을 갖고 조각조각 이어 붙이고 있었다. 대화가 끊어지지 않도록 조심스러워하는 기색이 역력한 태도로.

그저 오래 같이 있고 싶어서.

다음 날, 별궁에는 작은 소란이 일었다.

다연이 이미 일어나고도 한참이 지난 늦은 아침이었다. 황제의 젊은 시종이 찾아와 다연의 침소 문을 두드렸다.

의문의 손님을 맞이한 별궁 시녀들은 눈이 휘둥그레졌다. 어리고 잘생긴 황제의 시종 손에는 갓 꺾은 듯한 꽃 한 줌이 들려 있었다.

시녀들의 수군거림을 받으며 그 순간, 황제의 시종이 한쪽 무릎을 꿇고 다연에게 꽃을 바쳤다. 다연은 얼떨결에 그 꽃을 건네받았다.

"폐하께서 새벽 수련을 하시다가 꽃이 아름다워 나누고 싶은 마음에 꺾었다고 하시었습니다."

"……."

꽃은 생김이 서투르고 투박했다. 꽃 내음보다 풀 내음이 더 나는 흔한 풀꽃이었다. 그래서 받는 사람을 더 부끄럽고 설레게 했다.

황제의 시종은 일관되게 웃는 낯이었으나 말하기 전에는 약간 긴장된 표정으로 한 차례 숨을 골랐다.

"오늘도 좋은 하루를 보내자고, 그렇게 전하셨습니다."

"……."

시종은 꾸벅 허리를 굽히고 사라졌다.

끄아아아아아아!

별궁을 초토화하고 시종이 사라진 자리에는 어제에 이어 시녀들의 괴성에 가까운 비명 소리로 가득 찼다.

음침했던 별궁에 이런 핫 이슈가 다 발생하다니. 내가 요새 이 드라마 다음 편이 궁금해서 출근한다. 출근이 짜릿해! 아오, 현기증 나!

한편 꽃을 손에 든 채 그대로 굳어진 다연은 어제에 이어 모닝 토마토가 되어 있었다. 시녀 아이 하나가 그 손에서 조심스럽게 꽃을 건네받았고 화병에 꽂기 위해 총총 사라졌다.

간밤에 일어난 일과 아침의 사건은 모든 궁인들에게 황제의 마음을 확실하게 인식시키는 계기가 되었다. 그간 유별나다 싶더니 둘 사이에 결국 불꽃이 튀었다. 적어도 한쪽은 분명히.

다른 사람들은 모두 아는데 오직 자기들만 자기들이 연애한다는 사실을 모르는 황궁의 로맨스는 이렇게 시작되었다.

4장.
너의 목소리가 들려

알티우스의 황제 미하일은 관심사 안에 들어온 사안들에 대해서는 기본적으로 잔소리가 좀 심한 사람이었다.

그도 그럴 것이 이제껏 그의 관심사 안에 들어온 사안들이란 대부분 국정이었고 정책이었다. 하나하나가 그의 손을 거쳐야 되는 것들이었고 최종 결정권자 또한 미하일 본인이었다.

황제는 유능했고 대부분의 정책들은 그의 입김이 닿아야만 실현 가능한 형태로 완성됐다. 그러니 약간의 일중독자 성향이 있는 황제가 이런 성격이 되어 버린 것은 어쩌면 당연한 일일지도 몰랐다.

다만 황제는 연애를 함에 있어서도 이러한 본인 성격의 틀을 많이 벗어나지는 못했다. 한마디로, 어지간히 참견해 대고 어지간히 간섭해 댔다.

근위대 소속의 기사 베른하르트 경은 얼마 전 새로운 임무를 부여받았다. 한 성인 여성의 검술 스승이 되어 체력 단련 및 가벼운 호신 검술을 가르치라는 것이었다.

그가 가르치게 된 것은 계시와 함께 나타난 여신의 증명이자 제국의 귀빈이었다. 부담이 되는 임무였으나 다연은 언제나 큰 의욕은 없어 보였고, 수업의 의의도 체력 단련 정도에 있었다.

별다른 어려움은 없으리라 예상했는데 그것이 본인의 큰 착각이었음을 깨닫는 데는 오래 걸리지 않았다.

"오늘은 무얼 가르치는 중이지?"

"……좌에서 우로 수평 베기를 하시는 중입니다. 아직 체력이 많이 부족하여 검을 배우실 단계는 아니지만 체력 단련만 하시기엔 아무래도 지루하실 것 같아 병행을 하고 있었습니다."

베른하르트는 혹여 황제에게 책을 잡힐세라 조목조목 사유를 들어가며 답변했다.

황제는 바쁜 와중에도 꼭 짬을 내어 개인 연무장에 찾아왔다.

회의를 가다가도 들르고 관료들과의 오찬 약속을 가다가도 들르고, 어찌나 자주 왔다 갔다 하는지 이럴 거면 그냥 직접 가르치셔도 되지 않았나 생각이 들 정도였다.

상관이자 주군이 참관하는 수업이라니 이런 불편한 경우는 세상 어디에도 없을 것 같았다. 애당초 근위대장님은 자신에게 왜 이런 극한 임무라는 설명을 안 해 주셨던 걸까.

거기다 흘러가는 분위기를 보아하니 황제가 다연에게 마음이 있는 모양이었다.

이러다가 내가 검술을 가르치는 것이 미래의 상관 애인 혹은 상관 부인이 되는 것은 아닌가. 베른하르트는 극도의 압박감과 정신적 스트레스에 시달려 탈모가 올 것 같았다.

진지하게 사임하고 싶다고 황제의 최측근인 시종장에게 면담을 청해 보았지만 시종장은 안쓰러워하면서도 이렇게 말했다.

– 내가 지금 경에게 조언할 처지가 아닐세.

그렇게 시종장의 위장약을 나눔 받았다.

황제는 시종과 기사를 비롯한 사람 떼를 몰고 와서 다연이 가로 베기를 하는 모습을 지켜봤다.

다연은 또다시 우주의 먼지가 되어 사라지고 싶었다. 빈말로라도 남에게 보일 만한 실력이 아니라는 것은 다연 본인이 제일 잘 알았다. 황제가 나를 수치사시킬 작정이 아니라면 이럴 수는 없는 것이었다.

그에 다연은 분연히 떨치고 일어났다.

"폐하."

"왜 그러니?"

"……."

황제는 베른하르트 경에게 종알종알 훈수질을 하며 수업에 참견을 하고 있었다. 그러다 다연이 말을 걸자 얼른 반색하며 물었다.

웃는 낯에 안 좋은 소리를 하기가 어려워 잠시 머뭇했지만 결국 다연은 조용히 반대 의견을 제시했다.

"안 보시면 안 될까요?"

"어째서지?"

"능숙하지 못해서 창피한데요."

그럴 만해.

일동은 그녀의 심정을 깊이 이해했다.

다연은 누가 봐도 평생 검을 잡아 본 일이 없는 사람이었다. 검이 다 무엇인가, 몸도 써 본 적이 없는 것이 분명했다.

그런 몸놀림을 이렇게 많은 사람들 앞에서 보이는 게 본인은 얼마나 곤욕스러울까. 그리고 미안한데, 우리도 이런 건 그다지 보고 싶지 않아…….

그러나 황제는 매우 불만스럽게 말했다.

"베른은 모든 걸 다 보지 않느냐."

"베른하르트 경께서는 절 가르쳐 주시는 제 스승님이시지 않습니까?"

다연이 무슨 말도 안 되는 소리냐는 듯 상식적인 이유를 들어 응수했지만 상대는 황제였고, 황제는 어떠한 정치적 난관도 타개해 온 세기의 달변가였다. 그리고 기본적으로 본인에게 유리하게 해석하고 말을 만드는 데 아무런 거리낌이 없는, 자기애가 투철한 사내였다.

"나보다 만난 지 얼마 안 된 베른하르트 경을 더 편하게 여긴다니, 이것 참 섭섭하구나. 우리가 서로 더 안 지 오래되었고 우리가 훨씬 더 가까운 사이가 아니니."

"……."

졸지에 다연과 가까운 사이가 된 베른하르트의 얼굴이 사색이 됐다.

저, 저는 아무것도 안 했는데…… 사, 살려 주세요.

다연은 대꾸할 의지를 잃고 입을 다물었다. 여기서 더 대꾸해 봤자 더욱 부끄러운 말이 흘러나올 뿐이라는 것을 몇 번의 경험으로 잘 알았다.

다연은 사실 부끄럽고 민망했다. 황제는 얼마 전부터 막 본인의 마음을 각성이라도 한 사람처럼 때와 장소를 가리지 않고 부끄러운 말들을 귀에 부어 댔다.

황제가 될 사람으로 나고 자란 그는 시종들, 시녀들이 눈을 동그랗게 뜨고 지켜보는데도 전혀 거리낌이 없고 당당했다.

다연은 또 타고나길 그런 성격은 못 됐다. 성격 문제도 있었고, 남의 시선 문제도 있었다.

그리고 무엇보다 다연은 황제가 저런 대단히 잘생긴 얼굴로 달콤

110

한 말을 쏟아붓는 것 자체에 도무지 적응이 될 것 같지 않았다.

아무 감정이 없고 별 사이가 아니었을 때는 괜찮았다. 그때는 그도 워낙 말을 독살맞게 하고 다연을 애물단지 취급했으니까. 발끈하는 마음에 자신도 더 나쁘게 굴었던 것도 있다.

그때는 정말로 사이가 좋지 않았고 그래서 아무렇지 않았었는데. 황제가 저런 대단한 얼굴을 하고서 작정하고 다정한 말들을 쏟아 내면 상대가 심장이 없는 자가 아닌 이상은 누구라도 마음이 흔들리고 말 것이었다.

"왜 말이 없지?"

황제가 의아하게 다연을 관찰하다가 손을 뻗어 땀에 젖은 머리칼을 꼼꼼히 쓸어 넘겨 주었다. 예전에는 몸을 움직이는 건 아무것도 하기 싫어했었는데 어느덧 이마에 땀이 송골송골 맺힐 만큼 열심히 놀고 있는 게 황제의 마음을 흐뭇하게 했다. 어여쁘고 기특했다.

다, 닳으시겠습니다.

보고 있던 시종장은 속으로 생각했다.

황제는 사실 다정하게 머리를 쓰다듬는 것뿐만 아니라 그 이상의 것을 하고 싶었다. 저질스럽지만 솔직하게 표현하여 그는 사실, 이따금씩 굉장히 다연을 만지고 싶었다.

한 번 얼굴에 가 닿았던 손끝의 감촉이 선명했고 새빨갛게 달아오를 때 점점 뜨거워지던 살갗의 온도가 선연했다. 한번 의식하기 시작하니 그 뒤로는 계속 의식이 됐다.

그러나 황제는 그런 면에 있어 대단한 신사였다. 그것도 매우 건실한 사고방식을 가진 남자였다. 아직 마음을 확실하게 전하고 확인한 것이 아닌데 닿고 싶다고 해서 허락 없이 다연의 몸에 본인 손을 함부로 댈 수 없다고 생각한 것이다.

그래서 황제는 자꾸만 자신의 마음을 다스렸다. 그는 원하는 것은 모두 할 수 있는 제국의 황제였지만 의외로 연애에 있어서 밟을 수 있는 절차와 단계는 모두 차례로 밟아 나가겠다는 생각을 가진, 고루하지만 성실한 남자였던 것이다.

그 의외의 건실함과, 그래도 가까이 닿고는 싶다는 욕망이 절충된 결과가 이 머리 쓰다듬기였다. 그런데 문제는 그 욕망과 절제의 충돌이 너무 자주 일어나는 바람에 지켜보는 사람들이 괴롭다는 것이었다.

머리카락이 다 닳아 없어지겠습니다!

벌써 오늘만 몇 번째 저 광경을 보고 있는 시종장이 침통하게 생각했다.

다연의 검술 선생과 본인을 놓고 말도 안 되는 생트집을 잡는 중이었던 황제는 말이 나온 김에 오늘은 베른하르트를 보내고 다연을 직접 보아주기로 했다.

"뭐, 마침 회의까지 시간이 비니 오늘은 짐이 함께하도록 할까. 베른하르트, 그대는 소속 소대로 돌아가도 좋다."

둘 사이에 끼어 영원히 고통받던 베른하르트가 냉큼 인사를 올렸다. 그리고 뒤도 돌아보지 않고 바람같이 연무장을 빠져나갔다.

아니, 나는 동의한 적이 없는데. 다연이 배신감을 느끼며 베른하르트의 뒷모습을 멍하니 바라봤다.

"일단 목검을 쥐고 배운 대로 해 보렴."

황제가 아랑곳하지 않고 말했다.

으헝, 컥 으허어어.

한참 뒤 다연은 숨을 몰아쉬며 오랜만에 바닥에 철푸덕 주저앉았다.

황제의 지도는 예를 갖추어 적당히 하고 마는 베른하르트의 지도와는 차원이 달랐다.

사실, 요즘 황제가 본인에게 굉장히 상냥하게 대했기에 다연은 내심 기대하는 마음이 있었다. 이전처럼 심하게 굴리지는 않고 적당히 봐줄 것이라는 기대가.

그러나 황제는 역시 투철한 목적의식이 생기면 손속에 사정을 두지 않는 인간이었다.

물론 내가 널 너무 좋아하지만 연무장은 무릇 열 바퀴 이상 뛰어야 준비운동을 했다고 볼 수 있지. 휴식이 너무 길어지면 운동 효과가 반감되니 5분 이내로. 기껏 운동을 했는데 효과가 떨어지면 억울하지 않겠느냐? 물론 너는 너무 사랑스럽지만 가로 베기는 5백 번부터 비로소 시작된다고 볼 수 있지.

이것이 바로 상대를 가리지 않는 모두 까기 인형의 위엄인가. 황제의 객관성에 보는 이들은 소름이 다 돋을 지경이었다.

아무래도 여기가 오늘 내 무덤인가 보다. 지친 다연은 머리에 흙이 묻든 말든 일단 땅에 바로 누웠다. 관 뚜껑이 덮이길 기다리는 사람처럼 손을 배 위에 가만히 모아 두었다.

"아무래도 갈비뼈가 부러진 것 같아요."

"부러지지 않았다."

"그럼 폐가 찢어졌나 봐요."

"그럴 리가 있겠느냐?"

"뭐가 문제일까요. 아픈 곳이 없는데 왜 저는 죽을 것 같죠."

웃기기도 하고 어처구니가 없기도 하여 황제가 다연의 말에 피식피식 웃었다. 그 모습에 원망이 밀려와서 노려보니까 그가 또 손을 뻗어 다연의 땀에 젖은 머리를 정돈해 줬다. 땀과 흙먼지로 범벅이 된 모습이 참…… 꼬질꼬질하기 그지없었다.

이때 갑자기 다연이 의아한 얼굴로 주변을 두리번거렸다. 당연하지만 기사인 황제는 다연보다 청력이 좋았다. 황제가 혀를 찼다.

"음, 어디서 개 소리가 들리는 것 같지 않아요?"

미하일이 대답을 할 틈도 없이 다연은 벌떡 일어났다. 그리고 호기심이 묻어나는 얼굴로 주변을 들쑤시기 시작했다.

황제는 다소 어이가 없었다. 기사인 황제보다 청력이 떨어지는 것은 당연한 일이었지만, 저건 좀 심각한 수준 아닌가? 소리가 들리는 쪽은 동쪽인데 다연은 정반대 방향을 헤매고 있었다.

혀를 차며 이상한 곳을 헤매는 그녀를 붙잡아 온 황제는 동편 담벼락 끝의 수풀을 가리켰다.

"그쪽이 아니라 이쪽이다."

과연 그쪽으로 가니 깡깡 짖다가 또 끼잉 우는 듯한 개 소리가 점점 선명하게 들렸다.

왜인지 의욕 있어 보이는 다연을 위해 황제는 소리를 추적해 풀숲으로 몸소 발걸음을 옮겼다.

다듬어지지 않은 길은 평소라면 황제가 전혀 행차할 일이 없는 사각지대였다. 시종들은 당혹해하며 따랐다.

황제는 앞서 걷다가 몇 번을 멈춰 서서 그녀가 뒤따라오는 것에 물끄러미 눈길을 주었다.

소리의 진원지는 자연적으로 생긴 듯한 풀숲 안의 구덩이였다. 먼저 도착한 황제가 뒷짐을 진 채 안을 물끄러미 들여다보고 있자 몇 발자국 늦게 도착한 다연도 황제를 따라 고개를 내밀었다.

흙구덩이 안에 먼지를 폴폴 뒤집어쓴 어린 개가 나가고 싶어 부단히 버둥거리고 있었다.

다연의 입에서 개의 이름이 튀어나왔다.

"삼식이?"

대체 뭡니까! 그 괴상한 이름은!

진짜 개한테 사과해라. 시종들은 탄식했다.

114

다연이 황궁에 온 지 어느새 반년의 시간이 흘렀다. 다연이 황궁 생활에 적응한 것 이상으로 궁인들은 다연의 성격에 대해 파악했는데, 그녀는 기본적으로 조용하고 내향적인 성품이었지만 사실 가끔은 좀 웃긴 사람이었다.

혼자 있는 것을 좋아하고 말이 많지 않지만, 또 유머 감각이 없는 사람이냐 하면 그렇지 않았다. 그녀는 조용하게 사람을 웃기는 스타일의 사람이었다. 가끔 황제와 둘이 얘기를 나눌 때 보면 오히려 황제보다 더 유머러스하고 죽이 잘 맞기도 했다.

"너 여기 있었구나."

다연이 중얼거렸다.

얼마 전 별궁 후원에서 한 번 본 적이 있던 그 강아지였다.

테오를 처음 만날 무렵 보고 그 뒤로는 눈에 띄지 않았었는데 못 본 새에 몸집이 조금 자라 있었다. 그리고 그간 황궁을 얼마나 휘젓고 다녔는지 훨씬 꼬질꼬질해져 있었다.

다연은 주저 없이 무릎을 굽히고 앉아 구덩이 쪽으로 몸을 들이밀었다.

황제의 눈에는 사실 둘 다 막상막하로 꼬질꼬질했다. 흙먼지를 뒤집어쓴 모양새가 꼭 철딱서니 없는 새끼 강아지 두 마리 같았다.

자기 몸집보다 커다란 흙구덩이에 들어가 나오지 못하고 울상인 강아지에게 다연은 주저 없이 손을 뻗었다. 모든 일은 주변인들이 말릴 틈도 없이 순식간에 일어났다.

새끼 강아지는 오랜 시간 방치되어 있었고 사람 손을 극도로 두려워한 나머지 그만 다연의 손을 왕, 하고 물어 버렸던 것이다.

어린 짐승이었지만 제법 매서운 기세에 다연은 멈칫했다. 손에는 금방 상처가 났다.

선명한 이빨 자국에서 퐁퐁거리며 빨간 피가 새어 나오자 황제가 언성을 높이며 제지했지만 다연은 개의치 않았다. 끝내 다시 손을 뻗어 마침내 움츠린 강아지의 목덜미를 움켜쥔 것이다. 그리고 그대로 연행해 내는 데 성공했다.

버둥거리던 강아지를 평지에 떨궈 놓고 다연은 소리 없는 함박웃음을 지었다. 땅 위로 올려진 강아지는 네 발을 딛자마자 후다닥, 사람들에게서 멀어졌다. 그리고 먼발치에 멈춰 서서 벌벌 떨며 다연을 바라봤다.

어쩐지 다연은 그 표정을 읽을 수 있을 것 같았다.

무섭고, 불안하고, 그런데 미안하고. 도움을 받았는데 공격해서 미안해하고 있었다. 그런데도 무서워서 다가오지는 못하고 울 것 같은 표정을 하고 있다.

울상인 강아지가 다연은 귀여웠다. 그래서 헤헤, 천진하게 웃어 보였다.

"나는 괜찮아."

잘 가, 어서 가. 가서 또 놀아. 속없는 사람처럼 웃으며 말하는 다연은 솔직히 좀 바보 같았다. 그런데도 황제는 아무 말도 하지 못했다.

황제는 새삼 충격을 받았다. 활짝 웃고 있는 그녀의 얼굴이 너무 티 없이 맑고 깨끗해서 심장이 내려앉는 기분이었다. 후련한 표정으로 잘 가, 하며 웃고 있는 다연은 너무 사랑스러워 보였다.

마음은 여리고, 몸은 어리석고. 근데도 저렇게 사랑스러우면 나보고 어떡하라는 거지? 역시 얘를 데리고 살아야 하나. 심장이 간질간질하고 더워서 황제는 쉽사리 입을 떼지 못했다.

시종장이 주위를 환기시킨 것은 그때였다. 피가 번진 다연의 손을 걱정스러운 얼굴로 바라보며 그는 '치료를…….' 조심스럽게 말을 꺼냈다. 황제는 그 말에 번뜩 정신을 차린 것 같았다.

그가 고함을 치듯 말했다.

"궁의, 궁의를 불러라!"

당연한 이야기지만 황제는 불같이 화를 냈다. 덕분에 난데없이 불려온 궁의는 매우 살벌한 분위기에서 소독을 하고 상처를 치료해야만 했다.

"너는 어찌 그리 조심성이 없단 말이냐?"

황제가 언성을 높이고 진노하자 분위기는 얼어붙었다. 시종들과 시녀들은 모두 고개를 숙이고 서로 눈치만 보았다. 다연도 딱히 할 말이 없는지라 그냥 가만히 있었고.

"어찌 겁도 없이 들짐승에게 손을 내미느냐? 온 사방을 헤집고 돌아다니는 것인데 병이라도 있으면 어찌할 것이냐. 그러다가 그 병이 옮기라도 하면 어쩔 것이냔 말이다. 어찌 그리 생각이 없어."

시종들은 속으로 혀를 찼다.

태어난 지 얼마 안 되어 보이는 강아지는 짐승이라고 칭해지기에는 어쩐지 그 생김이 너무 깜찍했다. 하지만 황제의 말에선 굉장히 흉포한 맹수가 연상되었다. 묘사와 실제의 부조화가 심각한 수준이었지만 그렇다고 딱히 틀린 말도 아니었다. 궁에서 동물을 기르지 않는 이유가 대부분 저런 것이었으니까.

원래대로라면 그 강아지는 살처분을 당해야 할 운명이었다. 그러나 이 자리에서 눈치 없이 그런 말을 꺼내는 자는 없었다. 궁인들은 모두 눈치 하나로 먹고살아 온 자들이었다. 분위기 파악은 그들의 기본 소양이자 덕목이었다.

황제는 저렇게 불같이 화를 내면서도 결국 그 강아지를 어쩌지는 못할 것이었다. 왜냐면 다연이 그 강아지를 이름까지 붙여 주며 예뻐했기에.

117

삼식이는 3백 년의 제국 역사 최초로 황궁을 누비며 늠름한 성견으로 성장하겠지.

한편, 상처를 치료하는 궁의도 혀를 찼다.

황제의 말에는 틀림이 없었다. 개에게 물리는 것은 위험했다. 특히 사람 손에 키워지지 않은 개는 보균의 가능성이 농후했다.

그럼에도 그가 혀를 찬 이유는 다연의 상처가 무척이나 경미했기 때문이다. 또한 심하게 물렸다 해도 치료가 불가한 것은 아니었고.

황궁에 들어온 뒤로 위장약 처방 외에는 별다른 할 일이 없었던 궁의는 본인 연구실에 처박혀서 약재 연구에만 몰두하느라 소문의 사각지대에 있었다.

그는 황궁 돌아가는 사정에 무지했음에도 한순간에 황제가 다연에게 마음이 있구나, 알아차렸다. 저렇게 티를 내는데 모를 수가 없었다.

"흉은 지지 않겠느냐."

황제가 여전히 화를 가라앉히지 못한 어조로 궁의에게 물었다.

궁의는 당황스러웠다.

아니 이런 경미한 상처로 흉터가 남을 리가.

이 정도면 개에게 물린 것이 아니라 개 이빨에 긁혔다고 보는 것이 타당했다.

그러나 궁의는 태연을 가장하며 가만히 대답했다.

"이 정도면 흉은 지지 않을 것입니다. 머지않아 아물 것 같습니다."

"그래도 혹시 모르니 치유 신관을 불러 보도록 하지."

"이런 상처에 굳이 신관을…… 불러야 하겠죠. 예, 지금 바로 부르는 게 좋겠습니다."

마음의 소리를 내려다가 황제의 표정을 보고 궁의는 말을 바꿨다. 관록이 엿보이는 태세 전환이었다.

시종 하나가 신전에 기별을 하기 위해 빠르게 방에서 빠져나갔다.

얼어붙은 분위기에서 모두 눈치만 보는 가운데 황제가 다시 침묵을 깼다. 한숨을 쉰 황제는 다연에게 말했다. 말을 하면서 점점 더 화가 나는 모양이었다.

"넌 왜 네 몸을 소중히 할 줄 모르느냐?"

"……."

"너는 천하의 바보 천치다."

"……."

"밥을 굶어서 몸을 축내더니 이제는 아예 들개에게 제 손을 물라고 직접 들이댄단 말이냐? 내 이제껏 너같이 어리석고 제 몸 하나 간수하질 못하는 이는 보질 못했다."

폐하…… 이쯤 하셔야 되지 않을까요?

시종 하나가 우려 섞인 표정으로 시종장에게 속삭였다.

보는 앞에서 다연이 다쳐 속상한 황제의 심경은 충분히 알겠지만, 저 직설적인 말들에 마음의 병을 앓았던 다연이 또다시 상처를 입을까 걱정이 됐다.

그러나 모두의 우려와는 달리 다연은 별로 상처받지 않았다.

황제는 화를 냈지만 그와는 별개로 속상해했다. 자신을 걱정해서 그런 것임은 누구라도 알 수 있었다. 그래서 쉼 없이 내뱉는 그 말들에도 독기가 많이 빠져 있었다.

그것이 고스란히 느껴졌던 다연은 조용히 황제의 말을 가로막았다.

"죄송해요."

"……."

"앞으로 다치지 않겠습니다."

황제가 그만 입을 딱 다물었다.

이에 시종 집단들 사이에서 일제히 감탄의 눈빛이 쏟아졌다.

대, 대단하다. 우리 폐하의 잔소리를 멈추게 했어!

알 수 없는 표정으로 다연을 물끄러미 바라보던 미하일이 어쩐지 힘이 빠진 목소리로 말했다.

"손을 이리 주거라."

다연은 궁의가 꼼꼼하게 소독하고 약을 바른 오른손을 선선히 내밀었다.

황제가 그 손을 자신의 손 위에 올려 가만히 바라봤다. 어찌나 뚫어지게 바라보는지 해부라도 할 기세로 손을 보고 또 봤다.

다연과 지켜보던 시종들은 머지않아 이 상황이 불편해졌다.

손을 골똘히 보고 있던 황제가 굉장히 소중한 것을 다루는 태도로 다연의 손을 어루만졌기 때문이었다.

다연은 점점 부끄러워졌다. 얼굴이 또 붉어지려 했다.

아무래도 황제는 부끄러움을 모르는 사람인 것이 분명하다고 다연은 생각했다. 그는 정말로 사람을 창피하게 만드는 재주가 있었다.

엄지손가락으로 손등을 천천히 쓸어 매만지던 황제가 침통한 목소리로 말했다.

"다치지 말거라."

"……."

"울지도 말거라."

"……."

황제의 초록빛 눈동자가 다연을 빤히 응시했다.

"알겠니? 네 몸을 소중히 하란 뜻이다."

다짐을 받아 내듯 말하는 황제 본인은 무척 진지했으나, 고개를 끄덕이는 다연의 얼굴은 또 서서히 달아올라 어느새 완전히 벌겋게 익어 있었다. 그 간지러운 분위기에 모두가 숨을 죽였다.

신전에서 허겁지겁 출발한 치유 신관이 황궁에 당도해 침묵을 깨 줄 때까지 아무도 입을 열지 못했다.

✤

최근 근위대장에게는 한 가지 고민이 있었다.

황제와 황실의 호위, 그 외 음지에서 이루어지는 잡다한 뒷조사와 모사, 흉계 등등은 황궁 근위대 본연의 임무였다.

그러나 최근 근위대에게는 또 다른 임무가 한 가지 더 생겼는데, 그것은 바로 다연의 호위였다. 사실 호위이기도 했고 감시이기도 했 다.

근위대장은 얼마 전 신관과의 글공부에 배석시킨 기사에게서 뜻밖 의 보고를 한 가지 들었다.

– 그 사제 말입니다. 아무래도 좀 이상한 것 같습니다.
– 뭐가 말인가?

신전과 황실의 싸움은 제국이 생겨난 이래 3백 년간 계속되어 온 것이었다. 그리고 신전은 근 1백 년간 고전에 고전만 거듭하다가 얼 마 전에는 헤르니야의 살아 있는 징표마저 황제에게 뺏겼다.

고작 글자나 가르쳐 주겠다는 순수한 선의로 접근하지는 않았을 것이었다. 그쯤은 누구나 짐작할 수 있었다. 그래서 황제의 기사들이 호위 겸 감시를 하는 것이니까.

그러나 보고를 하는 소속 기사의 입에서 나온 말이 너무 뜻밖의 것 이어서 근위대장은 귀를 의심하며 되물어야 했다.

– ……뭐라고? 다시 말해 보게.

– 아무래도 그 사제가 다연 님께…… 자꾸 치근덕거리는 것 같아서 말입니다.

그게 바로 오늘 근위대장이 바쁜 일정에도 불구하고 다연의 수업에 배석해 있는 이유였다.

다연은 근위대장의 얼굴을 잘 몰랐고 호위는 평소에도 근위대에서 몇 명이 번갈아 가며 맡았다. 그래서 그녀는 낯선 얼굴이 호위를 위하여 들어온 것을 별로 이상하게 여기지 않았다.

얼마 지나지 않아 근위대장은 소속 기사가 느꼈다는 그 이상한 기분을 완벽하게 이해했다.

저 새끼가 미친 건가?

근위대장은 눈이 튀어나오려고 했다.

"숙제는 다 하셨습니까?"

다연은 묵묵히 고개를 끄덕이며 같은 글자들을 휘갈겨 쓰며 연습한 종이 뭉치를 내밀었다. 누가 보아도 악필인 글씨체였다.

"잘했네요."

그러나 테오는 그에 눈을 접어 보이며 사르르 웃었다.

곱상하게 생긴 얼굴이 작정하고 웃어 보이니 사방에서 꽃이 휘날리는 것 같았다.

사제는 시종일관 미소를 흘리며 분위기를 화사하게 만들고 있었다. 그에 비해 배우는 다연의 열의 없는 태도는 완벽하게 대조를 이루었다.

근위대장은 얼마 전 견습사제를 보고 황제가 보였던 짜증 섞인 반응을 기억해 냈다.

– 저렇게 반반하게 생겼다는 얘기는 보고에 없었지 않나.

그때 자신이 뭐라고 생각했었나. 황제가 지나치게 예민하게 반응한다고 생각했었다. 사제가 수업을 하면서 미남계를 쓸 것도 아닌데 하면서. 그런데 저게 지금 미남계로 꼬시는 거 아닌가?

아니, 그것보다 우리 폐하의 이 통찰력 대체 무엇……?

마음에 걸리는 일은 또 있었다. 새로 배운 글자를 써 보이는 다연에게 테오는 웃는 낯으로 지적했다.

"획순이 잘못됐습니다."

"그래요?"

다연이 머리를 긁적였다.

"네. 써 놓고 나면 결과물은 똑같지만 이것도 다 규칙성을 띠니까요. 한번 획순을 잘못 암기하기 시작하면 나중에는 혼란스러우실 겁니다."

근위대장은 눈을 홉떴다.

부드럽게 웃은 사제는 펜을 쥐고 있는 다연의 손을 그대로 덮어 쥐었다. 그러더니 자신의 손을 움직여 다연이 정순서로 글자를 쓰게끔 하는 것 아닌가?

사제가 허락 없이 자기 손을 건드리자 다연은 내심 접촉이 좀 신경 쓰이는 눈치였으나 한편으론 긴가민가하는 것 같았다. 좀 미묘한 표정을 짓긴 했지만 별다른 말 없이 넘어갔다.

확실히 사제의 태도는 공식적으로 문제를 삼기에는 좀 애매한 부분이 없잖아 있었다. 오해라거나 친절이라는 이름으로 빠져나갈 구석이 있어 보였다.

그러나 심증이라는 게 있다. 같은 남자의 시선으로 보았을 때 저건 끼 부려서 꼬시려는 게 120%다.

그나마 다행인 것은 다연이 무뚝뚝하고 그다지 사교적인 성격이 아니라 대놓고 뿌려 대는 사제의 호감을 본의 아니게 죄 튕겨 내고 있다는 것이었다.

다연의 속마음은 사제가 싫은 게 아니라 1만 개의 글자가 싫은 것이었지만, 남들의 눈으로 볼 때는 철벽도 이런 철벽이 없었고 무시도 이런 개무시가 없었다.

아니, 근데 신을 모신다는 새끼가 저런 불측한 마음을 먹어도 되는 건가? 뭐 이런 개막장 같은 경우가 다 있을 수가. 저 새끼 저거 사제 아닐지도 몰라.

근위대장은 본연의 임무를 잊고 뛰쳐나가서 둘을 떼어 놓고 사제의 손모가지를 부러뜨리고 싶은 기분을 느꼈다. 그리고 동시에 고민에 빠졌다.

이걸 대체 폐하께 뭐라고 보고를 올려야 하지?

보고를 올리긴 올려야 될 것 같은데 듣고 어떤 반응을 보일지 도무지 감도 잡히지 않았다.

그래서 근위대장은 우선은 본인의 판단이 확실해질 때까지 상황을 몇 번만 더 지켜보기로 마음먹었다. 그리고 때를 봐서 다연에게 사제를 조심하는 게 좋겠다는 간언을 하기로 했다. 본인이 직접 하기 어려우면 다연을 모시는 시녀의 입을 빌릴 생각이었다.

얼마 전 미하일은 외무대신에게 협상에 관련된 보고를 받았다.

사르만의 땅에서 협상을 위한 사절단이 추가적으로 출발할 것이라는 소식이었다.

단순히 전후 배상금을 지급하는 것에서 협상의 성격이 바뀌었다. 황제의 뜻대로 이루어진다면 당분간 국경 지방에서 사르만과의 분쟁은 없을 것이었다. 미하일은 사르만과의 전쟁이 제국에 가져다줄 이

점이 없다고 생각했다. 제국의 영토는 이미 광대했고 척박한 사르만의 땅은 복속시켜 운영할 만한 가치가 없었다.

역사적으로 변방에서 사르만의 크고 작은 약탈과 분쟁은 계속 있어 왔다. 식량 자급률이 떨어지는 사르만의 입장에서는 생존을 위한 잃을 게 없는 도발이었고, 알티우스의 입장에서는 이겨도 얻을 게 없는 소모적인 전쟁이었다. 사르만이 기승을 부릴 때마다 황실의 인기는 흔들렸고 역대 황제들은 매번 그들을 정벌하기 위해 군을 이끌고 출정을 해야 했다.

황제는 이 패러다임을 전환할 필요성을 느꼈다. 그들을 협상 테이블로 끌어내기 위해 황제는 밑그림을 그렸고 그 결과가 지금 눈앞에서 펼쳐지고 있었다.

"폐하. 사절단이 도착하여 인사를 올리기 위해 기다리고 있습니다. 그리고 사절에 사르만 왕의 차남이 포함되어 있다는 소식입니다."

호오, 황제가 흥미롭다는 듯 감탄사를 내뱉었다.

사르만 왕의 차남 아산카는 강성 일색인 사르만 왕실에 얼마 없는 대표적인 주화파 인물이었다. 그럼에도 불구하고 무예와 지략이 출중해 분쟁이 있을 때마다 몇 번이나 군을 이끌고 출정했다. 대표적인 주전파 인물이면서 전쟁 경험은 일천한 장남 도스야와는 여러모로 대조적인 인물이었다.

"그럼 만나 보도록 할까."

황제가 긍정의 말을 내뱉자 시종장이 고갯짓을 했다. 시종들이 문을 열었다. 이미 선발대가 와 있었기 때문에 추가로 출발한 사절단의 수는 적었다.

군무대신을 제외한 대신들 중에 이제껏 왕의 차남인 아산카를 본 이는 없었다. 그럼에도 불구하고 자리한 대신 모두는 한눈에 누가 사르만 왕실의 차남인지를 알아볼 수 있었다.

그는 건장했다. 이름난 전사라더니 풍기는 기운부터가 보통 사람들과 달랐다.

한 발 성큼 나선 아산카가 곧은 시선으로 황제를 응시했다. 인사는 매우 짧았다.

"얼굴이 좋아 보이는군."

간단하다 못해 무례한 인사였다.

이미 몇 개의 나라를 복속시킨 제국의 황제와, 오랑캐라고 은근히 멸시받는 사르만은 그 국격이 달랐다. 심지어 그는 왕도 아니었다. 적장자도 아닌 왕의 둘째 부인이 낳은 차자일 뿐이었다. 그의 말투는 여러모로 옳지 않았다.

"무엄하오. 폐하께 예를 갖춰 말하시오."

발끈한 대신 하나가 아산카의 말투를 지적했다. 정작 황제는 귀찮다는 듯 손을 휘휘 내저었다.

"두어라, 원래가 예의라고는 모르는 저런 자이니."

대신을 저지한 황제는 이번에는 아산카를 바라봤다. 그리고 그의 인사에 화답했다. 물론 황제도 말을 곱게 하는 사람은 아니었다.

"원래 먼지 나는 전쟁터보다는 집이 훨씬 좋은 법이지. 그나저나 내가 부러뜨린 팔은 벌써 다 나았나 보군."

대신의 날카로운 지적에도 유지하고 있던 평정이 처음으로 깨졌다. 미간에 주름을 잡는 아산카의 표정과 황제의 말에서 대신들은 그제야 둘이 안면이 있는 사이라는 것을 깨달았다.

황제가 흥미로워하며 아산카에게 넌지시 물었다.

"직접 올 줄은 몰랐는데."

"그러라고 벌인 일 아닌가?"

아산카가 쓴웃음을 지으며 묻자 황제는 선선히 긍정했다.

"그렇긴 하지. 아무튼 먼 길을 왔군. 여독이 있을 테니 오늘은 쉬고

126

자세한 협상은 차차 하도록 하지. 머물면서 불편한 점이 있다면 언제든지 얘기하도록 해. 그만 물러가도 좋다."

황제는 일방적으로 짧은 만남을 끝냈다. 그러나 황제의 명에도 아산카는 물러가지 않았다.

의아해하는 그를 바라보던 아산카가 입을 뗐다.

"부탁이 있다."

"뭐지?"

"타고 온 말에 문제가 생겼다. 튼튼한 군마였는데 여정에 무리했는지 뭘 잘못 먹었는지 얼마 전부터 통 제대로 먹지를 못하더군. 동물을 보는 의사가 있다면 불러 줄 수 있나?"

황제는 그 말에 고개를 돌려 시종장을 바라봤다.

"원하는 대로 해 주거라."

"고맙군."

황제가 됐다는 듯 손을 또 휘휘 젓자 아산카가 피식 웃으며 접견장을 빠져나갔다.

역시 나갈 때도 예를 표하지 않고 한결같이 무례한 태도였다.

"폐하, 사르만 왕자와 아시는 사이셨습니까?"

사르만의 사절들이 다 빠져나가자 문무대신이 궁금했던 점을 황제에게 물었다.

"전쟁을 치르면서 몇 번 봤지. 검도 맞대어 봤고. 뛰어난 무인은 어디서든 눈에 띄기 마련이니까."

황제의 말에 대신들이 고개를 끄덕였다.

짧은 머리에 다부진 몸을 하고 있는 아산카는 확실히 그 기세가 대단했다. 그냥 서 있기만 했는데도 무인의 기가 풍겨 나와 압도되는 느낌을 주었다.

"외무대신."

황제가 이번에는 외무대신을 호출했다.

"예, 폐하."

"사르만 왕의 차남은 뛰어난 무인이지만 협상 상대로서도 호락호락한 자는 아닐 것이다."

"그렇습니까."

"솔직히 저자가 협상 테이블에 나온 것이 우리에게 유리할 거라는 생각은 들지 않지만, 그 나라에 저치 이상으로 말이 통하는 자가 있을 거라는 생각 또한 들지 않는군."

"……그 정도로 높게 평가하시는군요."

황제는 본인이 유능한 만큼 남에 대한 평가 또한 굉장히 박한 사람이었다. 그럼에도 황제는 외무대신의 말을 부정하지 않았다. 황제의 신하들은 그게 황제가 남에게 내린 보기 드문 높은 평가라는 것을 모두 알았다.

"그러나 사르만 족은 장자 승계를 고수한다. 덕분에 저자는 왕위에는 오르지 못하고 평생 전쟁터나 전전하며 제 무능한 혈육의 무기로 쓰일 테지. 그렇다면 그게 결국 저 나라에 드리운 악은 아니겠는가?"

신랄하게 평한 황제는 어쩐지 골똘히 생각에 잠긴 눈치였다.

다연은 얼마 전부터 황궁 서고에서 간단한 어린이용 동화나 신화를 반출해 와 읽고 있었다.

제국어 수업은 주에 3회 1시간씩 있었고, 그녀는 사실 큰 열의는 없었기에 진도는 매우 느렸다. 얼마나 느리냐 하면, 어린아이들보다 느렸다. 문제는 역시 익혀야 할 글자가 너무 많다는 것에 있었다.

한 2천 5백 자 정도 진도를 뽑았을 때 다연은 엄청난 사실을 깨달았다.

와, 나 지금 앞부분 기억 안 나는 거 실화냐.

학교 다닐 때는 외우는 거 곧잘 했는데 나이 드니까 머리가 예전처럼은 안 돌아가는구나, 다연은 현실을 받아들였다. 결국은 이것도 시간이 다 해결해 줄 것이었다. 어느덧 해탈의 경지에 오른 그녀는 초연하게 생각하며 책을 덮었다.

사실 그녀는 제국에 온 이래 자의 반 타의 반으로 오랜 장래 희망 하나를 이루어 가고 있었다. 그녀의 세상에선 절대 이룰 수 없었던 월급 루팡의 꿈은 이곳에서 세금 루팡의 형태로 실현되는 중이었다.

꼭 그러려고 했던 건 아닌데 할 줄 아는 게 전혀 없다 보니. 헤헤.

뭐, 잘할 필요는 없었으니까.

남의 세금으로 호의호식하다 보니 어쩐지 양심이 아파 왔지만 애써 모른 척하며 다연은 화병의 꽃을 물끄러미 바라봤다. 황제가 정확히 세 번째로 별궁에 보낸 꽃이었다.

그는 아침에 수련을 하고 나면 가끔 별궁으로 꽃을 보내곤 했다. 그러고는 꼭 좋은 하루를 보내라고 전하는 것이었다. 황제가 다연에게 보내고 싶은 건 꽃이 아니라 좋은 하루였다.

어쩐지 마음이 몽글몽글해져 와 다연은 화병 안에서 연보랏빛 스토크 몇 송이를 살살 꺼냈다. 그리고 탁자 위에 가지런히 펼쳐 봤다.

하나쯤은 압화로 만들어도 괜찮겠지. 그리고 다시 되돌려 주어도 괜찮지 않을까?

그렇게 생각하고 두꺼운 동화책을 다시 펼쳤을 때였다.

"어어?"

무심결에 창밖을 바라봤던 다연이 깜짝 놀라 자리에서 일어섰다.

어디서 저렇게 잘 먹고 다니는지 그새 또 몸집이 커지고 통통하게 살이 오른 삼식이었다.

불과 며칠 전의 일이지만, 궁의에 신관까지 총력을 다한 다연의 상처는 이미 흔적 하나 남아 있지 않았다.

그날, 강아지는 벌벌 떨면서 불쌍한 얼굴을 하고 있었다.

그렇지만 오늘은 또 새로운 삶이 펼쳐진 듯 후원을 용감하게 누비며 신나게 놀고 있다.

귀엽고 씩씩해.

어쩐지 흐뭇한 마음에 창가에 붙어서 그 노는 양을 구경하고 있을 때였다. 잠시 강아지와 눈이 마주쳤다고 생각했다.

「고마워!」

"어?"

귓가에서 울리는 소리에 다연은 의심스러운 표정으로 눈을 굴렸다. 그리고 반신반의하며 다시 눈을 마주쳤다.

「고마워! 정말 고마워!」

"……."

예전에 한창 직장 생활로 힘들 때 걸핏하면 귓가에서 바람 소리랑 물소리를 들었다. 무섭기도 하고 불편하기도 해서 가 본 병원에선 그것이 이명이라고 했다. 원인은 과로와 스트레스라고 했다.

다연은 아무 일도 일어나지 않았다는 듯 정색하며 커튼을 닫았다. 그러자 귓가에서 울리던 목소리도 거짓말처럼 사라졌다.

와 씨, 쉬엄쉬엄한 줄 알았는데 내가 또 공부를 무리하게 했나 보네.

✤

나흘 전, 황실은 기습적으로 조세개혁안을 발표했다.

신전은 곧바로 항의 성명을 발표했다. 물러설 수 없는 지점에 왔다고 생각한 듯 사활이라도 건 모양새였다.

반대 여론은 격렬했다. 그러나 황제는 실망하지 않았다. 황실을 지지하는 여론 또한 못지않았으며, 무엇보다 지방 세력이 분열했기 때문이다. 그간 신전과의 결속을 공고히 해 왔던 지방 귀족 및 토호 일부는 신전에 등을 돌리고 황실에 충성을 서약해 왔다.

법안은 시행 단계에서부터 반대에 부딪혀서 고꾸라졌다. 역시 시기상조라는 반응이 있었으나 그 실패마저 예상한 황실은 숨을 고르지 않았다.

"수도 및 몇 개 지역을 선정해 의원이 상주하는 치료소를 세울 것이다. 그 치료소 운영에 국고를 지원한다. 내무대신."

"예, 폐하. 신력으로 환자를 치유하고 고액의 기부금을 챙기는 신전의 행태와 충분히 대비될 수 있도록 해 보겠나이다."

미하일이 흡족해하며 웃었다.

"그래, 이쪽이 더 유능하고 이쪽이 더 정의롭다는 것을 보여 줘라. 나는 신전이 제국에 제공하는 공익적 기능에 비해 그들이 한참 많은 것을 향유하고 있다는 인상을 제국민 모두가 갖게 되기를 바란다. 성과를 기대하겠다."

황제는 원하는 바를 성취할 때까지 멈출 생각이 없는 사람 같았다.

그는 항상 그랬다. 즉위한 그날부터 목표한 바들을 이루기 위해 끊임없이 그림을 그리고, 때로는 무너지고 때로는 누군가를 무너뜨려 왔다.

"근위대장. 얼마 전에도 말했듯이 신전 안에 우리의 손과 발이 되어 줄 자들이 더 필요하다. 이제까지는 하급 신관이나 행정 종사자들에 그쳤으나 그것만으로는 일을 도모하기가 부족해."

"무슨 뜻이신지 잘 알겠사옵니다."

황제는 고개를 끄덕이며 말을 이었다.

"나는 종국에는 그들의 존재를 감출 필요가 없게 되기를 바란다. 수가 많아질수록 은밀할 필요가 없어질 것이다. 신전 안에 친황실 세력이 솎아 낼 수 없을 정도의 세를 이룰 수 있도록 계속해서 포섭하고 배반이 일어나도록 획책하라. 그에 필요한 자금은 얼마를 요구해도 승인하겠다."

황제는 그 뒤로도 신료들에게 몇 가지 보고를 더 들었고 몇 가지를 또 지시했다. 곧 다가올 장마철과 전년 피해, 예상 수확량에 대한 세세한 보고까지 듣고 난 다음에야 황제는 회의를 마무리했다.

"오늘 국무회의는 여기까지 하지."

시종장이 기다렸다는 듯 다가와 황제의 귓가에 무언가를 속삭였다. 대신들은 안 보는 척 그 모습을 흘끔거렸다.

황제는 자리에서 일어나 곧바로 회의실을 빠져나갔는데 어쩐지 평소와는 대비되는 빠른 걸음이었다.

문이 열리고 그 틈으로 다연의 모습이 여과 없이 사람들의 시선에 노출되었다.

황제가 먼저 문밖을 나서고, 그 뒤를 황제의 기사가 따르고, 제일 마지막으로 뒤따른 시종이 가만히 문을 닫을 때까지 대신들의 시선은 문밖의 풍경에 머물렀다.

문이 닫히자 어쩐지 김이 샌 그들 사이에 수다 꽃이 피었다.

"요즘은 그래도 폐하께서 심기가 많이 편안해지신 것 같소."

군무대신이 넌지시 얘기하자 외무대신이 그 말을 받았다.

"폐하께서도 나이가 드시니 그 성정이 점점 둥글어지시는 것 아니겠소."

"것보단 이게 다 사랑을 해서 그런 게지요."

대신들 중 제일 연로한 법무대신이 노인네 같은 어조로 모두가 하고 싶은 말을 대신했다.

황궁 내에는 황제와 다연이 연애를 한다는 소문이 이미 짜했다. 황제가 별궁의 손님을 아이 대하듯 하며 먹을 것, 입을 것 하나하나 챙기며 애지중지하더니 그에 결국에는 둘 사이에 정분이 났다고 말이다.

사실 그것은 반은 맞고 반은 틀린 소문이었다. 시작은 분명 그렇게 낭만적이지 않았다. 실제 별궁 시녀 다수는 그 소문을 접하고 지난했던 과거를 회상하며 먼 산만 바라봤다.

그건 아이를 애지중지했다기보단 환자의 수발을 드는 원한에 찬 모습에 가까웠지…….

황제는 가끔은 진절머리를 치다 못해 다연의 엉덩이를 발로 걷어찰 뻔한 적까지 있었지만, 어찌 됐든 나중에는 애지중지한 것도 맞고 정분이 난 것도 맞았으니 결과만 가지고 봤을 때는 다 맞는 소문이었다.

"솔직히 말하면 폐하께서 저리 빠지실 만한 분이라는 생각은 안 드오. 특별한 점이 아무것도 없지 않소?"

"그러게 말이오. 나는 은연중에 폐하의 짝으로는 좀 더 재능 있고 당당한 여인상을 생각했지 뭐요."

"그러시오? 내 눈엔 젊은 사람 둘이 붙어 있으니 보기만 좋구려. 마치 예쁜 토끼 한 쌍 같소."

황제와 다연의 이야기는 현재 황궁 내에서 가장 뜨거운 소식이었다.

소문이 이렇게나 파다해진 데는 황제의 적극적인 태도 탓이 컸다. 그는 좋아하는 이성에게 호감을 얻으려는 남자가 하는 전형적인 행동들을 그대로 답습하고 있었다. 그리고 이제까지와는 다른 그 모습이 사람들에게 무척 생경하게 다가왔던 것이다.

황제의 연애는 사실 그다지 들춰낼 만한 역사가 없다. 기간, 깊이, 감정, 모든 면에서 그랬다.

물론 그렇다고 해서 그가 이제껏 교제를 했던 이성이 없었느냐 하면 그것은 아니었는데, 그는 어쨌거나 젊고 잘생긴 황족이었다. 황제는 언제나 귀족 사회의 중심에 있었고 언제나 또래 여성들의 동경과 관심을 받았다.

나이가 들어서, 혼인할 때가 돼서, 가문의 격이 맞아서. 때로는 이보다 더 다양한 여러 가지 이유들로 미하일은 주변의 귀족 영애들과 만나고 또 교제를 해 왔다. 그리고 언제나 오래 만나지 못하고 금방 헤어졌다.

모두가 그 이유를 추론하기 바빴다.

이유는 여러 가지가 있겠지만 대체로 너무 바빠서와 원체 성미가 까다로워서, 혹은 연애에 일만큼의 흥미를 못 느껴서, 라는 것이 압도적인 황궁의 여론이었다.

황궁 안 유일한 황족의 사생활에 촉각을 곤두세우면서도 사람들은 사실 모두가 생각했었다.

솔직히 저 까다로운 성미에 어느 완벽한 귀족 영애인들 눈에 찰까.

그런데 황제는 본인의 기준을 충족하는 사람이 없자 아예 그 기준이란 개념을 초월하는 독창적인 스타일의 사람을 만나기로 마음먹은 모양이었다.

황궁을 덮친 파장은 이러한 유구한 역사에서 기인하는 것이었다.

평상시 황제가 얼마나 까다로운 완벽주의자인지를 봐 온 대신들은 어딘가 희미하고 어딘가 기가 약해 보이는 여인에게 푹 빠져 있는 황제의 모습에 다소 충격을 받았다.

이 세상에 사랑이란 게 존재하긴 하는구나. 있었어, 참사랑.

그리고 우리 폐하도 심장 있으셨네. 여태껏 폐하는 뇌랑 혀만 있으신 줄.

그러나 그 충격과는 별개로 그들은 황제의 연애 사업이 승승장구하기를 간절히 빌었다.

황제의 심기가 불편하기를 바라는 사람은 아무도 없었고 그가 너그러워야 행복한 것은 한두 명이 아니었으니까.

그러니 부디 황제의 연애가 앞으로도 순항하기를.

"다연."

회의실 밖으로 빠져나온 황제는 복도에 서 있는 다연을 소리 내어 불렀다.

걸어 나오면서부터 이름을 부르기까지의 짧은 순간.

황제의 표정이 어찌나 화사하게 피어나는지 지켜보던 사람들은 눈이 부실 지경이었다.

저렇게 좋으실까.

황제는 제국 내에서 가장 바쁜 사람이었다. 환자로 문전성시를 이루는 신전 치료소의 치유 신관보다도 더 바쁜 사람이 제국의 황제였다. 황족으로서 태어났을 때부터 언제나 바쁜 삶을 살아온 그였지만 요즘은 그중에서도 특히 바빴다.

별궁에 갈 만한 시간을 내기 힘들어지자 미하일은 한 번은 다연에게 본인이 있는 곳으로 와 주기를 청했었는데, 다연은 그 뒤로도 몇 번이나 더 황제의 동선에 맞춰 움직여 주었다.

"많이 기다렸느냐?"

"아닙니다. 저도 방금 왔어요."

시녀들이 오늘따라 어지간히 다연의 단장에 힘을 준 모양이었다. 갑작스럽게 별궁에 방문할 때와는 달리 머리도, 화장도, 옷매무새도 사람 손길이 꼼꼼하게 닿아 있었다.

후원에서 함께 식사를 하자고 했더니 어째 다연보다 더 설렌 건 시녀들인 것 같은 모양새였다.

"갈까?"

135

황제는 다연에게 왼 손바닥을 슬쩍 내밀어 보였다.

무슨 뜻인지 알아들은 다연이 잠시 멈칫하다가 그 위에 자신의 오른손을 가만히 올려놨다. 황제가 씨익 웃으며 그 손을 움켜쥐고 걷기 시작했다.

황제의 등 뒤로 선연한 행복의 기운이 넘실거렸다.

그 뒤를 따뜻한 시선을 한 시종들이 조용히 따랐고, 또 그 뒤를 아주 작게 꺄아거리며 시녀들이 따랐다.

내궁엔 별궁에는 없는 넓은 연못이 있다. 낮에는 무더웠지만 해가 지고 기온이 내려가자 연못가는 선선해졌다.

황제의 시종들은 적당한 곳에 식사를 마련했다.

한편 여기까지 다연과 손을 잡고 온 황제는 기분이 매우 들떠 있었다. 앉으라고 손을 놓아주며 그가 말했다.

"한 번 허락을 받았으니 다음부터는 일일이 허락받지 않겠다."

어후, 얘는 또 남들 다 듣는 데서 뭐라는 거니 증말.

목 뒤를 벅벅 긁으면서도 다연은 뺨을 붉혔다. 미하일은 또 그 얼굴이 빨개지는 모습을 물끄러미 관찰하며 흐뭇해했다. 아무래도 나쁜 버릇이 생긴 게 분명했다.

식탁에는 보기만 해도 먹음직한 음식들이 잔뜩 올라왔다. 따뜻한 버섯 수프, 치즈를 넓게 바른 빵, 레몬을 뿌리고 구워 낸 생선 요리, 열매를 곁들인 거위 요리. 황제의 식탁은 화려하고 풍성했다.

다연은 이곳의 식사 예절을 어느 정도 속성으로 익히긴 했지만 완벽하게 구현하는 것은 반쯤 포기한 상태였다.

완벽하게 숙지를 한다고 해서 없던 우아함이 깃들까?

슬픈 일이었지만 황제와 본인은 얼굴이 달랐다. 우아하게 식사를 하려면 식사 예절을 익힐 게 아니라 다시 태어나야 했다.

다연이 빵에 따뜻한 수프를 듬뿍 찍어서 먹고 있으려니 황제가 혀를 끌끌 찼다.

"칠칠치 못하긴. 어찌 이리 다 묻히고 먹는 것이냐?"

그는 손을 뻗어 엄지손가락으로 다연의 입술가에 묻은 수프를 훔쳐 냈다.

닦아 주실 거면 제발 아무 소리 말고 그냥 좀 닦아 주십시오!!

세상 다정하게 굴면서도 잔소리만큼은 버리질 못한 황제를 보며 시종장은 속으로 절규했다.

그러나 다연은 이제 일종의 경지에 이른 상태였다. 황제를 황태자 시절부터 보좌한 측근들도 아무도 다다르지 못한 높은 경지로, 다연은 이제 어지간한 수준의 잔소리는 눈 하나 깜빡 안 하고 한 귀로 듣고 한 귀로 흘릴 수가 있었다.

다연이 수프를 찍은 빵을 다시 한 입 베어 물고 어김없이 입가에 수프를 묻히자 옆에 시립해 있는 시종, 시녀들이 다 어이쿠, 움찔했다.

황제는 잘 먹어서 예쁜 마음과 입에 묻은 음식을 매우 지적하고 싶은 양가적 감정에 시달리고 있었다. 결국 몹시 신경이 쓰이는 듯 바라보던 그는 다시 손을 뻗어 다연의 입가를 세심하게 닦아 주었다. 그리고 한결 개운한 표정을 했다.

보는 사람이 다 안절부절못하는데 다연만 태연했다.

"궁 안에 연못이 있을 줄은 몰랐는데요."

다연이 연못에 시선을 떼지 못하고 말했다. 저물어 가는 햇살을 품에 안은 연못은 쉴 새 없이 반짝거렸다.

"마음에 드니? 이곳에도 있지만 서궁의 후원에도 하나 있지. 사실 황성에는 작은 강도 흐른다."

"성 안에 강이 있어요?"

"엄밀히 말하면 성 밖에 있지만 보통은 근처의 강과 산, 지형들까지 한데 묶어 황궁이라고 칭하거든. 보고 싶다면 나중에 한번 함께 가도록 하지. 야생동물들이 제법 많아서 그냥 가기엔 위험하지만, 호위 인원을 꾸려서 데려가면 괜찮을 것이다."

미하일이 다정하게 웃었다.

"저는 좋지만 요즘 많이 바쁘시다고 들었어요."

"바쁘지, 그렇지만 매일같이 이러기야 하겠느냐? 요즘이 특히 그런 것이다. 여름에는 워낙 방비해야 할 것들이 많거든. 그런 데다 엊그제 타국에서 사절단이 도착했다. 갑자기 어찌나 할 일이 쏟아지는지 25년 만에 새벽 수련을 쉬어야 하나 싶을 지경이란다."

새벽 수련이라 하면 황제가 어린 시절부터 항상 같은 시간에 해 왔다는 검술 수련을 이르는 것이었다.

황제의 검에 얽힌 일화는 궁인들은 물론 온 제국민이 다 아는 유명한 이야기였다. 얼마나 유명한 이야기였느냐 하면 소문에 관심 없는 이방인인 다연마저 주워듣게 될 정도로 자주 회자되는 이야기였던 것이다.

다연은 사실 그 이야기에 매우 깊은 인상을 받았다. 당사자가 눈앞에서 그 이야기를 거론하자 반가운 마음이 들어서 아는 척을 하고 싶어졌다. 그 이야기를 들었을 때 순수하게 감탄했기 때문이었다.

"처음부터 검술에 조예가 있으셨던 건 아니라고 들었습니다."

그러나 어쩐 일인지 황제는 다연의 말에 못마땅한 표정을 짓는 것이었다. 주위를 한번 둘러보며 농담 반, 그렇지만 진담도 반을 섞어서 황제가 말했다.

"짐이 날 때부터 잘하는 것들만 읊어 줘도 마음을 얻기가 요원하거늘, 누가 이리도 초를 치고 다니는 것이냐?"

어이쿠!

가만히 있다가 날벼락을 맞은 시종, 시녀들이 제 발이 저려 이리저리 시선을 회피했다. 시종과 시녀들이, 특히 별궁의 시녀들이 찔끔하며 눈치를 보자 다연은 크게 당황했다.

그녀는 절대 그런 의도로 말을 꺼낸 것이 아니었다.

나는 흉을 보려는 게 아닌데. 누군가의 약점을 들먹이려는 것도 아니었는데.

다연은 가끔 공격력을 잃은 초식동물과 같았다. 그녀는 예전에도 지금도 누군가를 상처 입히는 언어는 쓰고 싶지 않았다. 실수로라도.

황제가 오해할까 봐 걱정이 되어서, 다연은 당황을 감추지 못했으면서도 신중히 그렇지만 분명하게 전달하려고 노력했다.

"아니요. 그런 뜻이 아니구요. 물론 처음부터 잘하셨던 것은 아니지만, 포기하지 않고 끝까지 하셔서 결국에는 그 누구보다 잘하게 되시지 않았습니까. 그런 점이 대단하고 멋지다고 생각했습니다. 저는 단지 그 얘기를 하고 싶었던 거예요."

"……."

잠시 침묵이 흘렀다. 황제는 아주 잠시 말을 잃고 다연을 바라봤다. 그러다가 시선을 내리고 묵묵히 포크와 나이프를 집어 들었다.

뜬금없이 식사를 재개한 그는 가만히 앞에 놓인 거위 요리를 나이프로 썰려 했다. 그러나 곧 쥐고 있던 포크와 나이프를 다시 내려놓아야 했다.

황제는 평소처럼 뻔뻔하게 행동하고 싶었던 것 같다. 그런데 그게 잘 안 되는 모양이었다. 귓가가 살짝 달아오르고 얼굴이 점점 홧홧해져 와 나중에는 태연을 가장하기가 힘들어졌다.

결국 황제는 눈가를 손으로 짚어 얼굴을 반쯤 가리며 다연을 타박했다.

"너는 어찌 그런 말을 그렇게 아무렇지도 않게 하느냐?"

"네?"

"어찌 그리…… 아니, 모르면 되었다."

다연은 갑자기 황제가 민망해하며 얼굴을 들질 못하자 의아한 기색이었다.

"……제가 뭘 잘못 말했나요?"

아뇨! 완전 잘 말하셨어요! 방금 홈런 치셨어요!!

시녀들은 두 손 모아 외치고 싶었다.

"별로 누군가에게 인정받고자 한 일은 아니지만, 너에게 그런 말을 들으니 기분이…… 나쁘지가 않아서 말이다."

황제는 다시 표정을 수습하고 앞에 놓인 거위 요리를 먹기 좋게 썰어 냈다. 그리고 죄 모아 다연의 접시에 수북이 쌓아 주었다.

미하일은 기분이 나쁘지가 않은 정도가 아니라 심장에 불시의 폭격을 당했지만, 평소보다 몹시 부끄럼을 타며 아무렇지 않은 척을 했다. 다연은 그런 미하일을 심히 이상한 표정으로 바라보다가 조심스럽게 물었다.

"힘들진 않으셨어요?"

"뭐가 말이냐, 검술이?"

"아니요. 사람들의 말이요."

아아, 황제가 무슨 말인지 알겠다는 듯 고개를 끄덕였다.

"아무래도 말들이 많긴 했지. 드나르 황가는 대대로 당대 최고의 기사들만을 배출해 냈거든. 그게 황가는 물론 제국의 자부심이었는데 나는 그러질 못했지. 그 재능이 저잣거리 필부의 자식에도 미치지 못한다는 얘기도 들었다."

다연은 다소 충격을 받아 입을 벌렸다.

황족에게 그렇게까지 말하는 사람이 있단 말인가?

그냥 전해 듣기만 하는데도 다연은 그 말들에 상처를 받았다.

그러나 미하일은 충격을 받고 우울함에 젖은 다연의 눈을 보며 빙긋이 웃을 뿐이었다. 그가 물었다.

"그렇지만 내가 그들을 신경 써야 되느냐?"

　황제는 대수롭지 않게 어깨를 으쓱하며 말을 이었다.

"좀 더 유리한 조건을 가지고 태어났으면 좋았겠지만 이미 아닌 걸 어쩌겠느냐? 어차피 극복해야 되는 일이었고 해 보니 할 수 있었다. 그러나 설령 안 되는 일이었대도 그게 뭐가 어떻단 말이냐?"

　그는 어떻게 그럴 수 있었을까.

　천성일까, 시간이 해결해 주었을까, 지나 보니 괜찮아진 것일까.

　과거를 회상하는 그의 말은 짐짓 유쾌하기까지 했다.

"그리고 지나 보니 결과적으로 그들의 말은 모두 틀린 게 되지 않았느냐? 세상에는 그렇게 끝까지 가 보기 전까지는 아무도 알 수 없는 일들도 있다는 것을 알았지. 그러니 남들의 말에 미리 실망하거나 단정 지을 필요가 없는 것이다. 그건 그냥 그 정도의 일이었다. 그래서 아무렇지도 않았다."

　황제는 아연한 표정으로 자신을 바라보고 있는 다연에게 웃음기 어린, 그렇지만 인생의 중요한 진리를 속삭이는 사람과 같은 분명한 어조로 말했다.

"그러니 너도 아무것도 모르는 사람들의 가벼운 말이 너를 좌우하게 두지 말거라."

"……."

　다연은 제국의 뛰어난 기사들이 황제를 좋아하고 존경하는 이유를 어쩐지 지금, 알게 된 것 같았다.

　그가 검으로 뛰어나기 때문이 아니었다. 그가 극복하고 증명해 내 보였기 때문도 아니었다.

　그는 검으로 경지에 도달한 지금도, 또 아주 하찮은 한 줌의 재능조차 없었던 그때에도, 온전히 저 마음가짐만으로 빛나는 사람이었던 것이다. 그의 가치는 검이 아닌 그 자신에 있었다.

사람이 만약 저마다의 고유한 빛깔을 가지고 있다면. 그래서 그 색채를 볼 수 있다면. 황제가 가지고 있는 색은 너무나 찬란하고 눈이 부셔서 고개를 들고 바라볼 수조차 없을 것 같았다.

태양으로 사람을 빚어낸다 해도 마음이 저렇게 찬란함으로만 가득 찰 수는 없을 것 같았다.

그가 가진 오만함, 따뜻함, 자신감, 정열.

다연은 그 모든 빛깔들에 압도당하고 또 매료되는 기분을 느꼈다.

그러나 다연이 어떤 감동에 젖어 있을 때, 미하일은 그새 다시 또 까탈스럽고 잔소리 심한 황제님으로 돌아와 있었다.

다연의 입가에 또다시 묻은 음식 소스가 몹시 신경이 쓰였던 미하일은 결국 다시 한 번 손을 뻗었고, 제 손을 휴지 삼아 입가를 깨끗이 훔쳐 냈다.

마음이 한결 편해진 듯 그가 안도한 얼굴을 하자 멍하니 보고 있던 다연은 그만 표정을 무너뜨리고 하하, 웃어 버렸다.

"여기서 헤어져야 하겠구나."

갈림길에서 황제가 몹시도 아쉬워하며 말했다.

함께 있을 수 있는 시간은 생각보다 길지 않았다. 황제를 알현하고 싶어 하는 사람은 많았고 그는 저녁 이후로도 접견 일정이 잡혀 있었다. 황제가 아쉬움이 역력한 기색으로 발걸음을 떼지 못하자 다연이 덤덤하게 약속했다.

"제가 다음에 또 폐하가 계신 곳으로 가겠습니다."

황제는 고개를 끄덕였다. 그렇지만 바로 돌아서지는 못했다.

미하일은 허리를 굽혀 다연의 얼굴을 가만히 들여다봤다. 달빛이 단정한 얼굴을 은근하게 비추고 있었다.

그냥 단정하고 차분한 얼굴이었다. 그런데도 어쩐지 눈과 심장에 열기가 차는 느낌이 들었다. 마음을 가라앉히려 그는 손을 몇 번이나 쥐었다 폈다 했다.

표정 없는 저 얼굴 여기저기에 입술을 눌러 찍고 싶었다.

훅, 치밀어 올라오는 뜨거운 것을 애써 내리누르며 황제는 다연의 손을 찾아 쥐었다. 그리고 성급하지 않으려 애쓰며 그 손을 들어 올려 손바닥에 가만히 입술을 내리눌렀다.

"조심해서 가거라. 내일 보자."

잠긴 듯한 목소리로 말한 황제가 잡고 있던 손끝을 살며시 놓아주었다. 그리고 돌아섰다.

황제는 돌아보지 않았다.

다연은 성큼성큼 멀어져 가는 그들의 일행을 그 자리에서 조금 더 바라봤다.

달빛이 환한 밤이었다.

✤

동물의 말소리를 듣는 일은 점점 잦아져 나중에는 이명이라 생각하기 어려워졌다. 다연은 극도의 불안과 스트레스에 시달렸다.

처음엔 본인이 미친 건가 했다. 그러나 들리는 말소리들은 하나하나 상황과 그 동물의 개성을 완벽하게 반영하고 있었다.

아침에 다연은 까마귀의 말소리를 들었는데 나무 열매를 거두고 있는 정원사를 향해 우짖는 소리였다.

「우리가 먹을 것도 남겨 놔라! 이 야박한 인간 놈들아!」

사람이 이렇게 창의적으로 미칠 수는 없었다.

다연은 결국 매우 당혹스러운 마음으로 정원사에게 열매를 몇 개 남겨 두라고 당부할 수밖에 없었다.

모든 말소리가 들리는 것은 아니었다. 어떤 원리와 규칙이 있는지도 알지 못했지만, 분명한 것은 점점 자주, 많이 들린다는 것뿐이었다.

그러나 다연은 끝내 이 일을 의논할 상대를 찾지 못했다.

이 세계에 반년을 머물며 그녀는 신전과 황실의 정치적 관계를 완벽하게 이해했다. 자신 때문에 일방적이었던 그들의 권력 구조가 변화했다. 신전은 아직도 틈틈이 그녀를 관찰하며 탐을 내고 있었고, 황제는 그들을 경계하며 힘으로 밟으려 했다.

섣불리 무언가를 이야기하는 게 정치적 변수로 작용할까 봐 다연은 말을 아꼈다.

아무것도 변하지 않았으면 했다.

황제가 자신을 귀히 여기고 아낀다. 이 일상의 안온함도 놓치고 싶지 않았다. 그렇지만 대체 이 능력에 무슨 의미가 있단 말인가.

「더워! 쌍! 개 덥다고!」

기승을 부리는 무더위에 아침부터 신경질을 내는 까마귀를 다연은 우울하게 바라보았다.

제국어 수업은 다연이 게으름을 부리지 않는 이상 주에 세 번 이루어진다.

그녀도 바보는 아니라서 어느덧 익힌 글자가 5천 자를 넘어섰다. 다연은 이제 웬만한 수준의 서적은 모두 읽을 수 있었다.

다만 그녀는 얼마 전부터 황궁 서고에서 신학 서적들을 줄기차게 반출해서 읽고 있었다. 필요했기 때문이다. 왜 이곳에 왔는지, 자신에게 일어나고 있는 일이 무엇인지 알아야 했다.

그러나 신학 서적은 그 수준이 다른 분야의 도서들과 달랐다. 읽을

144

수 없는 글자가 너무 많아 답답함을 느끼곤 했다.

쓸데없이 까마귀 소리 듣는 거 말고 제국어나 읽을 수 있게 해 주지. 반문맹으로 살아가고 있는 다연은 여신 헤르니야를 원망했다.

오늘은 주에 세 번, 테오와의 제국어 수업이 있는 날이었다. 마리와 기사들과 함께 서궁으로 향하던 중 다연은 낯선 느낌의 남자와 마주쳤다. 남자는 흑마를 산책이라도 시키듯이 말고삐를 쥔 채 한가하게 거닐고 있었다.

다연은 어쩐지 시무룩해 보이는 흑마를 유심히 봤다. 반대로 아산카는 그런 다연을 유심히 봤다. 알티우스의 황궁 내에서 이국적인 용모를 하고 있는 둘은 눈에 잘 띄었다.

"너 이곳 사람이 아니군."

다연은 어쩐지 생경한 기분으로 남자를 봤다.

알티우스 사람들은 미의식이 굉장히 까다롭고 높았다. 즐겨 하는 복식 또한 굉장히 화려하고 복잡했는데 눈앞의 남자는 너무도 단출한 옷차림을 하고 있었다. 아무 장식도, 무늬도 없는 이런 무명옷은 처음이었다.

"무례하십니다. 다연 님은 폐하의 손님이자 여신께서 계시하여 보내신 제국의 귀빈입니다. 예를 갖춰서 말씀하십시오."

동행한 기사가 제지를 했으나 남자는 태연한 얼굴이었다. 어깨를 으쓱하며 대꾸했다.

"그렇다면 더 예의를 갖출 필요가 없지. 헤르니야는 너희들의 신이지, 사르만의 신이 아니지 않은가."

다연은 어쩐지 눈앞의 남자가 재미있었다. 그래서 물었다.

"당신도 이곳 사람이 아니시군요?"

"아산카야."

"네?"

"내 이름."

"아아…… 네. 저는 이다연이라고 해요."

자신을 소개한 남자는 옆의 흑마를 부드럽게 쓰다듬으며 말했다.

"루리."

어렵지 않게 다연은 그게 흑마의 이름을 소개하는 것임을 알아들었다. 용맹하고 늠름하게 생긴 군마인데 이름은 참…… 사랑스럽고 예뻤다. 그 불균형이 웃겨서 다연은 속으로 좀 키득거렸다.

그러다 문득 아산카의 말이 생각나 물었다.

"사르만국에서 오셨어요?"

"응."

"그럼 사르만 사람들은 어떤 신을 믿나요?"

"바람과 태양, 대지, 공기, 우리를 둘러싼 모든 것을 믿지."

자연을 믿는다는 것인지, 아무 섬기는 신이 없다는 말을 돌려 하는 것인지 그의 말은 모호하게 들렸다.

그러나 되묻는 대신 다연은 그냥 고개를 끄덕였다.

테오가 기다리고 있을 터였다. 지금도 늦었다. 이만 서궁으로 가 봐야 했다.

"저는 다른 곳에 가던 중이라. 다음에 또 봬요."

남자는 가볍게 고개를 끄덕였다. 무뚝뚝해 보이지만 좋은 사람이리라 생각했다.

루리라는 까만 말이 남자에게 보내는 신뢰와 애정의 따뜻한 마음은 다연의 마음에도 닿았다.

허겁지겁 도착한 서궁 별관에는 테오가 벌써 와서 기다리고 있었다.

테오는 객관적으로 경험이 많은 좋은 선생님이었다. 그가 인내심을 갖고 가르쳐 주지 않았더라면 다연은 1만 글자라는 분량이 주는 압박감에 질식사하여 진작에 때려치웠을 것이다. 다만, 신전에서 어린아이들을 가르쳤다는 테오는 그게 습관으로 굳어졌는지 다연에게도 어린아이 대하듯이 행동할 때가 종종 있었다.

간혹 잘했다고 머리를 쓰다듬거나 꼬마들에게 우쭈쭈할 때나 쓸 것 같은 제스처를 하곤 했지만, 다연은 버릇이겠거니 하고는 대수롭지 않게 넘겼다.

배석한 기사들만 속이 타들어 갔다. 근위대장은 요즘 눈을 너무 부라린 탓에 눈알이 튀어나올 지경이었다.

조용히 글자만 써 내려가던 다연은 갑자기 작게 한숨을 쉬곤 펜을 내려놨다.

요즘 그녀는 마음이 너무 답답했다.

"수업 외에 개인적인 질문을 하나 해도 되나요?"

사제가 빙긋 웃었다.

"물론이지요. 드디어 저에게 궁금한 게 생기신 겁니까?"

저 새끼가!

근위대장이 참지 못하고 살기를 피워 올렸다.

다연은 어색해하며 질문했다.

"신관들은 보통 어떤 능력들을 가지고 있나요?"

"그게 궁금하셨던 겁니까? 답변드리죠. 매우 다양합니다. 가장 귀한 능력으로 대우 받는 건 치유력입니다. 환자를 낫게 할 수 있으니까요. 축복을 기원할 수 있는 신관도 있습니다. 산모나 긴 여정을 떠나기 전의 여행자들이 자주 찾죠. 매우 국지적이지만 비를 내리는 능력이 있는 신관도 있고요. 그리고 정말 드물지만 공격 능력의 형태로 발현되기도 합니다."

"공격 능력이요?"

"검에 검기를 피워 올리듯이 신력을 피워 올리는 거죠. 그리고 신력이 강하면 검이나 매개가 없어도 신력 자체를 운용해서 사람을 해할 수 있습니다."

다연은 의문에 빠졌다.

매우 의심스러운 표정으로 다연은 테오를 바라봤다. 그리고 조심스럽게 물었다.

"……신관이 그런 짓을 해도 되나요?"

테오는 그런 다연을 매우 귀엽다는 듯이 바라봤다.

"그래서 드문 경우라고 하지 않았습니까?"

"그럼 테오는 어떤 능력을 가지고 있어요?"

이번엔 테오가 약간 난처한 얼굴을 하고 웃었다. 곧이어 흘러나온 대답에 다연은 좀 미안해졌다.

"저는 아무 능력이 없습니다. 신력이 있긴 하지만 거의 무의미한 수준이죠. 다만 평생을 신전에 헌신하였기에 위에서 좋게 봐 주시고 견습사제 신분을 주셨습니다."

"아아, 그랬군요."

다연이 말을 흐리자 테오가 웃으며 말을 돌렸다.

"그런데 갑자기 그런 건 왜 물으시는 겁니까? 원하신다면 저랑 한번 신전에 방문하셔서 다양한 신관들을 직접 만나 보셔도 좋을 듯싶습니다."

"……."

사실 다연이 정말로 물어보고 싶은 것은 따로 있었다.

동물의 말을 알아듣는 신관도 있느냐고.

하지만 그렇게 직접적으로 물어볼 수는 없었다. 다연은 이 일을 신전에서 알아채는 것을 원하지 않았다. 털어놓을 수 있는 사람도 완전히 믿을 수 있는 사람도 없다.

황제에게는 이 일을 솔직하게 말해도 될까?

답답함에 한숨을 쉬듯이 다연이 말했다.

"저는 이곳에 왜 왔을까요?"

테오는 언제나와 같았다. 그는 어떠한 신념에 사로잡힌 사람과 같은 분명한 태도로 다연에게 답을 주었다.

"당신이 이곳에 온 의미가 있을 겁니다."

다연은 그 확신에 가득 찬 눈빛이 부담스럽다고 느꼈다.

저런 말을 들을 때마다 다연은 반발심이 생기곤 했다. 비뚤어지고 싶은 기분을 느꼈다.

나는 당신들이 기대하는 그런 사람이 아니야. 나는 무능하고, 할 수 있는 게 아무것도 없어. 그러니 신탁은 분명 잘못되었을 거야.

그러나 사제의 앞에서 감히 신탁이 잘못되었다는 말을 할 수는 없었다.

그의 얼굴은 신념과 확신에 가득 차 있었다.

여신 헤르니야의 현신을 직접 목도한다면 저런 눈빛일까.

다연을 바라보는 사제의 눈빛이 열렬하고 뜨거웠다.

5장.
Jealousy is My Middle Name I

사르만과의 협상은 빠른 속도로 재개되었다.

몇 가지 사안들에 대해서 사르만 왕자는 난색을 표하기도 했지만 대체로 그리 까다롭게 나오지는 않았다.

"너무 탈탈 털어먹으려 하는군."

아산카가 인상을 찌푸리며 웃었다.

"이 정도면 훌륭한 조건 아닌가? 패전의 책임이라 생각해. 억울해 할 거였으면 전쟁을 일으키지 말았어야지."

황제는 표정 하나 안 변하고 밉살맞게 말했다.

외교적인 자리에서 얼굴을 붉힐 일이 생길까 봐 외무부 신료들은 심장이 쪼그라들려 했다.

그러나 사르만 왕자는 감정 변화의 폭이 크지 않은 사내였다. 전혀 맘 상해 하지 않는 태도로 왕자가 말했다.

"분명히 말해 두지만 나는 전쟁에 반대하였네."

황제는 재밌다는 듯 피식, 웃었다. 그리고 물었다.

"그대는 왜 전쟁에 반대하지? 사르만 왕실은 제국에 감정이 좋지 못하다고 들었는데."

알티우스로서는 억울한 일이었다. 3백 년간 여러 나라를 상대로 수차례 정복 전쟁을 일으켜 영토 확장을 해 온 알티우스였지만 제국은 사르만을 상대로 먼저 전쟁을 건 적은 없었다.

관심 밖이었기 때문이다. 사르만의 땅에는 물자도, 지리적 이점도 없다. 그들이 가지고 있는 건 사람뿐이었다. 뛰어나고 강한 전사.

아산카 왕자는 답했다.

"소국이 대국을 상대로 전쟁을 일으켜 끝내 승리할 수 있겠는가? 자존심 때문에 질 전쟁을 하는 것은 병사에게도 백성에게도 못 할 짓이다."

패배를 입에 올리는 얼굴에는 부끄러움도, 비굴함도 없었다. 그래서 오히려 황제는 그에게서 더 긍지를 느꼈다.

그는 진짜 전사였다. 그리고 왕족다웠다.

그런 그가 내심 맘에 들었지만 미하일은 그런 내색은 전혀 하지 않고 빈정거렸다.

"그 얘기 그대로 자네 아버지와 형에게 전해 줬으면 좋겠군. 기왕이면 꼭 설득에도 성공했으면 하네. 소중한 자네 병사들과 자네 백성들을 위해서."

아, 폐하 제발 쫌! 부탁인데 제발 적당히 해 주세요…….

외무부 관리들은 이제 그만 황제의 입을 틀어막고 싶어졌다.

본인들이야 황제의 신하니까 멘탈이 박살 나게 탈탈 털려도 할 말이 없지만 남의 나라 왕자에게 저게 무슨 태도인가.

처음엔 발끈하던 사르만 사절들은 이제 황제의 스타일을 이해했는지 알티우스 관료들을 동정의 눈빛으로 쳐다봤다.

황제는 유능하고 맞는 말만 했지만 그 맞는 말로 사람 속을 효과적

152

으로 긁는 데 뛰어난 재주가 있었다.

그러나 황제는 이번엔 다른 이야기를 꺼냈다.

"사르만 왕자. 나는 그대의 현명함을 높이 산다. 그리고 솔직히 말하면 그대가 마음에 든다. 그러니 특별히 한 가지 조언을 해 주지."

"무엇이지?"

"케시크를 정벌해."

"……."

케시크는 대륙의 동쪽 끝에 위치한 전제왕조가 세워지지 않은 토착민들의 땅이었다. 영토는 크지 않고 지리적으로 고립되어 있었다. 그러나 물자가 풍부하고 땅이 비옥해 식량의 자급이 가능한 곳이었다.

"무슨 말을 하고 싶은 건가?"

흔들림 없이 평온하기만 하던 아산카가 날카로운 눈빛을 했다.

"지금의 땅에 미래가 있다고 생각하나? 그곳에선 절대로 대계를 이어 갈 수 없다."

아산카는 황제의 말에 대답하지 않았다. 그렇지만 사람들은 그가 침묵으로 긍정하고 있다고 느꼈다.

"그대는 사르만의 대표적인 주화파이지. 그러나 이길 전쟁이라면 할 생각이 있나? 선택은 그대들이 하는 것이지만 내가 사르만 왕이었다면 진작에 그 땅을 버리고 케시크를 정벌하였을 것이다."

황제를 바라보는 왕자의 시선은 담담하고 고요했다. 그는 황제의 다음 말을 기다리고 있었다.

황제는 얕은 한숨을 내쉬며 말을 이었다. 왕자를 바라보는 눈은 현명했지만 오만한 통치자의 기운을 뿜어내고 있었다.

"사르만이 왜 계속하여 전쟁을 일으키는지 모르지 않는다. 그대들은 약탈을 할 수밖에 없는 조건을 갖고 태어났지. 척박하고 메마른 땅을 떠돌며 목축만으로 나라를 운영하는 건 불가능한 일이니까. 그러나 전쟁의 상대를 잘못 골랐다는 사실을 이제는 좀 깨달을 때도 되지 않았는가?"

황제는 이 말을 하면서는 좀 많이 지겹다는 표정을 했다. 그 표정이 너무 솔직해서 대신들은 민망해졌다.

"물론 케시크는 그대들의 땅과는 지리적으로 너무 멀지. 그렇지만 사르만에는 그대들이 자랑하는 그 잘난 기마술이 있지 않은가? 강과 비옥한 영토 없이 나라가 클 수 없는 건 기본 중의 기본이다. 그게 없다면 지리적 이점이라도 있어 물자든 사람이든 활발하게 오가야 한다. 그런데 사르만은 아무것도 해당되지 않지."

여기까지 말한 황제는 왕자의 표정을 보고는 어깨를 으쓱였다.

"잘 생각해. 그대들이 그 아무리 강인한 생활력을 가진 민족이라고 해도 지금의 생활로는 더 이상 나라를 안정화시킬 수 없을 것이고 결국엔 중앙에 대한 통제력도 잃을 것이다."

황제의 말에 사르만 왕자는 물론 사절 전체와 알티우스의 관료들까지 심각한 얼굴을 했다.

미하일의 말은 적대국의 황제가 하기에 적합한 이야기는 아니었다. 그렇지만 틀린 말은 더더욱 아니었다.

사르만은 오랜 식량 부족에 시달리고 있었다.

대륙의 모든 나라가 지난 세월 동안 흥망성쇠를 겪었다. 더 성장하지 못하고 역사 속으로 사라져 버린 나라가 있는가 하면 알티우스처럼 찬란한 발전을 이룩한 나라도 있었다.

사르만은 둘 다 아니었다.

그들은 강한 생존력을 바탕으로 살아남았지만 대륙의 문명이 발전할수록 한계에 다다르고 있었다. 그들의 전쟁은 위기감에서 비롯되는 것이었다.

그러나 아산카는 굳은 얼굴로 고개를 저었다.

"일리가 있는 이야기임은 아나 현실적으로 그 실현이 불가능하다. 케시크 정벌은 왕실에서도 몇 번 거론되었으나 보급이 불가능할 거라는 이유로 좌절되었어."

황제는 그 말을 예상했다는 듯 고개를 끄덕였다.

"제안을 하나 하지. 사르만이 종전을 약속하고 평화협정을 맺는다면 길목을 터 주고 보급을 도와주겠다. 사르만 왕실은 반대할 테니 그대의 역할이 중요하겠지."

회견장이 술렁였다.

"얘기해 두지만 이건 사르만에 매우 이득이 되는 제안일 것이다. 그대가 꾸준히 알티우스와의 전쟁을 반대해 왔다는 것을 알기에 베푸는 우의다. 진지하게 고려하길 바란다."

사르만의 아산카 왕자는 잠시 말을 잃었다.

그는 원래 잘 놀라지 않는 성격이었다. 그러나 황제는 자주 사람을 놀라게 했다. 알티우스 황제는 남들이 예측하지 못하는 판을 짜는 사람이었다.

"왜 도와주려 하는 거지?"

아산카가 순수한 의문을 담아 물었다. 황제는 별로 진지하지 못한 태도로 어깨를 으쓱했다.

"내가 요즘 좀 바빠서."

좌중이 침묵에 휩싸였으나 황제는 개의치 않았다.

"적은 하나인 게 좋겠지. 나는 지금 신전과 싸우기에도 시간이 부족하거든. 잘 모르겠지만 걔네들이 좀 질겨. 대신관 노인네는 금방 뒈질 줄 알았는데 오늘내일하더니 명줄도 길더라고. 솔직히 이건 정말 짜증 나는 일이야."

황제가 구시렁거리자 외무부 최고 대신이 하얗게 질린 얼굴로 이

155

마를 짚었다. 그 필터링이 없는 발언에 실무 관료들은 시선을 피하며 흠흠, 헛기침을 했다.

이 자리는 외교적 자리였다. 그래도 안 그런 척, 안 그래도 그런 척, 온갖 정치적 수사로 꾸며진 가식적인 말들이 오가야 했다.

그런데 황제의 거침없는 언변은 너무 가식이 없어 대신들은 타국의 사절단을 보기가 좀 많이 부끄러웠다.

미안…… 놀랐지? ……우리 폐하가 좀 그래……. 원래 저런 말로 사람을 한 번씩 쥐어 패셔. 그래도 저게 지금 손님 앞이라고 많이 자제하신 거다?

아산카는 심각한 얼굴로 고개를 끄덕였다.

"당신의 제안, 진지하게 고려하겠다."

"그러는 게 좋을 거야. 좋은 자리에서 이런 말을 하고 싶진 않지만 분명히 경고한다. 딴마음을 품지 마라. 또다시 전쟁을 걸어도 패퇴하는 것은 반드시 사르만이 될 것이다."

황제의 차가운 말에 일순 회견장 안의 공기가 팽팽해졌다. 하지만 사실만을 적시했다고 생각한 황제는 신경 쓰지 않았다. 이만 나가 보라고 귀찮다는 듯 손을 휘휘 저었다.

사절이 떠난 자리에는 알티우스의 관료들이 남았다. 황제는 턱을 괴고 생각에 빠진 듯했다.

관료들은 서로 눈치만 봤다. 외무대신 다음가는 외무부 최고 실세인 젊은 관리가 조심스럽게 나섰다.

"폐하, 사르만 왕자에게 어찌하여 그런 호의적인 제안을 하셨습니까? 사르만은 너무 커지면 곤란합니다. 그들은 다시 알티우스를 노릴 것입니다. 이미 오랜 침략의 역사가 그것을 증명하고 있습니다."

황제는 좀 답답해했지만 성실하게 답변해 주었다. 그는 유능하고 열정이 있는 신하들에게는 대체적으로 너그러웠다.

"그러나 굶주려도, 이대로 놔두어도 그들은 또다시 전쟁을 일으킨다. 그렇다면 현상을 유지해야 하는가? 오랜 시간 국경 지방 제국민들이 입어 온 피해가 너무 크다."

황제가 심드렁하게 말을 이었다.

"그래서 이참에 볼 일 없이 구석으로 아예 멀리 치워 버리려고 한다. 국경을 접하고 있으니 저것들이 자꾸 저렇게 까불지 않느냐."

황제는 솔직히 말해서 좀 지겨웠다. 저것들은 쥐뿔 가진 것도 없는 주제에 자존심만 셌다. 생명력도 강해 수많은 나라들이 스러져 가는 와중에도 질기게 살아남는다.

황제는 체급 차이가 심한 사르만 따위에는 관심도 없었다. 얻을 것이 없는 전쟁은 이제 하지 않는다. 정복 전쟁의 시대는 저물고 있었고 황제는 실리적인 사람이었다. 그러나 사실 무엇보다 지겨움이 컸던 황제는 약간 진절머리를 치며 고개를 설레설레 저었다.

"벌써 이게 몇 번째 전쟁인가? 사르만에는 머리가 달려 있는 자가 아산카 왕자밖에 없는가? 저치들은 늘 지는 전쟁을 하면서 지치지도 않는 것인지…… 나는 이제 사르만이라면 지겹기만 하다."

황제의 말에 상당 부분 공감하는 대신들이 쓴웃음을 지었다. 나이든 대신들은 황제보다도 전쟁의 기억이 많았다. 그러나 황제는 또다시 대신들이 생각지 못한 이야기를 했다.

"허니 완전한 종전을 할 것이다. 그리고 왕은 역시 장남보다 차남이 되는 편이 우리에게 유리해."

"폐하, 그 말씀은……."

"아아, 그냥 그렇다고. 사실이 그렇다는 거야. 아직 확신할 수 있는 것은 아무것도 없다."

그러나 대신들 중에 그 말을 곧이곧대로 듣는 자는 아무도 없었다. 그들의 황제가 저런 말을 단순히 아무런 의도 없이 꺼냈을 리는 없다.

황제는 차남을 왕으로 만들 생각인 것이다.

하지만 무슨 수로? 사르만은 확고한 장자 승계의 원칙을 가진 나라였다. 그런데 어떻게 타국의 내정에, 그것도 승계 문제에 간섭할 수 있단 말인가? 대신들은 감히 황제의 생각이 짐작조차 가지 않았다.

이만 나가 보라고 황제가 휘이휘이 손짓을 하며 내쫓자 대신들은 저마다의 마음속에 고민과 의문을 품은 채 하나둘씩 조용히 회견장을 떴다.

근위대장이 따로 보고할 것이 있다며 황제를 찾아온 건 그때였다.

근위대장이 사제의 일을 보고하기로 마음먹은 것은 사제가 문제가 될 만한 제안을 했기 때문이었다.

그는 다연이 신력과 신관들에 관심 있어 하는 것을 핑계 삼아 오랜만에 신전에 한번 방문하는 것이 어떻겠냐고 제안했다. 더 큰 문제는 다연이 그 제안을 진지하게 고민하는 것처럼 보였다는 것이다.

그녀의 신전 방문은 그렇게 간단하게 정할 수 있는 문제가 아니었다. 신전이 이제 와 다연을 점유하려 해도 곤란했고, 다연이 마음을 바꿔 신전에 거처하고 싶다 해도 황실은 정치적 타격을 받는다.

결국 근위대장은 참지 못하고 다연에게 물었다.

– 정말 신전에 방문하실 생각이십니까?

다연은 잘 모르겠다고 했다. 그리고 확인하고 싶은 게 있을 뿐이라는 얘기만을 했다.

근위대장은 즉시 모든 일을 황제에게 보고했다. 그리고 이참에 마음에 걸렸던 일들까지 모두 아울러 보고했다.

사제가 다연에게 불측한 마음을 먹은 것 같다라든가, 자꾸 불온한 신체 접촉을 한다라든가, 그 새끼 미친 것 같아요라든가.

당연한 말이지만 황제는 불같이 폭발했다. 예상은 했지만 그 노여움이 너무 커서 시종들은 불똥이 튈까 고개를 들지 못했다. 당사자인 근위대장은 오랜만의 폭언에 눈물을 찔끔 흘리고 싶었다.

"그래서 네놈들은 그놈이 수작질을 하는 꼴을 그냥 보고만 있었단 말이냐? 근위대장 말해 봐라. 네놈이 하는 일이 대체 무엇이냐. 내가 멀뚱히 관람이나 하라고 너희를 거기에 세워 둔 줄 아느냐?!"

근위대장은 솔직히 억울한 마음이 없지는 않았다.

다연은 성인 여성이었다. 그것도 스물일곱이나 나이를 먹은 오롯한 성인이었다. 심지어 나이도 사제랑 같았다. 둘 다 알 거 다 알 만한 그런 나이라는 뜻이다. 당연히 신체를 비롯하여 스스로에 대한 결정권도 있었다. 그런데 자신이 감시하고 보고하는 것 외에 뭘 더 할 수 있단 말인가?

그러자 황제가 근위대장의 마음을 읽기라도 한 양 소리를 버럭 질렀다.

"이런 멍청한! 떼어 놨어야지! 무슨 수를 써서라도!"

짜증이 날 대로 난 황제는 펜을 벽에 집어 던지며 신경질적으로 말했다.

"너, 다연이 그 사탕발림에 넘어가기라도 하면 어쩔 것이냐?"

뭐랄까. 엄청나게 갈굼을 당하고 있는 와중에도 근위대장은 속으로 생각했다.

'아니, 그걸 다연 님한테 직접 얘기하셔야지 저한테 얘기해서 뭘 어쩐답니까?'

한편, 기사들을 한계까지 탈탈 털어 놓았지만 황제는 정작 당사자인 다연 앞에서는 말을 아꼈다.

그놈이 감히 누구한테 불측한 마음을 품었단 말인가. 얼마 전에야 겨우 손만 잡았을 뿐인 황제는 너무 걱정이 되고 가슴에 천불이 이는 것 같았다. 그러나 몹시 열 받는 마음과는 별개로 황제는 다연의 앞에 서는 쉽게 말을 꺼내지 못했다.

그는 몹시 화가 났지만 또 몹시 곤란했다. 다그칠 수 있는 문제가 아니었기 때문이다. 어쩐지 그 모습이 좋아하는 여자 앞에서는 절절 매는 것처럼도 보였다.

"다연. 제국어 공부를 하는 것 말이다."

마침내 황제가 어렵게 입을 뗐다.

둘은 종종 그러하듯 함께 식사를 하는 중이었다.

"그 사제가 신전에 가자고 했느냐?"

아아, 그거.

황제는 원래 다연의 일거수일투족을 다 알고 있었다. 보고를 받기 때문이다. 자신의 시중을 드는 모든 사람들이 자신을 돕는 사람인 동시에 황제의 눈임을 그녀도 알았다.

다연이 긍정하자 황제가 무거운 분위기로 고개를 저었다.

"미리 말해 두지만 신전에는 갈 수 없다."

다연은 별로 실망하지 않았다. 그다지 기대하고 있지도 않았고, 응당 그럴 것이라고 생각했기 때문이었다.

"원한다면 차라리 신관을 황궁으로 불러들여 만나게 해 주겠다."

"생각해 보겠습니다. 저도 꼭 만날 생각인 것은 아니에요. 그냥 몇 가지 궁금한 게 있었을 뿐이에요."

그녀가 가만히 대답하자 복잡한 표정으로 바라보던 미하일은 결국 하고 싶은 말을 툭, 내뱉고 말았다.

"혹시 그놈이 수작을 걸지는 않더냐."

이건 또 무슨 소리야.

다연이 기이한 표정을 지으며 황제를 쳐다봤다.

160

어이쿠.

오늘 낮에 일어난 대참사를 생생히 목격한 시종들은 올 것이 왔구나, 고개를 조아렸다.

황제에게 영혼을 탈곡당한 근위대장은 스트레스로 위통을 호소하며 결국 조퇴를 했다.

한편 황제는 말을 꺼내 놓고도 적당한 단어를 고르느라 꽤 애를 먹었다. 잔소리가 좀 많이 심해서 그렇지, 황제는 그래도 여자에게는 신사였다. 좋아하는 여자에게는 특히.

자신이 하는 말이 불쾌감을 줄 수 있다는 자각은 있었다. 본인에게 그럴 권리가 없다는 것 또한 알고 있었다. 엄밀히 말하자면 그것은 다연의 마음이자 자유였다.

그러나 그렇다고 딴 놈이 슬쩍 고개를 들이미는 것을 두고만 볼 수도 없지 않은가? 그는 원래가 날 때부터 마음먹은 일에는 될 때까지 직진하는 남자였다.

"내 말을 오해할 수도 있는데."

"네?"

또 뭔 소리를 하시려는 거예요?

포크를 쥔 채로 다연이 의아한 듯 얼굴을 찌푸렸다.

황제는 더 이상 에둘러 말하는 것을 포기했다.

"다른 사내가 널 만지게 두지 말아라."

쨍그랑.

묵직한 직구를 얻어맞고 그대로 굳어진 다연이 포크를 떨궜다.

시종들은 어김없이 시뻘겋게 달아오르기 시작하는 다연의 얼굴을 힐끔거렸다.

부끄러움과 수치를 모르는 황제 덕분에 다연은 자주 얼굴을 붉혀야 했지만 오늘만큼은 그 어느 때보다 불타는 토마토 같았다.

어휴, 난 안 볼란다.

나이 지긋한 시종 하나가 어딘가 후끈거리고, 어딘가 다소 파렴치한 대화를 나누는 그들을 차마 더 보지 못하고 고개를 숙였다.

다연의 반응이 너무 격렬하여 미하일은 그 역시도 귀 끝을 붉히며 잠시 머뭇거렸다.

그러나 그는 지금 본인이 하는 일에 매우 진지하고 떳떳했다.

정치의 기본은 정적의 퇴치다. 그렇다면 연애의 기본도 연적의 퇴치 아니겠는가?

"사제가 접근하면, 아주 작고 사소한 접촉이라도."

"……."

"그건 확실히 이상한 것이니까."

황제는 뭐라고 해야 할지 고민을 하다가 그냥 솔직하게 부탁을 하기로 했다.

"다른 남자한텐 선을 그어 줘. 다른 놈에겐 널 허락해 주지 말거라."

눈을 빛내며 바라보던 시녀들도, 그와 상반되게 어딘가 썩은 표정을 하고 있던 시종들도, 그냥 임무에 충실했을 뿐인 기사들도. 방 안의 인원은 모두 이 순간 이 공간에서 한 개의 점이 되어 사라지고 싶었다.

이 드라마는 대체 뭔데 이렇게 갈수록 후끈거리냐. 이거 전체관람가 아니었냐. 왜 부끄러움은 우리의 몫일까. 당사자는 저렇게 떳떳한데 왜 우리만 이렇게 부끄러움과 민망함에 절여져야 하는가.

내일모레 쉰둘인 시종장은 인생에 깊은 회한을 느꼈다. 이제껏 세상의 온갖 풍파를 다 겪어 왔다고 생각했는데 그럼에도 인간적으로 낯이 뜨거워 고개를 들 수 없었다.

한편, 울긋불긋 달아오른 다연의 얼굴은 엉망이었다.

이대로 가만히 있다가 수치사를 경험하게 될 것 같은 기분을 느꼈던 다연은 결국 참지 못하고 벌떡 일어났다. 그리고 응징을 시작했다.

"아, 진짜! 도대체가 남들 다 듣는 데서 창피하게 무슨 소리를 하시는 거예요!"

더는 듣고 있을 수 없었던 그녀가 황제의 가슴팍을 주먹을 쥐고 퍽, 퍽 내리쳤다.

어이쿠, 저 얌전하던 사람이…….

눈 깜짝할 사이 벌어진 상황에 모두가 애도를 표했다.

달려든 다연의 목덜미와 귓가가 얼룩덜룩했다.

이 와중에 황제는 그걸 고스란히 다 맞아 주며 좋다고 피식피식, 웃고 있었다.

그러고는…….

"주먹에 어찌 이리 힘이 없단 말이냐. 베른 경은 널 제대로 가르치고 있는 것이니?"

"악! 그 말은 또 여기서 왜 나와!"

황제가 뭐라고 또 입을 열려고 하자 다연은 이제는 아예 손을 뻗어 그 입을 막아 버렸다.

황제가 입이 가로막힌 채로도 웃었다.

황족의 얼굴에 저렇게 마음대로 손을 대다니 전례가 없는 일이었다. 물론 황족을 저렇게 주먹으로 두들겨 패는 건 더더욱 전례가 없는 일이었다.

그러나 시종들도 기사들도 아무도 다연을 제지하지 못했다.

너무 순식간에 일어난 일이기도 했고, 무엄한 소리지만 솔직히 황제가 맞아도 싼 것 같기도 했고, 무엇보다 황제 본인이 좋다고 웃고 있는데 끼어들 만한 눈치 없는 측근은 아무도 없었던 것이다.

그러니 참으로 진귀한 구경이었다.

다연은 봉변은 그날 저녁으로 끝일 거라고 생각했다. 그러나 그것은 황제의 성격에 대해 잘 모르기에 할 수 있는 순진한 생각이었다.

황제는 보기 드물게 집요함과 성실함을 두루 갖춘 인간이었다. 남의 시선을 별로 신경 쓰지 않는 지배자 특유의 덕목도 있었다. 무엇보다 그는 아직 본인 기준으론 이 일의 확실한 방점을 찍지 못한 상태였던 것이다.

모든 일은 확실하게, 될 때까지.

그는 어중간한 마무리를 싫어했다. 그것은 미하일의 삶을 견인해 온 일종의 동력이었다.

예고 없이 황제가 서궁 별관에 들이닥치자 어제 이미 한차례 개박살이 난 기사들은 갑자기 체할 것 같은 표정을 했다.

애들아, 농담이 아니고 나 정말 체한 거 아니냐. 나 지금 토할 것 같은데. 근데 근위대장님 이 와중에 혼자 어디로 내빼신 거? 하, 상사의 불심검문 정말 싫지 말입니다.

기사들은 자기들도 모르게 속닥거리며 다연을 간절한 눈빛으로 바라봤다.

그래도 한동안 기분 좋으셨는데 호시절 다 갔네. 제발 어떻게 좀 해 주세요.

비빌 언덕은 이제 저기뿐이었다.

"여기까지 어쩐 일이세요."

어제 대차게 황제를 두들겨 팬 다연은 미하일이 또 무슨 소리를 꺼낼지 몰라 다소 경계하는 눈을 했다.

그 불온하고 의심스러운 눈빛에도 황제는 몹시 태연했다. 그리고 당당했다.

"네가 보고 싶어서 들렀다."

안 되겠다, 역시 폐하가 훨씬 센 것 같아.

또 직구를 얻어맞고 말문이 막힌 다연을 근위기사들이 처연하게 바라보았다.

그녀는 아무래도 타고난 기에서부터 황제한테 현저히 눌렸다. 어어? 하는 사이 이미 산전수전 공중전 다 겪은 황제한테 붙들려서 애를 셋쯤 낳고 살고 있을 것 같았다.

한편 테오는 굉장히 애매한 표정으로 이 광경을 바라보고 있었다.

이 분위기 설마 그건가?

"황제 폐하를 뵙습니다."

짧지만 정중한 인사로 끼어드는 사제를 황제는 다소 차갑게 바라보았다.

"오랜만이군."

"……예, 그렇습니다."

황제의 눈에 일순 떨떠름한 기색이 스쳤지만 그는 곧 그런 태도를 거두고 여상하게 말을 이었다.

"종종 와 봤어야 하는데 요즘따라 정무가 너무 바쁘군. 왜인지는 그대도 충분히 알 테고."

최근 조세개혁을 두고 있었던 신전과의 갈등을 에둘러 말하는 것이었다. 그 일로 황실에 대한 신전의 적개심은 극에 달해 있었다.

싸움을 피할 수 없는 건 피차 마찬가지의 입장이었다. 그런데 왜 굳이 여기까지 찾아와서 자기 같은 말단 사제한테 시비일까. 이해할 수 없던 테오는 애매하게 굳은 표정을 했다.

그런 사제를 황제는 냉정한 얼굴로 바라보았다.

"당연한 말이지만 당부를 하나 하지. 그녀를 가르치는 데 부족함이 없어야 할 것이다."

황제의 의도를 알 수 없어 멈칫하던 테오는 결국 본인이 생각하는 가장 모범적인 답변을 했다.

"여부가 있겠습니까. 다연 님은 황실은 물론 신전에도 중요한 손님이십니다. 부족함이 없도록 하라는 대신관님의 말씀이 있으셨습니다."

한편, 사제의 말이 심히 거슬렸던 황제는 미간을 찌푸렸다.

보통은 제국의 가장 중요한 손님이라고 답해야 옳을 것이다. 황제인 자신의 앞에서 황실과 신전을 대등한 주체로 칭하며 대신관의 말씀 운운하는 저 건방진 입이 마음에 들지 않았다.

하여튼 저것들은 꼭 예의 바른 척 사람 속을 긁는단 말이야.

역시 거슬린다고 생각하면서도 미하일은 아무런 타격을 받지 않은 사람처럼 대꾸했다.

"아아, 물론 다연이 제국에 귀한 손님인 건 맞지만 그에 앞서 짐에게도 개인적으로 소중한 사람이니 하는 말이다."

"소중한⋯⋯?"

사제가 황제의 말에서 미묘한 지점을 자신도 모르게 되짚었다.

"이를테면 정인이랄까."

음, 일단은 근 시일 내에 이룰까 하는 희망 사항이네만.

황제는 뒷말쯤은 가뿐히 생략했다. 물론 양심 없는 축약이었다.

테오의 얼굴이 다소 창백해졌다.

"정인⋯⋯입니까? 저는 그런 얘기는 처음 들었습니다만."

"그런가? 뭐, 이제라도 들었으니 된 것이지."

어딘가 미심쩍어하는 기색에 황제가 다소 사감을 담아 콧방귀를 뀌었다.

아직 그거 아닌 걸로 알고 있는데요!

어제 황제에게 호되게 깨진 기사들은 너도나도 비난의 시선을 보냈다.

쇄도하는 소리 없는 원성에도 황제는 별로 양심의 가책을 느끼지 않았다. 그리고 귀찮은 듯 대충 수습을 위해 아무 말이나 주워 뱉었다.

"우린 뭐, 좋은 관계지."

황제가 다연을 세상 따뜻하게 바라보며 스스로 납득한 듯 고개를 끄덕였다.

"매우 미래지향적이고 발전 가능성이 무궁무진한. 뭐, 그런 관계지."

일말의 부끄러움도 없이 내뱉은 황제는 다연에게로 가 작별 인사를 했다.

"오늘은 정무가 바빠서 이만 가 봐야겠다. 고생하렴. 또 들르마."

머리를 몇 번이나 쓰다듬고 손에 입을 맞춘 황제는 그렇게 떠났다. 주변을 초토화시키고도 정작 본인은 회의에 간다며 아주 유유히 사라졌다.

매일매일이 희한한 사건의 연속이었다.

달이 밝은 어느 밤이었다. 다연은 그날따라 잠들지 못하고 깨어 있었다.

다연은 원래 행동보다는 생각과 상념이 더 많은 사람이었다. 마음을 정하는 데 오래 걸리고, 그 마음에 따라 행동을 하는 것은 더 오래 걸린다. 사실 대부분 보류한다.

좋게 표현하면 차분하고 정적이지만 나쁘게 말하자면 방어적이고 소극적이다. 그래서 그녀는 스스로 결정한 대로 살기보다는 휩쓸리며 사는 것에 익숙한 사람이었다. 행복하지 않다고 생각하면서도 남이 정한 삶의 방식을 의욕적으로 부수어 본 적도 없다.

이 생각을 반만 줄이면, 우울함도 반으로 줄어들지 몰라.

상념이 많은 밤이면 그런 생각을 간혹 한 적이 있었지만 그것 역시 행동으로 실현되지 못하는 그녀의 머릿속 상념 중 한 가지였을 뿐이다.

이 세계에서 살아가게 된 지 반년.

사람들은 더 이상 그녀에게 너는 무엇을 할 수 있느냐고 묻지 않았다. 아주 가끔, 그래도 혹시- 하는 의구심을 가진 사람들이 더러 있기는 했지만 그들조차도 더 이상은 그녀가 아무것도 할 수 없음에 실망하지 않았다.

그런데도 본인의 마음에는 여전히 상처가 있다.

그래서 알았다. 이건 그냥 자신의 오랜 콤플렉스였을 뿐이구나, 하고.

나는 왜 무언가를 특출하게 남들보다 잘하는 게 없을까? 왜 이렇게 평범할까?

그건 오랜 시간 다연의 일상을 좀먹고 괴롭혀 온 생각이었다.

그런 생각을 어렸을 때부터 했던 것은 아니었지만. 자라면서, 사람들과 어울리면서, 그러다 남과 나를 비교하게 되면서, 또 언제든 대체될 수 있는 작은 역할만을 수행하면서. 어느 순간 자연스럽게 그런 생각을 하는 약한 사람이 되어 버렸다.

더 이상은 그녀에게 아무도 묻지 않는데, 무슨 능력을 가지고 있는지 무엇이 남과 다른지 아무도 궁금해하지 않는데, 그런데도 그녀는 여전히 그 지점에 멈춰 맴돌고 있는 것이다.

나는 왜 이곳에 왔을까?

남과 다른 나의 의미.

달이 휘영청 밝은 여름밤, 다연은 커튼을 열고 창문을 넘었다.

오동통한 하얀 강아지가 나무 앞에 가만히 앉아 그런 다연을 바라보고 있다.

우어엇, 몸을 쓰는 것에 영 재능이 없는 그녀는 창문에서 굴러떨어질 뻔한 것을 가까스로 중심을 잡았다.

퍽, 둔탁한 소리를 내며 간신히 착지한 뒤 다연은 강아지 앞으로 슬금슬금 다가갔다. 강아지는 그런 그녀를 빤히 바라만 봤다.

"삼식이."

그녀는 약간 미심쩍은 마음을 가지고 아직 어린 강아지의 이름을 불러 봤다.

「근데 나 왜 삼식이야?」

"허⋯⋯."

혹시나 하는 마음이 없었던 건 아니지만.

그래도 정말 답변이 들려올 줄은 몰랐던 다연은 침의 차림으로 수풀 바닥에 털썩 주저앉았다.

"진짜 미쳤나 봐. 이제 내 말에 대답을 하네."

「어디 아픈 거야?」

삼식이가 걱정스러운 표정으로 포르르 몸을 떨었다.

한참을 손에 얼굴을 파묻고 있던 다연이 가까스로 마음을 진정시키며 고개를 저었다. 혼란스러운 표정은 웃는 것 같기도, 우는 것 같기도 했다.

"아니야, 아프지 않아. 근데 이름이 맘에 안 들어?"

「모르겠어. 이상해. 나 왜 삼식이야?」

설마 이렇게 이야기를 나누게 될 줄 몰랐던 다연은 잠시 숙연해졌다. 그냥 생각나는 대로 불렀다고 하면 토라질 것 같았다.

"음, 하루 세 번 밥을 잘 챙겨 먹으라는 뜻이야. 따뜻한 걸 먹으면 마음도 포근해지거든."

「그래? 그런 거면 나도 좋아!」

금세 기분이 좋아져서 꼬리를 흔드는 강아지를 귀엽게 바라보며 다연은 물었다.

"내가 널 만져 봐도 될까?"

「좋아! 나 여기랑 여기 긁어 줄래?」

"알았어. 근데 이번엔 물면 안 돼?"

「안 물어! 그땐 놀라서 그랬어! 안 물 거야!」

그녀는 흙바닥에 앉아서 밤새도록 하얀 강아지와 이야기를 나누었다. 처음보다는 마음을 진정시킬 수 있었고 나중에는 이내 완전히 편안해졌다.

일어나면 모든 게 꿈일까?

여전히 그런 생각을 하며 다시 창문 안으로 넘어온 다연은 오랜만에 편안한 잠에 들었다.

다음 날 그녀를 깨우러 온 마리가 흙투성이가 된 다연의 침대를 보고 으아아아! 괴성을 지르는 약간의 소란이 있었다.

⚜

황제는 턱을 괸 채 생각에 빠져 있었다.

그런 그를 방해하지 않기 위해 시종장은 최대한 조용하게 움직이려고 노력했다. 소리를 죽인 그가 마침내 테이블 끝에 티푸드를 올려놓는 것을 성공했을 때, 황제가 말했다.

"사르만의 도스야 왕자에게 역으로 정보를 흘리는 게 가능할까?"

"……어떤 정보 말씀이십니까?"

흠칫한 시종장이 조심스럽게 물었다.

"둘째 왕자가 알티우스와 손을 잡았다더라 같은 거."

순간, 시종장은 말을 잃고 침묵했다.

그렇지만 머릿속에 맴도는 말들을 배제한 채 먼저 황제의 질문에 성실하게 대답했다.

"외무부 실무자들이 가진 정보망을 역으로 이용하면 어려울 것도 없지 않겠습니까?"

"그럴까."

"그런데 폐하, 사르만 왕세자가 정말로 그 미끼를 물겠습니까?"

나이가 들어 의심과 염려가 많은 시종장의 조심스러운 물음에 황제가 고개를 갸웃했다.

"역시 어려울까?"

"……."

측근은 참으로 어려운 자리였다.

무거운 입과 충성심은 기본이었다. 황제는 뜻하는 바가 높은 사람이었기에 이런 식의 질문을 받을 때마다 시종장은 매번 시험에 드는 기분을 느끼곤 했다.

"미욱한 소인이 무엇을 알겠습니까만, 아무래도 의심부터 하지 않겠습니까? 더구나 그자는 이미 승계가 확실시되는 왕세자인데 출처가 불분명한 정보에는 섣부르게 몸을 움직이지 않을 듯합니다."

황제는 턱을 매만지며 고개를 끄덕였다. 시종장의 말에 동의한다는 뜻이었다.

"그 말이 옳다. 그러나 나는 왕세자가 또 그렇게 영민한 인물이라는 생각은 들지 않는구나."

패배할 전쟁을 몇 번이나 주장하면서 동생을 전쟁터로 내모는 건 패전의 책임을 지게 하거나 최악의 경우 가서 죽어 버리라는 심보가 아닐까?

황제는 인상을 찌푸렸다. 그 역시도 확신할 수 없었기 때문이다.

사르만은 국제적으로 인적 교류도, 물적 교류도 많은 나라가 아니었다. 제한된 정보만을 가지고 타국의 내부적인 정치 상황을 유추하는 것은 아무리 미하일이라 해도 한계가 있었다.

그러나 황제는 전쟁터에서 아산카의 모습을 여러 번 목도했다. 그리고 왕자의 수하들이 아산카를 지키기 위해 수도 없이 목숨을 집어던지는 광경도 봤다.

어차피 질 전쟁을 하면서, 그들은 비통해하지도 억울해하지도 않았다. 운명이라는 듯 그 비극적인 전장에서 수많은 자들이 부나방처럼 뛰어들어 스러져 갔다. 오로지 왕자를 지키는 게 유일한 목적인 사람들처럼.

왕자는 주머니 속의 송곳이었다.

그런 자는 어디서든 누군가의 눈에 띄기 마련이다. 자신의 눈에 띈 것처럼. 그리고 그 송곳은 결국에는 주머니를 뚫고 나와 마침내 그 모습을 드러낸다.

사르만의 왕세자는 과연 그런 자를 자신의 신하로 부릴 수 있는 그릇을 가진 사람일까? 걸어 봐도 좋지 않을까?

황제는 냉정하게 최악의 경우에 잃을 것들을 떠올려 봤다.

제국에서 왕실의 내분을 획책하고 다니는 것을 알면 둘째 왕자와는 더 이상 신뢰를 쌓을 수 없을 것이다. 곧지만 그다지 융통성은 없는 사내다.

그러나 이대로 왕세자가 즉위해 버리면 어차피 그와의 우의는 필요가 없어진다. 그리고 전쟁은 일어날 것이다.

제 능력보다 큰 자리는 의심과 불안을 조성할 뿐이다. 꼭 불확실한 정보에 몸을 움직이지 않아도 좋다. 약간의 불안과 약간의 의심만을 깃들게 하는 것으로 족해. 어차피 모든 일은 한 번에 이루어지지 않고 기회는 기다리는 자에게 또다시 찾아온다.

황제는 마음을 정했다.

"외무대신 아직 퇴청 전인가."

"아마 아직 있을 것이옵니다, 폐하."

"불러와라. 되도록 조용히, 남들 눈에 띄지 않게. 짐이 그에게 명할 것이 있다."

제국력 327년 7월 마지막 날의 일이었다.

다연은 그 뒤로도 종종 아산카 왕자와 황궁에서 마주쳤다.

왕자는 말을 산책시키는 것이 목적인 듯 언제나 루리라는 자신의 흑마와 함께였다.

다연이 이제껏 목격한 제국의 수다스러운 동물들과는 달리 루리는 무척 과묵한 암말이었다. 동물에도 확실히 성격이라는 것이 있었다. 의심 많고 경계심 많은 군마는 목소리를 들려주지 않는 것은 물론 다연과는 눈도 마주치지 않으려 했다.

"오늘도 산책 중이신가 봐요."

다연은 수련을 하고 돌아오는 길이었다.

좌에서 우로 베기만 주구장창 하다가 드디어 다음 단계로 넘어간다며 기뻐했더니 우에서 좌로 베기를 하게 됐다. 세금 루팡으로 살게 해 줬으니 망정이지, 아니었으면 진작 다 때려치웠다.

가볍게 고개를 끄덕이며 인사한 사르만 왕자님은 습관처럼 본인의 흑마를 부드럽게 쓰다듬었다. 애정과 친애가 담긴 손길이었다.

아산카에게는 요즘 깊은 고민이 한 가지 있었다.

"밥을 통 먹질 않아."

그는 표정이 드문 사람이었지만, 이 자리에 있는 사람이라면 누구든 그의 마음에 먹구름이 한가득 드리웠다는 사실을 알 수 있을 것이다.

"의사에게는 보이셨어요?"

아산카는 어두운 얼굴로 고개를 저었다.

"도착한 첫날, 황제가 보내 준 의사가 다녀갔지만 원인을 모르겠다

173

고 하더군. 사르만과 제국의 풍토가 다르니 그 영향이 있을 것이라 했지만 이 녀석은 군마다. 험한 전쟁터에서도 기운이 넘쳤던 녀석인데."

말을 끝맺으면서 그는 침울해했다.

다연은 고개를 끄덕였다. 흑마는 확실히 이전보다도 더 기력이 없어 보였다.

완고하고 고집스럽고 총명한 생물.

다연은 사려 깊은 시선으로 흑마를 바라보았다.

도와주고 싶은데. 전쟁터를 수도 없이 오가고, 자신의 친구를 해하려는 인간들을 무수히 목격해 온 말은 아무에게도 마음을 열지 않는다.

다연은 이상하게도 말의 고집과 슬픔을 이해할 수 있었다. 입을 다물고 아무와도 눈을 마주치지 않으려는 그 완고함이 이상하게 사랑스럽기만 했다.

나는 너를 도와주고 싶어.

그녀가 그런 마음을 듬뿍 담아 바라보았지만 말은 여전히 고집스럽게 외면할 뿐이었다.

아산카는 다소 우울한 표정으로 말고삐를 쥐고 다시 천천히 걸음을 뗐다. 그 또한 참으로 기이한 광경이었다.

사르만의 둘째 왕자라는 그는 한눈에 봐도 다감해 보이는 사내는 아니었다. 무뚝뚝한 표정에 감정 변화의 폭이 적은 그는 오랫동안 몸을 단련해 온 무인 중의 무인이었다. 풍채가 좋았으며 또 다소 험상궂었다.

아무도 이토록 뛰어난 전사인 그가 이 정도 수준의 애마가일 거라고는 상상하지 못할 터였다. 그는 며칠째 루리라는 자신의 말의 기분을 풀어 주기 위해 산책을 자처하고 있었다.

"사르만 사람들은 다 왕자 저하처럼 애마가인가요?"

"그냥 아산카라고 불러."

얼굴을 찌푸렸던 아산카가 다연의 말에 선선히 대답했다.

"글쎄. 애마가라기보단 친구를 아끼는 것이지. 말은 우리의 친구니까."

그게 바로 애마가인 것 같은데요.

두 사람의 대화를 지켜보던 모두의 머리 위로 물음표가 떠다녔다.

"꼭 말이 아니더라도 마찬가지. 사르만 족은 어릴 때부터 자연과 동물을 벗 삼아 자란다. 함께 어울려 자란 이가 결국 친구 아니겠는가? 말을 제 필요할 때만 쓰고 버리는 도구로 여기는 제국인들과는 경우가 다르지."

"……"

제국인 비하 발언 이대로 괜찮은가.

어딘가 자부심 가득한 왕자의 말을 듣고 멍하니 있던 다연은 그만 풉, 웃어 버렸다.

처음에 이 세계에 왔을 때 다연은 제국의 남자들이 굉장히 호방하다고 생각했다. 아무리 사람이 사는 세상은 다 똑같다고들 하지만, 자본주의와 개인주의가 팽배한 다연의 세상과 이곳의 사람들은 기질적으로 달랐다.

그들은 남녀를 가리지 않고 몸을 움직이는 것을 좋아했고 신체를 단련하는 것을 중요한 덕목으로 삼았다. 다연이 살던 곳에 비해 이곳의 사람들은 대체로 활동적이었고 생동감이 넘쳤으며 열정 있고 대범했다.

그런데 사르만 왕자의 눈에는 또 그것이 아닌 모양이었다.

제국인들을 마치 이기적이고 새침한 도시 남자처럼 말하는 것이 웃겼던 다연은 결국 키득키득거리며 고개를 숙이고 웃었다.

다연이 왜 웃는지 이유를 모르는 아산카는 자신의 말이 부정당했다고 생각했는지 다소 뚱한 표정을 지었다. 다연은 아무것도 아니라며 웃으면서도 열심히 손을 내저었다.

다연의 일과는 대부분 빠지지 않고 황제에게 보고되었다.
그녀가 우연치 않게 사르만의 둘째 왕자를 만나게 되었다는 사실은 이미 황제가 받는 보고 내용 중에 포함되어 있었다. 그 뒤로 둘이 몇 번 더 마주쳤다는 사실도, 또 그 뒤로 둘이 꾸준한 친분을 쌓고 있다는 사실도.
모든 것은 차곡차곡 황제에게 보고되고 있었다.

황제는 약속을 지켰다.
아침부터 별궁도 내궁도 정신없이 분주했다. 황제가 다연과 황궁 밖 아르제니아 숲에 가기로 한 까닭이다. 그들은 숲을 가로지르는 긴 강가에서 식사를 할 계획이었다.
황제의 나들이에 동원되는 인원은 어마어마하게 많았다. 준비해야 할 것들도 많았다. 마리는 나흘 전부터 극도로 예민해진 상태로 지내다 지금은 다크서클이 눈 밑으로 거뭇하게 내려와 있었다.
거의 모든 물건을 끄집어내다시피 한 별궁을 다연은 질린 표정으로 바라보았다.
유능한 시종과 시녀들 덕에 준비는 완벽했다. 그러나 언제나 그랬듯이 문제는 또 뜻밖의 곳에서 발견됐다.
"다연. 너 말을 탈 줄 모르느냐?"
황제가 매우 기이한 생물체를 보듯 다연을 낯설게 바라보았다. 기사들과 궁인들도 대체로 비슷한 표정이었다.

"네. 못 탑니다."

신전에서 황궁에 올 때, 그녀는 신전의 마차를 타고 왔기에 사람들의 이러한 반응은 예상치 못한 것이었다.

말을 탈 줄 모르는 게 그렇게 놀라운 일이었어?

"어찌 말을 타는 법도 배우지 못했느냐?"

이걸 또 어떻게 설명해야 돼.

말을 탈 필요성이 그다지 없는 세상도 존재한다는 사실을, 또 그런 세상이 언젠가는 도래한다는 사실을 설명하기는 난감했다. 그래서 그녀는 침묵했다.

"빨래랑 청소 말고는 할 줄 아는 게 없다더니 이젠 하다 하다 말도 탈 줄을 모른단 말이냐?"

황제가 처음 만났을 때의 일을 꺼내더니 중얼중얼 또 무어라 잔소리를 하기 시작했다.

어휴, 지겨워.

다연이 귀를 막는 시늉을 하자 황제가 그녀를 노려보면서도 웃었다. 사람을 노려보는데도 저렇게 예쁘게 웃다니 재주였다.

황제는 혀를 차며 다연을 먼저 자신의 말에 태웠다. 그리고 자신도 곧바로 그 뒤에 올라탔다.

졸지에 황제를 등 바로 뒤에 두게 된 다연이 몸을 흠칫 굳혔지만 황제는 개의치 않고 말고삐를 손에 쥐었다. 그러더니 다연의 귀 뒤에 대고 속삭이는 것이었다.

"할 줄 아는 게 없는 건 명명백백한 사실이지만 보기보다 튼튼하다더니 그건 새빨간 거짓이었다. 네가 감히 짐에게 거짓을 고해?"

그녀가 무어라 반박하려 했으나 그는 대답을 듣지 않고 곧바로 고삐를 내리쳐 말을 달리게 했다.

갑작스런 속도감에 그녀가 하려던 말도 잊고 작게 탄성을 지르자 황제가 웃음을 터뜨렸다.

다연은 새삼스레 황성이 얼마나 큰 곳인가를 실감했다.

어느 정도 익숙한 풍경이 스쳐 지나가자 그 뒤로는 울창한 숲이 눈앞에 펼쳐졌다. 황성을 둘러싸고 있다는 황실 소유지 아르제니아였다.

눈앞에 푸른 숲이 시작되고도 숲의 중심부를 향해서는 한참을 달려야 했으니, 다연은 새삼 황성은 얼마나 큰 것이고 제국은 또 얼마나 넓은 것인가 하는 생각에 빠졌다.

결국 숲의 한가운데를 가로지르는 강이 눈에 들어온 것은 빠른 속도로 반 시간쯤을 달렸을 때였다. 황제가 언젠가 보여 주겠다고 했던 그 강이었다.

의식하고 있지 못했지만, 사실 제국에 와서 반년을 황성에만 틀어박혀 있던 다연이었다. 황성은 물론 틀어박히다, 라는 표현을 사용하기에는 어폐가 있는 굉장히 거대한 곳이었다. 그렇지만 그녀가 황성 안에서 오가는 곳이라고 해 봐야 자신의 침소와 서궁의 별관, 연무장 정도가 전부였던 것이다.

때문에 다연은 눈앞에 펼쳐진 자연의 아름다운 풍경에 새삼 감동에 젖었다. 하지만 그와 별개로 다짐했다.

'다음번엔 절대 나오지 말자고 해야지.'

황제의 이동에 동원되는 인원들은 어마어마했다. 이미 황제와 다연의 주위를 함께 말을 달려온 엄청난 숫자의 호위 기사들이 둘러싸고 있었다.

밖에서 밥 한번 먹자고 이 많은 사람들을 고생시키다니.

뒤이어 짐마차들이 도착하기 시작하자 다연의 죄책감은 거의 숙연함에 가까워졌다.

　나이 든 요리사가 무거워 보이는 몸을 이끌고 먼저 내렸고, 제일 늦게 도착한 짐수레에는 각종 조리기구들과 식재료들이 실려 있었다. 거의 주방을 통째로 뜯어 온 것 같은 모양새였다.

　아름답던 풍경은 이제 무섭기만 했다. 세상에, 민폐도 이런 민폐가 없었다. 다시는 나오자고 할 수 없을 것 같았다.

　"이젠 안 바쁘세요?"

　미리 준비된 푹신한 양탄자 위에 주섬주섬 앉으며 다연이 물었다.

　"괜찮다. 바쁘기야 늘 바쁘지만 쉴 때도 있어야 하지 않겠니."

　맞은편에 따라 앉으며 황제가 대답하자 다연이 눈을 휘둥그레 떴다.

　"어…… 음, 그러면 이럴 때 제대로 휴식을 취하셔야 되는 거 아닌가요."

　"지금 취하고 있지 않느냐?"

　황제가 무슨 소리를 하냐는 듯 되물었다.

　황제가 남는 시간들을 조각조각 모아 다연을 찾는다는 것은 이미 황궁 내에 유명한 이야기였다. 시간을 어쩌나 깨알같이 잘 쪼개는지 이 정도면 거의 시간의 요정이나 다름없었다.

　그리고 황제의 말에는 한 점 거짓이 없었다. 그는 정말 제대로 쉬기 위해 다연을 보러 오는 것이었다.

　"그런 이야기는 되었으니 다른 말을 해 주렴. 이곳은 마음에 드니?"

　"아, 예, 예뻐요. 지난번에 말씀하신 강이 여기인 거죠?"

　"그래. 사람들은 이곳을 통틀어 아르제니아라 부른다. 신전에 헤르고니아가 있다면 황실에는 아르제니아가 있다고들 하지. 건방진 소리지만."

황제는 비견되는 것조차 탐탁지 않은 눈치였지만 정치적인 입장을 떠나 둘 모두를 본 사람으로서 다연은 세인들의 평가에 동의할 수밖에 없었다.

엄격하게 통제되는 숲은 사람의 발길이 닿지 않았고 오랜 시간 누적해 온 천연의 아름다움을 뿜어내고 있었다.

너무 아름다운 자연은 사람을 압도하는 힘이 있었다.

다연이 그 풍경에 한참 넋을 놓고 있을 때였다. 황제가 무심한 듯, 그렇지만 속마음은 전혀 무심하지 않은 상태로 말했다.

"사르만 왕자와 가깝게 지낸다고 들었다."

가깝나? 다연은 고개를 갸웃거렸다.

황제의 의아한 시선에 다연이 알쏭달쏭해하며 답했다.

"음, 가깝다기보다는 오며 가며 몇 번 만난 것이라서요."

"그는 인간적으로 괜찮은 자이지만, 적대국의 왕족이다. 지냄에 있어서는 일정한 거리를 두어야 할 것이다."

황제는 가볍지만 엄중하게 경고했다.

황제는 요즘 들어 하지 말라는 것이 많았다. 털털한 다연이야 황제가 뭐라 하든 대충 고개를 끄덕거리고 말지만, 여우 같은 궁인들의 보는 눈까지 속일 수는 없었다.

적대국의 왕족이어서라니, 순 거짓말.

그냥 둘이 가깝게 지내는 게 싫다고 말해라!

사람들은 속으로만 비난했다.

그때였다. 다연의 주변에서 이상한 일들이 벌어지고 있었다.

처음에는 영롱한 빛깔의 나비였다. 다연의 주변을 어지러이 날기 시작했던 고운 나비는 한 마리에서 두 마리, 나중에는 다섯 마리로 그 수가 늘어났다.

"다연. 네 주변에 나비들이 모여든다."

나비가 날아갈까 조용히 속삭인 황제는 어쩐지 그 광경에서 눈을 떼기가 힘들었다. 아름답고 신비로웠던 까닭이다.

서늘하게 그늘진 숲의 한복판에 앉아 있는 다연과 그 주변을 어지러이 맴도는 나비들의 모습은 어쩐지 인상적으로 그려 낸 한 폭의 수채화 같았다.

그러나 기이한 일은 거기에서 끝이 아니었다.

잿빛 토끼가 처음에 기웃거리며 모습을 드러낸 건 강 어귀의 큰 나무 기둥 옆에서였다. 마치 사람들의 눈치를 보듯이 기웃기웃하던 토끼는 조금씩 거리를 좁혀 오더니 이내 다연이 앉아 있는 양탄자 끝자락까지 다가왔던 것이다.

기사들은 위험해 보이지 않는 초식동물을 특별히 제지하지는 않았다. 대신 이번에는 황제뿐만 아니라 기사들마저도 그 낯선 광경을 집중하며 바라보았을 뿐이다.

황제는 뭔가 읍소하듯이 다연 옆에서 얼쩡거리는 산토끼를 신기한 마음으로 지켜보았다.

다만 그 토끼의 읍소를 실제로 듣고 있는 다연은 표정을 관리하기가 점점 어려웠다.

「저 강해 보이는 인간, 네 수컷 아니야?」

"……."

「여기서 저 수컷이 제일 세!」

"……."

「있지, 나 좀 도와주면 안 될까? 이 산에 아주 못된 멧돼지가 있는데 걔 좀 잡아 달라고 하면 안 돼? 너희 놀러 왔지? 멧돼지 고기는 정말 정말 연하고 맛있을 거야!」

"……."

「걔가 자꾸 내 당근을 짓밟아! 걔 때문에 먹을 게 없어!」

자연의 먹이사슬은 이토록 엄정하단 말인가? 그런데 어째서 그 먹이사슬의 하단부에 있는 토끼가 상단부에 위치한 멧돼지보다 훨씬 무서운 것 같지.

다연이 흠칫흠칫 놀라며 매우 난처한 표정으로 토끼를 바라보는 광경을 미하일은 즐거운 마음으로 감상했다.

황제는 최근 보고 있기만 해도 즐겁고 마음이 흐뭇하다는 감정이 무엇인지를 경험하는 중이었다. 아예 손을 등 뒤로 보내고 본격적인 감상 자세가 된 그는 자신도 모르게 입가에 미소를 띠고 있었다.

황제는 원래 유능한 사람을 좋아하고 아꼈다.

그는 늘 제 역할을 해 줄 쓸모 있는 사람이 필요했다.

재능 있는 사람은 어떻게든 자신의 주변에 두었고 열정이 있는 사람은 그보다 더 아꼈다. 적재적소에 사람을 배치했고 항상 그만큼의 충분한 보상도 해 주었다.

무능한 자, 발전이 없는 자, 제 가치를 발휘하지 못하는 자는 황제의 관심 밖이었다. 대체할 수 있는 재료는 사람이든 물건이든 언제 어디든 있었고, 황제는 무언가를 기다릴 시간은 없었다.

엄밀히 말하자면 다연은 황제 미하일이 사람을 판단하는 기준과는 정반대의 지점에 서 있는 사람이었다.

그러니 안다. 이 감정은 객관적이지 않다는 것을.

그런데도…….

그런데도 자꾸 눈이 간다. 보고 있으면 마음이 즐겁고 따뜻해진다. 사랑스럽다.

왜일까?

그 이유도 알고 있었다.

사랑은 효용이 아니기 때문이었다.

사랑이 쓸모를 따지지 않기 때문이었다.

황제는 현명한 사람이었고, 그런 감정이 세상에 존재한다는 것쯤은 이미 알고 있었다. 단지 그런 일이 자신에게도 일어나리라고 생각해 본 적이 없었을 뿐이다.

"……."

곤란한 표정으로 물끄러미 토끼를 바라보던 다연은 왜인지 웃음을 터뜨렸다.

생각에 잠겨 그녀를 보고 있던 미하일은 어쩐지 그 얼굴에 더는 참을 수 없는 기분이 되고 말았다.

그래서 무언가에 이끌리듯 말했다.

"다연."

"네?"

"……너를 연모한다."

갑작스러운 황제의 말에 다연이 깜짝 놀란 표정으로 바라봤다.

이번에 그는 다연이 얼굴을 붉힐 틈을 주지 않았다. 마음속에 일렁이는 것을 내리누르며 미하일은 덤덤하게 말을 이었다.

"그러나 네 마음도 안다. 네가 어떤 사람인지도 이제는 안다. 네가 조심스러운 사람이라는 것도, 느리다는 것도, 그래서 그 마음의 크기가 나와 같지 않다는 것도."

놀란 표정을 짓던 다연이 그 말에 모호하고 흐린 얼굴을 했다.

황제는 그 눈에서 감정이 너울거린다고 느꼈다. 슬퍼 보이기도 했고 눈물을 짓는 것 같기도 했다.

그래서 이 방향이 옳구나, 생각을 했다.

"난 이미 마음을 정했다."

"……."

"준비가 끝났다는 뜻이다."

"……."

183

"그러니 기다리겠다."

황제가 자신감 넘치는 얼굴로 따뜻하게 웃었다.

"너도 마음의 준비가 끝나면. 그때 고이 오거라."

고백이었다.

6장.
Jealousy is My Middle Name Ⅱ

 황제의 고백은 별궁 시녀들의 입을 타고 멀리멀리 퍼져 나갔다.

 반응은 제각각이었는데 대체로 열애설이 터졌을 때만큼의 큰 이슈는 되지 못했다.

 아니, 둘이 사귀고 있는 거 아니었냐?

 이미 둘을 연인 사이라고 인지하고 있는 경우가 대부분이었기 때문이다. 둘은 역시 당사자만 모르는 열애를 하는 중이었다.

 이때 한쪽에선 조심스럽게 둘의 혼인설이 제기되기 시작했다. 황제의 나이가 나이이니만큼 이 연애는 혼인으로 이어질 가능성이 높았다.

 그러나 이 가설은 조심스러웠다.

 상대는 다름 아닌 제국의 황제였다. 제국은 신앙과 도덕률이 존재하는 엄격한 일부일처제 국가였다. 황제와 혼인하는 이는 곧 제국의 황후가 된다.

 황후의 자리에 거론되기에 그녀의 지위라든지 신분은 좀 미묘한 구석이 있었다. 그녀는 계시와 함께 나타났지만 이 계시는 다소 불완전했다. 그녀는 아무것도 할 줄을 몰랐으며 가진 것도 없었고 내세울 가문도 없었다. 말 그대로 그냥 나타만 났고 존재만 했다.

여러 가지로 예민한 부분들이 중첩되어 있었기에 사람들은 둘의 연애사에 대해 떠들다가도 황제의 혼인에 있어서만큼은 쉬쉬하며 말을 아꼈다.

당사자인 다연은 처음에 이 소문을 듣고 몹시 마음이 상했다. 불쾌했다.

여기나 저기나 사람들이 남 일에 오지랖을 떨고 숙덕거리기 좋아하는 건 매한가지인 모양이었다.

다연이 화를 잘 내지 않는 성격이긴 했지만 그래도 황제의 총애를 받는 그녀 앞에서 대놓고 입방아를 찧을 간 큰 이는 없었다.

그런데도 그녀가 어떻게 이 소문을 알게 되었냐고?

열매를 몇 알 남겨 줬다고 얼마 전부터 절친 행세를 하기 시작한 까마귀가 어디서 주워듣고 굳이 알려 줬다. 하나도 고맙지 않았다. 참 쓸데없는 오지랖이었다.

황제는 언젠가 사람들의 말에 삶이 좌우되게 두지 말라는 이야기를 했다.

분명 아무나 다다를 수 있는 경지는 아니었다. 그럼에도 불구하고 다연은 조금 무심해져 보기로 했다. 아는 이 하나 없는 세상이다. 여기까지 와서 상처받고 싶지 않았다. 모르는 사람들의 말에 더 이상 삶과 감정을 허비하고 싶지 않아졌다. 작은 변화였다.

그리고 그 변화를 이끌어 낸 당사자는 지금 다연에게 심각하게 감정이 좌우된 상태였다. 불같이 화가 난 황제가 참지 못하고 결국 버럭 소리를 질렀다.

"너 제정신인 것이냐?!"

그녀는 어젯밤 사고를 쳤다.

사건의 발단은 루리라는 흑마였다. 한동안 먹이를 제대로 섭취하지 못한 말은 이내 기력을 잃고 자리에서 일어나지 못했다. 왕자는 그 뒤로 말보다 더 기력을 잃었다.

왜지? 설마 말도 우울증인가?

과묵한 말이 마음에 들었던 그녀는 반드시 그 말과 친해질 거라고 다짐했다. 그래서 도와줄 것이었다.

그런데 사람들이 보는 앞에서는 불가능했다. 동물에게 중얼중얼 말을 거는 것은 아무래도 정상으로는 보일 것 같지 않았다.

다연은 모두가 잠들었을 깊은 밤에 몇 번이나 창문을 넘었다. 그리고 마사에 가기 시작했다. 말의 호감을 얻기 위해 친한 척을 하고, 말의 목도 몇 번이나 쓰다듬어 줬다.

우리 지난번에 봤지? 하며 아산카와 안면이 있는 사이라는 점도 강조했다.

일은 계획한 대로 잘 진행되는 것 같았다. 어제 황궁 순찰을 돌던 병사에게 딱 걸리지만 않았더라면.

병사는 머리를 풀어 헤친 웬 여자가 잠옷 차림으로 마사에서 중얼거리고 있자 식겁해서 그만 검을 떨어뜨렸다.

"아무리 이곳이 황궁이라지만, 그렇다고 황궁이 무조건 안전하다고 생각하느냐? 너 정말 미쳤느냐?"

근래 연애 감정에 빠져 한없이 너그러운 사람이 되었던 황제는 다연의 철없는 짓에 오랜만에 폭발하였다. 황제는 요즘 다연 때문에 너그러웠지만 또 다연 때문에 화를 내곤 했다.

오랜만에 겪는 황제의 분노는 기억보다 매서웠다. 궁인들은 오줌을 찔끔 쌀 것 같았다.

딱히 할 말이 없는 다연은 그냥 얌전히 혼이 날 수밖에 없었다.

"밤에 홀로 돌아다니는 것 자체로 위험이 될 수 있다는 것을 왜 모르느냐? 병사가 네 얼굴을 몰랐더라면 외부인으로 오인하여 공격할 수도 있었다. 그 정도로 생각이 없단 말이냐?"

언제나 그렇듯이 황제의 말은 한 점도 틀림이 없었다. 그리고 혹여 반박을 하면 잔소리가 길어진다.

다연이 죄송해요, 넙죽 사죄를 했다.

기가 막힌 감정에 사로잡혀 한참 그녀를 노려보던 황제가 마침내 언성을 낮추고 물었다.

"말을 타지도 못하면서 왜 마사에 갔지?"

말이 좋아서 그런 것이라면 이야기는 쉬워진다.

그는 황제였다. 그녀가 말이 좋다면 마장을 지어서 수십 마리의 말과 함께 통째로 안겨 줄 수도 있는 사람이었다.

그러나 그런 것이 아니었다. 그녀는 따뜻하고 다정한 사람이니 당연히 동물을 좋아하겠지만, 왜 탈 줄도 모르는 말에 관심을 쏟는단 말인가?

더구나 그것은 남의 말이었다. 타국 왕자의 말이었다.

황제를 몹시 불편하게 만드는 것은 바로 그 부분이었다.

왜 하필 그 자식의 말인가.

그 야심한 시간에. 설마 둘이 마사에서 만나기로 했던 것은 아니겠지.

황제의 마음에 작은 의심이 떠올랐다가 사라졌다. 그러나 미하일은 현명하게 그 말을 삼갔다.

좋아하는 여자 앞에서 그녀의 사생활을 들추는, 그렇게까지 후지고 형편없는 남자가 될 수는 없었다.

"말이 보고 싶었다면 날이 밝을 때 갔으면 될 일이 아니니. 호위할 기사도 시녀도 하나 없이 대체 무슨 생각으로 그런 것이냐."

바로 그 의문에 대답을 줄 수가 없었기에 이야기는 계속 같은 지점을 맴도는 것이었다.

　　다연은 물끄러미 황제를 바라봤다. 눈치 빠른 황제는 그 즉시 다연이 무언가를 망설이고 있다는 것을 알았다.

　　무엇일까.

　　입술을 짓씹던 그녀가 시선을 떨구더니 말했다.

　　"그 말이 아파요. 자려고 누웠는데 갑자기 가 보고 싶어서요. 다른 사람들을 번거롭게 하기는 싫고 얼른 다녀오면 될 거라고 생각했는데, 제가 생각이 짧았습니다."

　　그게 아니었다.

　　황제는 직감적으로 다연의 망설임이 다른 곳에서 기인했다는 것을 느꼈다. 그런데 그게 무엇인지를 통 알 수 없었다.

　　황제가 한숨을 쉬었다. 그리고 무거운 마음으로 말했다.

　　"반드시 호위와 함께 움직여라. 만약 이런 일이 다시 한 번 생긴다면 주인을 잘못 모신 죄로 별궁 사용인들을 가만두지 않겠다."

　　"……네. 알겠습니다."

　　다소 잔인한 말이었다. 그런데 지은 죄가 있다 보니 다연은 그 겁박에 움찔하면서도 수긍할 수밖에 없었다.

　　황제가 입을 다물자 분위기는 무겁게 가라앉았다. 잘잘못을 따져 묻고 나자 두 사람은 더는 할 말이 없었다.

　　얼마나 그러고 있었을까.

　　미하일은 이내 너무나 속상해져 버리고 말았다.

　　화가 나서 불같이 화를 냈는데 그러고 나도 기분은 풀리지 않는다.

　　오히려 기분은 더 안 좋아지기만 했다. 선선히 잘못을 인정하고 사과했지만 입을 다물고 눈을 내리깔고 있는 다연의 모습을 보니 마음이 영 안 좋았다.

자신이 상황과 분위기를 망쳐 버렸다. 시작은 분명 그가 아니었는데도 황제는 자괴감을 느꼈다.

한참을 다연을 바라보던 황제는 결국 깊은 한숨을 쉬었다. 그리고 말했다.

"놀랐느냐. 화낸 것은 미안하다. 걱정이 되니 그랬다."

그 말에 고개를 든 다연이 놀란 표정을 지었다.

다연은 이내 조금 웃었다. 그 미소에 황제는 안도되고 어떻게 해도 풀리지 않던 마음이 풀어지는 것을 느꼈다.

"폐하께서 잘못하신 게 전혀 없으신데 왜 사과를 하세요. 다 제가 잘못한 건데요."

다연이 웃으며 책망했다.

어떻게 저렇게 사람이 순하고 착할까. 왜 저렇게 다정할까.

이미 다연에게 푹 빠져 버린 황제는 별거 아닌 말에도 쉽게 감동받았다.

"왜 사과를 하는지 모른단 말이냐. 내가 너를 더 좋아하니 잘못한 게 없어도 져 주는 것이다. 그러니 앞으로는 나를 걱정시키지 말거라. 너에게 매번 화를 내고 또 사과할 수는 없으니."

황제의 순정적인 발언에 다연은 솔직하게 감동받았다. 겪을수록 참 심장에 위험한 남자였다. 역대 황제 중 가장 성실하게 정무를 수행한다는 평가를 듣고 있는 미하일은 연애도 참 성격처럼 성실하게 했다.

사람의 마음이 열릴 때까지 쉼 없이 두드린다. 꾸준히 밀고 들어온다.

다연은 가끔 황제가 내보이는 찬란하고 구김 없는 마음들이 자신의 마음까지 밝혀 주는 기분을 느꼈다.

"창문을 넘다니. 얌전한 줄 알았더니 망나니였니."

어느덧 기분이 다 풀린 황제가 언어로 사람을 사정없이 쥐어 패며 놀렸다.

아랑곳하지 않고 피식 웃던 다연이 불쑥 입을 열었다.

"있잖아요."

"응?"

다연이 충동적으로 입을 떼자 황제가 부드럽게 대꾸했다.

왜 그러니, 말해 보렴, 어떤 말이든 다 들어 줄 것 같은 그런 너그러운 표정이었다.

다연은 얼굴을 찌푸렸다.

그녀가 골치 아픈 표정으로 조금 망설이자 황제는 의아한 기색이었다. 그러나 곧이어 흘러나온 말은 그가 전혀 예상치 못한 것이었다.

"저 밖에 뻐꾸기 우는 소리가요. 자기 남편이 어디 갔는지 찾는 소리 같지 않으세요?"

뭐랄까, 다연은 꼭 말을 할 생각은 없었다. 뭐라고 반응할지 궁금하여 그냥 다분히 충동적으로 운을 띄워 본 것에 불과했다.

그렇지만 이야기를 들은 황제는 대단히 심각한 표정이었다.

뭐라도 대답을 해야 다음 말을 꺼낼 텐데.

다연은 약간 난처한 마음으로 황제의 반응을 기다렸다.

요즘따라 상냥한 황제는 미간을 찌푸리며 손을 뻗었다. 그리고 다연의 이마에 손을 짚었다.

얘가 지금 뭐라는 거니. 다시 마음이 아픈가. 열은 없는데.

황제가 고개를 갸웃거렸다.

심각한 표정으로 다연을 바라보던 황제는 역시 심각한 표정으로 시종장에게 시선을 돌렸다.

황제는 아무나 측근으로 삼지 않았다. 시종장은 황제와 무려 9년째 손발을 맞춰 온 자였고 이 황궁에서 황제 다음으로 일을 잘하는 유능한 자였다.

귀신같은 눈치였다. 말하지 않아도 찰떡같이 알아들은 시종장이 냉큼 궁의를 부르러 달려 나갔다.

밤중에 수행 인원 없이 나갔다고 황제에게 신나게 털리고 졸지에 환자 취급도 받았지만 다연도 얻은 것은 있었다. 간밤에 경계심 많은 암말, 루리가 다연의 정성에 마음을 열어 주었던 것이다.

「입안에 날카로운 것이 박혔어요. 뭘 먹으려고 할 때마다 너무 아파서 참을 수가 없어요.」

'그렇구나, 역시 아픈 거였어. 아아, 어떡해.'

말이 마음을 열어 주자 이제까지는 들리지 않던 소리가 들렸다.

루리의 이야기를 듣고 다연은 자기가 다치기라도 한 것처럼 발을 동동 굴렀다.

얼마나 아팠을까.

차라리 난동이라도 피웠으면 의사가 이곳저곳 더 들여다봐 주었을 텐데, 너무 참을성이 강한 말이다 보니 아무도 알아채지 못했던 것이다.

「제 친구는 어디 있어요?」

말 또한 왕자를 친구라고 했다. 아픈 와중에도 친구를 찾는 말의 순하고 커다란 눈이 생각나 마음이 맑아졌다.

빨리 도와줘야지.

"마리. 사르만 왕자의 숙소는 어디야?"

다연의 갑작스러운 질문에 마리는 매우 불길한 표정을 했다. 눈을 데굴데굴 굴리던 그녀가 설마, 하는 표정으로 물었다.

"설마 찾아가실 건 아니죠?"

"갈 건데. 뭐 얘기해 줄 게 있어서."

"……그냥 저에게 전하세요. 제가 얼른 다녀올게요."

"음, 음. 직접 해야 되는 이야기인데."

마리가 매우 처연한 표정으로 바라봤다. 그리고 마음의 준비를 하듯 물었다.

"꼭 그러셔야만 되겠어요?"

뭐야, 왜 이렇게 결연해.

다연은 갑자기 비장한 얼굴을 하는 마리를 뭐 잘못 먹었냐는 듯 쳐다봤다.

이놈의 황궁은 대체 왜 이렇게 하면 안 되는 게 많은 거야.

그녀는 얼굴을 찌푸렸다.

다연이 사르만 왕자 처소에 방문 요청을 넣었다는 사실은 황제의 고백보다 훨씬 더 빠르게 궁인들의 입을 타고 퍼져 나갔다. 사람들은 열광했다.

야, 다들 모여라, 이게 바로 팝콘 튀길 각이다! 와 씨, 이 드라마 반전 있나요?!

사람들은 내심 황제가 아깝다고 생각하고 있었다.

황제는 타고난 배경만으로도 이미 제국의 일인자였다. 그런데 그는 굳이 그 배경을 함께 이야기하지 않더라도 충분히 잘난 사내였다. 잘생기고 능력 있고 가만히 있어도 사람들의 눈길을 모은다.

그에 비해 다연은 외모적으로나 성격적으로나 딱히 남의 눈에 띄는 구석이 없었다. 그녀가 가지고 있는 것은 딱 한 가지, 신전의 계시와 그에 따른 정치적 가치였다.

그래도 어쩌겠어, 황제가 저렇게 총애를 한다는데.

다소 밋밋하고 뻔한 결말을 예상했던 사람들은 처음으로 새로운 가능성을 고려하기 시작했다.

근데 다연 님이 끝내 폐하를 안 받아 줄 수도 있는 거 아니냐? 이럼 나가린데.

황제는 물론 이 상황에 대해 보고를 받았다. 그리고 혼자 고요하고 요요하게 타올랐다.

다연은 본인이 황제의 마음에 어떤 질투의 불씨를 지폈는지 잘 몰랐다.

사실 미하일이 다연의 성격에 대해 조금만 더 잘 알았더라면. 그랬더라면 그는 그런 질투는 하지 않았을 것이다.

네가 어떤 사람인지 이제는 안다고 했으면서도 황제는 다연이 정말로 어떤 사람인지에 대해서는 잘 몰랐다.

당연한 일이었다.

연애라는 것은 결국 시작할 때부터 끝맺을 때까지 나와 다른 상대에 대해 알아 가는 과정이다. 몇 년을 내밀한 사이로 가깝게 사랑해도 순간순간 이 사람한테 이런 면이 있었나 하게 되는 것이 연애일 테니까.

다연은 이를테면 누군가에게 쉽게 마음을 주는 사람은 아니었다. 본인이 다연의 마음을 완전히 열지 못해 애를 먹고 있으면서도 황제는 그 사실을 좀처럼 깨닫지 못했다.

사실 황제 정도나 되는 직진형 인간이기에 그녀의 견고한 철벽에도 아랑곳하지 않는 것이다. 황제는 자기만족과 마이웨이 정신으로 무장되어 평생을 살아온 대단히 자기중심적인 인간이었다.

어찌 보면 이기적이고 오만했지만 그래서 가능했다. 그 정도의 직설적인 성격과 꾸준함을 가진 사람이 아니었더라면 메말라 있던 그녀의 마음에 이만큼이나 찰랑거리는 물웅덩이를 만들어 낼 수는 없었을 것이다.

다연은 황제에게 인간적으로 매료되어 있었다. 그리고 여러 사람에게 마음을 나누어 주기에 그녀는 한참 게으르고 또 지쳐 있었다.

"정말 있군요."

왕자보다 불려 온 의사가 더 놀라워했다.

흑마의 입안, 눈에 잘 보이지 않는 구석에는 뭉툭한 쇳조각이 박혀 있었다.

아이구, 너 어쩌다 그런 걸 집어 먹었어.

"이 녀석아. 이런 게 박혀 있었으면 조금 더 말썽을 피워서라도 알렸어야지."

순종적으로 눈을 내리뜬 말에게 의사가 혀를 쯧쯧 찼다.

아산카의 표정은 심각했고, 다연은 자기 입안에 뭐가 박히기라도 한 것마냥 아픈 얼굴을 했다.

환부의 상태는 좋지 않았고 그래서 수술 준비는 오래 걸렸다. 오랜 기간 박혀 있던 쇳조각과 피부는 하나처럼 엉겨 붙어 있었다.

제거에 앞서 출혈과 고통을 대비하여 치유 신관이 동원되었다. 이 정도면 세상에서 가장 고귀한 말이었다. 동물로 태어나더라도 그냥 동물 말고 왕자의 말 정도로는 태어나 줘야 이 험한 세상 편하게 살 수 있겠구나, 다연은 생각했다.

"고맙다."

그때 문득 생각난 듯 아산카가 말했다.

어떻게 알았는지는 묻지 말아 달라고 했지만.

……그래도 혹시 물어보면 뭐라고 대답해야 하지?

다연이 고민하고 있을 때 왕자가 그대로 허리를 굽혀 인사했다.

예상치 못한 상황에 다연이 목을 벅벅 긁으며 민망해했다. 평소 모습을 생각해 보면 그가 얼마나 고마워하고 있는지 알 것 같았다. 그래서 그녀도 같이 허리를 굽혀서 꾸벅 인사를 했다.

신성력은 상처를 아물게 할 수는 있지만 입속의 쇠붙이를 제거해 낼 수는 없다. 피부를 절개하는 것은 의사의 몫이었다. 피부에서 이 물질을 뜯어낼 때는 인내심 강한 말도 거품을 물면서 푸르렁댔다.

그러자 곧바로 신관의 손끝에서 푸르고 고귀한 힘이 흘러나왔다. 몇 번이고 반복해서.

신성력은 유한한 힘이다. 그 범위뿐만 아니라 한 번에 사용할 수 있는 총량에서도 그러했다. 단시간 많은 힘을 소진한 신관은 충분한 휴식을 취해 주어야 했다. 그래서 대부분의 신관들은 자신의 힘을 한 계까지 사용하지 않았다.

그러나 타고난 무인인 왕자가 뿜어내는 무언의 압박에 굴한 신관은 기절 직전까지 말에게 치유의 힘을 불어넣어야 했다. 사람보다 짐 승이 위였다.

역시 다시 태어난다면 왕자의 말로.

여전히 기력을 다 차리지는 못했지만 상처를 치료한 말은 다연을 바라봤다. 그리고 눈빛으로 친애의 마음을 표했다.

참 기특하고 예쁜 말이었다. 기분이 좋아진 다연은 팔을 크게 뻗어 까만 말을 품 안에 한가득 끌어안았다.

한편, 집무실 창가에서 이 광경을 지켜보고 있던 황제는 지옥의 불 꽃에 휩싸였다.

"……시종장. 내가 지금 헛것을 보나?"

저게 뭐지? 쟤가 지금 뭘 껴안고 있는 거지?

한껏 열이 받은 황제가 너무 활활 타오르고 있어서 시종들은 차마 고개를 들지 못하고 수군거렸다.

시종장은 황제의 물음에 바른대로 대답하지 못했다. 그 광경은 비단 시력이 좋은 황제뿐만 아니라 중년의 시종장의 눈에도 선명하게 보였다. 시종장이 송구스러워 고개를 조아렸다.

황제가 몹시 짜증이 나는 듯 신경질을 냈다.

"또 말인가? 이제 말과 개라면 정말 지긋지긋하군. 헤르고니아는 무슨 동물애호가의 나라란 말인가? 그리고 다른 남자의 말은 대체 왜 껴안는 거지?"

저것이 진짜 이쁘다, 이쁘다 하니까.

저 순둥한 망나니가 진짜.

황제가 구시렁댔다.

듣고 있던 시종들은 그만 표정이 썩었다.

그래서 예쁘다는 거야, 안 예쁘다는 거야.

순둥순둥하다는 거야, 망나니라는 거야.

황제의 분노는 사실 몹시 비이성적인 면이 있었다.

다연이 끌어안은 것은 그냥 검정말이었다.

물론 다른 남자 소유의 말이긴 했다. 그 남자가 전쟁터에서도 타고, 외국에 올 때도 타는 무척 애지중지 아끼는 말이었다.

근데 그렇다고 해서 말을 껴안은 게 그 남자를 끌어안은 게 되는 건 아니지 않은가?

그러나 이 순간, 황제의 비논리성을 지적할 만큼의 높은 직급과 간덩이를 가진 이는 이 자리에 아무도 없었다. 그리고 시종장을 제외하면 대체로 젊은 연령의 남자 집단인 시종과 기사들은 황제의 마음을 어느 정도는 이해했다.

열 받지, 솔직히.

가까이에서 볼 때는 피와 거품이 난무하는 광경이었으나 원거리에서 보는 그들의 풍경은 하필이면 햇살을 받아 따뜻하고 또 다정해 보였다.

황제는 지금 그냥 모든 게 다 짜증 나는 것이다.

다연이 다른 남자랑 붙어 있는 것도 짜증 나고, 자신은 시간을 분 단위로 쪼개 가며 만나고 있었는데 쟤네가 이 넓은 황성에서 오다가 다 자꾸 마주치는 것도 짜증이 나고, 하필이면 쟤네가 붙어 있는데 날 씨가 좋은 것도 짜증이 나고.

뜻하지 않은 대참사를 맞은 황제의 집무실은 북풍한설이 내린 양 싸늘했다.

시종들은 황제의 분노가 이쪽으로 튈까 숨소리도 죽였다.

마침 보고할 것이 있다고 집무실을 찾아온 연로한 법무대신은 문 앞에서 황제의 심기가 더럽단 얘기를 듣고 갑자기 집에 우환이 생겼 다며 젊은 사람 못지않은 순발력으로 돌아 나갔다.

야, 근데 폐하도 저 정도면 사생활 침해 아니냐.

집무실 복도를 지키는 근위병이 반론을 제기했다.

글쎄, 물론 다연 님이 잘못한 것은 없지만 나는 우리 폐하께서 충 분히 열 받을 만하다고 본다.

가재는 게 편이라고, 시종 몇몇은 고개를 주억거리며 황제의 편에 섰다.

사귀냐, 안 사귀냐.

사귈 것이냐, 안 사귈 것이냐, 누가 아깝다.

그래서 결혼은 하냐, 안 하냐.

황궁의 여론은 제멋대로 들끓었지만 가장 먼저 처세와 태도를 정 한 이들은 역시 황제의 최측근들이었다.

그냥 빨리 사귀어라, 그리고 얼른 데리고 살아라.

그들에겐 역시 모시는 이의 기분과 일상의 평화가 제일 중요했다.

어느새 자리에 앉아 여전히 심기가 매우 언짢은 표정으로 보고서를 넘기는 황제의 한없이 잘생긴 얼굴을 보며 시종들은 한숨을 쉬었다.

그리고 생각했다.

　사랑이다, 사랑이야.

✣

　다연은 수업을 하는 내내 고개를 갸웃거렸다. 오늘따라 테오의 태도가 이상하다고 생각했기 때문이다.

　무슨 일 있느냐고 물어야 할까?

　그러나 다연은 본인과 사제가 그런 내밀한 질문을 할 정도의 사이는 아니라고 생각했다. 그리고 설령 무슨 일이 있더라도 그건 내가 상관할 건 아니지.

　테오가 알았더라면 답답함에 가슴을 쳤을 생각이었다.

　수업 내내 나 불만 있습니다, 할 말 있습니다, 라는 기색을 온몸으로 내뿜었는데 다연이 반응이 없자 결국 목이 마른 사람이 먼저 우물을 팠다.

　"황제와 사귑니까?"

　테오가 책을 덮으며 물었다. 어조는 뾰족했다. 갑작스러운 질문에 다연은 뭐야, 하는 얼굴로 바라봤다.

　뭐? 황제? 폐하가 네 친구냐?

　방 안에 함께 있는 기사들은 너 오늘 잘 걸렸다, 라는 표정으로 검을 뽑아 들 준비를 했다.

　그러나 사제는 기사들이 피워 올리는 투기에도 아랑곳하지 않았다. 유하게 생겨서는 보통 배짱이 아니었다.

　"황제와 사귀냐고 물었습니다."

　"음."

　다연은 고민했다.

199

뭐랄까, 아직 그런 건 아닌데. 그렇다고 이 상황에서 아니라고 부정하는 건 황제한테 너무 의리 없고 못할 짓같이 느껴졌다.

다연이 망설이자 그 대답을 긍정으로 받아들인 테오의 표정이 더욱 굳었다. 뭐가 답답한지 모르겠지만 사제는 정말 답답해하는 표정이었다. 마치 다연이 뭘 잘 모른다는 듯이.

평소의 부드럽고 상냥한 말투를 벗어 던지고 그가 날카롭고 또렷한 어조로 말했다.

"황제는 차갑고 간악한 사람입니다."

"너. 그쯤 하는 게 좋을 거다. 죽고 싶지 않으면."

보다 못한 기사가 검을 검집에서 반쯤 꺼내 보였다.

그러나 그때 다연은 그의 말에서 뭔가 거슬리는 부분을 발견했다.

차가운 사람? 황제가? 그 남자가 차가운 사람이라고?

동의할 수 없었다.

황제는 뜨거운 사람이었다. 그는 마음속에 태양을 품고 있었다. 그를 제대로 겪지도 못했으면서 왜 말을 함부로 하는 거지?

다연은 얼굴을 찌푸렸다.

그가 얼마나 열심히 사는데. 얼마나 주변을 밝게 비추는데. 그가 자신의 생과 운명을 얼마나 사랑하는지 알아?

잘해 봐야 본전인 자리에서 언제나 무리하고 있으면서도 불평하지도 억울해하지도 않는 남자다. 그는 늘 당당하고 솔직하게 자신만의 길을 갔다.

다연은 그런 황제를 좋아했다. 어느 정도로 좋아했느냐 하면 이런 이야기를 들었을 때 화가 날 정도로는 좋아했다.

문득 다연은 황제를 비호하고 싶은 기분을 느꼈다. 아무도 그를 비난하지 못하게 하고 싶었다. 마음을 다해서.

"폐하에 대해 잘 아세요? 그 사람은…… 정말로 좋은 사람이에요.

차가운 사람이라고 하셨는데, 저는 그렇게 생각하지 않아요. 적어도 저한테는 항상 따뜻한 사람이었어요.”

막상 말로 내뱉고 나니 다연도 마음에 울컥 치미는 게 있었다.

주변 사람들은 다연이 중간에 말을 멈추자 우나? 생각하며 당황했지만 그렇지는 않았다.

다연은 권모와 술수가 판을 치는 황궁의 사람은 아니었고, 원래도 머릿속을 맴도는 말을 수려하게 할 줄 몰랐다. 직장에서도 그래서 늘 치이고 능력보다 부당한 대접을 받았다.

그러나 꼭 말하고 싶었다. 그래서 다연은 머릿속의 말을 정리하느라 몇 번이나 머뭇거리면서도 끝내 입을 열었다.

“이곳에 처음 오고 제가 신탁의 주인공이라서 저에게 따뜻하게 대해 준 사람들은 많았습니다. 신전도 그중에 하나였죠. 그렇지만 결국엔 제가 아무것도 아닌 것을 알고 모두가 저에게 실망을 했어요. 물론 폐하도 그러셨고요. 그러나 제가 아무것도 아니라는 것을 알면서도…… 그냥 저라는 인간 자체에 관심을 쏟아 준 사람은 황제 폐하가 유일했습니다.”

말을 하다 보니 감정이 격해지는 것 같아서 다연은 주먹을 그러쥐었다. 기사들 중 누군가가 작게 탄식했다.

사제는 마치 누군가에게 얻어맞은 것 같은 엉망인 얼굴 표정을 하고 있었다. 이내 그의 눈빛은 무겁게 가라앉았다.

그는 곧 성서 속 고난의 구절을 읽는 사람처럼 냉정한 분노를 담은 목소리로 말했다.

“당신은 아직 잘 모릅니다. 그는 신전과 헤르니야에게 많은 악행을 저질렀습니다. 헤르니야의 사람인 당신이 그를 사랑해선 안 됩니다.”

수업이 끝나고 다연보다 그가 먼저 일어난 것은 처음이었다.

테오는 다연의 대답을 듣지 않고 책을 챙기더니 그럼 이틀 후에 뵙

201

겠습니다, 하고는 먼저 자리를 떴다.

남겨진 다연은 당황스러웠다.

"……뭐야, 왜 저러는 거야?"

자기가 먼저 시작했으면서 왜 혼자 화나서 문 닫고 나가?

어이가 없어서 한참을 멍하니 있던 다연이 저거 미쳤냐고, 나 뭐 잘못했냐고, 쟤 왜 저러냐고 주변 사람들을 쳐다보자 다들 흠흠, 하며 헛기침만 했다.

이렇게 참신하게 차일 수도 있구나.

기사들은 새로운 구경을 했다. 허튼소리 했다고 가서 한 대 쥐어 팰 의지도 들지 않았다. 재수 없는 놈이지만 저렇게 차였으니 한동안 회복이 불가할 터였다.

황성 나가면 혼자 술 한잔 하겠는데?

근데 사제가 술 마셔도 되냐?

애초에 사제가 여자한테 껄떡대는 건 되냐?

역시 저 새끼 저거 사제 아닐지도 몰라.

기사들은 사실 다연에게 내심 감탄했다.

옆에서 오래 지켜보다 보니 그들도 다연의 성격을 어느 정도 알았다. 누군가와 싸우는 성격도, 자신을 내세우기 좋아하는 성격도 아니었다.

그녀가 초반에 별궁에서 그렇게 힘들게 지내고 몇몇 주제를 모르는 별궁 사용인들에게 부당한 대접을 당했던 것도 그 드러내지 않는 성격 탓이 컸다. 그녀는 따지거나 맞서는 성격이 아니었다.

그런데 그런 사람이 황제의 이야기에는 주먹 쥔 손이 하얗게 될 정도로 마음을 다했다. 그렇지 않다고 말했다. 본인에 대한 평가였다면 그렇게까지 하지 않았을 것이 뻔했다.

뭐야, 생각보다 엄청 의리 있고 멋있는 타입이었잖아?

202

그들은 모두 황제가 예전에 교제하던 여자들을 알았다. 황후감으로 거론되던 몇몇 귀족 영애들도 알았다. 그들은 모두 기품이 있고 아름다운 용모, 좋은 집안과 갖은 재주를 갖고 있었다.

그러나 그렇다 한들, 그 영애들이 저렇게 솔직함으로 온몸을 무장하고 황제의 정적을 향해 황제를 보호하는 발언을 하는 모습은 상상이 되지 않았다.

솔직함은 엄청난 무기였다. 아무도 그녀의 말을 정면으로 부정할 수 없었다. 신전의 사제마저도.

지난번 시종 집단에 이어서 기사 집단이 태도를 정했다.

모시자, 황후로!

다른 남자가 아무리 껄떡대도 끄떡없는 저 눈치 없는 둔한 멘탈! 폐하의 자비 없는 언어폭력에도 그저 그러려니 듣고 흘리는 넓은 도량! 열 받으면 또박또박 할 말 다 하는 이 정직하고 강직한 패기! 신전이란 거대한 적을 둔 우리 폐하의 짝으로 전혀 손색이 없음이로다!

폐하가 직접 들으셨더라면 정말 좋아했을 텐데.

기사들은 생각했다. 황제의 사소한 행복을 위해 꼭 보고에 올려야겠다고 그들은 다짐했다.

시종, 대신, 기사, 직업군을 한정하지 않고 그들 모두는 황제 때문에 눈물을 찔끔 흘려 본 경험이 있었다. 그러나 황제는 관료들보다는 기사들에게 훨씬 인기가 좋았다.

마인드의 차이 때문이다.

대충 정해진 봉록을 받으며 안정된 삶을 꿈꾸는 대신들과는 달리 기사들은 본인의 검술에 대한 끊임없는 향상심이 있는 자들이다. 기사들은 어느 정도 경지에 다다르면 서로 상대에 대한 평가를 아낀다. 예의의 문제이기도 했지만 경쟁의 문제이기도 했다.

그러나 그딴 거 전혀 신경 쓰지 않는 황제는 언제나 가차 없었다.

황제는 검술로 일인자가 되겠다는 생각도 없었다. 그는 언제나 자신만 중요하게 생각했다. 황제의 따끔한 일침은 너무나 아팠지만 결국엔 그들을 상승시켰고 검의 길을 걷는 자들은 안주하지 않는 성향의 황제를 동경하고 존경했다.

"좀 앉아도 되겠습니까?"

제국어 수업 때마다 동석을 하면서도 다연과 사적인 대화를 할 기회는 거의 없었던 기사들은 처음으로 다연과 제대로 된 대화를 할 기회를 얻었다.

다연은 의아한 얼굴을 하면서도 고개를 끄덕였다.

요즘 들어 황제의 기분은 아침 다르고 저녁 다르고, 극과 극을 오갔다. 원래도 모시기 편한 상관은 아니었지만 변덕스러운 사람은 아니었다.

그런데 황제는 엄청나게 순정적인 사랑을 시작하더니 극도의 감정기복에 시달리고 있는 것 같았다. 엄청 행복해하다가 또 불같이 화를 냈다가 어울리지 않게 상심하고 우울해하기도 했다.

그들은 모두 황제가 왜 그러고 있는지를 알았다. 누군가를 진심으로 사랑하기 때문이었다.

시작은 역시 막내가 먼저 했다.

"저기…… 말씀하신 것처럼 우리 폐하가 되게 좋은 분이시거든요……."

이건 또 무엇?

예상치 못한 말에 다연이 실소하면서도 의문에 가득 찬 표정이 됐다. 구박에 익숙한 막내는 아랑곳하지 않았다. 천연덕스럽게 말을 늘어놓았다.

"인생도 핏줄이 중요하지만 기사가 되는 것도 마찬가지거든요. 타고난 재능이 거의 반 이상은 그 사람의 미래 실력을 좌우합니다. 근데 그게 아닌 경우에는 그 사람이 정말 뼈를 깎는 노력을 했다는 것이거든요. 비유적인 표현이 아니라 정말 말 그대로 피와 땀을 엄청 흘리신 것입니다."

잠시 흠흠거리며 목소리를 가다듬던 기사는 결연한 표정으로 발언을 이어 갔다.

"저희 폐하가 그만큼 성실하고 꾸준한 분이세요. 원체 바쁘셔서 한눈도 안 파실 거예요. 제가 엄청 오래 봐 왔는데 절대 그런 분이 아니십니다."

"우리 폐하 좀 거두어 주세요. 물론 사람인 이상 아주 사소한 단점들도 있겠지만 전반적으로 굉장히 성실하고 좋은 남자입니다. 엄청 책임감 있는 가장이 될 거예요."

듣고 있던 선배 기사가 덧붙였다.

다연은 푸핫, 웃어 버릴 뻔했다. 우락부락한 체격에 항상 굳은 얼굴을 하고 있어 어렵게만 생각했는데 말하는 게 너무 귀여웠다. 웃지 않기 위해 애를 쓰고 목소리를 가다듬으며 그녀가 물었다.

"음, 음. 단점은 뭐지요."

또 나왔다. 마리는 생각했다.

별궁 사용인들은 이제 다연의 저 화법을 모두 알고 있었다.

사람들은 대개 처음 그녀를 우습게 본다. 그러나 다연은 생각처럼 쉬운 사람이 아니었다.

마음을 잘 열지 않고 완고한 구석이 있다. 평온하지만 저런 식으로 말할 때가 제일 무서웠다. 그녀는 누군가를 공격하지 않고 오랜 시간을 들여 파악하는 사람이었다.

그런 사람에겐 시간이 필요하다. 그들은 한 번에 사람들을 휘어잡진 못한다. 그러나 어떤 자리에 오래 머물고 시일이 지난 후엔 결국 아무도 무시할 수 없는 세력을 이루는 사람이 된다.

멍석을 깔아 주자 막내는 거침이 없었다.

"물론 아주아주 사소한 단점들이 몇 개 있죠. 일단 일중독자라 좀 바쁘시고요. 잔소리가 좀…… 좀은 아니고 아주 많이 심하시긴 한데 그냥 습관이겠거니 생각하고 흘려들으시면 됩니다. 안 그러면 정신 건강에 좋지 못하니까 이건 꼭 새겨들으세요. 그리고 약간 까탈스럽고 완벽주의자 성향이 있으시긴 한데 음, 그게 결국은 다 우리가 잘되자고 그러시는 거거든요?"

야, 그만 닥쳐. 지금 칭찬을 하는 거야, 엿을 먹이는 거야.

막내가 횡설수설하자 듣다 못한 선임이 머리를 후려쳤다.

그러나 다연은 하하, 경쾌하게 웃었다. 사람들이 그를 정말로 좋아하는구나, 하는 생각을 했기 때문이다.

본인의 판단을 지지받는 느낌이 들었다.

저조했던 기분이 다시 떠올랐다. 행복한 마음이 들었다. 역시 그는 사랑받아 마땅한 사람이었다.

기사들의 예상대로 황제는 너무나 기뻐했다. 어찌나 기뻐하는지 그 아름다운 얼굴을 발갛게 물들이며 화사하게 웃었다.

미하일은 당장에라도 다연을 보러 가고 싶었지만 오늘도 어김없이 접견 일정은 빼곡했다. 급한 일정만 소화하고 나니 이미 오후였다.

황제는 마음의 설렘을 어찌하지 못하고 별궁으로 향했다.

이때, 다연은 월루, 월루, 세루, 세루 하는 이상한 노래를 흥얼거리며 침대에서 뒹굴고 있었다.

음치구나, 무슨 뜻인지 알아듣진 못했지만 마리는 냉정하게 평가했다.

"또 이불과 하나가 되었느냐. 지금이 몇 시인 줄은 아니?"

너무나 기특해서 한달음에 달려왔으면서도 황제는 핀잔으로 시작을 했다.

저 망할 놈의 잔소리도 이 정도면 불치병이지.

오늘도 하루 종일 황제의 팩트 폭력에 시달린 시종들은 짜증스럽게 생각했다.

"폐하, 이불 밖이 너무나 위험해요."

"……또 괴상한 말을 늘어놓는구나."

그러나 역시 만만치 않은 것은 다연도 마찬가지였다.

특별한 스케줄이 없어도 날이 밝았으면 좀 일어나고 그래라.

어느덧 모시는 이의 살인적인 부지런함에 익숙해진 시종들은 속으로 툴툴댔다.

"오늘은 무얼 하였니."

"지금 일어났는데요?"

다연이 너무 천연덕스럽게 대꾸를 해서 황제는 그만 웃어 버렸다.

시종이 얼른 의자를 가지고 왔지만 황제는 의자 대신 침대맡에 앉았다. 불편해할 만도 한데 다연은 별로 개의치 않고 여전히 침대를 뒹굴거렸다. 이불에 푹 감싸여서 무척 행복해 보였다.

황제는 그 모습을 다연보다 더 행복해하며 바라보았다.

마음속에 청량한 분수가 생겨나고 꽃이 피어난다. 찬란한 무지개가 생겨나고 몽글거리는 구름이 뭉게뭉게 마음을 뒤덮는다.

누군가에게 인정받고 싶은 욕구는 황제에게 없었다.

그는 태어나면서부터 남들 위에 군림하는 자였고 그 자체로 더 이상의 인정은 필요로 하지 않았다. 이 자리는 선조 때부터 이어져 온 위업을 달성할 책무가 있다. 그냥 주어진 일을 수행할 뿐이다.

그러나…….

누군가를 적대시하는 성격이 아닌 그녀가 마음을 다해 자신을 변호하는 것이 감동스럽다. 이런 존재가 있다는 것이 마치 기적처럼 느껴진다.

헤르니야여, 감사합니다.

이 혼탁한 세상에 이런 이를 내려 주셔서 감사합니다.

신을 부정하지 않지만 딱히 신을 섬기지도 않는 황제는 이 순간 역설적으로 여신에게 감사할 수밖에 없었다.

"너, 나에게 자꾸 그러지 말아라."

다연을 빤히 바라보던 황제가 뜻 모를 이상한 말을 했다.

다연이 알쏭달쏭해하며 의아한 표정을 지었지만 황제는 피식, 웃으며 제대로 대답해 주지 않았다.

지금도 충분한데 자꾸만 그녀에게 반하게 된다.

사실 황제는 다연 때문에 속상했다. 자신의 마음을 빨리 받아 주지 않아서 야속했다. 체면을 잊고 마음을 빨리 받아 달라고 재촉하고 싶었다. 그러나 또 이렇게 정직하고 진지한 성격의 그녀를 사랑하고 있었다.

"다연."

황제의 부름에 이불에 휩싸인 그녀가 물끄러미 그를 봤다. 미하일은 다연의 머리를 부드럽게 쓸어 넘기며 말했다.

"나는 비난받는 것에 익숙하다. 그러니 무리하지 말거라. 속상해하지도 말아라. 그때마다 일일이 마음이 상하면 너만 힘들다."

사실만을 말했을 뿐인데, 다연이 왜 저렇게 울컥하는 표정을 짓고 있는지 황제는 잘 몰랐다. 한 사람을 사랑한다는 게 이렇게 복잡한 감정을 동반하는 것이었나. 황제의 머릿속에는 많은 말들이 맴돌았다.

나는 네가 지켜야 하는 사람이 아니야. 혈혈단신 아무것도 없이 떨어진 너를 이 세상에서 지켜 줄 사람이지. 나를 비호하려 하지 말고 나에게 기대라. 나에게 의지해.

황제는 보고를 듣고 행복한 동시에 마음이 아팠다.

– 그렇지만 결국엔 제가 아무것도 아닌 것을 알고 모두가 저에게 실망을 했어요. 물론 폐하도 그러셨고요.

자기가 아무것도 아니라고 생각하는구나, 사람들이 실망해서 고통받았구나.

사랑하는 사람이 스스로를 아무것도 아니라고 생각하는 것이 본인을 괴롭게 만든다는 것을 처음으로 깨달았다. 어떻게 사람에게 이런 이타적인 감정이 생겨날 수 있는 것일까?

그 일이 너에게 깊은 상처가 되었구나.

황제는 처음으로 깨달았다. 그리고 지난 과거를 후회했다.

그녀에게 사과를 하고 싶었다.

내가 너를 반겨 주지 못해서 미안하다. 너를 알아보지 못해서 정말로 미안하다. 실망해서 미안했다. 너는 대단한 능력이 없어도 네 자체로 이렇게 아름다운 사람인데, 그런 너를 두고 한없이 계산하고 타산해서 미안하다고 용서를 청하고 싶었다.

정진하지 않는 삶의 태도를 경멸해 왔다. 그렇게는 살 수 없다고 생각했다. 능력 없는 사람들은 항상 논외로 두었다. 그러나 이 순간, 사람의 가치는 그 능력치에 있는 것이 아니라는 걸 깨닫는다.

그런 계산적인 잣대로는 감히 재단할 수 없는 것이 인간이었구나. 그녀는 어떠한 능력이 없어도 이미 그 자체로 황제에게 너무 가치 있는 사람이었다.

마음속에 거대한 깨달음이 이는 것 같다.

미하일은 문득 이 감정이 두렵다고 느꼈다.

이제껏 알지 못했던 어떠한 우주가 생겨나고 그 우주 속에 혼자 서 있는 것 같다. 그래서 혼란하고 고독하다.

엄청나게 다채로운 감정들이 휘몰아친다. 감사하고 미안하고 행복하고 괴롭다. 하루에도 수십 번씩 감정이 뒤죽박죽 뒤섞인다. 사랑이 이렇게 다채로운 감정을 동반하는지 전에는 결코 알지 못했다.

무언가를 아끼고 소중히 하고 싶은 마음, 누군가의 행복을 간절히 바라는 마음. 언제나 함께 있고 싶고 그리운 마음, 잘해 주고 싶은 마음, 더 잘해 주지 못해 미안한 마음. 이 모든 마음의 형태가 다 사랑이었다.

감정의 파도를 마음속에 간직한 채 황제는 가만히 다연을 바라보고 있었다. 그러나 많은 생각 끝에 황제의 입 밖으로 나온 언어는 결국 매우 간단한 말이었다.

"고마워."

황제의 격 없는 말에는 다연뿐만 아니라 주위의 시종, 시녀들도 깜짝 놀랐다.

그는 절대자였다. 황제는 누군가에게 함부로 감사를 표하면 안 되는 사람이었다.

그러나 현 알티우스 황제는 원래 대단히 솔직한 사람이었다.

"무엇이요?"

"이런 마음이 있다는 것을 알게 해 줘서."

네가 나에게 새로운 우주를 가져왔다.

너는 이게 무슨 말인지 알까? 내 마음이 지금 얼마나 행복한지 알겠니? 이 맹하고 바보 같은 것아.

황제는 본인의 마음을 더 표현하지 못하고 입을 다물었다.

황제는 원래 유명한 달변가였다. 중앙 귀족들 중에는 어쩌다 보니 황제의 유려한 말솜씨에 설득되어 노예처럼 일하고 있는 자들이 많았다.

아무리 열심히 준비해 가도 매번 국무회의에서 달변의 황제에게 처발려서 휴가 내고 웅변이라도 배우겠다고 탄식하는 이들도 많았다.

그러나 황제는 요즘 들어 종종 자신의 마음을 말로 조형하는 것이 어렵다고 느꼈다.

뭐라고 말할지 고민하다가 체념하고 황제는 결국 짧게 물었다.

"잠시 산책할까?"

"음, 네."

이불에 파묻힌 다연은 솔직히 엄청나게 귀찮았지만 황제의 제안을 거절할 수가 없어 인심을 썼다.

그것은 참 다행한 일이었다.

데이트 신청이 거절당했다면 그 히스테리를 감당할 자신이 있는 자는 시종 집단 중에 아무도 없었다.

황제는 이후로도 일정이 있었기에 그들은 멀리 나가지 못하고 별궁 후원을 거닐었다.

그러나 그것만으로 충분했다. 장소 같은 것은 중요하지 않았다.

황제의 시선에는 보는 사람이 충분히 느낄 수 있는 애정이 듬뿍 묻어나서 머지않아 다연은 좀 부끄러워졌다. 시선뿐이 아니었다. 하는 말에도 사랑이 여과 없이 묻어났다.

"어찌 그리 예쁘니."

"……대체 어디가요."

"얼굴도 마음도 모두 예쁘다. 그러나 굳이 말하자면 얼굴이 더 예쁘구나."

황제가 뻔뻔하게도 여자를 기쁘게 하는 말을 했다.

어떡하지? 우리 폐하가 아무래도 실성을 하신 것 같아!

뒤따르던 시종들이 명랑하게 생각했다.

다연은 얼굴을 붉혔다. 언젠가 황제가 자신에게 했던 너 미쳤느냐, 라는 말을 되돌려 주고 싶었다.

그러나 그런 직설적인 말을 할 성격은 못 되는 다연은 비교적 온건하게 그 말을 되받았다.

"저도 눈이 있고 제 방에도 거울이 있습니다. 그리고 다른 사람도 아닌 폐하께서 그런 말을 하시니까 놀리는 것 같네요."

"내가? 왜?"

"폐하야말로 아름답게 생기셨잖아요. 음, 솔직히 말하면 제가 태어나서 본 사람 중에는 제일 잘생기셨어요."

황제는 그 말에 또 얼굴을 붉히며 행복해했다. 황제는 이제 정말 별거 아닌 말에도 귀 기울이고 기뻐했다.

"넌 어찌 그리 말도 예쁘게 하느냐?"

황제의 말에 시녀들은 자기들이 더 얼굴을 붉히며 좋아했지만 시종들은 귀가 다 썩는 것 같았다.

이러다 나중에는 숨 쉬는 것도 들숨과 날숨의 간격이 예쁘다고 할 기세였다.

사랑이 이렇게 무서웠다.

황궁 사람들이 제일 중요하게 생각하는 것은 모시는 사람의 심기다. 한동안 기분이 바닥을 기었던 황제의 기적적인 심경 변화는 소문을 타고 빠르게 퍼져 나갔다.

애들아! 우리 폐하의 기분이 지금 날아갈 것처럼 좋으시다는 시종장 오피셜이다!

이 소식은 황궁 사용인들은 물론 각 행정 부처의 관료들에게까지 순식간에 퍼져 나갔다.

분명 엊그제까지만 해도 기분이 더럽기 짝이 없다고 하지 않았나?

사람들은 반신반의했지만 정말이라면 이 기회를 놓칠 수는 없었다. 날이면 날마다 찾아오는 기회가 아니었다. 대신들과 각 부처의 실무자들은 분주해졌다. 이런 게 존재했는지조차도 몰랐던 온갖 껄끄러운 결재안들이 이때다 싶어 하나둘씩 올라오기 시작했다.

시작은 며칠 전 집에 우환이 생겼다며 황급히 출궁했던 법무대신이었다. 법무대신은 새벽같이 입궁했다. 노인은 역시 잠이 없었다.

"폐하, 이번 법무부 관료 등용 시험 최종안이옵니다."

뭔가? 하고 바라보던 황제가 고개를 끄덕이고는 종이를 넘겼다.

알티우스는 년에 1회, 각 행정 부처의 관할하에 시험을 치른 후 실무 담당 관리를 등용한다. 이때는 평민들에게까지 응시의 기회가 열린다.

물론 응시할 수 있는 직군의 제한은 있었으나 그럼에도 불구하고 그것은 제국 내에서 평민으로서 올라갈 수 있는 가장 높은 자리였다. 시험은 매해 기록적인 응시율을 경신했다. 그중에서도 가장 보수적이고 어렵기로 유명한 것이 재무부와 법무부의 등용 시험이었다.

황제는 서류철을 한참 훑어봤다. 고개를 잠시 갸웃하기도 했다. 그리고 별말 없이 인가를 했다.

몇 차례 반려당할 생각에 초조해하던 법무대신은 깜짝 놀라면서도 황제의 마음이 변할세라 쏜살같이 인사를 올리고 집무실을 빠져나왔다.

야, 법무대신님 오피셜 떴다! 오늘 기분 좋은 거 확실하시댄다!

소문은 다시 한 번 황궁을 휩쓸었다.

소식을 들은 문무대신과 외무대신이 동시에 허겁지겁 자료를 준비해서 황제의 집무실을 찾았다.

"뭐냐."

황제가 지방에서 올라온 공납 서류들을 보고 있다가 힐끗 눈길을 주었다.

외무대신이 땀을 삐질 흘리며 말문을 열었다.

"폐하, 사르만에 학교를 세우는 문제 말이옵니다. 아무래도 사르만 왕실에서 계속 난색을 표하는지라 왕자도 입장이 난처한가 봅니다."

그 말을 듣고 황제가 순간, 뭐 이런 등신 같은 것들이 다 있지? 하는 표정을 했다.

어이쿠, 아, 아직 안 돼! 우리 뒤로 군무대신과 내무대신이 남아 있는데!

황제가 눈살을 찌푸리며 다소 신경질적인 반응을 보였다.

"그대들, 지금 자선사업 하나? 그걸 되게 하라고 내가 그대들을 협상 테이블로 내보낸 것일 텐데?"

지금 누가 누구 걱정하니? 니들 국제 호구니?

황제의 표정이 점점 안 좋아지려고 하자 이번엔 문무대신이 나섰다.

"그래서 제가 다른 안을 생각해 봤습니다, 폐하."

황제의 앞에서는 함부로 불가하다는 말을 꺼내서는 안 된다. 본인들의 상관은 일단 본인부터가 안 되는 걸 되게 만들며 살아온 입지전적인 인물이기 때문이다.

안 된다고? 해 봤냐? 어? 되는지 안 되는지 해 봤어?

황제가 한심하다는 듯이 그렇게 말하면 아무리 산전수전 다 겪은 대신들도 서러워서 눈물이 찔끔 난다.

"다른 안이라면?"

"사르만의 학생들이나 젊은 관리들을 뽑아 제국의 황립학교에서 수학하게 하는 방식은 어떨지요."

"음."

황제가 몸을 세우고 팔짱을 꼈다.

외무대신이 말을 보탰다.

"제국에 자국 학생과 관리들을 보내면 저들도 이전처럼 함부로 전쟁을 일으키지는 못할 것이옵니다.”

“그 말이 옳다.”

“사르만 왕자에게도 가능하다는 확답을 받았습니다.”

황제는 그 말에 또 얼굴을 찌푸리며 할 말이 많은 표정을 했다.

“이봐, 외무대신.”

“예, 예?”

외무대신을 부른 황제가 화를 내려다가 그냥 한숨을 쉬었다. 그리고 말했다.

“왕자한테 협상의 주도권을 내어 주지 마라.”

황제의 말은 원론적으로는 맞는 이야기였다.

그러나 여기에는 외무대신도 나름의 사정이 있었다. 협상도 결국엔 외교를 할 줄 아는 이와 하는 것이다.

왕자는 너무 곧은 사람인 나머지 되고 안 되고의 기준이 아무리 대화를 하고 구슬려도 전혀 변하지를 않았다. 세상에 뭐 이런 융통성도 물욕도 없는 인간이 다 있나 싶었다.

그리고 모순적이게도 그런 왕자를 마음에 들어 한 것은 황제였다. 황제가 마음에 들어 한 것이 왕자의 성정인지, 아니면 뛰어난 무예인지는 아무도 몰랐다. 다만 황제가 유능한 자에게만큼은 유독 너그럽다는 것은 제국의 귀족들이라면 모두가 익히 아는 사실이었다.

그리고 외무대신은 여기에 남들이 모르는 사실까지 하나 더 알고 있었다.

황제는 둘째 왕자를 기어이 사르만 왕의 자리에까지 올릴 것이다. 황제는 지금 아무도 모르게 뒤에서 사르만에 내전이 발발하라고 힘껏 고사를 지내고 있었다.

이런 상황이니 자신이 반듯한 이국 왕자를 상대로 무언가를 얻어 내는 게 부담스럽지 않을 수가 있나.

215

외무대신은 자신인데, 황제가 자신보다 음험하고 수 싸움에 능하니 매번 기가 죽었다.

"됐으니까 나가 봐. 알았으니까 일은 그렇게 진행하도록 하고."

황제가 눈길을 다시 공납 서류로 돌리며 손을 휘이 내저었다.

평소보다 훨씬 빠른 마무리였다.

결재 서류의 행렬은 그 뒤로도 한참을 이어졌다.

줄줄이 올라오던 껄끄러운 결재안들은 참다못한 황제가 오후 무렵 '이것들이 오늘 단체로 미쳤느냐?' 하고 펜을 집어 던질 때까지 계속되었다.

다연은 가볍게 젖은 땅바닥에 풀썩 주저앉아 있었다.

간밤에 내리던 비가 그치고 나자 날씨는 선선했다. 제법 시원한 바람이 얼굴을 훑고 지나간다. 그래서인지 그녀의 얼굴은 편안해 보였다.

마리는 가끔 저렇게 땅바닥에 거리낌 없이 주저앉곤 하는 다연이 솔직히 잘 이해되지 않았다. 황궁의 지체 높은 분들은 남자든 여자든 저런 식으로 행동하지 않는다.

황궁 사람들의 시각에 그녀는 심하게 털털했다. 그러나 한편으로는 저 정도로 털털한 성격이기에 황제의 까탈과 잔소리를 참아 주는 것이라는 이야기도 나오기 시작했다.

마리는 하고 싶은 말이 목 끝까지 치밀었으나 굳이 자신까지 다연에게 잔소리를 보태지는 않기로 결심했다.

"제가 깔고 앉으실 거 가져올게요. 좀만 계시어요."

"응, 응. 이미 앉았는데 뭐. 천천히 와."

다연은 건성으로 고개를 끄덕였다.

황궁 생활 6개월 차, 다연의 상태는 예전에 비하면 몰라볼 만큼 좋아졌다.

　게으르고 의욕이 없는 것은 여전했지만 그녀는 이제 방에 틀어박혀 울지 않았다. 식사도 거르지 않고 곧잘 했으며 스스로 산책을 나갈 때도 있었다.

　가끔은 생각지 못한 다채로운 표정을 보여 주기도 했다. 황제가 잔소리를 할 때면 징글징글하다는 표정을 지으며 귀를 틀어막기도 했고 유쾌하게 웃어 버리기도 했다.

　하하, 소리를 내어 웃는 걸 볼 때면 뭐랄까. 원래 이런 사람이었구나, 하는 생각이 들어 궁인들은 아직도 종종 놀라곤 한다.

　그녀는 아무와도 부딪히지 않았는데, 그렇다고 누군가에게 특별히 마음을 열지도 않았다. 흘러가는 대로 살고 싶어 하는 건 그냥 성격인 것 같았다.

　그러나 다연은 힘든 시기에 옆에 있었던 마리에게만큼은 조금 특별하게 대했다. 황제 또한 그것을 알고 있었다. 황제가 이름을 알고 있는 별궁 시녀는 마리가 유일했고 그것은 대단히 영광스러운 일이었다. 그녀는 어린 나이에도 불구하고 별궁 시녀 사이에서 실세로 떠올랐다.

　헤르니아여, 한때 당신을 규탄했던 이 어린양의 죄를 부디 용서하소서. 마리가 마음속으로 깊은 사죄의 기도를 올리며 별궁을 향해 달려갔다.

　"……."

　풀밭에 앉아 마리가 사라진 방향을 물끄러미 바라보던 다연은 이내 시선을 돌렸다.

　무언가를 골똘히 생각하던 그녀는 팔을 가만히 들어 올렸다.

　그러자 어디선가 새 한 마리가 미끄러지듯 활강하여 그녀의 손 위에 내려앉았다.

파란 깃털이 유난히 아름다운 작은 새였다. 새카만 눈은 가만히 그녀를 바라보고 있었다. 다연이 뭐라고 속삭이며 팔을 슬쩍 들어 올리자 파란 새는 아름답게 지저귀며 다시 어딘가로 날아갔다.

그녀는 무표정한 얼굴로 노래를 흥얼거리며 시간을 보냈다. 새를 하나씩 불러 모았다가 날려 보내고, 아르제니아의 나비들을 불러 모아 그 영롱한 날갯짓을 구경했다.

다연은 언제부턴가 이것이 힘이라는 것을 알아차렸다.

이것은 능력이었고 자신은 시간이 지날수록 점점 더 이 능력을 정교하게 사용할 수 있었다. 자신이 원하기만 한다면 그들과 소통할 수 있었고, 그들의 위치를 이해하며 그들을 부를 수도 있었다. 그들에게 무언가를 부탁할 수 있었고 때론 그들을 도와줄 수도 있었다.

이 세상의 모든 생명체가 자신과 한없이 가까운 곳에 있는 듯한 희열과 떨림이 찾아들었다.

그녀는 깨달았다.

이 능력은 특별하다.

이것은 신전과 황실이 자신에게 필요로 했던, 그토록 갈구했던 특별한 그 무엇이다. 그리고 본인이 항상 꿈꾸어 왔던 것이기도 했다.

그러나 왜일까?

두려움이 가시고 난 마음 한 켠은 한없이 차분하기만 했다. 참 배반적인 감정이었다.

항상 남다르기를 바라 왔다.

특별함. 특출한 재능. 남들이 필요로 하는 역할.

그것을 동력으로 일상을 채색하고 살아갈 의미를 찾고 싶었다.

이제는 그것을 갖게 되었으니 드러내고 증명해 보이기만 하면 되는 것일까?

그렇게 헤르니야의 조각임을 보이고 많은 사람들 앞에 나서면 자신은 남들에게 그 존재의 가치를 인정받을 수 있을까? 그리고 그것이 나의 의미일까?

잘 모르겠다는 생각이 든다. 아니라는 생각이 들었다.

한 사람의 마음에는 대체 왜 이렇게 못나고 추잡한 감정들이 가득한가. 다연은 늘 생각했다.

아닌 척했지만 끊임없이 남들과 자신을 비교해 왔다. 지독하게 자신을 따라다니던 열등감, 그에 따른 우울감, 세상에 대한 보복감. 떨쳐 버리려 해도 떨쳐지지 않는 온갖 비관적인 감정들이 성인 이후 그녀의 일상에는 묻어 있다.

그런데 그 감정들이 이젠 대단한 능력이 생겼으니 손바닥 뒤집듯이 사라질 수 있는 것이라고. 그런데 나는 그런 하찮은 감정에 이렇게 오랜 시간을 고통받았다고.

만약 그렇다면 이 감정은 태생부터 잘못된 것이다.

그녀는 언제나 생각이 많았고 그녀가 하는 생각들은 대체로 쓸데없고 좀처럼 답을 내릴 수 없는 것들이 많았다.

그리고 그런 상념에 빠질 때마다 다연은 언제부턴가 반사적으로 황제를 생각했다.

– 다른 사람들이 너를 좌우하게 두지 말거라.

손에 쥐고 있는 것에 만족하지도 실망하지도 않고 그것에 구애되지 않는 단 하나의 빛나는 사람.

때로 누군가는 엄청난 재능을 가지고도 세상을 원망하며 살아간다. 실체가 없는 감정에 매몰되어 비관하고 상처를 받고 엉망이 되어 일상을 포기해 버린다.

그러나…….

– 나는 비난받는 것에 익숙하다.

다연은 늘 그만이 옳다는 결론을 내고 싶지는 않았다. 그는 자신과 다른 사람이었고 모든 사람들에게는 자신만의 방식이 있었다.

그렇지만 언제부턴가 그 남자의 방식을 응원하게 된다.

그가 최선을 다하고 있다고, 아무도 당신을 비난할 수 없다고 격려하고 힘을 실어 주고 싶어진다. 황제는 그 자체로 온전한 사람이었고 자신의 격려 같은 건 필요로 하지 않겠지만, 그럼에도 그를 위로하고 돕고 싶다.

항상 당신의 행복과 행운을 빌게 된다.

이것이 혹시 사랑일까?

문득 다연은 이 감정에 어렴풋이 그런 이름을 붙이고 싶다는 생각이 들었다.

그녀가 알 듯 말 듯 한 모호한 표정으로 생각에 빠져 있을 때, 저 멀리서는 새하얀 구름 같은 털 뭉치가 맹렬히 달려오기 시작했다.

털 뭉치가 달려오며 왕왕, 짖었다.

「삼식이 왔다아!」

우왓!

육중한 무게감에 그녀는 뒤로 넘어가며 괴성을 질렀다. 어느덧 무럭무럭 자라나 중형견 크기가 된 삼식이는 꽤 무거웠다.

"아오, 야, 이것 좀 치워 봐. 먹을 거 가져왔단 말이야."

정신없이 뺨을 핥아 대는 하얀 개를 다연이 끄응, 하며 밀어냈다. 다연에게 달라붙어 여기저기 침을 바르던 삼식이는 다연이 주섬주섬 먹을 것을 풀어놓기 시작하자 갑자기 다른 개가 된 것처럼 의젓해졌다.

아니, 이 영악한 개시키가.

다연이 눈을 흘기며 밥을 챙겨 줬다.

개팔자가 상팔자라고 삼식이는 어느새 황궁의 명물이 되었다. 개라면 그저 치를 떨면서도 황제는 시종들에게 개밥을 챙기라고 명하는 것은 물론 후원 한구석에 비를 피할 개집까지 마련하게 했다.

황궁에 집이 있는 개라니 파격적인 처사였다. 3백 년의 제국 역사에 이런 개는 없었다. 사람 한번 잘 물어서 팔자가 핀 개였다.

전담하는 시종이 따로 있었지만, 본의 아니게 개밥을 챙기게 된 그들에게 미안했던 다연은 수시로 밖에 나와 직접 밥을 줬다.

물론 시종들은 그것이 당연한 본인들의 할 일이라고 생각했다. 그러나 다연에게는 그렇지 않았다. 기시감이 느껴졌다.

상사가 키우는 개의 밥까지 챙겨야 하다니, 회사에서 부장이 키우던 화분의 나뭇잎을 닦던 자신의 모습 같았던 것이다. 나중에 나뭇잎이 시들어서 하나둘 떨어지면 그것도 다 주워서 치워야 했다.

이제는 볼일이 없으니 하는 말이지만 부장님, 화분은 제발 좀 본인집에서나 키우셨으면.

다연은 삼식이가 정신없이 밥을 먹어 치우는 모습을 웃으며 기특하게 바라봤다.

와구와구, 으헷, 완전 귀여워!

더 먹어, 많이 먹어라, 먹고 무럭무럭 자라라. 그래서 너도 이따만한 대형견이 되는 거야. 그럼 엄청 멋있겠지?

「우리! 놀자! 뛰자! 산책하자!」

밥을 다 먹은 삼식이가 에너지를 주체하지 못하고 먼저 달리기 시작했다.

이것은 사냥개의 혈통인가.

다연은 귀찮아하면서도 휘청거리며 같이 일어나서 뛰었다. 곧이어 경쾌한 웃음소리가 울려 퍼졌다.

저 멀리서는 마리가 몸집만 한 양탄자를 짊어지고 오고 있었다.

이 모든 것이 한 폭의 그림 같았다.

시간의 요정 황제는 오늘도 남는 시간을 쪼개서 다연이 있는 곳을 찾았다. 걸어오다 말고 멈춰 선 미하일은 멀리 보이는 모습에 눈을 가늘게 떴다.

저기서 지금 개와 사람이 같이 뛰놀고 있는데, 개는 아주 멀쩡하고 사람은 개처럼 헥헥댄다. 어째 허덕허덕 뛰는 모습이 영 위태로웠다.

"저 망나니가 진짜……."

황제가 다연을 부르는 본인만의 애칭인 망나니 타령을 하며 혀를 쯧쯧 찼다. 그리고 버럭 고함을 질렀다.

"뛰지 마!"

아니나 다를까, 휘청휘청하던 다연이 넘어지는 건지 앉는 건지 모를 헷갈리는 몸짓으로 바닥에 철푸덕 주저앉았다.

"앉지 마!"

근데 지금 개한테 말씀하시는 겁니까, 사람한테 말씀하시는 겁니까?

뒤따르던 시종장이 고개를 갸웃했다.

급한 걸음으로 다연이 있는 곳까지 당도한 황제가 혀를 차면서 다연을 일으켰다. 몸에 함부로 손을 댈 수 없어 털어 주진 못하고 그는 더러워진 옷차림을 몹시 거슬려 하며 바라보았다.

황제의 심기가 상할세라 마리가 재빠르게 끼어들어 다연의 옷을 털며 둘 앞에 들고 온 것을 깔았다. 황제는 그 위에 다연은 앉히며 자신도 따라 앉았다.

"네가 산책을 시켜야지, 산책을 당하고 있으면 어떡하자는 것이냐?"

시작은 역시나 잔소리였다.

병이지, 깊은 병이야. 시종들은 생각했다.

그러나 익숙한 다연은 별로 신경 쓰지 않았고 굳이 대꾸를 하지도 않았다. 그냥 개를 보면서 헤헤, 웃어넘기고는 말았다.

한편, 다연이 자신은 본 척 만 척 하고 개에게만 관심을 쏟자 황제는 약간 마음이 상했다. 보고 싶어서 왔더니 저 무심한 것은 사람을 면전에서 개만도 못한 취급이다. 갑자기 너무 억울하고 서운해져서 역시 저놈의 개를 황궁에 들이는 게 아니었다고 황제는 생각했다.

그러나 황제는 어찌하지 못할 것이다.

의욕이 없고 무기력한 그녀는 본인의 마음 조각 하나를 어딘가에 나눠 주는 것도 힘겨워했다. 그녀가 이 세계에서 본인의 마음을 나눠 주는 것은 몇 없다는 것을 황제도 알기에. 그것이 지치고 메마른 다연의 마음을 위로한다면 황제는 결국 어쩌지 못할 것이었다.

개의 목덜미를 긁으며 해맑게 웃는 다연의 얼굴은 그 언젠가 황제가 생각한 것처럼 티 없이 맑고 깨끗했다. 결국 황제는 속상한 마음을 접어 두고 본인도 모르게 속없이 따라 웃고 있었다.

비가 갠 하늘은 맑다. 그들이 지금 만들어 내고 있는 것은 한 폭의 그림 같은 일상이었다.

무척이나 평화롭고 따뜻한 풍경이었다. 지켜보던 이들도 모두 따라 웃게 되는. 그래서 사람들은 기원했다. 이 평화가 오래도록 지속되기를, 그들이 행복하기를.

그러나 아쉽게도 모두의 바람과 달리 이 일상의 평화는 며칠을 가지 못했다. 황제의 기분은 또다시 최악의 최악을 달리기 시작했다.

발단은 이국 왕자의 말이었다.

이름 이다연, 나이 27세, 자발적 백수, 그리고 비자발적 동물애호가. 다연은 왕자의 말에 지대한 애정과 관심을 가지고 있었다.

본인이 도움을 주어서이기도 했고, 루리와 소통하면서 능력을 자유롭게 사용하는 법을 알게 되어서이기도 했다. 그리고 무엇보다 다연은 이 말 자체가 마음에 들었다.

군마인 루리는 엄청나게 낯을 가렸다. 모르는 사람이 함부로 다가가면 뒷발로 채이기 일쑤였다. 그렇지만 루리는 다연에게만큼은 이제 친애의 정을 감추지 않았다.

"네가 도와준 걸 알고 있나 봐. 원래 똑똑한 녀석이긴 한데."

말이 길쭉한 얼굴을 다연에게 내밀자 왕자가 신기하다는 듯이 말했다. 다연은 부드러운 표정을 하고 그 윤기 넘치는 털을 쓰다듬었다.

"이제 아프지 않고 밥도 잘 먹나요?"

"응, 예전처럼 잘 먹고 씩씩해. 원래는 씩씩한 녀석이야."

루리에 대해 말하는 왕자의 얼굴에는 자랑스러움이 가득했다. 그게 또 웃겨서 다연은 조금 키득거렸다. 애마가라니, 이 사람도 참 재미있는 왕자님이네.

이때, 가만히 있던 말이 이빨을 보이며 입을 벌렸다. 그리고 고개를 좌우로 움직였다. 커다란 치아는 다소 위협적이었는데 왕자와 이야기를 나누던 다연은 별로 놀라지도 않았다. 대수롭지 않게 손을 옮겨 말의 등허리 부근을 긁어 줄 뿐이었다.

"……."

아산카 왕자는 순간 어떠한 위화감에 휩싸였다.

머릿속에는 사실 다연이 어떻게 환부의 위치를 알 수 있었는가에 대한 의문이 있었다. 도움을 준 사람의 부탁이기에 물을 수 없었을 뿐이다.

낯선 사람 앞에서는 얌전하기만 하던 흑마는 오늘 날이라도 잡은 듯 오른쪽 앞발을 다소 거칠게 굴렀다. 뿌연 흙먼지가 가볍게 일었다.

그러자 다연은 콜록이면서도 말의 다리뼈 위를 조심스럽게 문질러 주었다. 의식조차 하지 못한 듯 너무나 자연스러운 손길이었다.

그 모습을 바라보던 왕자의 눈이 점점 침잠했다.

초원에서 자라난 왕자는 굉장히 동물적이고 기민한 감각을 가진 사내였다. 그리고 누구보다 자신의 말에 대해 잘 알았다.

입을 벌리고 고개를 젓는 건 몸이 가려울 때마다 보이는 자신의 말의 오랜 버릇이었다. 그것을 다연이 알고 있으리라고 생각되지 않았다.

그리고 방금 전 다연이 짚어 낸 부위는 몇 년 전의 전투에서 적의 화살이 날아와 박혔던, 정확히 그 자리였던 것이다. 지금은 흔적조차 남지 않았지만 그 뒤로 루리는 한 번씩 저런 행동을 했다.

순간 그의 머릿속에 어떤 직감이 떠올랐다.

보통 사람들이라면 하지 않았을 생각이지만 그는 원래 본인의 직감에 따라 움직이는 사람이었다.

왕자가 주변 사람들에게 들리지 않게 목소리를 낮추며 말했다.

"너, 내 말이 하는 소리를 알아듣는군."

다연은 말에 손을 올린 자세 그대로 굳어졌다. 숨이 멎은 듯이 놀란 그녀의 얼굴을 꿰뚫어 보며 왕자가 물었다.

"비단 내 말뿐이 아닌 건가?"

그녀는 대답하지 않았지만 다연의 표정은 이미 대답이나 다름없었다.

"……헤르니야의 신녀라더니."

왕자가 혀를 차며 중얼거렸다.

그가 평범한 왕족이었더라면 이 사실을 본인의 왕국에, 또는 본인에게 유리하게 이용할 방법이 없을까 궁리했을 것이다.

사실 왕자의 처지는 좋지 않았다. 제국과의 협상 테이블에서 그는 약소국이자 패전국의 왕자였다.

본국에서조차도 그는 계승권이 없는 차남이자 서자였고. 그런데도 자신의 형님은 늘 자신을 죽이려 들었다.

하지만 왕자는 은혜를 배반하는 사람이 아니었다. 그의 삶 자체는 늘 비굴했지만 그는 마음까지 비겁하진 않았다. 불안해하는 다연의 어깨를 짚고 안심시키며 왕자가 말했다.

"걱정하지 마라. 네가 말하지 않겠다면 이유가 있을 터. 나는 약속은 지킨다."

"……."

"비밀은 지키겠다."

둘은 그대로 가만히 서로의 눈을 바라보았다. 각자의 불안과 각자의 신념을 담은 채 그렇게 잠시 동안 말없이 서로를 바라만 봤다.

침묵을 깬 것은 다른 사람이었다.

"뭐가 비밀이라는 거지?"

시종, 시녀들은 갑자기 살을 에는 듯한 오한이 들어 몸을 부르르 떨었다.

별궁으로 가려던 황제는 다연이 왕자와 함께 있다는 이야기를 듣고 방향을 틀어 막 도착한 참이었다. 그리고 이 광경을 목격했다.

황제의 어조는 차가웠으나 그는 지금 머리가 뜨거웠다. 머릿속이 시뻘겋게 차오르는 것 같았다.

황제가 왕자를 쏘아보자 왕자가 난처한 기색도 없이 덤덤하게 말했다.

"그녀가 말을 타지 못한다는군."

이미 유명한 사실이었다.

"속상해하길래 비밀을 지켜 주겠다고 한 것뿐이다."

그걸 지금 말이라고, 황제의 시종들은 고개를 절레절레 저었다.

다연은 본인이 무언가를 못 한다는 것에 딱히 속상해하는 모습을 보인 적이 없다. 오히려 더욱더 아무것도 하고 싶지 않아했다. 말을 못타면 승마를 배우느니 그냥 마차를 타고 움직일 사람이었던 것이다.

왕자는 거짓말을 참 못했다. 본인도 그걸 아는 눈치였다. 그러나 딱히 애를 써서 교활한 말로 어떻게든 속여 넘기고 싶은 생각도 없는 듯했다.

자신은 이미 이유를 말했으니 그걸로 됐지 않냐는 태도였다. 그런 태도가 황제를 더욱 열 받게 했음은 당연한 일이었다.

"둘이 많이 친해졌나 보군."

냉기를 뿜으며 황제가 말했다.

황제는 그 뒤로도 무언가를 추궁하듯 왕자에게 몇 가지를 더 물었다. 난데없는 봉변에도 왕자는 낯빛 하나 안 변하고 초연하게 대답을 했다. 물론 그중 어떤 것도 황제가 원하는 답변은 아니었다.

누가 봐도 황제는 지금 머리끝까지 열이 치받아 있었다. 그러나 놀라웠던 것은 이 혼란의 와중에도 황제가 다연 쪽으로는 한 번도 화살을 돌리지 않았다는 것이다. 그는 다연에게 화를 내지도 또 추궁하지도 않았다.

황제가 다연 앞에서 지키고 싶은 남자로서의 일말의 자존심이었다.

"그리하여 내무부의 협조 요청에 따라 제국군의 일부를 제방 복구 공사에 투입했으며 인원은 3백가량, 소속은 서쪽 국경 수비를 담당하는……."

군무대신은 한참 보고를 하다가 도중에 말을 멈추었다. 황제가 깊은 한숨을 쉬었기 때문이다. 대신들은 서로의 얼굴을 보며 난처한 듯 쓴웃음을 지었다.

황제의 기분이 좋지 않다는 것은 누구라도 알 수 있었다. 그러나 황제는 이전과는 매우 다른 패턴을 보였는데 까다롭게 굴거나 화를 내는 것이 아니라 그냥 기력을 잃었다.

어떤 생각에 빠져 일에 집중하지 못하고 계속 한숨만 쉬는 것은 오래 함께 일한 대신들도 처음 보는 광경이었다.

군무대신이 말을 멈춘 것도 알아채지 못하고 황제가 계속 생각에 잠겨 있자 대신들은 어쩌지 못하고 서로의 눈치만 봤다. 그들 중 일부의 얼굴에는 인자하고 다정한 미소가 떠올랐다 사라지기도 했다.

무엄한 소리지만 젊은 황제는 사실 대부분의 대신들에게는 아들뻘이었다. 물론 집에 있는 그들의 철없는 아들들과는 그 결이 질적으로 달랐지만 말이다.

날 때부터 오만한 황족이자 빈틈없는 완벽주의자인 황제이기에 그 나이를 의식해 본 적이 없었는데 오늘따라 황제는 꼭 제 나이대의 청년처럼 보였다. 사랑에 빠져 고뇌하는 모습이 처음으로 그를 인간적으로 보이게 했다.

"폐하, 심기가 어지러우십니까?"

결국 나이가 제일 많은 법무대신이 조심스럽게 황제의 주의를 환기시켰다.

법무대신의 물음에 깨어난 황제가 주변을 둘러봤다. 그리고 상황을 깨달은 듯 혀를 찼다.

"짐이 잠시 딴생각을 하였군. 미안하다. 군무대신, 계속하거라."

황제가 무려 회의 중에 사과를 하자 그들은 민망하고 겸연쩍어졌다. 이거, 정말 보통 일이 아니네.

잠시 눈치를 보며 머뭇거리던 군무대신이 다시 보고 내용을 읽었다.

"소속은 서쪽 국경을 수비하는 서부군으로 제국군 3대대 2, 3중대

전원이며, 작업 후에는 소속 중대로 다시 복귀하였습니다. 아무래도 거리와 일정에 무리함이 있었던지라…….."

그러나 한참을 보고하던 군무대신은 결국 다시 보고를 멈추어야 했다. 황제가 또 한 번의 깊은 한숨을 내쉬었기 때문이다.

대신들은 이번에도 서로의 얼굴을 마주 보며 쓴웃음을 지었다. 오늘만 벌써 몇 번째 내쉬는 한숨인지 몰랐다.

머지않아 황제는 대화의 필요성을 느꼈다.

미하일은 원래 오랜 시간 고민하는 사람이 아니었다. 행동하지 않고 고민만 하는 것은 그의 성미에 맞지 않았다. 다만 좀 놀라운 것은 같은 시간 다연도 비슷한 생각을 하고 있었다는 것이다.

본인이 필요성을 느껴서이기도 했지만 다연은 황제와는 조금 다른 상황에 시달렸다.

아니, 어떻게 좀 해 봐요.

그들의 요구는 제각각이었지만 한 줄로 간추리면 대체로 그랬다.

처음에는 기사들의 하소연이었다. 요즘 폐하가 어쩌고저쩌고…….

시녀들도 재잘재잘대면서 거들었다.

얼굴 따지는 어린 시녀들이야 원래 잘생긴 황제에게 항상 호의적이었지만 마침내 시종장까지 별궁을 찾아왔을 때는 다연도 정말 놀라고 말았다.

머리가 희끗해지기 시작한 시종장은 본인도 본인이 왜 여기에 왔는지 모르겠다는 얼굴을 했다.

황제와 함께 일을 하면서 때때로 '아니, 저 양반이 정말 왜 저럴까.' 하는 불평을 종종 하기도 했지만 약 10년간 까탈스러운 황제의 수발을 도맡아 해 온 시종장은 무척이나 점잖은 중년의 신사였다.

― 허허, 이것 참……

시종장이 본인도 어이없어하며 말을 잇지 못하자 다연은 민망함에 그가 무슨 말을 하기도 전에 무조건 알았다고 고개를 끄덕이고 말았다.

이 식사 자리는 그렇게 양쪽의 이해관계가 맞아 마련된 것이다.

그건 알겠는데 이렇게까지 할 필요가 있었나?

다연은 본인이 왜 이렇게까지 단장을 해야 하는지 도무지 알 수 없었다. 아까 전에는 목욕을 하다가 마리가 잔뜩 부어 버린 향유에 질식할 뻔했다.

기다란 식탁에는 평소에 볼 수 없던 생화와 향초까지 등장했고 요리장은 오늘 본인 인생의 마스터피스, 회심의 역작을 만들어 냈다.

시종, 시녀들은 평소와 다름없는 태도였지만 모두가 내심 긴장하고 있었다. 그들은 한결같이 생각했다. 폐하, 화이팅!

그러나 주변인들의 염원과는 달리 황제는 웬일로 식사 내내 말이 없었다. 황제가 조용히 침묵을 지키자 분위기는 싸늘했고 다연은 식사를 하며 힐끔 눈치를 봤다.

왜 저러는 것일까.

황제로 말할 것 같으면 마음속을 휘몰아치는 거세고 사나운 기운들을 누르고 있는 중이었다. 그는 기품 있는 황족이니까. 식사를 하며 꼴사납게 언성을 높일 수는 없었다.

그러나 자신의 마음에는 이렇게 폭풍우가 이는데 다연은 오늘도 평온하다. 황제는 화가 나는 한편 그 사실에 깊은 울적함을 느꼈다.

식사가 끝나자 티와 다과가 올라오기 시작했다. 다연이 예쁜 찻잔을 물끄러미 바라봤다. 그리고 할 말을 정리했다.

왕자와는 아무 사이도 아닙니다. 그리고 저는 당신을 좋아해요.

다연은 오늘 그 얘기를 하러 온 것이었다. 내가 아무래도 당신을 좋아하는 것 같다고.

그러나 언제나 그랬듯이 시작은 거침이 없는 황제가 먼저 했다.

"너, 그 자식이 좋으냐."

와우! 오늘도 직구 파티로구나!

시종 집단들은 반쯤 체념하여 자폭의 폭죽을 여기저기 마구 터뜨리고 싶었다. 사랑 앞에서는 세기의 달변가고 타고난 지략가고 뭐고 다 필요 없구나.

애들아, 망했어. 이 고백은 망했어. 시종들은 침울하게 생각했다.

거친 언사에 다연이 당황하는 기색을 보이자 황제의 마음은 더욱 가라앉았다. 그의 마음은 차가웠지만 동시에 뜨거웠다. 그래서 참을 수가 없었다. 이 감정은 자꾸 사람을 참을 수 없게 만든다.

마침내 황제가 냉랭한 목소리로 읊조렸다.

"나는 언젠가는 너를 황후로 맞을 생각이다."

"……"

그것은 물론 이렇게 해도 좋을 말은 아니었다.

조금 더 조심스럽게, 마음을 얻고 서로의 생각을 확인하고 다정하게 허락을 구하고 싶었다. 이렇게 다연의 의사는 상관없다는 듯이 강압적으로 이야기하고 싶지 않았다. 그러나 이 순간, 미하일은 그렇게 선언하지 않고는 참을 수 없는 기분을 느꼈다.

보다 의외인 것은 다연의 반응이었다.

당혹스러워하던 그녀는 황제의 말에 고개를 들어 가만히 그 얼굴을 봤다.

냉정함과 서글픔.

차분함과 어떠한 분노.

이제껏 본 적 없는 맹렬한 감정이었다.

231

황제는 다연의 눈빛과 얼굴로 그 다양한 감정이 일어났다 사라지는 것을 가만히 지켜보았다.

너는 정말 다른 세계의 사람이구나.

눈앞의 감정들은 손에 잡힐 듯하기도 했고 그렇지 않기도 했다. 그러나 황제는 느꼈다. 그 선연한 감정들을 보고 있자니 항상 희미하기만 했던 그녀라는 사람이 보다 명확해지는 느낌이 들었다.

황제는 자신의 말이 다연의 어딘가를 건드렸다는 것을 깨달았다.

정말이었다.

신전과 황실은 처음부터 다연에게 기대하던 것이 있었다. 그녀가 아무것도 모른 채 이 세계에 떨어졌을 때부터. 그러나 그녀가 아무것도 아니었기에, 그런 힘을 가지고 있지 않았기에 사람들은 그녀에게 실망하고 그녀를 무시하고 버려두었다.

황후? 어울리지 않는다고 수군대는 사람들, 황제에게 그녀가 부족하다고 남의 이야기를 하는 사람들.

그녀는 정말로 여신이 준 능력을 가지고 있었다. 그러니 말하고 나면 모든 상황이 더 좋아질지도 몰라.

그런데도 그녀가 말하지 않는 것은 그녀의 마음이 비뚤어졌기 때문이다. 못났기 때문이다. 비딱하고 더러운 생각을 떨쳐 버릴 수가 없었기 때문이다. 그녀 역시 세상에 실망했기 때문이다.

말하고 나면 이 남자에게, 그 자리에 조금 더 어울리는 사람이 될 수 있을지도 모른다. 자신의 효용을 보이고 쓸모를 증명하고 나면.

그런데 그러고 싶지 않았다. 사실은 그런 모든 가치에서 자유로워지고 싶었다. 한 번도 그렇게 살아 보지 못했는데 힘을 얻게 되니 그 힘을 휘두르고 가치로 짜여진 세상의 승자가 되기보단 그 가치로 짜여진 세상에서 벗어나고 싶어진다.

이렇게 얻는 것들은 결국 시간이 지나고 나면 아무런 소용이 없어.

중요한 것은 사람이야. 변함없이 오래도록 남는 것은 그 사람이 가지고 있는 고유한 마음의 빛깔뿐이다.

얼마의 시간이 지났을까.

흘러나온 다연의 목소리는 황제의 목소리보다 훨씬 더 냉랭했다. 그리고 덤덤했다.

"저는 신녀가 아니에요. 이미 많은 사람들이 이야기했지만 저는 분명 신탁이 잘못되었다고 생각합니다."

이쯤에서 그런 의심을 모두 한 번씩은 한 적이 있는 시종장과 많은 사람들은 마음이 크게 뜨끔했다.

그러나 다연은 이미 모든 것을 초월한 사람 같았다.

"저는 아무것도 할 줄 아는 게 없고, 제가 이 자리에 서 있는 것은 그저 모든 게 우연의 산물일 뿐입니다. 아시다시피 저는 한 줌의 신력도 없어 신전과 황실의 가교 역할도 하지 못합니다."

말은 막힘없이 매끄러웠다. 슬픔도 체념도 초월해 버린 듯 그녀는 담담하게 말을 이었다.

"……어떠한 능력도, 폐하께 힘을 실어 드릴 가문도 뒷배도 없습니다. 신분도 없고요. 저는 제가 살던 곳에서도 여기에서도 평민이니까요. 그러니 저는 그 자리에 서기에는 한없이 부족하고 모자란 사람입니다."

말이 끝나자 사람들은 당혹스러워했다.

이 사람이 이렇게까지 냉정한 사람이었나. 그녀의 말이 모두 사실일지언정 황제가 그녀에게 얼마나 잘했는데.

그들은 처음으로 다연이 어떤 사람인지 잘 모르겠다는 생각을 했다.

다연은 자신을 항상 따라다니던 비틀어지고 초라한 일면을 황제의 앞에 아낌없이 드러냈다.

황제는 굳은 표정으로 그녀의 말을 듣고 있었다.

"……."

초록빛 눈동자가 무슨 생각을 하는지는 알 수 없다.

묵묵히 다연을 바라보고 있던 황제는 마침내 한없이 가라앉은 목소리로 답했다.

"너는 32년 만에 제국에 내린 신탁을 받고 나타난 사람이자 헤르니야의 징표. 그 사실을 신전의 수장인 대신관은 물론 제국의 황제인 내가 보장하겠다."

황제가 하는 말의 무게는 무거웠다.

그러나 그는 이게 별로 중요하지 않은 이야기라는 듯 감정도 쉼도 없이 줄줄줄 내뱉었다.

"신탁도 진실이고 네가 계시의 그 사람인 것도 사실이다. 그러니 너는 신녀이고 신녀는 그 자체로 신성함과 고귀함의 상징. 제국 내에서 그 이상의 다른 신분은 필요하지 않다. 그 외 다른 신분을 요구하는 자가 있다면 그것이야말로 황실과 신성에 대한 모독이라는 것을 나는 이 자리에서 분명히 이야기하겠다."

말이 끝나고 나자 황제는 깊은 한숨을 쉬었다.

요즘따라 늘어난 한숨이었다. 그러고는 머리가 아파 오는 듯 그는 고개를 숙이고 잠시 이마를 매만졌다.

사람들은 사실, 황제가 다연에게 거절 비슷한 말을 듣고 상심을 한 것이라고 여겼다. 요즘의 황제는 자주 고민에 빠졌고 또 답지 않게 울적해하고는 했으니까.

그러나 그것은 대단한 착각으로 황제는 지금 엄청난 스트레스를 받고 있었다. 그리고 몹시 화가 난 상태였다. 그래서 순간적으로 화를 참고 있는 것에 불과했다. 한참의 시간이 흐른 뒤 고개를 든 그는 여전히 화가 가라앉지 않는 듯 다시 한 번 후우, 하고 한숨을 내쉬었다.

서두는 다 했으니 이제 본론을 말할 차례였다.

얼굴을 찌푸린 그가 한껏 열이 치받은 표정으로 물었다.

"그래서 너 지금 말 다 했느냐?"

시종들은 그만 입을 떡 벌렸다.

협, 시종들 중 누군가가 헛숨을 들이켰다.

화, 화나셨다. 얘들아, 그만 대피해⋯⋯.

아니, 싸울 거면 일단 우리 좀 내보내 주고 싸우라고!

시종일관 손을 모으고 눈을 반짝이고 있는 시녀 집단들과 얼굴이 파랗게 질린 시종 집단들의 온도 차이는 극명했다.

그들은 정말로 자리를 피하고 싶었다.

오랜 경험으로 시종들은 황제가 심각한 수준으로 화가 났음을 알았고 그들의 기억에 의하면 아마 지난 전쟁에서 보급 실수가 있었을 때 이후로 최대치였을 것이다.

그날 방 안에 있던 이들은 반나절 동안 아무도 나가지 못했다. 군무대신은 죽고 싶다는 말만 세 번이나 했다.

실제였다. 미하일은 마치 뺨에 찬물을 세게 얻어맞은 듯한 기분을 느꼈다.

아니, 이런 생각을 하고 있었단 말인가?

분노하는 동시에 그는 슬퍼졌다.

마음이 통하고 있다고 생각했었다.

기다리면 이 마음은 응답받을 수 있다고 기대했었다.

그런데 다연은 속으로는 이런 생각을 하고 있었다.

그 사실이 미하일을 남자로서 한없이 비참하고 초라하게 했다.

황제가 침통하게 물었다.

"신분? 가문? 뭐, 신력까지 갔느냐? 너 정말로 말 다 했느냐? 나한 테 지금 그따위 말밖에는 할 게 없느냔 말이다. 네가 어떻게 이렇게 사람의 마음을 짓밟을 수 있느냐?"

황제의 말은 무차별적이었다. 그만큼 화가 났기 때문이다.

그는 다연이 마음이 약한 사람이라는 것을 알고 난 후로는 쭉 본인의 언사를 조심해 왔다.

그러나 이 순간만큼은 본인의 말을 참을 수도 없었고, 그렇다고 누군가를 논리적으로 완벽하게 공격할 수도 없었다. 그는 태어나서 처음으로 말을 횡설수설한다는 기분을 느꼈다.

"대체 그런 말이 어디 있단 말이냐. 나는…… 네가 무언가라서, 신탁이 내려서, 헤르니야의 사람이어서 좋아했던 적 없다."

딱 잘라 말하면서도 황제가 혼란스러운 표정으로 그녀를 바라보았다.

"내가 알고 싶은 것은 그냥 네 마음이다. 그런데 왜 너는 지금 이상한 이야기를 꺼내느냐? 내가 정치나 신분 이따위 거지같은 것들을 들먹이면서 너와 이야기를 나눠야 하느냐?"

그는 이 세계에서는 모든 것을 다 가진 남자였다.

그러나 이 모든 것들은 다른 세계에서 온 사람의 마음을 얻기 위해서는 거추장스럽고 불필요한 것들이었다. 그에게 이 사람은 가진 것으로 군림할 수 없는 사람이다. 그렇기에 그는 모든 것을 내려놓고 솔직하게 말했다.

"어차피 나는 황제다. 그러나 너와 이 자리에서 가진 것들을 하나하나 펼쳐 놓고 계산을 하고 싶지는 않다. 그걸 재고 따지고 나면 대체 나중에는 뭐가 남느냐?"

황제는 다연의 생각이 눈앞에 보일 듯 말 듯 했다.

스스로를 아무것도 아닌 사람이라 했다.

왜 그런 결론에 도달한 것일까?

그것은 황제가 좀처럼 이해할 수 없는 감정이었다.

왜 다른 사람으로 인해 그렇게까지 상처받는단 말인가? 왜 다른 사람으로 인해 그렇게까지 자신을 비관해야 한단 말인가?

"무슨 능력이 있어야 하는 것이니? 꼭 뭐가 되고 뭔가를 더 가져야 하느냐 말이다. 나는 너에게 무엇이 되어 달라 말하지 않았다. 무언가에 어울리는 사람이 될 필요 없다."

황제의 말은 모순적이다.

듣고 있던 사람들은 모두 생각했다.

왜냐하면 황제는 이지를 가진 순간부터 항상 어떤 능력의 완성을 위해서, 혹은 무언가를 얻고 무언가가 되기 위해 부단히 노력하고 끊임없이 정진하며 살아온 사람이기 때문이다.

황제는 본인 스스로 이제껏 살아온 가치관을 위배하는 말을 하고 있었다.

그러니 이것은 이를테면 자기부정이었다.

그러나 바꿔 말하면 이 자기부정이 사랑이었다.

사랑을 하다 보면 반드시 고통스러울 때가 있다. 상대가 나와 너무 다른 사람이기 때문이다.

서로 다른 사람들이 같은 길을 걸어가다 보면 필연적으로 방식의 차이를 겪게 된다. 그러나 끝내 그 길을 두 사람이 함께 걷고자 한다면 누군가는 조금씩 자신의 방식을 포기하고 자신을 부수어야 한다.

그래서 어떤 사랑은 대단히 자기 파괴적이고 고통스럽다.

그러나 이것은 근시안적인 생각으로 사람은 결국 나와 다른 사람을 사랑함으로써 본인의 오랜 습관을 허물고 답습을 피할 수 있다.

자신의 세계를 파괴해야만 자신의 세계를 확장할 수 있다.

세계와 세계가 만나 격렬하게 부딪히는 과정.

인간은 결국 사랑을 통해 본인의 세계를 확장할 수 있다.

"모르겠느냐? 나는 그냥 네가 좋은 것이다. 너는 네 자체로 이미 나에게 의미 있는 사람이란 말이다. 그런데 너는 왜 자꾸 우리 사이에 무언가를 더 필요로 하느냐?"

이래도 안 되느냐? 내가 대체 여기서 뭘 더 어째야 하느냐?

황제는 정신없이 그녀를 다그치고 몰아세웠다.

그러다가 어느 순간 무언가에 놀란 사람처럼 말을 뚝 멈췄다. 무언가를 보았기 때문이다.

황제가 그만 펄쩍 뛰었다.

"왜 울어?!"

다연은 아무 말도 없이 소리 없는 눈물을 주룩주룩 쏟고 있었다. 사람들에게 보이기 싫어 얼른 고개를 숙이고 몸을 틀었지만 모두는 그 얼굴을 보았다.

가장 당혹스러워한 것은 역시 황제였다. 그는 너무나 놀란 나머지 한동안 말도 행동도 잊고 말았다. 그는 억울했다.

아니, 왜 저가 운단 말인가? 지금 울고 싶은 것은 나인데?

황제가 한참을 멍하니 있다가 그녀의 얼굴을 봤다가 다른 곳을 봤다가 했다. 안절부절못하면서도 그는 일단 분명히 말했다.

"네가 먼저 내 마음을 아프게 했으니 나는 이번에 절대로 먼저 사과하지 않을 것이다."

다연은 그만 웃어 버릴 뻔했다.

황제는 역시 참 정치적이고 꼼꼼한 남자였다. 이 와중에도 책임 소재를 분명히 했다.

그러나 그는 그 말과는 달리 어쩔 줄 몰라 했다.

다연은 생각했다. 그는 모를 것이다. 그는 항상 별다른 의도 없이 말을 했다. 그건 그냥 본인의 솔직하고 가감 없는 생각들이었다.

그러나 그 말들은 늘 자신을 위로했다. 항상 그 상황에 자신이 필요로 하는 말들을 들려주었다.

꾸며 내어서는 할 수 없었다. 그 자신이 그런 색깔의 사람이기 때문에 가능한 것이었다. 그가 얼마나 많은 순간 자신의 마음을 어루만지고 수렁에서 구해 주었는지 그는 절대로 알지 못할 것이다.

당혹해하던 황제는 일단 그녀를 식탁에서 일으켜 푹신한 소파로 데려갔다. 그리고 앉혔다.

꽤 오랜 시간 다연은 눈물을 멈추지 않았다.

절대로 사과하지 않을 것이라고 했으면서, 그럼에도 황제는 시종일관 초조한 낯빛을 감추지 못했다.

누가 황제가 더 세고, 그녀가 타고난 기에서 황제에게 눌린다고 하였는가?

본인 또한 한껏 상심했음에도 불구하고 사랑이 죄라고 황제는 결국 또 지고 말았다.

황제는 다연의 어깨를 잡아 자신을 바로 보게 했다.

"……왜 우는 것이냐. 말을 해야 나도 알 것이 아니니."

엄지손가락과 손등으로 번갈아 가며 눈물을 닦아 내며 그가 다연의 눈을 마주했다.

"울지 말아라. 네가 우니까 어떻게 해야 할지 모르겠다."

한차례 눈물을 쏟아 내고 난 다연은 뭔가 후련한 표정이었다. 황제는 여전히 아연한 표정이었는데 다연은 그 얼굴을 보고 조금 웃었다.

그의 마음이 고스란히 느껴졌다. 괜찮아 보여서 안도하면서도 왜 이러는지를 몰라서 불안해한다. 그를 안심시켜 주고 이제 그만 마음에 대한 대답을 돌려주어야 했다.

"여기 오기 전에."

너무 울어서 그런가 목이 잠겨 다연은 잠시 흠흠, 목소리를 가다듬었다.

다연이 혼자 막 울다가 눈물을 그치더니 이제는 입을 여니까 황제는 당혹해했다. 그러면서도 무슨 얘기를 하려는지 몰라 의아한 표정으로 눈을 마주쳐 왔다.

"여기에 오기 전에, 그리고 오고 나서도 조금 지쳐 있었거든요."

이 마음을 그에게 설명하기는 어려웠다.

"음. 어딘가 제 삶이 망가져 버린 것 같고 그냥 모든 게 다 잘못된 것 같은 기분이랄까. 뭔가를 향해 정신없이 살았는데 정신을 차려 보니까 이건 내가 원하던 게 아닌 것 같고. 난 처음부터 내가 원하는 게 뭔지 몰랐구나 하는 생각이 들고."

다연은 고개를 떨군 채로 조금 쓸쓸하게 웃었다.

"근데 빠져나올 수가 없고 그 안에서 계속 경쟁해야 되고 달려야 하고. 다 나한테 뭐라고만 하고. 이게 아닌 것 같긴 한데 되돌아가려니까 다시 시작할 용기도 없고 뭘 해야 될지도 모르고 이미 너무 많이 와 버린 것 같은 그런 기분? 인생이 벌써 실패해 버린 것 같은?"

다연이 솔직한 마음을 털어놓자 황제는 심각한 얼굴을 했는데 그 표정이 다연의 말을 다 이해하는 것 같지는 않았다. 그럴 수밖에 없다는 것을 알기에 다연은 또 좀 웃었다. 어차피 이건 다 쓸데없는 소리였다.

그래서 그녀는 그냥 간단하게 아무것도 아닌 일처럼 명랑하게 말했다.

"그냥 제가 좀 지쳐 있었어요. 뭔가 잘못된 것 같긴 한데 바로잡을 의욕이 안 생기더라고요. 그냥 다 놓아 버리고 싶기만 하고 포기해 버리고 싶었어요. 그게 뭐가 됐든. 폐하는 그런 거 느껴 본 적 없죠? 모든 게 무기력하고 제가 가지고 있던 걸 다 소진해 버린 것 같은 기분이 들더라고요. 마음이 다 말라 버린 것 같았어요."

다연은 문득 그의 이름을 부르고 싶었다.

물론 그러면 안 되지만, 정말 그러면 안 될까?

"미하일."

황제가 그 부름에 불에 덴 사람처럼 움찔 놀랐다. 그래서 다연은 조금 웃으면서도 앞으로는 부르지 말아야겠다고 생각했다.

또 조금 눈물이 나올 것 같아서 다연이 눈 끝을 찍어 눌렀다.

"그런데 당신이 자꾸만 제 마음을 움직여요."

분명히 메말라 있었는데, 언제부턴가 마음이 자꾸만 생겨나고 솟아나고. 가끔은 참을 수 없이 간지러운 기분이 돼요.

황제는 울던 다연이 고해하듯 해 오는 말에 얼떨떨한 얼굴을 했다. 좋은 말인 것 같긴 한데 정확히 무슨 말인지 이해하지 못하는 표정이었다. 킥킥 웃던 다연은 그래서 황제의 방식대로 조금 더 직설적으로 말해 주었다.

"사랑한다고요."

다연은 그의 얼굴이 불안에서 의아함으로, 그리고 천천히 기쁨과 환희로 변모해 가는 과정을 바라보았다. 한 사람의 마음이 행복으로 물들고 채워지는 광경은 그녀에게도 경이로움과 찬탄을 자아냈다.

황제가 문득 나지막한 목소리로 중얼거리듯 말했다.

고마워.

마음이 맞닿았다.

7장.
우주를 줄게

"치료소의 인기가 폭발적입니다."

턱을 괴고 있던 황제가 상쾌한 표정으로 '그래?' 물었다. 보고하는 내무대신의 표정 또한 좋았다.

"신전 측의 동향은 어떠한가?"

"생각보다 훨씬 당혹스러워하는 눈치입니다. 승전 이후로 쭉 황실의 인기가 너무 좋으니까요. 얼마 전부터 치유 신관들이 신전 밖으로 나와서 구호 활동을 하고 있다고 합니다."

"흥. 갑자기 일하는 척하긴."

황제가 못마땅해하며 구시렁댔다.

내무대신이 조심스럽게 덧붙였다.

"그런데 폐하. 환자들이 너무 몰려 의원들의 피로도가 상당한 것 같습니다."

"그렇겠지. 인원을 더 배정하면 좋겠지만……."

현실적인 문제에 부딪히자 황제가 말끝을 흐렸다.

"알겠지만 모든 범위의 치료를 다 제공할 필요는 없다. 신전에 뒤처지지 않는 수준에서 꼭 제공되어야 할 필수적인 치료와 최소 비용을 잘 조정해 봐. 구호도 목적이지만 그렇다고 무조건 자선사업을 하자는 것은 아니니까."

"예, 폐하."

대답하는 내무대신의 표정이 다시 어두워졌다.

황실과 신전은 3백 년이라는 긴 시간 동안 이어 온 서로에 대한 보복의 역사가 있다.

그들은 늘 권력을 독점하기 위해 싸워 왔다. 언제나 황실이 유리한 싸움은 아니었다. 국경이 침략당할 때, 나라에 존폐의 위기가 닥쳤을 때, 황실이 무능했을 때, 그리고 헤르니야의 신탁이 내렸을 때 신전은 늘 그 세력을 떨쳐 왔다.

그러나 근 1백 년, 신전의 세력은 이내 쇠락하기 시작했고 미하일의 선대에 있어서는 마침내 그 몰락이 눈앞에 보이는 것도 같았다. 그들이 다시 한 번 세력을 형성할 수 있었던 것은 아이러니하게도 미하일이 탄생했기 때문이다.

32년 전 그가 태어날 것이라는 신탁이 내렸다. 신탁은 일시적으로 신전을 부흥시킨다. 그러나 신탁으로 신전을 살게 한 황제는 즉위한 순간부터는 그 누구보다 강력한 신전의 공격자였다. 신전의 몰락은 또 한 번 목전에 온 것 같았다.

그러나 이번에도 그들의 숨통은 끊어지지 않았다. 아무도 예상하지 못한 때에 또 한 번의 신탁이 내렸기 때문이다. 그리고 결정적인 순간 신전을 살게 한 그녀를 이번에는 신전의 가장 강력한 정적인 황제가 사랑하고 있었다.

오랜 시간 주고받아 온 이 역사의 아이러니. 미하일은 이 길고 혹독한 싸움에서 최후의 승자가 될 자신이 있었다.

"이 외의 세부적인 진행 사항은 서면으로 보고 받겠다. 국무회의를 마친다."

황제는 몇 시간이나 이어진 회의를 마무리했다. 그리고 첨언했다.

"외무대신만 잠시 남거라. 이야기할 것이 있다."

외무대신은 급격히 어두워진 표정을 감추지 못했다.

또 왜 저러시나.

다른 대신들이 안도하며 빠르게 회의실을 빠져나갔다. 황제의 산하에서 꿀 보직이라는 것은 존재하지 않지만 그래도 가장 고통받는 부서로 손꼽히는 곳은 내무부와 외무부다.

내무부는 그 업무의 범위가 너무 넓고 자잘하여 관련이 안 되는 곳이 없기 때문이고, 외무부는 전적으로 현 황제의 성향 때문이었다.

황제는 선대 황제와는 다르게 국제 정세와 외교적 처세에 관심이 많았다. 그 이해와 깊이 또한 역대 황제 중에 독보적이었다.

다른 대신들이 모두 사라지자 외무대신을 빤히 바라보던 황제가 물었다.

"왕세자 쪽에 정보를 흘리는 것은 어떻게 되어 가나?"

"아직까진 별다른 반응이 없습니다. 워낙 예민한 문제라 저희 쪽에서도 적극적으로 행동하진 못했습니다."

"그래야겠지."

"그런데 폐하, 접촉 중에 알게 된 사실입니다만 도스야 왕세자가 둘째 왕자를 핍박하는 것은 사실인 모양입니다. 사실 관계 확인은 못 했지만 암살 시도도 이미 여러 차례 있었다고 합니다."

"……그래? 역시나 예상대로 개막장 집안이었네."

황제의 우아한 감상에 외무대신이 헛기침을 했다.

"지금처럼 조심스럽게, 그렇지만 조금 더 들쑤셔 봐."

턱을 괸 황제가 검지손가락으로 책상을 툭툭 치며 말했다.

외무대신은 잠시 대답을 망설이며 멈칫거렸다.

황제는 함께 일하는 신하들의 궁금증을 외면하는 리더는 아니었다. 그러나 젊은 황제의 판단에 반론을 제기하는 데에는 용기가 필요했다.

외무대신은 여전히 이 판단에 의문을 가지고 있었다. 그래서 참지 못하고 물었다.

"그러나 폐하, 둘째 왕자는 탐욕과 사리사욕은 없는 자이지만 왕족으로서의 긍지와 민족애는 있는 자입니다."

왕자와의 협상에서 난항을 겪은 외무대신은 이제 아산카 왕자의 성격을 누구보다 잘 알았다.

"왕자는 그런 제안에 응할 자가 아닙니다. 그자를 왕으로 올려 제국에 친화적인 정권을 세운다는 것은 소신의 생각으로는 아무리 보아도 어불성설이옵니다."

외무대신의 말이 끝나자 황제가 조금 미소했다. 듣고 있던 황제가 갑자기 피식 웃자 외무대신은 몹시 당황했다. 그러나 지켜보던 시종장은 황제가 외무대신의 판단을 무척이나 마음에 들어 한다는 것을 알았다. 아마 본인이 가지고 있는 느낌과 일치해서였을 것이다.

그 생각을 하기가 무섭게 황제가 말했다.

"그대 말이 옳다."

"하온데 어째서……."

"글쎄. 딱히 그가 제국에 친화적이어서는 아니다. 그보다는 왕세자가 제국에 적대적이기 때문이라고 보는 것이 옳을 것이다. 물론 어려운 일일 테지. 그러나 왕세자는 현 왕보다 더한 주전파로 알려져 있다. 그가 즉위하면 전쟁을 피할 수가 없고 지금의 시대에 국경을 그렇게 방치할 수는 없다. 그러니 왕세자보다는 왕자 쪽에 걸어야 한다고 판단했을 뿐이다. 그리고 무엇보다……."

설명하던 황제는 갑자기 말끝을 흐렸다. 탁자를 두드리던 그의 손가락이 빨라졌고 얼굴은 찌푸려졌다. 무언가를 곰곰이 고민하는 눈치였다.

사실 황제는 언제부턴가 계속 의심하고 있는 것이 있었다. 그러나 그 의심엔 아직 뚜렷한 물증이 없다. 섣불리 꺼내 놓을 수 없었다. 결국 황제는 말을 멈추었다.

"우선은 그렇게만 알아. 나도 아직 확신은 없으니. 때가 되면 그대와 다시 의논하겠다."

말을 끊은 황제가 그만 나가 보라는 손짓을 했다. 외무대신은 여전히 풀리지 않은 의문이 있었지만 황제의 축객령에는 별다른 말 없이 퇴실했다. 군주가 저렇게까지 말하는데 신하 된 자가 더 반박할 수는 없는 노릇이었다.

생각이 많은 듯 황제는 그 뒤로도 잠시 회의실에 앉아 있었다. 그러다 곧 사위를 확인하고 시간이 많이 지체되었음을 깨달은 듯 혀를 차며 일어섰다.

황제가 나서자 측근들이 말없이 뒤를 따랐다. 별말이 없어도 그들은 별궁으로 갈 채비를 했다. 황제의 발걸음이 빨라졌다.

두 사람은 공식적인 커플이 됐다.

황제는 원래도 지극히 아름다운 용모의 남자였다. 그러나 연애를 시작하고부터는 더욱더 그 얼굴이 피어나는 것 같았다. 그는 행복한 기분을 아낌없이 표현하고 다녔다. 그리고 여기저기 자랑하고 싶어 했다.

고백을 받고 미하일은 정말로 너무 좋아서 죽을 것 같았다. 마음이 통하고 나서부터는 쭉 그렇게 행복하고 황홀한 기분이었다.

그는 다연과 하고 싶은 것들이 많았다.

그가 가진 것이 얼마나 많은가. 그는 해 주고 싶은 것도 실제로 해줄 수 있는 것도 많은 남자였다.

그는 다연과 나누고 싶은 것들도 많았다. 연인들끼리만 나눌 수 있는 일상적인 다정함, 친밀함을 공유하고도 싶었다. 입맞춤이라든가, 입맞춤이라거나, 이를테면 입맞춤 같은 거?

황제는 날개를 달고 하늘로 날아갈 것 같은 기분이었다. 그러나 그는 한동안 본인의 소망 중 어떠한 것도 실현에 옮기지 못했다. 다연이 곧바로 며칠 동안 감기 몸살로 앓아누웠기 때문이었다.

그녀는 고열에 시달리며 침대에서 일어나지 못했고 별궁 사용인들은 사랑에 빠진 권력자의 끔찍하고 말도 안 되는 분노를 직면해야 했다.

너희들이 잘못 모셔서 그런 것이다, 너희들의 소홀함 때문이다, 어찌 모시는 이가 저리도 아프게 둔단 말이냐?! 너희들은 다 궁인으로서 자격 미달이다!

황제는 한동안 되도 않는 억지를 부리며 짜증을 냈다. 그리고 그 짜증이 다 가라앉을 때까지도 다연은 쉬이 일어나지 못했다.

"다연."

시녀들이 문을 열자 열린 문틈으로 황제가 다연을 부르며 들어왔다.

대답을 하려다 말고 다연이 심하게 몸을 들썩이며 콜록댔다.

"많이 아프니?"

황제가 빠른 걸음으로 다가와 다연의 이마를 짚었다. 그리고 세상 비통해하며 말했다.

"어찌 아직도 열이 내리지 않는단 말이냐."

궁의는 황제가 국무회의 후 방문한다는 소식을 듣고 급히 대기하고 있었다. 며칠째 황제의 히스테리를 감당하고 있는 궁의의 반쪽이 된 얼굴은 창백했다.

황제가 너무 침통한 표정을 하고 있어서 다연은 아픈 와중에도 좀 웃었다.

제국에 온 뒤로 이렇게까지 아픈 것은 처음이었다. 마음속에 가지고 있던 긴장과 설움 같은 것이 해소되고 나자 몸도 함께 긴장을 놓아버린 모양이다.

신성력은 외상에는 효과적이었지만 열을 내려 주지는 못했다. 그녀는 궁의가 처방한 혀가 마비될 것 같은 맛의 약을 먹으며 나흘째 꼼짝없이 앓았다.

"이게 다 몸이 건강하지 못하니 그런 것이다."

황제가 잔소리인지 속상함인지 걱정인지 모를 소리를 했다. 지금 보니 이것은 습관으로 본인도 참을 수가 없는 모양이었다. 다연은 이제 저런 황제가 짜증스러운 한편 웃겨서 미칠 것 같았다.

그녀도 물론 오늘 처음 보는 황제가 반갑긴 했다.

그런데…….

"더 잘 먹고 몸을 건강히 했어야 했는데. 아무리 환절기라 해도 이런 날씨에. 너는 어찌 이리 허약하고 어리석은 몸을 가졌단 말이냐? 내가 몸을 잘 관리해야 한다고 늘 말하지 않았니?"

열로 눈가가 뜨겁고 정신이 혼곤한 와중에도 그녀가 징글징글하다는 표정으로 헛웃음을 터뜨렸다.

누가 제발 저 입을 어떻게 좀 해 봐.

그녀가 마음을 담아 황제의 측근들을 바라보자 시종장이 난처하고 송구스러운 얼굴을 했다.

어떻게 할 수 없었다. 황제의 잔소리는 적어도 그녀의 감기보다는 훨씬 더 깊은 병이었다.

"……감기 옮으니까 그만 가세요."

결국 그녀가 잠긴 목소리로 축객을 했다. 황제가 퉁명스럽게 대답했다.

"나는 강골이라 감기 같은 거 안 걸린다. 네 걱정이나 하거라, 이 무정하고 야박한 것아."

다연이 쿡쿡대다가 콜록대다가를 반복했다. 황제는 다시 손을 들어 다연의 땀에 젖은 이마를 어루만졌다. 그 손길이 어찌나 다정한지 보는 사람들이 다 민망해하며 눈을 내리떴다. 황제가 애틋하게 말했다.

"빨리 털고 일어나거라."

"……네."

"일어나면 내가 너에게 해 주고 싶은 것들이 많다. 너에게 보여 주고 싶은 것도, 너와 같이 가 보고 싶은 곳도 많다."

감기 몸살에 걸린 연인을 어찌 이렇게 죽을병에 걸린 연인을 대하듯이 슬퍼하며 바라보는지 모를 일이었다.

궁의도 기사들도 시종들도 혀를 내둘렀다.

머지않아 다연은 자리를 툭툭 털고 일어났다.

그녀는 평상시와 다름없었지만 묘하게 후련해 보였다. 없던 열의가 갑자기 생기진 않았지만 그래도 예전보다 반듯한 사람이 된 것 같은 느낌이었다.

스스로 산책도 나가고 베른하르트 경에게 검술 수업을 받고 테오와 제국어 공부도 계속했다. 가끔은 홀로 뛰쳐나가서 삼식이 밥을 주기도 했다.

그러나 그간 황제에게 몹시 시달린 주변인들은 다연이 저러다가 또다시 앓아눕지는 않을까 걱정이 되는 모양이었다. 사람들은 그녀를 과보호하기 시작했다.

궁의는 누가 부르지 않았음에도 별궁을 방문했다. 그의 얼굴은 많이 초췌해져 있었고 눈빛은 메말라 있었다. 시키지도 않았는데 약재를 준비해 온 궁의가 그것을 별궁 시녀에게 건넸다. 그리고 다연에게 말하는 그의 태도는 엄숙하고 진지하였다.

"몸을 보양하는 약재입니다."

"아, 네. 감사합니다. 그런데 전 이제 괜찮은데요."

궁의는 고개를 저었다. 그가 결연하게 말했다.

"다 드셔 주십시오."

궁의는 황궁에 발탁되어 들어오기 전부터 뛰어난 실력으로 제국 내 명성이 있는 자였다.

그는 자신의 일을 좋아했고 본인의 직장에 만족했다. 친인들과 동료 의원들도 모두 그를 부러워했다.

황궁은 밖에서 생활할 때에 비해서는 자질구레한 진료를 할 일이 드물었고 그는 일상의 대부분을 연구를 하며 보냈다. 가끔 기사들이 수련하다 다쳐 오면 자상을 치료해 주고 궁인들이 스트레스와 위통을 호소해 오면 위장약이나 지어서 건네주면 그게 끝이었다.

약을 지어 주며 궁인들의 넋두리와 한탄을 들어 준 적이 있지만 이 정도일 줄은 몰랐다.

황제는 참 모시기 어려운 상관이었구나.

인간적으로는 훌륭하고 매력적인 사람인데 내 상관으로는 결코 사양하고 싶은 타입이었다. 궁의는 시종장의 한탄을 건성으로 흘려들었던 자신의 지난날을 반성했다.

지난 며칠간 영혼을 상실한 궁의가 급격히 황폐해진 얼굴로 다연에게 말했다.

"제 모든 것을 쏟아부어 조제한 것입니다. 꼭 다 드시고…… 사는 동안 부디 건강하십시오."

251

"……그게 무슨."

"아프지 마십시오."

"…….'

"다치셔도 안 됩니다. 항상 걷는 것도 발밑을 조심하십시오."

"……."

"죄송한데 하실 수 있으면 죽지도 않으셨으면 좋겠습니다."

"왜 갑자기 그런 말씀을……."

다연이 당황하며 말끝을 흐리자 궁의가 먼 산을 바라보았다.

"그냥 갑자기 생긴 제 생애 마지막 소원입니다."

한편, 다연에게 무언가를 더 해 주지 못해 안달이 난 황제 덕분에 주변인들은 바빴다.

미하일은 황족이었고 그를 둘러싼 모든 것들은 제국에서 손꼽히는 최고급 물품들이었다. 그러나 그는 모든 시간을 정무와 검에 몰두하느라 사치와 개인적 향락에는 큰 관심이 없는 남자였다.

그럼에도 불구하고 그는 작정이라도 한 듯 다연에게 온갖 호사스러운 것들을 갖다 바치기 시작했다.

별궁에는 매일같이 꽃이며 보석, 옷감, 사치품들이 쏟아져 들어왔다. 이국에서만 구할 수 있다는 독특한 질감의 옷과 난생처음 보는 색채를 뿜어내는 보석은 찬탄을 자아냈다.

다연은 아무것도 거절하지 않고 넙죽 받았다. 매번 빠지지 않고 황제에게 감사를 표했다. 선물에 대한 세세한 감상도 빠뜨리지 않았다. 참 고지식한 감사 인사였다.

그러나 머지않아 황제는 알아차렸다.

별로 안 좋아하네.

아무것도 하기 싫어하는 다연이 오래도록 옆에 두고 가끔이라도 시선을 주는 것은 황제가 종종 꺾어 보냈던 투박한 들꽃이 유일했다.

다연이 그것을 시들었다고 버리기는 아깝다며 책 안에 꽂아 두는 것도 황제는 보았다. 평소 성정을 생각해 보면 엄청난 정성이었다.

사실이었다. 신분제도는 없지만 돈이 곧 신분인 자본주의의 사회에서 살다 왔으면서도 다연은 진귀한 보석에 생각보다 무감했다.

물론 있으면 좋다고 여기고 선물 받으면 고마웠다. 몇 개는 혹시 필요한 일이 있을까 봐 숨겨 놓기도 했다.

그렇지만 그뿐이었다. 그런 것들은 그녀를 가슴 떨리게 감동시키거나 벅차게 만들지는 못했다. 그녀가 그런 사람이었다면 중도에 방황하지 않고 정말 열심히 살았을 것이다.

좋은 대학을 나왔고 좋은 직장에 들어갔다. 급여도 괜찮았다. 더 달리면, 더 맹목적으로 앞을 향해 달려 나가면 이보다는 더 높은 꼭지에 올라설 수 있겠지. 남들 앞에 내놓을 만한 빛나는 훈장을 하나 만들 수 있겠지.

그런데도 그녀가 가끔 회의감을 느끼고 사람들의 잣대를 벗어나고 싶었던 것은 이 물질적인 사회와 그녀의 정신이 완전하게는 일치하지 않았기 때문이다.

자본에 비례하지 않는 사소한 행복. 그러나 그녀가 추구하는 행복을 사람들은 등 뒤에서 늘 무시하고 비웃었다.

가까운 사람일수록 더욱 그랬다. 다들 본인들의 부귀와 명예를 보여 주고 싶어서 정신이 없었다. 그리고 다연은 그런 것들에 좀 질려 있었다. 냉정하고 바쁘게 돌아가는 경쟁의 사회에서 그녀의 복잡한 사고는 감추어야 할 부끄럽고 이상한 고장 난 것이었다.

"볼수록 참 이상한 분이셔."

"마리, 그렇지 않니?"

시녀들은 수군거렸다.

저것이 신계에 유행하는 결벽적인 풍조인가?

"개인 취향이지, 이것들아."

마리가 발끈해서 시녀들에게 쏘아붙였다. 본인도 가끔은 속으로 다연의 흉을 보면서, 남들이 입 밖으로 다연에게 나쁜 말을 하는 것은 못 참는 그녀였다. 마냥 순했던 그녀도 다연 밑에서 모진 세월 견뎌 내며 제법 독해져 있었다.

이때, 황제의 집무실에서는 뜻밖의 격론이 벌어지고 있었다. 시작 은 의도 없이 중얼거리듯 흘러나온 황제의 말 한마디였다.

"여자들은 뭘 선물해야 좋아하지?"

일동은 당황했다. 그리고 생각했다. 그냥 아무것도 안 하고 잠만 자게 해 드리면 그걸 제일 좋아하실 것 같은데요.

사랑에 빠진 남자보단 역시 주변인의 시선이 훨씬 객관적이었다. 그러나 차마 고민하는 황제의 앞에서 그런 말을 할 수는 없었다.

황제가 늘 함께 다니는 측근들은 시종장을 제외하고는 대부분 젊 은 나이의 남자였다.

남자가 좋아하는 여자에게 과시하듯 무언가를 해 주고 싶어 하는 마음은 정말 자연스러운 것이었다. 그 마음을 그들도 잘 알았다.

어떤 말을 꺼내야 할지, 이 말을 꺼내도 될지 몰라 다들 머뭇거리 던 찰나에 아직 앳된 기사 하나가 입을 열었다.

"……그, 폐하, 황도에 유명한 디저트 가게가 생겼는데, 파라베티 에라고. 달콤하고 생김이 예뻐서 귀족 여성분들이 줄을 서서 기다릴 정도로 인기가 많습니다. 그…… 제 여동생도 무척이나 좋아합니다."

동생 바보가 얼굴을 붉히며 말을 마무리했다.

좌중은 침묵했으나 황제는 고개를 끄덕이며 그 말을 생각보다 진 지하게 듣는 것 같았다.

그러자 그에 용기를 얻은 사람들이 하나둘 입을 열기 시작했다.

"이번에 새로 생긴 의상실 중에 독특한 곳이 있어 인기라고 합니다. 얼마 전 공작가의 차녀가 전속 계약을 해서 더 유명해졌다고 하더군요."

"케시크에서 생산해 낸 옷감 중에 시원하고 구김이 가지 않는 천이 있습니다. 매우 소량만 수작업으로 만드는 터라 귀하기도 하고요. 편한 걸 좋아하는 성정이시니 그걸로 옷을 지어 보내면 어떨까요?"

"사저 중에 한 곳을 골라 여행을 가시는 건 어떻게 생각하십니까? 어차피 가을이 되면 시찰차 한 번씩 황도에 나가 보시지 않습니까? 여행을 가시면 두 분 사이가 훨씬 가까워지실 테고요."

기사들과 시종들은 생각보다 열띤 토론을 펼쳤다.

뭐랄까. 황제의 집무실에서 이런 이야기가 오가도 되나 싶을 정도로 좀 하찮고 가벼운 대화였다.

그러나 그들은 진지했다. 모두가 한마음이 되어 황제의 연애를 응원하기 때문이었다.

황제는 가끔 이 양반이 정말 왜 이럴까, 소리가 절로 나오는 힘든 상관이었지만 인간적으로는 존경할 수밖에 없는 사람이었다. 그들 대부분은 앓는 소리를 하면서도 내심으론 황제를 좋아하고 따랐다.

격론은 매우 길게 이어졌다.

의견은 분분했고 들어 보면 모두 다 맞는 말이었다. 다만 선물의 범위가 참 고지식하고 정석적일 뿐이었다.

평범을 벗어나지 못했다. 상상력의 한계였다.

그들은 제국 내 최고의 엘리트 집단이었지만 결과적으론 황제의 측근이었다.

황제의 측근이 된다는 것은 사생활이 없음을 뜻했고, 슬픈 이야기이지만 이 젊고 유능한 남자들의 반절 정도는 날 때부터 지금까지 여자가 없었던 것이다.

그때 황제의 호위 기사 중 중간 서열인 자가 입을 열었다.

"폐하, 혈통 있는 예쁜 말은 어떠십니까?"

저것이 실성을 하였나. 야, 누가 쟤 입 좀 막아라.

사람들은 몹시 당황했다. 황제의 앞에서 말이라는 것은 일종의 금기어였다. 황제는 이제 말이라면 질색팔색을 했다.

궁인들 사이에서 일컬어지기로 이른 바 이국 왕자 말 치정 사건. 이 이국 왕자 말 치정 사건은 총 3차에 걸쳐서 일어난다. 1차가 다연의 별궁 탈주 사건, 2차가 황제의 집무실 목격 건, 3차가 삼자대면.

그중 황제의 심기를 최악으로 거슬렀던 것은 황제의 집무실 목격 건이었다.

그것은 우연하게 일어난 일종의 대참사였다.

황제가 그 뒤로 얼마나 기분이 저조하였나. 그래서 얼마나 많은 관료들이 고생하였나. 젊은 시종들은 그 뒤로 되도록 커튼을 열지 않으려 애썼다.

그러나 시종장은 역시 업무 처리의 클래스가 달랐다. 며칠 있다가 그는 마사의 관리자와 의논해 왕자의 말이 배정된 곳을 제1 마사에서 제2 마사로 옮겨 버렸던 것이다. 제2 마사는 황제의 집무실에서 보이지도 않는 반대편에 위치해 있었다. 이래서 시종장, 시종장 하는구나, 모두는 생각했다.

좌중은 침묵했지만 말을 꺼낸 기사는 뭐가 어떠하냐는 표정이었다. 그는 당당하게 덧붙였다.

"그나마 동물을 제일 좋아하시지 않습니까?"

틀린 소리는 아니었다. 이 선물은 그리하여 채택된 것이다.

말은 순수한 혈통의 명마는 아니었다. 황제가 꼭 빨리 달리지 않아도 좋으니 무조건 예쁘고 순한 말로 수배하라 일렀기 때문이다. 황제의 선택은 옳았고 말은 엄청난 미모를 자랑했다.

몸집은 크지 않다. 매우 연한 갈색과 크림색이 섞인 털은 부드러워 보인다. 말은 속눈썹이 긴 눈을 내리뜨고 있었는데 그 얼굴은 순해 보이기도 새침해 보이기도 했다.

황제는 말없이 묵묵히 서 있었다. 그리고 아닌 척 다연의 반응을 지켜봤다. 사실 그 자리에 있는 사람들 모두가 그랬다. 긴장된 순간이었다. 그리고 다연의 반응은 격렬했다.

"우우와아아."

황제는 그만 웃어 버릴 뻔했다. 너무 솔직한 감탄이 귀여웠기 때문이었다.

다연은 눈을 초롱초롱 빛내더니 고개를 갸웃하며 말과 어떻게든 눈을 맞추려 했다. 말이 다연을 보고 수줍어했다.

그러자 다연은 어딘가 좀 신이 난 것 같았다. 헤헤거리며 웃더니 말의 오른편으로 돌아가서 또 뭘 보고는 우우와아아, 다시 왼편으로 돌아가서는 우우와아아. 나중에는 다시 정면으로 돌아와서 두 손으로 무릎을 짚고 우와우와거렸다.

그 정직한 반응에 묵묵히 서 있던 황제는 결국 표정을 무너뜨리며 웃어 버렸다. 정말이지 선물한 사람을 보람 있게 만드는 반응이었다.

"맘에 드니?"

"너무 예쁘잖아요!"

다연이 평소와 달리 신이 나서 큰 목소리로 대답했다. 그리고 그 상기된 얼굴이 예뻤던 황제는 속으로 생각했다.

역시 얘를 데리고 살아야겠다.

속마음을 감춘 채 황제는 아무렇지 않은 척 말했다.

"이름이라도 지어 주렴."

이때 시종, 시녀들은 긴장했다.

그녀는 최악의 네이밍 센스를 가지고 있었다. 삼식이가 이 황궁 사람들의 고차원적 예술관에 얼마나 큰 파문을 일으켰던가. 그녀는 신도로 하여금 신계의 문화적 수준을 의심하게 만드는 독보적 재능이 있었다.

그러나 진지하게 고민하던 다연은 다른 방식으로 사람들을 놀라게 했다.

"음…… 리리?"

누구의 말이 연상되는 이름이었다.

아니야, 아닐 거야. 제발 그거 아니라고 해 줘요.

사람들이 모두 이 참사를 어찌 수습해야 하나 긴장하고 있을 때 그녀가 쐐기를 박았다.

"루리랑 친구 시켜 줘야겠다."

황제의 표정이 좀 안 좋아지려 했다.

애들아, 망했어. 또 망했다고.

시종들은 고개를 설레설레 저었다.

기사단의 분노는 조금 더 거칠었다. 야, 말 선물하라고 한 새끼는 나와서 머리 박아라.

그러나 황제는 이 좋은 분위기를 망치고 싶지 않았다. 다연 앞에 쪼잔한 남자처럼 보이기도 싫었다. 그래서 너 하고 싶은 대로 하거라, 너그러운 척을 했다. 그리고 무심결에 그녀에게 권유했다.

"이참에 기마술을 배워 보는 것은 어떠하니. 매우 순한 말이라 어렵지 않을 것이다."

어차피 다연이 말을 타지 못하니 이 말은 자주 달리지 못할 운명이었다.

말로서는 불쌍한 팔자다. 그러니 이참에 배워 보는 것이 어떠하냐

258

는 의도였다. 기마술은 배워 놓으면 쓸모가 많으니까. 그러나 말을 하면서도 황제는 특별히 기대하지는 않았다.

"음, 좋아요. 배울게요!"

벌써 말과 친해져서 뭐라고 속삭이며 말을 쓰다듬던 다연은 대수롭지 않게 대답했다.

너무 의외의 대답에 황제는 솔직히 조금 충격을 받았다. 그리고 그 충격은 약간 감동에 가까웠다.

"……."

이것은 미운 짓을 하려면 미운 짓만 하든가, 이쁜 짓을 하려면 이쁜 짓만 하든가 할 것이지.

왜 이렇게 미웠다 예뻤다 하는 거야, 사람 정신없게. 이 순둥한 망나니 같으니라고.

황제가 지극히 객관을 상실한 생각을 했다. 그리고 가볍게 한숨을 쉬더니 말했다.

"말은 이제 그만 마사에 보내 주고 앉으렴."

말도 선물할 겸, 둘은 후원에서 식사를 함께할 참이었다.

어느덧 9월이었다. 가을에 접어든 제국의 날씨는 청명하고 맑았으며 하늘은 높았다.

시종들이 마련한 자리에 황제와 다연은 나란히 앉았다. 황제가 약간의 염려를 담아 다정히 물었다.

"몸은 다 나은 것이니?"

"네, 이제 정말 아무렇지도 않아요. 걱정해 주셔서 감사합니다."

다연이 웃으면서 대답했다. 그러나 황제는 그 말에 조금 서운하고 뾰로통한 표정을 했다.

"왜 그렇게 거리감 있게 정 없이 말하느냐?"

다연은 황제의 말을 잘 이해하지 못하는 표정이었다.

내가 또 뭘 잘못했나? 그녀는 의아했다.

그녀가 잘못한 것은 없었다. 다만 황제는 다연에 비해 참 부끄러움이 없는 사람이었다.

"내가 내 애인이 아플 때 걱정하는 것은 당연한 일이지 않느냐. 감사받을 일이 아니다."

다연은 그만 얼굴을 붉히고 말았다. 이 염치를 아는 토마토는 사람들 보기가 심히 부끄러웠다.

연애를 처음 해 보는 것도 아닌데, 이상하게 황제의 앞에서는 숙맥이 되는 기분이었다.

황제는 다연보다 나이가 다섯 살이나 많기도 했고 정신적으로 완성된 느낌으로 다연을 압도하곤 했다. 또한 본인 성격이 대단히 적극적이고 직설적이다 보니 다연은 가끔 휘몰아치는 애정 공세에 정신을 차릴 수가 없었다.

한편, 황제는 얼굴을 붉힌 다연이 보기가 좋았다. 그는 가끔 일부러라도 다연을 부끄럽게 만들어서 얼굴이 빨개지는 모습을 보고 싶었다. 굉장히 음험한 취미였다.

그 모습을 기꺼워하며 바라보다가 황제가 말했다.

"다연."

"네?"

"얼굴을 만져 보고 싶다."

먼발치에 서 있던 시녀들이 서로의 팔뚝을 꼬집으며 끄아악 소리를 지르고 싶은 것을 참아 냈다.

시종들과 기사들은 드디어 시작됐구나, 생각하며 시선을 저 멀리 했다. 볼 자신이 없었다.

아까의 붉힘은 약과였다는 듯 다연의 얼굴이 엄청난 농도로 물들기 시작했다. 그 빨개진 얼굴을 황제는 신기해하며 바라봤다. 그리고 고개를 들지 못하는 다연에게 조심스럽게 물었다. 싫은 기색이면 서두를 생각은 없었다.

"싫니?"

조금 기다리자 다연이 고개를 저었다. 황제가 안도하며 손을 뻗었다.

사실 다연은 왜 이런 걸 허락을 받지? 하는 생각을 했다. 황제는 평소에도 자주 머리를 쓰다듬었다. 머리칼을 넘겨 주며 이마를 만질 때도 많았다.

그런데 왜 갑자기?

그러나 곧 그녀는 그 이유를 알게 됐다. 황제의 손길이 평소와는 달랐기 때문이다. 그의 손길은 친애의 정보다는 성애와 정염의 기운을 담고 있었다.

황제는 손가락을 모아 그녀의 뺨을 덧그리듯 조심스레 만져 보았다. 빨갛게 물든 살갗은 언젠가의 기억처럼 뜨거웠다.

그냥 혼인을 빨리 하시지. 대낮에 밖에서 왜 저러시는 거야.

분위기가 점점 이상하게 흘러가자 시종 집단들은 속으로 불평했다. 고개를 떨구고 있는 다연을 바라보는 황제의 눈빛은 많이 어둡고 깊었다.

시종들은 다연에게 외치고 싶었다. 도망가! 위험해!

미치겠네, 미하일은 생각했다.

얼굴에 손을 대는 것만으로도 전기가 이는 것처럼 좋다.

허락을 받았으니 그는 조금 더 뻔뻔해지기로 했다.

그가 손을 옮겨 다연의 귓바퀴와 귓불을 만졌다. 연한 살이 만져지자 다연은 움찔 놀라더니 몸을 바르르 떨었다. 얼굴은 한계를 시험하듯 계속 빨개지기만 했다. 저러다 얼굴이 터져 버리지는 않을까 걱정될 정도였다.

그런 다연의 얼굴을 보면서 황제는 생각했다. 저 옷 안의 몸도 얼마나 빨개져 있는지 보고 싶다.

여기까지 생각했을 때 황제는 그만 손을 떼고 자리에서 벌떡 일어나고 말았다. 더 있다간 그만 이 자리에서 다연에게 못된 짓을 하게 될 것 같았다.

잠시 먼 곳을 보며 흠흠, 헛기침을 하던 황제가 매우 어색하게 계획을 변경했다.

"식사는 안에서 하지."

그러고는 휑하니 혼자 먼저 사라져 버리는 것이었다.

남겨진 다연은 손바닥에 얼굴을 파묻고 꽤 오랜 시간 고개를 들지 못했다. 시녀들만이 까아거리며 화장을 고쳐야 한다며 그녀에게 달려들었다.

식사는 내궁 실내에서 재개되었는데, 이미 정신을 수습한 황제와는 달리 다연은 여전히 어색하고 창피해했다.

황제는 그런 다연이 너무 귀엽고 좋았다.

거절하거나 밀어내지 않아 줘서 내심 고맙다.

그녀는 기다리면 반드시 응답해 준다.

어찌 저리 사람이 착하고 올바를까.

그는 시선을 피하는 다연을 끈질기게 바라보며 웃었다. 마침내 시선이 마주쳤을 때 그가 행복한 감정을 참지 못하고 말했다.

"그래서, 짐에게 시집은 언제 올 것이니?"

쨍그랑.

다연은 이번에도 식기를 테이블에 떨궜다.

겨우 가라앉았던 얼굴이 다시 급속도로 빨개지기 시작했다.

다연은 생각했다.

저 입을 막아 버려야지, 도대체가 살 수가 없었다.

"황제의 혼인인데 제 마음대로 할 수 있나요."

이런 물음은 곤란했다. 그녀가 적당히 둘러대며 빠져나가려고 하자 미하일은 집요하게 물고 늘어졌다.

"그래도 나한테 오긴 올 마음이 있는 것이지?"

황제가 대답을 채근하는 눈길로 바라보았으나 그녀는 눈을 피하며 끝내 대답하지 않았다.

황제는 아쉬웠지만 그렇다고 실망하지는 않았다.

다연은 본래 생각이 깊고 본인 마음에 대단히 신중한 사람이다. 생각이 정해지기 전에는 절대로 행보하지 않는다. 그런 사람에게는 무조건적으로 시간이 필요했다.

그리고 본인 또한 본인이 너무 급하게 굴고 있다는 자각은 있었다. 아직 연애도 제대로 못 했고 손이나 겨우 잡아 봤을 뿐이다. 혼인을 논하기는 한참 일렀고 지금 당장 하자는 것도 아니었다.

그러니 이것은 이를테면 일종의 선언인 셈이다. 내가 너를 절대로 가벼운 마음으로 만나는 것이 아니라는. 그리고 너 또한 언젠가는 그런 가능성을 고려해 달라는.

황제가 웃으며 대수롭지 않게 말했다.

"황제의 혼인이라고 뭐 특별한 게 있는 줄 아느냐."

"그런가요?"

그녀 역시 대수롭지 않게 물음으로 되받았다.

"뭐 평범한 필부들의 혼인에 비해 절차가 복잡하기는 하지. 일단 신전에서 길일을 받아야 하고. 제국의 귀족들 앞에서 성혼식을 올린다. 간혹 제국민들 앞에 행렬을 하기도 하지. 그 뒤에 헤르고니아에서 대신관의 축복을 받는다. 그렇다고 그 복잡한 준비 절차들을 네가 직접 나서서 할 것은 아니지 않느냐?"

왜 또 이야기가 저렇게 가지?

난처한 마음에 그녀가 애매한 얼굴을 하자 황제가 그 속내를 다 안 다는 듯이 빙긋 웃었다. 그리고 말했다.

"그냥 미리부터 지레 겁먹고 걱정할 필요는 없다는 이야기다. 넌 항상 염려가 너무 많구나. 그때가 되어도 넌 평소대로 아무것도 하지 않고 있으면 된다. 전에 이야기한 것처럼 항상 네 자신과 마음만 중요 하게 생각하거라."

"……."

"그 외에 다른 것들은 어차피 주변 사람들이 다 알아서 할 것이니. 지금과 달라질 건 아무것도 없다. 황후가 되는 것도 마찬가지다. 특 별히 뭔가를 할 필요 없으니 부담 가지지 않아도 된다."

피식, 웃던 황제가 능청스럽게 덧붙였다.

"물론 그때가 되면 잠은 나와 함께 자야 하겠지만, 그것도 내가 다 알아서 하겠다."

황제는 다연의 얼굴이 다시 시뻘겋게 달아오르기 시작하는 것을 즐거워하며 바라보았다.

다연은 더는 참지 못하고 일어섰다.

"아, 진짜 쫌!"

주먹을 그러쥔 그녀가 결국 말을 잇지 못하고 다가가서 황제의 가 슴팍을 퍽퍽 치기 시작했다.

어이쿠. 어쩌다 또 저 순한 사람이.

또다시 벌어진 참사의 현장에 시종들과 기사들은 고개를 들지 못 했다.

그래, 오늘 한 대 맞으실 줄 알았다.

본인은 무척 열심인데 전혀 아프지가 않다. 야무지게 두드려 맞으 면서도 황제는 그녀를 몹시 귀여워하며 바라보았다. 그리고 또 참지 못하고 매를 버는 한마디를 했다.

"그래도 수련이 효과가 있는지 전보다는 주먹 힘이 나아졌구나."

그 한가한 감상평이 분노를 부채질해 그녀가 어이없어하며 '뭐라고요?' 눈을 치뜨며 노려봤다.

한참을 더 웃은 뒤에야 황제는 골이 난 그녀를 달래기 시작했다.

"화났니? 네가 너무 좋아서 장난을 치고 싶어서 그랬다. 화내지 말거라. 무섭다."

전혀 무섭지 않으면서 저런 말을 하는 게 더 놀리는 것 같아 그녀는 또 발끈했다.

다연이 좀처럼 멈출 것 같지 않자 황제는 곤란해했다. 다연이 다칠까 봐 난처해하던 그는 목을 긁적거리다가 슬며시 그녀를 껴안듯이 하며 팔을 내려놓게 했다.

다연은 잠깐 바르작거렸으나 이내 잠잠해졌다. 그리고 가만히 황제에게 안겨 있었다. 그녀의 귀 끝이 빨갰다.

얼떨결에 그녀를 품 안에 넣고 나자 황제는 이번에는 이상하게도 벅찬 감정을 느꼈다.

항상 웅크린 채 복잡한 생각과 번뇌에 빠져 있는 이 무기력한 생명은 본인의 생각보다 작았다. 그걸 위에서 가만히 내려다보고 있자니 괜히 뭔가가 울컥하는 기분이었다.

그러나 이 품 안에 있는 건 하나의 커다란 세계를 가진 사람이다. 새근새근 숨을 쉬고 또렷하게 말을 하고 골똘히 사고하며 또 살아 움직이는.

내 품 안에 있는 순하고 생각이 많은, 게으르고 고지식한, 상냥하고 고집이 있는 이상한 생명체.

미하일은 마치 두 팔 안에 세계를 안은 기분이었다.

뭐 이런 게 다 있지?

그 벅찬 감정을 참을 수 없어 황제는 용기를 내어 그녀를 조금 더 세게 끌어안았다.

✤

"신전에는 방문 안 하십니까?"

수업이 끝날 때쯤 테오가 물었다.

다연은 펜을 입에 물고 교재를 보고 있다가 눈만 슬쩍 들어 맞은편을 봤다. 눈이 마주치자 그가 빙긋 웃었다.

"신관들의 신성력에 대해 궁금해하시지 않았습니까? 이젠 궁금하지 않으신 겁니까?"

한 번 언쟁을 한 뒤로 그는 대놓고 수업 외적인 것들을 물어 오곤 했다. 가끔은 다연과 좀 티격태격하기도 했다.

그의 말들은 그 의도가 무엇인지 뻔히 보일 때가 있었고 또 가끔은 어떤 의도로 이런 것들을 물어 오는지 알 수 없을 때도 많았다.

그리고 그 질문 중에는 때때로 사람의 마음을 불편하게 만드는 것들도 있었다.

"여전히 아무것도 할 수 없으십니까?"

듣고 있던 기사들은 움찔했다.

능력이 없는 것. 그것은 다연의 약점이었다.

계시를 받고 이 세계에 왔지만 그녀는 신전도 황실도, 아무의 기대도 충족시키지 못했다. 기사들의 눈에 다연은 단지 저 사실 때문에 일상을 놓아 버린 전적이 있는 매우 심약한 사람이었던 것이다.

다연은 그만 실소했다. 너 여전히 무능력하니, 하는 말을 면전에서 들었지만 그녀는 이번에는 상처받지 않았다. 유치한 도발처럼 느껴졌고 언쟁은 하고 싶지 않았다.

"신전에 오시면 본인의 존재나 궁금해하시던 것에 대해 알게 되실 수도 있습니다."

다연은 이미 이 능력을 자유로이 사용할 수 있었고 드러내지 않기로 마음을 굳혔다.

어차피 딱히 의미가 있을 것 같지도 않은 능력이었다. 무엇을 할 수 있고, 없고가 중요한 세상의 잣대에 이제는 몸을 맡기고 싶지 않다. 과시하고 싶지도 평가받고 싶지도 않다.

그러니 부외자가 되어야지. 이 먼지 같은 인생, 한가로이 살다 갈 테다.

그녀는 결심했다. 3백 년이나 계속되어 왔다는 그들 간의 싸움에 부러 존재를 드러내고 정쟁에 휘말려서 골머리 아프고 싶지 않았다. 그래서 그녀는 대수롭지 않게 대꾸했다.

"그게…… 이제 와서 뭐가 중요하겠어요."

그러나 다연의 말을 듣고 있던 사제의 눈빛은 순간적으로 바뀌었다.

"좀 변하신 것 같습니다."

사제의 말에 다연은 애매한 표정을 했다.

그럴지도 몰랐다. 그러나 다연은 본인이 늘 이런 사람이었다고 생각했다. 그녀가 표현을 하지 않으니 주변 사람들이 몰랐을 뿐이다.

사제는 복잡한 얼굴로 다연을 바라보며 말했다.

"신전에서는 조만간 공식적으로 황실에 다연 님의 신전 방문을 요청할 예정입니다."

아니, 왜 나를 가만두지 않는 거야.

다연이 순간적으로 약간 불만스러운 얼굴을 했다.

"왜죠?"

"당신은 여신의 계시를 받아 나타났습니다. 신의 사람이라는 것이죠. 그런데 신전이 아닌 황실에서 당신을 계속 독점하는 것도 문제가 있지 않나요?"

뜻밖의 이야기로 진행되자 지키고 있던 기사단의 낯빛은 초조해졌다. 그녀가 혹여 승낙 비슷한 뉘앙스로 답변을 한다면 정치적으로 문제가 된다.

말을 끊어야 하나 고민하고 있을 때 다연이 테오의 말에 조금 웃었다. 그녀는 진심으로 의아했다.

음음, 목소리를 가다듬던 그녀가 물었다.

"여신이 신전만의 것이라고 생각하세요?"

그 물음에 사제가 얼굴을 찌푸리며 반박했다.

"그렇다고 헤르니야가 황실만의 것도 아니잖습니까?"

"음음, 그렇죠. 신이 계시다면 아마 만민의 편에 서 계시겠죠. 그렇다면 이제 남은 중요한 건 제 의사가 아닐까요?"

야! 기똥차시다. 기사단은 박수를 치고 싶었다.

이거 듣고 보니 매우 그럴듯하여 반박할 수가 없군.

사제는 순간 할 말을 잃은 얼굴을 했다. 허를 찔린 표정이었다. 그렇지만 곧 미소를 회복하고 그녀를 바라보았다. 네 마음대로 안 될걸? 하는 표정이었다.

"글쎄요. 저도 다연 님의 의사를 존중하고 싶지만 고위 신관들께서 그 의견에 동의해 주실지는 모르겠네요. 저도 개인적으로는 신전에 다시 한 번 와 주십사 청하고 싶고요."

아니, 그럼 처음부터 그렇게 말했어야지. 내 의사 어디다 팔아먹고 신녀를 황실에서 독점하면 안 되니 뭐니. 그녀는 속으로만 투덜투덜했다.

사제는 그런 그녀를 빙긋 웃으며 바라보다가 먼저 짐을 챙기며 자리에서 일어섰다.

테오는 언제부턴가 불필요한 예의는 차리지 않기로 한 모양이었다.

"다음 수업에 뵙겠습니다. 그리고 가능하면 신전에서도 뵙기를 고대하겠습니다."

다연은 그냥 앉아서 고개만 까딱 숙이며 인사를 했다.

그녀는 요즘따라 자신의 선생님이 좀 귀찮았다. 일일이 싸우기 싫은데 자꾸만 시비를 걸었다.

사제가 나간 방에 남아 그녀는 오늘 배운 것들을 들여다보며 정리를 했다. 그리고 생각했다.

얏호, 이제 몇 백 자 안 남았다!

곧이어 교재를 정리하기 시작한 그녀는 또 월루, 월루, 세루, 세루하는 이상한 가락을 흥얼거리고 있었다.

기분이 몹시 좋아 보였다. 사제가 그녀의 약점을 건드렸음에도 불구하고 조금의 타격도 받지 않은 듯한 모습이었다.

기사들은 어느덧 수업이 끝난 뒤 그녀와 수다를 떠는 일이 익숙해졌다. 좀 앉겠습니다, 형식적으로 허락을 구한 그들은 다연이 대답을 하기도 전에 그녀의 맞은편에 앉았다.

다연도 쳐다도 보지 않고 고개를 끄덕끄덕했다.

"오늘 대답 잘하셨습니다. 걱정했는데 말이죠."

"그런데 이 일을 폐하께 보고드릴 생각을 하니 벌써부터 스트레스 받는 기분입니다."

다연은 그만 킥킥 웃어 버렸다. 다연이 웃자 기사단원들은 원망 섞인 시선을 했다.

그 잔소리와 이 잔소리는 차원이 다르단 말입니다.

황제가 황궁 기사단에 퍼붓는 팩트 폭력에 비하면 다연에게 하는 잔소리는 그냥 듣기 좋은 노래 수준이었다.

뭐랄까, 그래도 애인이라고.

이야기가 나오니 말을 좀 보태고 싶어져서, 어색하게 뺨을 긁던 그녀가 웃으며 말했다.

"폐하가 말이 좀…… 그러시죠."

쫌? ……뭐, 쪼옴?!

기사단원들이 억울함에 눈알이 튀어나올 것 같은 표정으로 그녀를 바라보았다.

다연은 그 표정이 우스워서 또 좀 웃었다. 그리고 곧 그 웃음을 수습하며 조용한 목소리로 조곤조곤 말했다.

"아시겠지만 본인은 음, 워낙 지향점이 높으시니까요. 그게 또 누굴 공격하겠다고 의도적으로 그러시는 건 아니니까 너무 상처받거나 스트레스받지는 마세요. 뭐 저보다는 폐하를 훨씬 잘 아시겠지만 말이에요. ……아무래도 괜한 오지랖이네요, 죄송해요."

다연은 좀 횡설수설하더니 얼굴을 붉히며 말을 마무리 지었다.

기사단은 적잖이 감탄했다. 다연은 황제의 잔소리를 참아 주는 것에서 더 나아가 편을 들어 주고 있었다.

허어, 이 넓은 도량 좀 보소. 막내야, 이것이 바로 황후가 될 상이로다.

다연이 짐을 주섬주섬 챙겨 들고 일어서자 기사가 물었다.

"별궁으로 바로 가십니까?"

"아니요, 마사에 말을 보러 갈 거예요."

"모셔다 드리겠습니다. 다연 님을 모셔다 드리고 저는 오늘 바로 퇴궁할 예정입니다. 오늘이 바로 제 여동생 생일이거든요."

이 막내 기사는 얼마 전 황제에게 디저트를 추천했던 동생 바보였다. 어쩐지 매우 들떠 보이는 기사에게 다연이 대수롭지 않게 되물었다.

"아, 동생분이 생일이세요?"

"네. 근데 뭐, 얘가 아직 만나는 남자도 없고. 그러니 오라비인 저라도 챙겨 줘야지요. 아, 다연 님은 생일이 언제십니까?"

기사는 정말 아무 생각 없이 질문을 한 것이었다. 그리고 곧 화들짝 놀라고 말았다.

"뭐라고요?! 두 달 전이었다고요? 지금 설마 지났단 말씀을 하신 겁니까?"

그들은 마치 있어선 안 될 일이 일어났다는 듯이 비극적인 얼굴을 했다. 그리고 외쳤다.

"지금 이 재난이 진짜란 말씀입니까? 아닐 겁니다! 제발 아니라고 해 주십시오!"

다연은 곧이어 황제의 잔소리를 조금이나마 변호했던 자신을 후회했다.

대체 왜 말을 안 했냐, 요 입을 뒀다 뭐 하냐, 나를 이렇게 미안하게 만들다니 이 요망하고 잔망스러운 것.

황제의 다채로운 레퍼토리는 마치 마르지 않는 샘물 같았다.

이게 지금 화내는 거야, 미안하다는 거야?

모두는 혼란에 빠졌다.

아쉬워하던 황제는 결국 며칠 뒤, 식사 자리를 마련했다. 식사야 그들이 늘 하는 것이니 특별할 것은 없었지만 평소보다 훨씬 더 요리에 신경을 썼고 예인들을 불러 악기도 연주하게 했다.

테이블에는 평소엔 볼 수 없던 향긋하고 독한 술이 올라왔다. 그것만으로도 약간의 연회 느낌이 났다.

실제 연회는 열 수 없었다. 부를 사람이 없었던 탓이다. 예나 지금이나 다연의 인간관계의 폭은 지극히 좁았다.

"어찌 말을 안 했느냐."

황제는 어지간히 아쉬운 모양이었다.

"내 명색이 황제인데. 연인 생일도 그냥 지나가는 이런 형편없는 이로 만들다니, 너는 참으로 박정하고 무정하다."

"……."

황제가 며칠째 너무 저러니 다연은 본인이 아주 큰 죄를 지은 것 같은 기분에 빠졌다.

엄밀히 말하면 둘은 생일날까지는 교제하는 사이가 아니었지만, 여기서 그렇게 얘기하면 그럼 왜 빨리 받아 주지 않았냐고 할 사람이 황제였다. 이길 수가 없는 기적의 논리였다.

"음, 전 원래 시끄럽게 뭐 하고 그런 걸 안 좋아해요."

"그럼 조용하게 축하하면 되지 않느냐?"

황제가 이게 웬 말도 안 되는 소리냐는 듯 이야기했다.

일동은 자기들도 모르게 경음악을 연주 중인 예인들을 바라보며 조용하게란 단어의 뜻을 떠올렸다. 황제만 뭐가 잘못됐는지 모르는 것 같았다.

다연이 차마 더 말하지 못하고 그냥 목만 긁적였다. 혀를 차던 황제는 시종에게 준비한 선물을 가져오라 일렀다.

알티우스 황제는 딱히 취미랄 것이 없는 사내였다. 그는 온 인생을 검과 정치에 몰두하며 살아온 사람이었으니까.

그러나 황제는 얼마 전부터 생각지도 못하게 새로운 취미의 영역을 구축하기 시작했다. 그는 말을 받고 크게 좋아하던 다연의 모습에 고무되었던 것이다. 황제는 기꺼워하며 틈틈이 애인이 좋아할 만한 선물을 고르기 시작했다.

돈과 권력과 집요함이 합쳐지자 세상에 못 구할 것은 없었다. 어떤 것은 선물 하나에도 한 상단의 1년치 매출이 왔다 갔다 했다. 권력자의 취미 생활은 무서웠다.

"생일 선물로 준비한 것은 아니지만, 널 위해 준비한 것이니 생일 선물이라 생각하고 받아 주었으면 좋겠다."

시종이 테이블 위에 올려놓은 것은 은은한 느낌의 문양이 음각된 작은 함이었다. 얼핏 보았을 때는 보석함처럼 보였다.

이게 뭘까? 다연은 궁금해하며 함을 열어 보았다.

"……."

그리고 그녀는 그만 코끝이 시큰해지고 말았다. 그것은 조그마한 목걸이였다. 그러나 그냥 목걸이는 아니었다. 중앙의 심벌은 보랏빛 보석으로 작은 꽃을 형상화하고 있었다.

다연은 한눈에 그 꽃을 알아보았다.

그것은 황제의 수련장에 피어 있다는 연보라색 스토크였다. 그가 어떤 아침에 꺾어 보내곤 했던 작게 피는 꽃. 다연은 그것을 종종 압화로 만들곤 했다. 소중하게 생각하며 간직하고 싶어 하는 마음은 모두에게 느껴졌다.

황제가 빤히 그녀를 바라보다가 넌지시 물었다.

"맘에 들어?"

소리 내어 대답은 하지 못하고 다연이 얼른 고개를 끄덕였다.

"네가 그 꽃을 좋아하는 것 같아서."

"……."

이 남자는 모르는구나. 다연은 생각했다.

꽃은 물론 예뻤다. 정성도 있었다. 그렇지만 그녀가 좋아하는 것은 연보랏빛 작은 꽃이 아니었다.

꽃을 꺾어 보내며 좋은 하루를 보내라 전하던 그 기원의 마음이 좋았던 것이다.

오늘도 좋은 하루를 보내자고, 힘을 내라던. 그 아침의 응원이 자신의 마음을 움직이던 순간을 기억하고 싶었던 것이다. 미하일이 선물하고 싶었던 것이 꽃이 아니라 좋은 하루이듯이, 그녀가 간직하고 싶었던 것도 꽃과 함께 날아든 사람의 소중한 마음이었다.

"마음에 들어요."

그녀가 손을 뻗어 목걸이를 차 보려고 하자 마리가 얼른 다가와서 목걸이를 채워 주었다.

그녀는 목걸이를 목에 걸고도 한참이나 만지작거리며 그것을 내려다보았다.

벌써부터 소중해진 것이 눈에 보였다. 그 모습을 보는 황제의 마음도 묘하게 간질거렸다.

크으으으으.

지켜보던 기사단은 엄지 척을 하고 싶었다. 갈수록 선물의 센스가 진보하고 계시다!

그 뒤로 분위기는 더할 나위 없이 좋았다.

하지만 음식은 너무 많아 다연은 그 종류의 다양함에 조금 기가 질리고 말았다.

과일과 디저트의 산, 달콤한 음료의 폭포, 아름다운 선율을 연주하는 예인, 멋들어진 춤사위를 선보이는 이국의 무희. 모든 것들이 다연을 위해 준비된 것이었다.

모두가 그녀의 시선 한 번을 받고자 최선을 다하고 있었지만, 의외로 다연의 시선을 빼앗은 것은 아무도 예상하지 못한 것이었다. 다연이 테이블 가장자리에 놓인 술잔을 빤히 바라보자 사람들은 저마다 조금 어색해했다.

왜 저렇게 보시지? 준비에 소홀한 게 있었나 싶어 시종, 시녀들이 불안해하기 시작했다. 이제는 황제마저 그런 다연을 의아해하며 바라보았다.

잘못된 것은 없었다. 다연은 그저 술이 신기해서 바라보고 있는 것

274

이었다. 이것이 알티우스의 술인가 보다. 다연은 생각했다.

제국은 대체적으로 건강한 정서가 사람들을 지배하는 곳이다. 무를 숭상하는 풍조와 강한 종교의 영향력 때문이다. 그럼에도 불구하고 술을 즐기는 사람들은 늘 존재했지만, 다연은 이곳에 와서 술을 처음으로 보았다.

신전에 있을 때는 신전이라서 볼 수 없었고, 기사이자 일중독자인 황제의 식사에 술이 올라오는 일은 매우 드물었다. 거의 없다고 보아야 옳았다. 그러니 말하자면 이것은 그냥 생일상의 구색이었다.

술잔은 넓고 얕았는데 그 크기가 손바닥만 했다.

잔을 들자 안에 담긴 투명한 금빛 액체가 찰랑거렸다. 다연은 거기에 코를 대고 킁킁, 냄새를 맡아 봤다. 굉장히 향긋하면서도 고급스러운 냄새가 났다.

그녀가 냄새를 맡을 때는 시립해 있는 사람들이 움찔했다. 마침내 그 입을 갖다 댔을 때는 황제의 눈썹이 크게 휘었다.

시험 삼아 한 모금 넘긴 술이 생각보다 부드럽고 괜찮은 것 같아 고개를 갸웃하던 다연은 다시 잔에 입을 갖다 댔다. 그리고 꼴딱꼴딱 그것을 다 비워 내는 것이었다. 역시 첫 잔은 원샷이었다.

좌중은 극도의 침묵에 휩싸였다.

저것은 저렇게 한 번에 마실 수 없는 독주였다. 제국의 귀족 여성은 물론, 어지간한 병사들도 저렇게는 마시지 못했다. 홀짝홀짝 입이나 축이는 것이 보통이었다. 그러나 다연이 지금 보여 준 것은 거의 전쟁을 지휘하는 대장군급의 호방함이었다.

황제는 기가 막혔다. 너무 기가 막힌 나머지 그 잘난 언변을 순간적으로 잊고 말았다.

어이가 없어서 묻고 싶었다.

너, 아직도 매력이 또 남아 있었니?

275

그러나 더 가관인 것은 마무리였다. 그녀는 보통의 귀족 영애들처럼 얼굴을 찡그리고 바르르 떨며 술에 약한 모습을 보이지는 않았다. 그렇다고 시끄럽게 굴면서 무언가를 과시하지도 않았다.

그녀는 시종일관 덤덤했다. 그러다 들릴락 말락 한 목소리로 감탄했다.

"오호. 깨끗하다."

그녀는 영업 그룹 다음으로 술을 잘 마신다는, 이상한 조직 문화를 선도하는 마케팅 그룹에서 4년을 굳건하게 버텨 낸 직원이었던 것이다.

그녀의 솔직한 감탄을 보고 있던 시종들은 생각했다.

다연 님도 잘하는 게 한 가지는 있으셨어! 간이 튼튼하셨어!

한편으로 기사단은 이런 다연이 멋이 있었다.

야, 우리 예비 황후 폐하 참으로 털털한 멋쟁이시다! 좀 게으르면 어떠냐, 이렇게 멋있으신데! 역시 황후가 될 상이로고!

다연에 대한 기사단의 충성도는 나날이 높아지고 있었다.

사실 그들은 이제 다연이 조금 웃겼다. 역시 조용하게 사람을 웃기는 재주가 있는 이였다.

실제 기사들 중 어떤 자는 표정 관리에 실패하고 그만 웃어 버리고 말았다.

이 순간 혼자서만 웃지 못하는 것은 건실한 연인인 황제였다.

황제가 난감한 표정으로 다연을 바라보다가 말했다.

"……너, 그렇게 무턱대고 마시다가 자칫하면 죽는다."

이 망나니가 진짜. 황제는 시종일관 떨떠름한 표정이었다.

다연이 자신의 말을 허투루 듣는 것 같았지만 너무 예쁘니 나무라지도 못하겠다.

걱정이 된 황제가 더 말은 못 하고 남은 술잔 하나를 저 멀리로 치

276

워 버렸다.

다연 혼자서만 자신을 둘러싼 이 분위기를 이해하지 못하고 의아한 얼굴을 했다.

뭔가 엉뚱하고 이상했다. 엉망진창인데 즐거운 생일 축하연이었다.

✣

제국력 327년 9월.

헤르니야의 징표가 황궁에 머문 지 7개월 만에 신전은 움직였다.

그들은 황실에서 신녀를 독점하는 것이 부당하며, 이것이야말로 신권에 대한 탄압이라는 논지의 성명을 내놓았다. 곧이어 황실에는 다연의 신전 방문을 요청하는 공식적인 서한이 날아들었다.

서한의 문투는 더할 나위 없이 정중하고 우아했지만 그 내용은 황제를 분노케 하기 충분했다.

국무회의 분위기는 평시보다 무거웠다. 황제는 입을 다물고 있다. 그 어느 때보다 냉기가 어린 얼굴이었다.

황제의 싸늘한 얼굴에 대신들은 긴장했다. 그들 앞에는 야근이 예정되어 있었다. 대신들은 진심으로 주먹을 쥐고 신전을 욕했다.

조용히 좀 살자, 편하게 좀 가자, 제발!

"폐하, 신전 측이 신도들에게 황실이 강제로 신녀의 신변을 구속한다는 불온한 이야기를 퍼뜨리려는 것 같습니다."

국무회의에 동석한 근위대장이 보고를 했다.

"그것들이 기어이 미쳤구나."

황제가 신경질적인 반응을 보였다.

외무대신이 조심스럽게 물었다.

277

"서한에는 어찌 대응하실 것인지요."

"꺼지라고 하거라."

황제의 깔끔한 답변에 회의실 분위기는 더욱 얼어붙었다.

"하오나 폐하……."

법무대신은 이견을 제시하려고 했다. 그러나 황제는 한숨과도 같은 말을 내뱉었다.

"내가 내 연인을 누가 보내란다고 보내야 하나? 내가 왜 그래야 하지?"

좌중은 침묵에 휩싸였다. 황제는 진심이었고 분노는 깊었다. 이때 외무대신의 발언이 이어졌다.

"아시겠지만 이번에 거부한다 해도 같은 요청은 또 있을 것입니다. 그리고 시간이 갈수록 그들의 주장은 더욱 힘을 입을 것입니다."

외무대신의 발언에 분위기는 더욱 무거워졌다.

슬그머니 황제의 눈치를 보던 내무대신은 다른 각도의 해법을 제시했다.

"이참에 그냥 혼인을 하시지요."

대신들도 황제도 움찔했으나 머지않아 노신들은 고개를 끄덕끄덕했다.

후사를 볼 나이잖아, 시답잖게 연애질이나 하지 말고 빨리 결혼해서 후계자를 낳으십시오.

어딜 가나 노인들은 고리타분하고 똑같았다.

주위의 반응에 용기를 얻은 내무대신이 황제의 눈치를 보며 말을 계속했다.

"아시겠지만 이 상황에 대한 가장 좋은 해결안은 혼인입니다. 신전을 가장 효과적으로 압박할 수 있는 방책입니다. 그들도 감히 황후 폐하를 함부로 오라 가라 할 수는 없을 것입니다."

그러자 외무대신이 얼른 말을 보탰다.

다들 한마음이었다. 장가가라. 장가가서 토끼 같은 자식새끼들 보면 저 꼬장꼬장한 성격도 좀 둥글어지겠지.

"좋은 생각인 것 같습니다. 겉으로 볼 때는 황권과 신권의 결합으로 모양새가 매우 좋을 것입니다. 하지만 신녀가 황실의 사람이 된다는 것은 결과적으로 그들의 세력을 누를 수 있는 효과적인 해법이 되겠지요."

황제는 고개를 끄덕이며 그 생각에 동의를 표했다. 그들의 말은 틀림이 없었다. 이 상황을 타개할 묘안이었다.

그러나 미하일은 그 의견을 따를 수는 없었다. 왜냐하면…….

"그렇게 필요에 의해 청혼하면 어느 여자가 좋아하겠나."

대신들은 새삼스럽게 깨달았다. 우리 폐하께서 정말로 진실한 사랑을 하고 있었구나.

황제는 변모했다. 그들의 황제는 유능한 남자였지만 인간적인 면모는 좀 부족한 남자였다. 그런데 사랑을 하고부터 황제는 인격적으로 변모하기 시작했다.

항상 필요에 의해 살아온 그가 필요에 의해 청혼하지 않겠다고 말한다. 신전 세력의 붕괴라는 정치적 목적을 위해 평생을 제국에 헌신해 온 그가 신녀를 정치의 장기말로 사용하지 않겠다고 말한다.

이것은 옳은 변화일까? 대신들은 약간의 의아함에 빠졌다.

그러나 아무도 황제에게 냉정해지라고 간언할 수는 없었다. 황제가 두렵기 때문이 아니었다.

황제는 항상 본인이 해야 하는 의무 이상의 것들을 해 왔다. 황족으로 태어나 누려야 하는 권리보다 이행해야 하는 의무에 초점을 두며 살았다. 재능이 없다는 사람들의 손가락질을 이겨 내고 그가 마침내 거머쥔 명예. 검으로 이뤄 낸 경지.

그러나 그 명예를 위해 그가 소모한 삶이 얼만큼인가. 여기 있는 자들 모두는 어떠한 금은보화를 주더라도 그런 삶은 사양하고 싶었다. 황제는 그만큼 자신의 일신과 평생을 제국에 헌신하며 살았다.

그런 그에게 사랑 따위에 흔들려선 안 된다고 말하는 것은 노신들에게도 너무 잔인하게 느껴졌던 것이다.

그래서 연로한 법무대신은 황제를 위해 타협안을 내놓았다.

"두 분이 황성 밖으로 나가십시오."

사람들의 의아한 시선에 법무대신이 말을 이었다.

"후보지로 최근에 설치한 치료소가 좋을 듯합니다. 신전에서 여론을 조성하기 전에 하셔야 합니다. 황실이 신녀의 신변을 억지로 구속한다는 인상은 없애야 합니다. 함께 다니시며 친분을 자연스럽게 과시하십시오. 그렇다면 제국민 모두가 헤르니야는 황실과 함께한다는 것을 알게 될 것입니다."

법무대신의 제안은 꽤 적절하고 여러모로 유효했다. 이 상황에 할 수 있는 최선이었다.

그러나 황제는 거듭되는 한숨을 멈출 수가 없었다.

그녀가 신전의 계시를 받아 나타난 것은 바꿀 수 없는 사실이다. 어쩔 수 없다는 것을 머리로는 안다. 그러나 이렇게 자꾸 정치적 상황에 그녀가 연계되는 것이 불쾌하고 화가 난다.

언급되지 않았으면 좋겠다. 신전이든 누구든 아무도 그녀를 건드리지 못하게 하고 싶었다. 그녀가 원하는 대로 평온하게, 물 흐르듯이 살게 해 주고 싶다. 그러나 다연이 헤르니야의 계시를 받아 나타난 이상 정쟁에 개입되는 것은 피할 수 없는 숙명적 일이었다. 바꿀 수 없는 운명과도 같았다.

"법무대신의 의견을 받아들이겠다."

결국 황제는 무거운 마음으로 고개를 끄덕였다.

"내무대신, 그대가 할 일이 많다. 치료소 쪽과 일정을 협의하라. 장소는 황도에 있는 치료소로 하겠다. 일정은 물론 동선까지 긴밀히 계획하고 보고하거라. 협의되는 사항들은 따로 보고를 받을 것이다. 알겠지만 이 일은 오래 기다릴 수 없다."

"예, 폐하. 최대한 신속히 진행하겠나이다. 적어도 내일 오후까지는 중간보고를 드리겠습니다."

내무대신이 결연한 표정으로 답변을 했다. 그 속내를 헤아릴 수는 없었지만 대신들은 황제가 내적으로 큰 결심을 했다는 것을 느낄 수 있었다. 실수가 있다면 누구도 그 분노를 피해 갈 수 없으리라.

"시종장. 사안에 대해 다연에게 언질을 주거라."

"알겠습니다."

"근위대장."

"예, 폐하."

"호위 인원을 추리거라. 너무 많다고 생각되어도 좋다. 과도하여도 좋으니 어떠한 위협에도 대비될 수 있기를 바란다."

"명을 받드옵니다. 내무대신님과 상의 후 다시 보고드리겠습니다."

황제는 고개를 끄덕였다. 그리고 깊은 한숨을 내쉬었다.

황제가 정확하게 어떠한 고뇌에 빠져 있는지를 대신들은 잘 알지 못했다. 황제는 지향점이 너무 높은 사람이었고 연로한 대신들은 그 생각을 따라가는 것이 가끔 벅찼다.

잠시 생각에 잠겨 있던 황제는 고개를 저으며 회의의 종료를 선언했다.

"여기까지 하지. 그리고 외무대신."

"예, 폐하."

"아산카 왕자에게 빠른 시일 내로 내가 보잔다고 이르거라."

"……예, 전하겠습니다."

뭐 때문에 그러십니까? 외무대신은 묻고 싶었지만 듣는 귀가 너무나 많아 공개적으로 물을 수가 없었다.

대신들은 저마다의 과중한 업무들을 끌어안고 하나둘 회의실을 빠져나갔다. 황제는 그 뒤로도 한참을 생각에 잠겨 있었다.

왕자는 격식이 없는 사람이었다. 그는 다음 날 오전 바로 황제의 집무실을 찾아왔다.

"지내는 데 불편은 없는가?"

황제가 적당히 예의를 차린 질문을 하자 왕자는 고개를 끄덕였다.

양국 간의 협상은 이미 막바지였다. 세부적인 조율만이 남아 있을 뿐 실질적으로 다 끝났다고 보아도 무방했다.

"이제 협의의 이행만이 남았군."

황제의 녹안이 왕자의 표정을 응시했다. 왕자는 참 과묵한 사람이었다. 황제가 피식 웃으며 왕자에게 질문했다.

"잘될 것 같은가?"

"무슨 뜻이지?"

의도를 파악할 수 없었던 왕자가 얼굴을 찌푸렸다.

황제는 팔짱을 꼈다. 그는 매우 진지한 태도로 적국의 왕자에게 속내를 털어놓았다.

"이 회담은 내가 밀어붙인 것이다. 그러나 사실 제국의 유능한 관료들은 여전히 이 강화조약에 대한 근본적 의문을 가지고 있다. 왜인지는 그대도 알겠지. 왕세자가 즉위하여도 이 기조가 유지될지를 장담할 수 없기 때문이다. 그러나 나는 그와는 다른 의문이 있다."

아산카 왕자의 굳은 얼굴을 보며 황제는 물었다.

"왕세자가 즉위하고 나면 너는 살 수 있을 것 같은가?"

"……."

황제가 찌른 것은 정곡이었다.

왕자는 늘 생존의 위협을 받았다. 얼마나 많은 사람들이 자신을 지키기 위해 죽어 갔는가.

그런데도 왕자는 왕세자를 향해 칼을 뽑아 들지 못했다. 그가 대계를 이어야 하는 왕실의 적통이었기 때문이다. 왕자는 왕실과 자신의 나라에 대한 책임감을 가지고 있었고 그런 왕자를 따르는 사람들은 많았다. 그 고결하고 남자다운 성품 때문이다.

왕자는 황제가 하려는 제안이 무엇인지 알았다. 그러나 왕자는 형님을 제치고 억지스러운 승계를 하고 싶은 생각은 없었다. 법도가 아니기 때문이었다. 그래서 그는 무거운 표정으로 입을 열었다.

"왕실을 흔들지 마라."

그러나 황제는 심드렁했다.

"흔든다고 흔들릴 것 같았으면 애초에 그 기반에 문제가 있는 것이지."

"……."

듣고 있던 시종장은 왕자에게 포기를 권유하고 싶었다. 황제는 말로 이길 수 있는 사람이 아니었다. 황제는 집요하게 그를 설득하려 들었다.

"너만 죽을 것 같은가? 네 주변인들 모두 잘려 나갈 것이다. 숙청이란 그런 것이다. 너는 그것을 참을 수 있겠나? 아니, 참을 것인가? 계속 그렇게 비굴하게 엎드린 채 살 것이냔 말이다."

황제는 아무렇지도 않게 그의 아픈 지점을 후벼 파는 발언을 했다.

알티우스 황제가 말로 사람의 심리를 건드리고 설득한다는 것은 익히 잘 알려져 있는 그의 특기였다.

그러나 왕자는 심지가 엄청나게 굳은 자였다. 이렇게 몇 마디로 설득될 것 같았으면 평생을 그렇게 비굴하게 살아오지 않았다.

수족과도 같은 이들은 잘려 나가기 일쑤였다. 필패할 전쟁에 내몰린 부하들은 죽어 나갔다.

그런데도 왕자는 늘 참았다. 자신이 서자라서. 승계권이 없어서. 왕세자는 형님이어서. 그 비굴한 삶은 자신에게 주어진 것이기도 했지만 자신이 직접 선택한 것이기도 했다.

"듣지 못한 것으로 하겠다. 협의는 성실하게 이행될 것이다. 내가 약속할 수 있는 것은 그뿐이다."

그는 황제와 더 말을 섞지 않고 집무실을 빠르게 나가 버렸다. 달변의 황제와 언쟁하여 이길 수 없으니 그냥 자리를 피해 버린 것이다.

이 엄청난 무례함에 함께 있던 시종장이 당혹해하자 황제가 대수롭지 않게 어깨를 으쓱했다.

"음, 역시 안 될 거야. 설득될 자가 아니다. 참 꽉 막혔단 말이지."

황제의 빠른 포기에 시종장은 더욱 당혹스러워졌다.

"하온데 아시면서도 어찌 그런 언질을 주셨습니까?"

"아아. 그냥 미리 알려 주는 거야. 왕자도 알고는 있어야 하지 않겠나."

황제는 의문에 찬 시종장의 얼굴에도 더 친절한 설명을 부연하지 않았다. 대신 명을 내렸다.

"지금 군무대신을 불러오거라. 짐이 명할 것이 있다."

황제가 찾는다는 소식에 갑자기 위통이 도지는 기분이었던 군무대신은 매우 불안하고 초조해했다.

뭐지, 내가 또 뭘 잘못한 거지. 잘못한 것도 없는데 군무대신은 힘들어하며 땀을 닦았다.

군무대신은 황제를 몹시 어려워했다. 예전의 기억 때문이다. 전에 한번 사르만과의 교전이 있을 때 실무진의 의사소통 실수로 보급 물자가 제때 도착하지 못한 적이 있다.

군무대신은 그때 자신의 황제가 어떤 사람인지를 제대로 깨달았다. 반나절을 꼬박 털리고 나니 나중에는 살고 싶은 생각도 들지 않더라. 다시 또 그렇게 털린다면 반드시 사직을 할 것이었다. 물론 황제가 그 사직을 인가할지는 모르는 일이었지만.

시종장이 뭘 나무라시려고 부르시는 건 아닌 것 같다고 얘기해 주었지만 그의 불안은 좀처럼 가시지 않았다.

"소신을 찾으셨습니까, 폐하."

황제가 고개를 끄덕였다.

"그대에게 명할 것이 있어 갑자기 불렀다."

"어떤 명이신지……."

군무대신의 의아한 눈을 보며 황제가 입을 뗐다.

"지금부터 전쟁 준비를 하거라."

군무대신은 그만 입을 벌렸다. 가만히 시립해 있던 시종장도 멈칫하고 말았다. 전쟁이 일어난단 말인가? 어디와?

황제의 말이 주는 충격은 어마어마했다.

군무대신의 머릿속은 온통 의문으로 가득 찼다.

완전한 종전을 하겠다던 황제가 아닌가? 그래서 대신들의 반대를 무릅쓰고 사르만과 교역을 한 것이 아니었나? 그런데 갑자기 전쟁이라니?

황제는 태연했다.

"일어날 수도 있고, 일어나지 않을 수도 있다. 그러나 일단은 가능성이 있으니 연내에 일어난다고 생각하고 준비를 하거라. 나는 너무 소란스러운 것은 바라지 않는다."

"……알겠사옵니다, 폐하."

"극비야. 아직 알려져서는 안 된다."

황제의 지시 사항은 항상 명확한데 그 수행이 까다로웠다.

은근 말대꾸를 잘하는 근위대장과 내무대신이었다면 벌써 몇 번이나 질문이 나왔겠지만 군무대신은 황제의 엄중한 경고성 시선에 사색이 되어 정신없이 고개를 끄덕거렸다.

"명을 엄수하겠습니다. 그리고 준비함에 있어서도 신중에 신중을 기하겠습니다."

그 대답이 마음에 든 듯 황제는 경쾌하게 고개를 끄덕였다.

"됐다. 나가 보거라."

제국력 327년 9월의 열두 번째 날.

사르만과의 교전 후 정확히 7개월 만에 일어난 일이었다.

✢

황제는 격무에 시달렸다.

별궁과 내궁은 왜 이렇게 먼 거야. 황제는 요즘 말도 안 되는 것에 짜증을 느꼈다.

함께 식사나 하자며 다연에게 내궁으로 와 줄 것을 청했지만 정작 다연이 올 때까지도 황제의 정무는 끝나지 않았다. 다연은 어색하게 황제의 집무실을 둘러보았다.

황제는 벌떡 일어나서 그녀를 맞이했다. 손등에 입을 맞춘 그가 다연의 손을 이끌어 소파에 앉혔다.

"미안. 조금만 기다려 줘."

"조금 이따가 올 걸 그랬나 봐요. 전 정말 괜찮으니까 천천히 하셔도 돼요."

다정하고 조심스러운 말에 황제가 화사하게 웃었다.

한편으로 다연은 조금 기가 질린 상태였다. 황제의 집무실 책상에 쌓인 서류의 산은 어마어마했다.

아니, 저걸 혼자서 다 본단 말인가? 이쯤 되면 일하는 기계였다. 다연은 미하일이 조금 가여워지려고 했다. 그렇지만 그녀는 서류의 산에서 애써 시선을 돌리려고 했다.

사실 다연은 본인이 황제의 집무실에 들어온 것도 매우 부담스러웠다. 한 나라의 황제가 보는 서류들이 가벼운 것일 리 없다. 그중에는 그 사안이 무거운 것도 있을 것이고 매우 비밀스럽게 다루어져야 하는 것도 있을 게 분명했다. 그런데 그런 공간에 외부인인 자신이 들어간다는 게 맞지 않다고 느껴졌던 것이다.

그러나 주변인들은 전혀 문제될 게 없다는 태도로 쿠키나 내오고 있어서 다연은 혼란에 빠졌다.

다연이 자꾸만 종이 뭉치들을 힐끔거리자 황제는 피식 웃었다.

"내용이 궁금하니?"

그러자 다연이 화들짝 놀랐다.

"아니요. 절대로 아닙니다."

황제는 그만 웃고 말았다.

"절대 아닐 것은 또 무엇이란 말이냐."

"폐하가 보시는 서류면 분명 중요한 것일 텐데 그런 비밀스러운 내용들을 알았다가…… 곱게 못 죽으면 어떡하나요."

황제는 그만 웃음이 터져서 얼굴을 허물어뜨리고 웃고 말았다.

"너도 오래는 살고 싶으냐? 나는 네가 숨 쉬는 것도 귀찮아하는 줄 알았지."

"음. 저는 오래 살고 싶다기보단 그냥 편안히 죽고 싶은 거예요."

정말 사람이 일관성이 있으시네. 듣고 있던 시종장은 가만히 생각했다.

다연의 말에 어처구니없어하던 황제가 피식 웃으며 말했다.

"별 내용은 아니다. 얼마 전 있었던 제방 복구공사에 대한 사후 보고서를 보고 있었다."

그렇게 세세한 내용까지 전부 다 확인한단 말인가?

다연은 황제가 왜 늘 바쁜지를 깨달았다. 저런 것까지 다 직접 확인하고 있으니 쉴 틈이 없지.

머지않아 그는 자리에서 일어섰다.

"다 끝났다. 기다리게 해서 미안해."

황제가 자꾸 사과를 하니 그것이 싫어서, 다연은 애매한 얼굴로 고개를 저었다.

다른 것도 아니라 일 때문인데. 다연은 격무에 시달리는 황제가 그저 가엾고 또 가엾을 뿐이었다. 이 사람은 제대로 쉬기는 하는 건가?

문득 궁금해진 다연이 물었다.

"폐하는 취미가 뭐예요?"

그녀의 뜬금없는 질문에 미하일은 곰곰이 생각하기 시작했다. 그도 확신할 수 없어 보였다.

"검술이겠지?"

다연은 의문에 빠졌다. 그것은 취미라기보다는 수련에 가깝다고 보아야 하지 않나? 만약 취미라 할지라도 휴식이 되는 취미는 아닐 것이 분명했다.

"검술 말고는요?"

그녀가 재차 질문하자 황제는 다시 생각에 잠겼다. 마침내 그가 신중하게 답변을 꺼내 놓았다.

"내 취미는 무언가를 성취하는 것이다."

"……."

듣고 있던 시종장과 기사들은 그런 다연에게 애도의 뜻을 표했다.

폐하가 저런 분인지 여태 모르셨습니까? 헌데 이미 늦었습니다. 저희도 반품은 받지 않겠습니다!

다연은 할 말을 잃은 표정을 지었다.

이게 뭐야, 무섭잖아. 뭐 이런 사람이 다 있지? 교제한 지 보름이 된 연인은 알면 알수록 무섭고 집요한 사람이었다.

"그런데 그것은 왜 묻는 것이지?"

"음음, 폐하가 너무 일만 하시는 것 같아서요. 가끔은 쉬는 게 필요한데, 그래서 뭘 좋아하시나 궁금했어요."

"지금 날 걱정했던 것이니?"

황제가 금세 좋아라 하며 화사하게 웃었다.

"것도 그렇고 너무 무리하시진 마세요. 제가 주제가 넘은 것인지는 모르겠지만 폐하는 조금 쉬셔야 될 것 같아요."

늘 격무에 시달렸던 다연은 황제의 과로가 남 일 같지 않았다. 물론 다연의 의도와는 다르게 황제는 행복에 겨워했다. 뭐 이런 이쁜 것이 다 있지? 다연의 걱정이 기꺼웠던 황제는 듣기 좋으니 더해 보거라, 했다가 다연에게 흘김을 당했다. 황제는 이내 다연의 몸을 자연스럽게 감싸 안고 식사 장소로 이끌었다.

이동하던 중에 황제가 불현듯 생각이 나 말했다.

"며칠 내로 치료소에 방문할 것이다. 시종장에게 얘기는 들었지?"

"네, 들었습니다."

다연은 이것이 정치적 이유 때문에 발생한 일임을 이해했다.

사실 기분이 썩 좋은 것은 아니었다. 솔직히 말하자면 처음 들었을 때는 대단히 불쾌해하기도 했다.

왜 다들 저에게 물어보지 않고 정하는 거예요? 따지고도 싶었다. 자신의 존재는 여전히 수단화되고 있었다.

그러나 시종장의 말에 의하면 황제는 이 일 때문에 매우 속상해했다고 했다. 그가 선택할 수 있는 최선이었을 거라고도 대변했다. 참 일 잘하는 마음씨 좋은 측근이었다.

착잡해하는 다연을 가만히 바라보던 황제가 말했다.

"너에게 미안하게 생각한다."

"……뭐가요?"

"이 진흙탕 같은 더러운 정치판에서 너를 완전히 꺼내 주질 못해서."

황제의 사과는 성격처럼 진솔했다. 그리고 어른스러웠다.

황제는 다연이 불만스러워하는 것보다 훨씬 더 근본적인 범위의 것을 미안해하고 있었다.

그래서 그의 말은 그녀의 얼굴을 일그러뜨리게 했다.

최선을 다하고도 사과를 해야 하다니. 이렇게나 무리하고 있는데도 알아주는 사람이 없다.

저 자리는 영광스러운 자리였지만 누군가의 인정을 받기도 힘든 고독한 자리였다.

그런데 그는 왜 저렇게 열심히 산단 말인가? 왜 그런데도 비난 받는 것에 익숙해져야 하고 또 무엇을 그렇게 잘못하여서 사과를 하여야 한단 말인가?

그녀는 걸음을 멈춰 서서 황제를 똑바로 바라보았다. 그리고 생각했다.

이 상황이 불편하다 해도 그에게 비난을 얹어 주는 또 하나의 사람이 될 수는 없다. 그래서 그녀는 이 순간 그를 무조건적으로 이해해 주기로 했다.

"저한테 사과하지 마세요. 잘못한 게 없으신데 왜 사과를 하세요?"

"다연."

"폐하께서 원한 일이 아닌 것을 압니다. 그리고 설사 저에게 잘못하셨다고 하더라도 괜찮아요. 저한테 그러셔도 돼요."

이건 또 무슨 말이란 말인가? 보기 드문 다연의 고집스러운 말에 황제는 얼떨떨한 얼굴을 했다. 그러나 다연은 단호했다.

"하고 싶은 것, 필요한 것을 하세요. 폐하가 사과를 하실 때마다 이상하게 제 마음이 별로 안 좋아요."

다 괜찮다, 무조건적으로 편이 되어 주겠다는 말에 황제는 잠시 말을 잃었다.

황제는 아주 가끔 다연의 저 시선을 이해할 수가 없다.

그녀는 왜 이렇게 슬퍼하며, 울컥해하며 자신을 바라보고 있는 것일까? 보살핌을 받아야 하는 것은 그녀이며 그는 이 세상에서 다연을 지킬 수 있는 가장 강력한 사람일 텐데도?

너는 나를 보호하려 들 필요가 없어, 내가 안쓰럽게 느껴진다면 너는 지금 대단히 큰 착각을 하고 있는 거야. 금방이라도 무너질 것 같은 얼굴을 하고도 제법 매섭게 이야기를 하는 다연에게 황제는 말해 주고 싶었다.

종종 그녀가 굉장히 다정하고 마음이 여린 사람이라는 것을 느끼곤 한다.

어떻게 저런 마음으로 세상을 살아왔을까? 저렇게 고결한 태도로 세상을 마주하려 하니 쉽게 부서지고 상처가 많은 것이다.

그러나 지금 이 깨끗하고 순수한 마음이 위하고 있는 것은 다름 아닌 황제 자신이었다. 그런 상황에서 무슨 말을 할 수 있을까?

"내가 너에게 더 잘하겠다."

이미 수차례 사랑을 맹세했음에도 황제는 굳은 얼굴로 다시 한 번 말했다. 다연에게 하는 말이 아니라 스스로에게 하는 다짐이었다.

그날은 결국 찾아왔다.

아침부터 단장에 여념이 없는 시녀들의 손길을 보며 다연은 기시감을 느꼈다.

291

이 분주한 손길은 꼭 황제를 처음 만나러 가던 날 같다. 그때 당시 시녀들은 조용했지만, 오늘만큼은 여기저기서 비명 소리가 난무했다. 그들도 그사이 다연이 익숙해졌기 때문이다. 다연은 어지간한 일 가지고는 시녀들을 나무라는 일이 없었다.

단장이 다 된 얼굴을 거울로 비춰 보며 다연은 시녀들의 의도를 깨달았다.

나 오늘 갸륵해 보여야 하는구나. 응, 근데 그거는 안 돼. 포기해.

화장을 해 준 시녀들에게 미안해하며 다연이 고개를 설레설레 저었다.

당연한 이야기지만 다연은 말을 타고 이동하지는 못했다. 채택된 의상도 문제였고, 아직 말을 탈 실력이 안 된다는 것이 결정적이었다.

황제는 다연의 검술을 지도하는 베른하르트에게 기마술도 가르치게 했다. 조만간 탈 수 있게 만들어 놓으라는 것이 황제의 지시였지만 그것은 다연을 너무 띄엄띄엄 본 것이었다.

베른하르트는 본인의 수련도 미뤄 놓고 상관 애인을 가르치는 일에 전념했다. 그러나 안 되는 것은 안 되는 것이었다. 리리는 순한 말이었지만 문제는 말이 아니라 사람에게 있었다.

태어나서 이런 몸치를 처음 보는 베른하르트는 잘릴 각오를 하고 며칠 내로 해결될 일이 아니라고 황제에게 진언했다. 합리적인 황제는 그의 진정성을 받아들였다.

모두는 안타까웠다. 기껏 말을 사 줬는데 왜 타지를 못하니.

그렇게 다연의 이동 수단이 마차로 결정되었다. 덩달아 황제도 마차에 올랐다.

황제이지만 기사인 미하일은 원래 마차를 선호하지 않았다. 시야가 가려지기 때문이었다.

그런데도 그가 오늘 마차에 오른 이유는 단순했다. 다연과 같이 있기 위해서였다.

황제의 머릿속에서 이것은 이미 데이트로 탈바꿈되어 있었다.

그러나 그것이 문제였을까. 마차에 올라타고부터 황제의 머릿속은 통제할 수 없는 생각들로 가득 차기 시작했다. 시종도 시녀도 없이 이렇게 밀폐된 공간에 단둘만 있는 것은 거의 처음 있는 일이었다.

아무 일도 없었는데 황제는 저 혼자 얼굴을 붉히며 헛기침을 했다.

머리와 몸에 열기가 오르기 시작하자 황제는 뒤늦은 후회를 했다.

자신만이라도 말을 탔어야 했나? 그렇다고 정말로 다시 내려서 말을 타고 싶지는 않은 것이 문제였다.

"……."

미하일은 자신도 모르게 자꾸만 다연에게 시선이 가는 것을 멈출 수가 없었다.

처음엔 그냥 동그란 이마가 귀여워서 보고 있었다. 그런데 귓바퀴의 희미한 혈관에 시선이 가더니 어느 순간 창백한 목덜미와 쇄골을 보고 있다.

나중에는 시선이 점점 아래로 내려가 옷을 응시하고 있었는데 지금 보고 있는 게 옷인지 그 안의 미지의 영역인지…… 황제도 잘 몰랐다.

다연은 특별한 장식이 없는 하얀 드레스를 입고 있다. 문양과 색채가 화려한 알티우스의 복식과는 조금 동떨어져 보였는데 어딘가 나풀거리는 하얀 옷은 그녀의 검은 머리카락과 잘 어울렸다. 한없이 경건하고 단정해 보였다.

그런데 그 경건하고 단정한 모습을 보면서도 황제는 조금도 경건해지지를 못했다. 그의 머릿속은 한없이 질척거리고 저질스럽기만 했다.

시작은 소박했다. 저 하얗고 고와 보이는 목덜미를 조금만 베어 물어 보고 싶다.

콱 깨물면 아파하겠지. 아픈 거 싫어하니까 그럼 안 되겠지. 아니, 안 싫어해도 아프게 하면 원래 안 되는 거였지. 그럼 그냥 아주 살짝 핥아 보는 건 어떨까?

황제의 초록 눈동자가 점점 어두워졌다.

다연은 그 언젠가 미하일을 보며 마음이 찬란한 사람이라고 생각했던 적이 있다. 사람이 저마다의 빛깔을 가지고 있어 그 색채를 눈으로 볼 수 있다면 황제의 것은 태양처럼 찬란할 것이라고. 그러나 만약 지금 황제가 하고 있는 상상을 색으로 표현할 수 있다면 온통 새빨갛고 새카만 것들이 난무하여 난리도 아닐 것이었다.

난잡하지만 간절한 그의 소망은 끝을 모르고 이어졌다.

저 몸을 좁은 마차에 그대로 눕히고 싶다. 그리고 저 나풀거리는 치마를 천천히 걷어 올리고…….

눕혀 놓고 그 위를 은근히 짓누르며 귓가에 본인의 욕망을 솔직하게 속삭이면 아마 그녀는 부끄러워하겠지. 그렇지만 부끄러워서 얼굴을 가릴지라도 이미 애인 사이가 된 자신을 밀어내진 않을 것 같았다. 다연은 매우 상냥하고 고지식하니까.

잘 빨개지는 얼굴은 언제나 사랑스러웠다. 저렇게 잘 빨개지는데 몸은 얼마나 또 잘 달아오를까? 몸은 또 어디까지 물들까?

황제는 늘 궁금했다. 빨간 살결을 보면서 놀리고, 한없이 게으른 그녀를 귀찮게 굴면서 치근덕거리고, 짜증 내면 웃고, 또 귀여워해 주고 마음껏 사랑해 주고 싶다.

작은 귀를 한입에 삼켜 버리고 싶다. 지난번 만졌을 때는 바르르 떨었었는데. 귀가 약한가 보네. 귀엽긴.

그런데 체모는 머리칼과 같은 색이겠지? 아, 보고 싶잖아.

좋아하는 여자와 밀폐된 공간에 단둘이 있게 된 황제의 머릿속은 이미 구제할 수 없는 엉망진창의 쓰레기통이었다. 아마 그 머릿속을 다연이 낱낱이 읽을 수 있었더라면 '어후, 세상에, 이 변태는 또 뭐야!' 하며 마차 문을 열고 그대로 뛰어내렸을 것이다.

다행일까, 불행일까. 다연은 지금 황제에게 관심이 없었다. 그리고 기분이 별로인 것 같았다.

기분이 좋으면 입맞춤이라도 시도해 보련만. 분위기 파악을 할 줄 아는 황제는 그래서 자제할 수 있었고 또 다소 시무룩해졌다. 허공을 보다가 다시 다연을 보며 흠흠, 주위를 환기하는 황제는 오늘따라 쭈굴했다.

"기분이 안 좋아?"

결국 황제가 관심 좀 달라며 다연에게 말을 걸었다.

"아, 아니요. 그냥 좀 긴장을 해서 그래요."

그녀는 황제와는 좀 다른 사정에 시달리고 있었다.

사실 다연은 몸이 안 좋았다. 너무 긴장되고 초조한 나머지 구토를 할 것 같았다.

그제야 황제는 다연의 안색이 평소보다 창백하다는 것을 알아차렸다. 그러나 왜인지까지는 알 수 없었다.

"긴장? 갑자기 왜?"

황제가 짐작도 못 하는 눈치라 다연은 설명할 의욕을 잃었다.

당연한 일이다. 그가 그녀의 심경을 이해할 턱이 없었다. 황제는 기본적으로 낯가림이 무엇인지 모르는 사람이었다. 태어날 때부터 황제가 되기로 예정되어 있던 사람이다. 그가 어려워해야 할 사람이 대륙에 있기는 한가?

그는 달변가였고 남을 설득시키는 것에 항상 자신이 있었으며 대중 앞에 서는 것에 조금의 부담도 느끼지 않았다. 황태자 시절부터 꾸준히 이민족과의 전쟁에 참전했던 그는 개선식의 선두에 서서 환호를 받는 일마저도 너무나 익숙했다. 한마디로 선천적, 후천적 모두 외향형 인간이라는 뜻이다.

반대로 다연은 극도의 내향형 인간이었다. 이전의 세계에서 그녀는 지원 그룹의 구매팀에서 직장 생활을 시작했다. 그것은 그녀의 성향과도 잘 맞았다. 그랬던 그녀가 갑자기 마케팅 그룹의 판촉기획팀으로 흘러 들어간 건 특별한 이유가 있어서는 아니었다. 그냥 조직 개편이 필요하다는 높으신 분들의 헤게모니 때문이다.

그러나 이 내향적이고 주장하길 싫어하는 인간을 판촉기획팀에 배치하다니 조직이라는 곳은 조직원 개개인의 성향에 대해 얼마나 관심이 없는가. 아마 그녀의 직장 생활의 불행은 거기서부터 시작되었을 것이다.

마케팅 그룹은 기본적으로 약장수들이 많은 곳이었다. 반짝이는 아이디어도 중요하지만 입을 잘 털어야 성공할 수 있었다. 검증되지 않은 기획안을 가지고 장밋빛 미래를 그리고 그것을 남들에게도 설득시켜야 했는데 다연의 성격은 그게 좀처럼 안 됐다.

그녀는 불확실한 설계는 어려워했다. 검증된 자료를 통해서만 판단하는 것을 좋아했으며 주도하는 일, 책임과 실패는 두려워한다.

자신으로 인해 조직에 피해가 돌아올 수 있다는 가능성은 늘 그녀의 스트레스를 가중시켰다. 그녀는 자신이 확신할 수 없는 일로는 남도 설득시킬 수 없는 사람이었던 것이다.

인원 통제가 이루어지고는 있지만 치료소 안팎에는 어마어마한 사람들이 몰려 있다고 했다. 그렇게 많은 사람 앞에 나서야 한다니 속이 다 울렁거리는 기분이었다.

그런 데다 한 가지 트라우마가 더해졌다. 사람들이 자신을 보고 이번에도 실망 섞인 눈빛을 한다면 정말 큰 상처를 받아 버릴 것만 같았다. 그리고 황제에게 누가 되고 싶지 않았다.

만약 이 일이 다연에게 이만큼이나 큰 부담인 줄 황제가 알았더라면. 예전의 일들이 그녀에게 얼마나 큰 트라우마가 됐는지를 알았더라면.

황제는 조금 더 무리한 정치적 부담을 지더라도 이 일정을 취소하였을 것이다.

황제는 낯을 가린다는 것이 무엇인지도 모르는 사람이었고, 기본적으로 유약한 멘탈과는 백만 광년 정도는 거리가 먼 사람이었으니. 모르는 대중 앞에 서는데 그것이 왜 부담이 되는지, 그러나 누군가에게는 그럴 수 있다는 가능성조차도 상정하지 못했던 것이다.

그래서 그는 이 순간 다연의 마음을 정확하게 짚어 낼 수는 없었다.

다만 그녀의 창백한 안색만큼은 확실히 인지할 수 있었기에 다연을 바라보는 그의 얼굴은 어두웠다.

황제가 손을 뻗어 그녀의 이마고 얼굴을 조심스레 짚어 봤다.

"너 정말 어디가 아픈 것이니? 열은 없는 것 같은데."

"아프다기보단 속이 좀 울렁거려요. 도착할 때까지 아직 멀었죠?"

"온 것보다는 많이 가야 할 것이다. 마차로는 영 속력이 나질 않아서."

"아아, 네."

"그렇게 많이 안 좋아?"

평소 같으면 괜찮다고 했을 그녀가 언제쯤 도착하냐고 묻는다. 그 정도로 안 좋은가 싶어 걱정이 됐다.

무심결에 다연의 손을 찾아 쥐던 황제는 그만 화들짝 놀라고 말았다.

"손이 얼음장 같지 않느냐?!"

황제는 결국 마차를 멈추게 했다.

수행 인원은 어마어마했다. 근위대장은 황제의 명을 받들어 황궁 근위대의 반수를 차출하는 것은 물론 군무부의 협조를 받아 중앙군 일부를 동원했다.

이동 경로 곳곳에는 병사들이 배치되어 있었으며 이만큼의 인원이 치료소 쪽에 또 대열을 갖추고 있었다. 둘러싼 사람들이 너무 많아 주변 풍경은 제대로 보이지도 않을 지경이었다.

이 엄청난 인원이 고작 자신의 울렁증 때문에 멈춰 서야 한다는 것이 다연의 양심을 자극했지만, 멈춰 서 바깥공기를 흡입하니 조금이나마 나았다.

긴장감 때문이 아니라 멀미였나? 마차가 너무 흔들려서? 하긴, 길 상태가 너무 좋지 않다. 그녀는 얼굴을 찌푸리며 생각했다.

이 순간 정말로 불쌍한 사람은 따로 있었다. 치료소가 어느 정도 수준인지 보고 싶다며 해맑은 마음으로 따라나섰던 궁의는 인생 두 번째 고난을 맞았다.

"대체 왜 이러는 것이냐?"

궁의는 황제의 진노를 직격탄으로 맞을세라 몸을 움츠렸다. 진찰을 채 시작하기도 전부터 황제는 닦달을 해 댔다. 상태를 살피던 궁의가 힐끔 눈을 들어 다연을 봤다. 그 원망과 처연함이 섞인 눈은 말하고 있었다.

제가 만수무강하시라고 했을 텐데요.

그러나 지켜보고 있는 상사가 천하의 둘도 없는 권력형 언어 폭력배라 궁의는 입 밖으로는 찍소리도 하지 못했다.

"그냥 좀 긴장해서 그런 거예요."

결국 다연이 너무나 미안해하며 끼어들었다.

황제는 그녀의 말을 부정했다.

298

"고작 긴장해서 그렇다니. 안색도 창백하고 손도 차갑지 않느냐?"

긴장을 해 본 적이 없으셔서 잘 모르시겠지만 어떠한 사람들은 너무도 긴장을 하면 얼굴이 창백해지고 손발이 차가워집니다…….

이번에도 궁의는 하고 싶은 말을 속으로 삼켰다.

온통 걱정으로 가득 찬 황제의 얼굴은 먹구름이 낀 하늘 같았다. 처연하지만 아름다웠다.

사실 황제는 걱정은 물론 아픈 사람을 옆에 두고 혼자 이상한 생각을 하고 있었던 것이 미안했다.

그 침통하기 그지없는 얼굴을 보며 시종들이 생각했다.

얘들아! 아픈 건 다연 님인데 우는 건 우리 폐하가 먼저 우실 것 같아!

결국 황제가 결심한 듯 말했다.

"지금이라도 돌아가자."

"네?"

되물음은 다연이 했지만 그 물음은 일행 모두의 것이었다.

"몸도 약한데 밖에 나오는 것이 아니었다. 황궁으로 가겠다."

이쯤 되자 호위 인원을 추려 내고 이동 경로를 짜느라 며칠 새 3년은 늙은 근위대장은 입에 거품을 물 지경이었다. 그는 순간 울컥했다.

앞으로 한 발 나선 근위대장이 반론을 제기하려 들자 시종장이 재빨리 입을 틀어막았다.

이런, 가만있으면 어련히 다연 님이 말려 주실 것을, 이 눈치 없는 양반 같으니.

아니나 다를까 다연이 말도 안 된다며 반대했다.

"무슨 소리를 하시는 거예요. 그냥 잠깐 속 좀 안 좋았던 거 가지고."

그러나 황제는 강경했다.

"그래서 또 지난번처럼 며칠이나 앓아누워서 내 속을 다 태울 것이냐? 넌 지난번에도 처음에는 그냥 좀 으슬으슬할 뿐이라고 말했다. 애초에 자리를 털고 일어난 지도 얼마 되지 않았는데 너무 일정을 무리하게 잡은 듯싶다."

그러나 다연 하나 때문에 이 무수한 사람들의 노고를 무위로 돌릴 수는 없는 일이었다.

이 참사를 두고 볼 수 없었던 다연은 결국 선의의 거짓말을 했다.

"돌아가기 싫어요."

"……."

"오랜만에 밖에 나와서 기대하고 있습니다."

달변의 황제는 그만 말문이 막혔다. 사람들은 열광했다.

잘한다! 다연 님 잘한다!

이쯤 해서 궁의가 끼어들었다. 사실 처방은 필요 없었다. 그러나 안절부절못하는 황제에게 마음의 위안을 주자 싶었던 것이다. 궁의는 얼른 상비하던 환을 하나 올렸다.

"속이 편해지는 것이옵니다. 먹으면 씻은 듯이 나을 것입니다."

물론 처방이 필요 없듯이 먹을 필요 또한 없었다. 그러나 다연 역시 황제가 다시 잔소리를 할세라 냉큼 받아 삼켰다.

"여기, 여기 물이옵니다."

시종장이 어디선가 얼른 물을 가져왔다. 다들 손발이 착착 맞았다.

까다로운 황제 밑에서 탄생한 환상의 콤비네이션이었다.

"정말 괜찮니?"

마차에 올라탄 뒤로도 황제는 줄곧 불안한 얼굴이었다. 그리고 그는 마침내 이 사태의 근본적인 원인을 찾은 듯했다. 황제가 사나운 얼굴로 분개했다.

"그 망할 신전 놈들을 여태 가만두는 것이 아니었다."

다연은 킥킥 웃어 버렸다.

황제는 진지했지만 어쩐지 그 열의를 불태우는 모습을 보니 긴장감이 씻은 듯 사라지는 느낌이었다.

다연이 수차례 괜찮다고 말했음에도 황제는 다시 한 번 자신의 정치적 목표를 상기했다.

신전을 박살 낼 것이라고 되뇌는 그의 원한은 깊고 또 깊었다.

가는 동안 다연은 계속해서 마음의 준비를 했다. 주눅 들거나 당당하지 못하면 안 된다. 어떠한 권능도 보여 줄 수 없지만 이 순간만큼은 황제에게 폐가 되고 싶지 않다.

그러나 어느 순간부터 들려오는 사람들의 소리는 굉장했다. 웅성거리고, 환호하고, 또 고함을 지른다. 마차 안까지 느껴지는 사람이 뿜어내는 기운들. 그래선 안 된다는 걸 알고 있는데 압도된다.

마침내 황제가 마차에서 내리고 다연이 따라 내리자 그 환호는 더욱 거세졌다. 여기저기서 황제 폐하와 헤르니야를 연호하는 소리가 들렸다. 다연은 말을 잃고 조금 창백한 얼굴로 주위를 둘러봤다.

"……."

인산인해였다. 이렇게나 많은 인파가 모여들다니.

어차피 근위대와 제국군이 둘러싸고 있어 제대로 보이지도 않는데, 저 많은 사람들은 황제와 신녀의 머리카락 한 올이라도 보겠다고 몰려들어 있는 것이었다. 다연은 기가 다 빨리는 느낌이었다.

그들은 기사들의 호위를 받으며 천천히 치료소 계단을 올랐다.

"괜찮아?"

황제가 다연의 귓가에 대고 물었다.

이제 한 번만 더 물어보시면 열 번입니다. 가장 지척의 거리에서 수행하던 시종장이 메마른 눈으로 셈을 했다.

"괜찮다니까요."

다연 역시 황제의 귓가에 속삭였다. 다연이 말할 때 황제는 자연스럽게 고개를 다연 쪽으로 기울였다.

황제는 다연이 쓰러지기라도 할세라 한 손으로는 등 밑을 받치고 다른 한 손으로는 그녀의 손을 부여잡고 조심스레 이끌었다. 사실 미하일은 그냥 다연을 안아 들고 걷고 싶은 마음이었다.

그리고 그들의 그런 모습은 자연스럽게 과시가 됐다. 지켜보던 모두는 신녀가 황제와 보통 사이가 아니구나, 라는 것을 깨달았다. 물론 황제는 그럴 작정으로 나오긴 했다. 그녀 걱정에 애초의 의도들을 완전히 망각했지만 말이다. 그리고 실제는 꾸며 내는 연출보다 훨씬 더 사람들의 마음을 움직였다.

치료소 안의 의원들과 환자들은 황제를 목도하고 어쩔 줄을 몰라 했다. 그들의 인생에서 제국의 황제를 이렇게 지척에서 볼 일이 얼마나 있었겠는가?

"세상에……."

여기저기서 탄식과 탄성이 들렸다.

다연은 이 상황이 매우 생경했지만 황제는 그다지 신경 쓰이지도 않는 것 같았다.

황제는 다연의 눈을 보며 단단히 다짐을 받았다.

"아프면 반드시 말하거라. 주변에 이르든 나를 부르든 반드시. 금방 돌아오겠다."

그리고는 아쉬운 듯 그녀의 손을 놓아주었다.

그녀가 환자들을 둘러보는 동안 황제는 먼저 행정관에게 짧은 보고를 들을 예정이었다.

걸어가는 황제의 뒷모습을 보고 있던 다연은 곧 몸을 돌려 치료소 내부를 둘러봤다.

지어진 지 얼마 안 된 시설은 쾌적했다. 엄격한 인원 통제 탓에 치료소에는 육안으로 볼 수 있는 외상 환자들이 대부분이었다. 그리고 그들 대부분은 회복 기간이 필요한 장기 환자들이었다.

다연의 걱정은 사실 굉장히 부질없는 것이었다. 그들은 다연이 그들을 낫게 해 줄 수 없음에도 전혀 개의치 않았다. 그녀가 헤르니야의 계시를 받아 나타난 사람이라는 사실만으로 열광했다. 이곳에 있는 많은 이가 헤르니야의 열렬한 신도였고 그들은 다연이 마치 헤르니야의 현신이라도 되는 것마냥 감격해했다.

'신전에서 나를 탐내는 것은 당연하구나.'

나중에는 다연마저 그런 결론에 도달하고 말았다.

그녀가 신전에 있었더라면 그녀는 아마 지금쯤 황제의 가장 강력한 적이 되었을 것이다.

"감사합니다…… 감사합니다. 와 주셔서 감사합니다."

"다음에 또 뵐 날이 있었으면 해요. 그때까지 건강하세요."

손 한 번 잡아 주고 다정한 말 한 마디 꺼내는 것만으로 사람들은 고마워했다.

눈물을 글썽거리는 선량한 얼굴들. 다연은 절로 다정하고 상냥한 위로의 말을 건네게 됐다.

그러나 한편으로는 또 우울해졌다. 나는 당신들을 위해 해 줄 수 있는 게 아무것도 없는데. 이 열광과 감사는 차라리 당신들을 치료하는 의사나 이 치료소를 만들게 한 폐하께 표하는 것이 좋을 거예요.

하다못해 이 주변을 통제하고 있는 병사들이 당신들의 인생에는 훨씬 더 쓸모가 있을 텐데. 왜 나 같은 사람에게 열광을 하나요. 그녀의 생각은 한없이 씁쓸하고 또 냉정했다.

다연은 잠시 자리에서 일어나 황제가 있는 쪽을 물끄러미 바라보았다.

황제는 또 뭐가 마음에 안 드는지 하급 행정관에게 끊임없이 잔소리를 하는 중이었다. 땀을 흘리고 있는 행정관은 이제 거의 불쌍해 보일 지경이었다.

난데없이 행차한다는 황제 때문에 팔자에도 없는 보고를 위해 며칠을 지새웠지만 처음 겪어 보는 그들의 황제는 생각보다 훨씬 깐깐했다. 좋은 자리라고 좋게 좋게 넘어갈 거라고 생각했다면 오산이었다.

황제가 입을 열 때마다 안색이 거무죽죽하게 변해 가는 행정관을 보면서 다연은 그만 웃음을 터뜨리고 말았다. 혼나고 있는 그도 너무 안됐고 여기까지 와서도 대충이라는 게 없는 황제도 참 대단하구나 싶었던 것이다.

"……."

멀리서 보는 황제는 빛이 난다. 그가 머무는 자리마다 찬란한 빛이 비추고 그가 걸어 나가는 걸음마다 꽃이 피어나는 것 같다. 열의 있고 강하고 인생을 탓하지도 비관하지도 않는 사람.

찬사를 보내야 할 사람은 황제야. 내가 아니라고. 명예는 저 남자에게 가야 한다고.

비난받는 것이 익숙하다는 것. 다연은 그 생각을 하면 이상하게 항상 마음이 아려 왔다.

왜 그런 것에 익숙하냐고 물어보고 싶었다. 그러지 말라고도 하고 싶었다.

그러나 그것이 황제였다. 그라는 사람의 근간이었다. 그에게 사람들의 말에 상처 입으라고도 할 수 없었고 그건 무리하고 있는 거라고 만류할 수도 없었다.

그래서 다연은 이 순간 그에게 사소한 명예 하나를 얹어 주기로 했다.

그녀는 헤르니야의 권능 한 조각을 가지고 있었다.

그 힘은 동물들을 불러 모을 수 있게 했고, 그녀가 그들의 생각을 알아들을 수도 있게 했다.

다연은 가장 지근거리에 있는 독수리를 몇 마리 불러 모았다. 그리고 치료소 위를 맴돌며 날게 했다.

머지않아 바깥에서 웅성거리는 소리가 들려왔다.

독수리는 이 세계에서도 제왕과 비범함의 상징이었다. 그리고 드나르 황가의 문장이었다.

어떻게 될까? 사람들이 어떻게 반응할까? 바라는 대로 될까?

기대를 품고 두근거리는 마음으로 기다리니 머지않아 사람들의 환호성이 들렸다.

'황제 폐하 만세! 알티우스 만세!'를 연호하는 우레와 같은 소리가 끊이지 않고 들려오자 다연은 웃었다.

바깥의 소란에 안의 사람들은 의아해했고, 황제에게 기사 몇이 다가가서 밖의 상황을 보고했다. 진지한 표정으로 고개를 끄덕이며 보고를 듣는 황제를 보며 다연은 이상하게 마음이 벅찼다.

간절히 바란다. 당신은 온통 빛나는 것들만을 가질 수 있기를. 늘 칭송받고 비난 따위는 모르는 인생을 살기를. 가는 길마다 영광만이 따르고 그래서 고이 아름답길.

항상 뒤에서 황제의 편이 되어서 응원할 것이다. 그렇다면 자신의 존재가 정쟁의 수단으로 전락한다 해도 무슨 상관이 있겠는가, 다연은 순간적으로 생각해 버렸다.

그리고 깨달았다. 상대의 행복을 진실로 기원하는 마음. 이기적인 사람의 존재가 비로소 완벽하게 이타적이 될 수 있는 운명 같은 순간.

이것이 바로 사랑이구나.

계속 황제를 바라보고 있던 다연과 눈이 마주치자 황제가 순간 반가운 얼굴을 한다.

그리고 입 모양으로 '괜찮아?' 묻는다.

아아, 그가 너무나 빛이 나서, 이 감정이 너무도 찬란해서 눈물이 날 것 같다.

그렇지만 다연은 환하게 웃어 보였다. 그러자 영문을 모르면서도 그도 따라 웃었다.

"피곤하진 않느냐."

긴 일정이었다. 사람들은 지쳤고 어느덧 날은 어둑했다.

돌아가는 길, 둘은 다시 마차에 올랐다.

"조금요."

"어디 다른 데 가고 싶은 데는 없니. 밖에 나온다고 기대했잖아."

황제는 조금 미안해하며 물었다. 다연은 고개를 저었다.

이 많은 인원을 달고 또 어디를 간다는 말인가. 안 될 일이었다.

다들 빨리 가서 쉬어야지. 모두가 엄청나게 고생을 했다.

"다음번에 다시 나오자. 그때는 정무가 아닌 개인적인 일정으로. 약속하겠다."

다연이 네네, 대답하며 웃었다.

황제는 엄청나게 바쁜 사람이었고 저 약속은 실현되려면 한참이 걸릴 확률이 높았다.

그러나 이 순간 그러한 현실을 자각시켜 그를 속상하게 할 필요는 없었다.

"오늘 너무 잘했어."

황제가 문득 그렇게 말했다.

다연은 좀 쑥스러웠다. 사람들의 손을 잡아 준 것밖에는 한 게 없는데 잘했다는 칭찬을 들으니 민망했다.

"한 것도 없는데요, 뭘."

"아니다. 무척이나 의연하면서도 다정하고 또 훌륭했다. 모두가 좋은 인상을 받았을 것이라 확신한다."

황제가 거듭 그렇게 말하자 좋은 게 좋은 거라고 다연은 그냥 웃고 넘겼다. 그리고 조금 한숨을 쉬었다. 피곤이 몰려오는 느낌이었다. 그녀의 피로한 옆얼굴을 보며 황제가 말했다.

"눈이라도 붙이거라."

"음."

"편히 쉬어. 아무 짓도 안 하겠다."

다연이 흠칫 놀라면서 황제를 바라봤다.

그게 뭐야, 무섭잖아. 더 못 쉬겠잖아?

그러나 그것은 다연도 본인 스스로를 과소평가한 것이었다. 걱정이 무색하게 다연은 정말로 푹 쉬기 시작했다. 바로 얼마 전까지 자신과 대화를 나누고 있던 다연이 고개를 꾸벅꾸벅하며 졸기 시작하자 황제는 어이가 없었다.

"이것이 진짜."

실소하면서도 황제의 손길은 다정하기 그지없었다.

황제가 그녀의 몸을 조심스럽게 자신의 무릎에 눕히는 동안에도 다연은 깨지 않았다. 오히려 더 곯아떨어진 것 같았다. 황제는 그만 큭큭거리고 숨죽여 웃고 말았다.

하여간 마음은 섬세한데 하는 행동은 엄청나게 털털한 여자였다.

어찌나 털털하신지 제국의 황제 앞에서 입까지 벌리고 주무신다.

아주 귀여워서 한입에 다 털어 넣어 먹고 싶을 지경이었다.

마침내 그녀가 도롱도롱 코까지 골기 시작했을 때는 황제는 웃음이 터지는 것을 참기 위해 안간힘을 써야 했다. 자는 사람을 흔들어 깨워서 근데 너 왜 이렇게 웃기냐고 물어보고 싶다.

"요 깜찍한 것."

사랑을 얻고 객관을 상실한 황제가 중얼거렸다.

그는 손가락으로 보들보들한 뺨을 살살 쓰다듬어 본다.

"……."

참 이상한 생물이다.

그녀는 어린아이 같은데 어른스럽고 게으른데 사실은 묘하게 성실한 구석이 있다.

상냥한데 무심하다. 남을 배려하는 것 같지만 사실은 남에게 관심이 없고 자신만의 세계에 빠져 고뇌한다.

그녀는 고민이 많다. 그녀가 무엇에 집착하고 무엇 때문에 고민하는지 잘 모르겠다. 아마 별로 중요하고 실리적인 것들은 아닐 것이다. 그러나 그 고민들을 하찮다고 말하고 싶지는 않다. 다만 그녀가 현실에 발을 디디게 도와주고 싶다.

일상을 사랑할 수 있도록 주변을 채색하고 싶다. 항상 좋은 하루를 보낼 수 있도록.

웃는 얼굴이 보기 좋다고 말해 주고 싶다. 네가 웃을 때 눈 모양이 예쁘게 접히는 것을 알고 있냐고 물어보고 싶다. 윗입술이 말려 들어가는 건 알고 있냐고, 너는 웃는 얼굴이 사랑스럽다고.

그러니 매일매일 웃는 얼굴을 보고 싶다고. 보여 달라고.

황제의 마음은 이상한 충족감으로 가득했다. 다연이 자신의 무릎을 베고 잠들어 있는 것이 뿌듯하다.

연인들끼리만 할 수 있는 가까운 행위인 것 같아서 마음이 간질간질하다.

외부 시찰은 빼놓을 수 없는 황제의 업무였다. 그런데 이런 공식적인 일정을 그녀와 함께 소화하고 나니 정말 한 쌍의 부부가 되기라도 한 것 같은 고양감이 든다. 솔직히 말하면 아주 좋았다.

다연은 어땠을까? 그녀도 같은 기분을 느꼈을까?

이 조그마한 머리통으로 골똘히 하는 생각들이 황제는 늘 궁금했다.

"나를 이렇게 단단히 꾀어내다니 어찌 이럴 수가 있단 말이냐."

인생에 두 번은 일어날 수 없는 기적을 직면한 것 같다. 절대로 지나칠 수 없는 벼락과도 같은 순간. 그런 인연.

헤르니야여, 진실로 감사합니다.

황제의 얼굴엔 한순간도 미소가 떠날 줄 몰랐다.

황궁에 다 도착할 때쯤 슬그머니 눈을 뜬 다연은 자신이 황제의 무릎을 베고 누워 있자 그만 화들짝 놀라고 말았다.

그녀가 놀라서 벌떡 일어나는 모습을 황제는 참 귀엽게도 논다, 하는 얼굴로 보고 있었다.

"잘 잤니?"

"제가 잤어요?"

"네 입가의 침에게 한번 물어보렴."

말로 사람 이렇게 쥐어 패도 되나요? 사람 뼈 마구 때리기 있나요?

사랑에 빠져도 상대를 가리지 않고 까는 황제의 위엄은 건재했다.

다연이 엄청나게 민망해하며 입가를 닦자 황제가 싱긋 웃으며 그녀를 사랑스럽게 쳐다봤다. 마차는 별궁에 먼저 도달했다.

"내리자. 처소 앞까지 바래다주마."

먼저 문을 열고 내린 황제가 다연에게 손을 내밀었다. 다연이 그손을 붙잡고 따라 내렸다.

마침내 그들이 별궁 안까지 도달했을 때, 다연은 멀뚱멀뚱 황제를 바라봤다.

다 왔으니 이제 그만 헤어져야 했다. 그도 피곤할 테니 어서 가서 쉬어야 할 것이 아닌가.

309

그런데 어쩐 일인지 황제는 돌아가지 않고 그대로 방 안으로 들어와 의자에 자리를 잡고 앉는 것이었다. 그러더니 다연에게 너도 앉으라고 눈짓을 했다. 누가 이 처소의 주인인지 알 수 없었다.

머리를 긁적이면서도 다연은 황제의 옆에 따라 앉았다.

날도 어두운데 왜 안 가지?

그녀는 내심 의아하게 여겼다. 그가 돌아가야 다연도 시녀들도 다 쉴 것인데 말이다.

황제로 말할 것 같으면 솔직히 가기 싫었다. 더 밤늦도록 같이 있고 싶었다. 그래서 눈치 없는 남자처럼 그냥 자리를 깔고 앉은 것이었다.

오래도록 같이 있고 싶은 것, 헤어지기 싫은 아쉬움. 그것이 원래 참다운 연애였다.

"다리 아프진 않니?"

"조금요."

"발은? 신발이 불편했을 듯싶다."

"음, 조금?"

"주물러 줄까?"

다연도 시녀들도 시종들도 기겁했다.

그러나 이 순간 저희들이 하겠습니다, 한다면 황제의 노여움을 사겠지? 시녀들은 눈치를 보며 갈팡질팡했다.

자기 발도 직접 주물러서는 안 될 것 같은 위치의 사람이 저런 말을 하자 다연은 잠시 말문이 막혔다. 그런데 황제는 내심 기대하고 있는 눈치다.

하지만 체면 떨어지게 황제의 아랫사람들이 보는 앞에서 그런 일을 하게 할 수 없었다. 다연은 고개를 저었다.

"씻고 쉬면 됩니다. 늦었는데 폐하도 얼른 가셔서 쉬셔야죠."

이 정 없고 야박한 것 좀 보게. 쫓아내려 하니 황제는 서운해졌다.

310

그러나 그가 얼마나 솔직한 남자인가. 그는 마음을 자각하면서부터는 구태여 본인의 마음을 숨기려 들지 않았다. 황제는 또 묵직한 직구를 던졌다.

"가고 싶지 않다."

어머어머, 웬일이니, 웬일이야!

시녀들은 또 서로의 팔뚝을 꼬집고 때리고 밀치고 난리가 났다.

세상에! 가고 싶지 않대, 엉엉. 그럼 가지 마! 여기 있어! 혼인해! 둘이 살아 그냥!

또 얼굴이 빨개질 기미가 보이는 다연을 빤히 바라보며 황제가 재차 말했다.

"같이 있고 싶다."

황제의 말은 중의적이었다.

다연도 어른이었다. 이 야심한 밤에 남자가 내뱉는 말 안에 내포된 의미를 그녀도 다 알아들었다.

그렇지만 다연은 모른 척을 하며 상황을 피해 갔다.

"그럼 차라도 같이 마시고 그런 다음에 가세요."

"그래."

분위기 파악이 빠른 황제는 선뜻 대답하며 빠르게 물러났다. 그러면서도 황제가 음험하게 웃으며 그녀를 봤다. 눈을 가늘게 뜬 그는 그녀의 속내를 이미 다 꿰뚫고 있는 듯했다.

너 다 알아들었지? 그러면서 모른 척을 하다니 이 요망한 것 좀 보게. 너 곰인 줄만 알았더니 그렇지는 않네?

황제의 눈길이 너무 뜨거워서 다연은 빨개진 얼굴을 벅벅 긁었다.

어휴, 정말 남들 보기 창피해서 살 수가 없네.

차 한 잔의 시간은 길다면 길고 짧다면 짧았다. 그들은 그 시간 동안 오늘 하루 있었던 일들을 복기했다.

같은 시간과 일상을 공유한 그들은 대화는 풍성했다.

아까 그 할아버지가 갑자기 울어서 저 너무 슬펐잖아요, 들으셨어요? 의원의 수가 생각보다 많더라고요, 그런데 침상이 좀 적어 보이지 않았나요?

아까 밖에서 독수리가 날았다. 황가의 상징이지. 역사적으로 전례가 없는 일이라 사람들이 다들 감탄했단다.

다연은 오늘이야말로 자신이 황제의 일상에, 또 황제가 자신의 일상에 파고든 듯한 기분을 느꼈다.

찻잔은 머지않아 바닥을 보이고 그에게 허락된 시간은 거기까지였다. 물끄러미 찻잔을 바라보던 황제가 아쉬워하며 말했다.

"이제 그만 가야겠구나. 그런데 차 한 잔의 시간은 너무 짧다."

"그런가요?"

"그래. 그러니 다음엔 조금 더 인심을 쓰려무나. 나는 너하고라면 몇 잔의 차라도 마실 수 있다."

그의 농담에 다연은 피식, 웃었다.

"새겨들을게요."

다연은 처소 앞문에서 그를 배웅했다.

"안고 싶다."

그의 말은 이번에도 중의적이었다. 재미를 붙인 듯싶었다.

이 남자가 진짜! 다연이 새침하게 노려보는데도 황제는 싱글벙글이었다. 보는 사람들은 둘이 참 잘 맞는다고 생각했다.

그는 양팔을 벌렸다. 흘겨보면서도 청한 대로 자신을 먼저 끌어안아 주는 다연이 너무 좋아서 황제는 다연을 꼭 끌어안고 웃음을 흘리며 몸을 살짝 추어올렸다.

놓기 싫다. 아, 갑자기 막막해진다. 갈 길이 구만리였다. 혼인할 때까지는 매번 이렇게 밤마다 헤어져야 한단 말인가? 이참에 그냥 내궁 안 자신의 침소에 들어앉히고 싶었다.

부부 사이라도 처소를 같이 쓰는 것은 법도에 없는 일이라지만 둘의 사이가 좋아서 그렇다는데 누가 감히 뭐라고 할 것인가? 이참에 전례를 새로 만들어야지.

아직 제대로 청혼을 한 것도 아니면서 황제의 머릿속은 한참을 앞서 나갔다. 그리고 다른 사람들의 생각은 이미 눈곱만큼도 신경 쓰지 않았다. 그는 원래 늘 그랬다.

황제가 다연의 얼굴을 소중하게 감싸 쥐었다. 그리고 그 얼굴이 천천히 내려왔다.

뿌리치려면 뿌리치거라, 하는 듯한 느린 속도였다.

얼굴이 다가오자 다연은 반사적으로 눈을 감았는데 그의 입술이 향한 곳은 다연의 이마였다. 욕망을 다스린 신사적이고 다정한 작별 인사였다.

다연의 이마에 입술을 잠시 내리눌렀던 그가 그녀의 눈동자를 지그시 응시했다. 그리고 속삭였다.

"다연, 잘 자. 좋은 꿈 꾸고."

"……폐하도요."

"그래."

그러나 돌아가지 못하고 그가 다시 이마에 입을 맞추었다.

"오늘 너무 고생했어."

정확하진 않다. 그렇지만 오늘 그녀가 애쓰고 힘을 냈다는 것을 알 수 있었다.

그녀는 원래 매사에 의욕이 없었다. 그렇지만 오늘만큼은 열심이었다.

왜 그런지 알 것 같다. 그것은 아마 자신을 위해서일 것이 분명했다. 다정하고 착한 사람.

"내일 보자."

황제가 떠나고도 그녀는 그 자리에 잠시 멈춰 서 있었다.

황제와 그를 따르는 일행들이 복도를 돌아 사라지자 그녀는 가만히 돌아섰다.

그러자 그녀 대신 얼굴이 빨개진 시녀들이 얼른 다가와 옷가지를 벗기며 욕실로 이끌었다.

8장.
사랑과 전쟁

국무회의 분위기는 전에 없이 밝았다.

황제와 신녀의 치료소 방문은 성공적이었다. 객관적으로 따졌을 때 성공을 훨씬 넘어선 결과였다.

"폐하, 제국민들의 반응이 굉장합니다. 이것은 저희가 목표했던 것 이상입니다."

내무대신이 흥분을 가라앉히지 못하고 고했다.

"제 불민한 여식이 현장에 있었습니다. 사람들의 칭송이 끊이질 않았다고 합니다. 그날은 저잣거리의 주점마저 모두 성업했다고 합니다."

재무대신이 말을 보탰다. 한편 노신들보다는 냉정한 황제는 분위기에 휩쓸리지 않고 물었다.

"신전의 동향은 어떠한가?"

회의의 안건 때문에 동석한 근위대장이 답했다.

"잠잠합니다. 현재는 말을 삼가고 침묵하고 있습니다. 그들이 뭐,

이 상황에 무에 할 말이 있겠습니까. 더구나 폐하, 황가의 상징인 독수리가 치료소 위를 날았습니다. 참 신화에나 나올 법한 일이지 않습니까. 황실이 여신의 비호를 받는다는 말들이 상당하고 다연 님에 대한 여론도 더할 나위 없이 우호적입니다."

대신들 모두는 흐뭇하고 상기된 얼굴이었다.

일이 이렇게까지 잘 풀릴 수가 있나.

정무라는 것, 혹은 세상사라는 것은 참으로 이상하다. 때로 일의 결과는 노력과 비례하지 않는다.

그들 모두는 밤낮 없이 제국과 황실을 위해 일을 해 왔다. 그러나 황제와 다연의 치료소 방문은 그들이 몇 년을 노력한 것 이상의 결과를 가져왔다.

이렇게 한 번에 상황이 반전될 수 있나?

그러나 그것이 바로 세상사였다. 노인들은 남다른 감회에 젖었다. 젊고 유능한 황제를 믿으면서도 한편으로는 쉽지 않을 거라는 나약한 정서가 있었다. 그러나 신전의 몰락이 그들 생애에 이루어질 것도 같은 예감이 든다. 중요한 역사의 변곡점에 함께하고 있는 것 같다.

이때 말 많은 내무대신이 입을 열었다.

"저는 역시 이참에 두 분이 혼인을 하시는 것이 좋다고 생각하옵니다."

국무회의 분위기는 좋았지만 이것은 황제의 타박을 각오한 발언이었다. 그러나 대신들 모두는 내무대신의 의견에 공감했다.

"폐하, 신전과 여론을 상대로 이보다 더한 고도의 정략은 없습니다. 시기를 놓치면 파급력은 떨어지게 됩니다."

나이 든 법무대신이 말을 보태자 대신들은 다들 고개를 끄덕였다. 제국민들은 겉으로 보기에 신권과 황권이 결합하는 이 아름다운 모양새를 반겼다. 반기지 않는 것은 오로지 신전뿐이었다.

대신들은 말을 꺼내 놓고 힐끔힐끔 황제의 눈치를 살폈다.

"그 얘기는 그만하라고 지난번에 하지 않았나."

황제가 손을 휘휘 저으며 넣어 둬, 넣어 둬 했다. 그러면서도 기분은 은근 좋아 보이는 눈치였다.

노신들은 눈치가 빠르기로는 따라올 자가 없는 1백 년 묵은 여우들이었다.

우리 폐하도 빨리 혼인하고 싶으시구나, 잔뜩 신이 나셨네.

신하들 중 가장 젊은 근위대장이 먼저 바람을 넣었다.

"그날 두 분이 너무 잘 어울리시고 좋아 보이셨다는 이야기가 제국민들 사이에서 파다했다고 합니다. 현장에 있던 환자들에게서도 그런 이야기가 계속 나오는 모양입니다."

뭐, 눈이 있다면 당연한 이야기이지요. 제 눈에도 두 분이 너무 잘 어울리십니다. 벌써부터 후사가 기대되는 건 저뿐인지요. 예끼, 이 사람아. 너무 앞서갔네그려. 여기저기서 껄껄 웃으며 추임새를 넣고 황제의 기분을 돋우기 시작했다.

사람들은 간사했다. 원래가 인간은 남의 사정에 진정으론 관심이 없다. 그냥 자신에게 이득이 되고 상황에 유리하게 작용하면 그걸로 좋을 뿐이다. 그러니 그런 것에 좌우되고 고뇌를 한다면 인생을 낭비하는 것이다.

처음에는 황후로 한없이 부족해 보이던 그녀가 이렇게까지 정쟁에 도움이 되자 대신들의 여론은 급격히 앞서 나갔다.

"알았으니까 정도껏 해. 알아서 할 테니까."

미하일은 그 모든 말을 듣고도 픽 웃으며 절레절레 고개를 저었다. 그리고 다른 화제를 꺼내려 했다. 평소와 같은 공과 사를 구분 짓는 엄격한 태도였다.

그러나 그들 대부분은 황제의 즉위부터 함께해 온 충신들이었다.

317

그 미묘한 태도의 차이를 그들 모두 구분할 수 있었다.

아이구, 엄청 좋아하시네. 조만간 결판이 나겠구나.

대신들 중 가장 의견이 많고 그래서 황제에게 가장 혼이 많이 나고 또 황제를 가장 어려워하지 않는 내무대신은 또 한 번 의견을 개진했다.

"폐하, 지금이 여론을 이용할 만한 적기가 아닌지요."

황제가 가만히 고개를 끄덕이며 계속해 보라, 말했다.

"두 분이 공식 석상에 모습을 드러내셨습니다. 사람들은 어차피 입방아를 찧을 것입니다. 그렇다면 저희가 유리할 대로 소문과 여론을 선점해서 주무르는 편이 낫지 않겠습니까? 두 분께서 서로 연모하는 좋은 관계이시고 헤르니야는 황가를 비호한다는 것에 초점을 맞추어 여론을 공고히 하겠습니다."

내무대신은 계속해서 말을 이어 나갔다.

"그리고 기왕이면 다음 일정도 잡았으면 좋겠습니다. 지방의 치료소여도 좋고 제 생각엔 이번에 제방 붕괴 사고로 수해를 입은 마을도 괜찮을 성싶습니다. 소신은 꼭 이 여세를 몰아가야 한다고 생각합니다. 기회는 자주 오지 않습니다."

내무대신의 의견은 황실과 제국을 생각하는 그 나름의 충언이었다. 그리고 상당 부분 옳았다. 다만 황제가 걱정하는 것은 다연이었다.

그는 짧게 한숨을 쉬고 답했다.

"고려해 보겠다. 구체화하여 다시 보고하거라."

황제가 이쯤 하고 그만 넘어가지, 손을 휘휘 젓자 내무대신이 입을 다물었다.

이번에는 때를 기다리고 있던 외무대신이 발언권을 얻었다.

"폐하, 황립학교에 사르만 학자들이 도착했습니다. 우선은 학자들이 먼저 와 있고 학생들이 수학하는 것은 학기가 시작되는 내년이 될 듯합니다."

"드디어 일이 거기까지 진행되었나."

미하일은 감회가 새로웠다. 물론 그의 궁극적 목적은 사르만과의 수교는 아니었다. 그렇지만 알티우스 역사상 적대국이었던 사르만 학자들이 제국에 파견된 전례는 없었다. 새로운 장면이었다.

"아산카 왕자가 본국에서 온 학자들을 만나 보겠다고 황립학교에 가 있습니다."

황제는 고개를 끄덕였다.

"극진하게 대접해 주거라. 사사로운 자존심은 세우지 말고. 그게 대국의 자세일 것이다."

외무대신과 군무대신은 초조해하며 황제의 눈치를 봤다.

미하일은 이제 눈을 가늘게 뜨고 사건이 벌어질 시점을 재고 있었다.

다연은 기마술을 배우는 중이었다.

이 세계의 이동 수단은 어차피 제한적이었다. 승마는 배워 두면 반드시 쓸모가 있었기에 다연은 모처럼 큰마음을 먹었다.

베른하르트는 객관적으로 좋은 스승이었다. 인내심이 있고 또 무인치고 상냥했다.

그러나 다연은 좋은 자질을 가진 학생이 아니었다. 성실하고 아니고를 떠나서 그녀는 몸을 마음대로 쓸 줄 몰랐다. 평생을 공부와 일만 하며 살아온 고루한 사람이었기 때문이다.

왜 등에 힘을 빼질 못하니? 사람들은 모두 의아했다.

"리리."

자세가 좀처럼 나아지지 않자 그녀는 홀로 승마 연습을 하러 나온 참이었다.

옆에는 삼식이도 놀러 와서 구경 중이었다. 별궁 까마귀도 심심하다고 날아와서는 시끄럽게 훈수질을 하는 중이었다.

"나 떨어뜨리면 안 돼. 알겠지?"

그런다고 말이 알아듣겠습니까?

지켜보던 시녀들은 떨떠름한 눈으로 생각했다.

「**안 떨어뜨릴게요. 그런데……** 저 예쁜가요?」

망아지였을 때부터 궁극의 미모를 뽐냈던 말은 매일같이 인간들의 찬탄을 들으며 커 온 나머지 하루라도 미모에 대한 칭찬을 듣지 않으면 불안해했다.

이렇게나 예쁜데 계속 확인받고 싶어 한다. 다연은 그런 말이 사랑스러워서 어쩔 줄 몰랐다.

힝, 귀여워. 발을 동동 구르다가 결국 와락 껴안았다.

"우우와아아, 우리 리리 예쁘다! 진짜 최고다!"

지켜보던 사람들은 그냥 다연이 어지간히 말을 예뻐하는구나 생각했을 뿐이다.

집무실에서 마사 쪽을 바라보던 황제는 다연이 자신이 선물한 말과 함께 놀고 있자 굉장히 기꺼워했다.

조금 도와줄까 싶은 마음이 들어 급히 봐야 하는 서류들만 검토하고 내려온 참이었다.

흐뭇한 마음으로 마사로 향하던 황제는 거리가 가까워지자 점점 눈살을 찌푸렸다.

저건 또 뭐야.

말을 타고 주위를 몇 바퀴 돌다가 이내 흥미를 잃었는지 그녀는 이제 땅바닥에 주저앉아 개 목을 벅벅 긁으며 놀고 있었다.

개는 배를 보이고 누웠다가 폴짝폴짝 뛰어다녔다가 다시 다연의 다리 위를 파고들어 또 벌러덩 눕는다. 그 바로 옆을 예쁜 말이 한가

320

로이 거닐며 풀을 뜯고 있다. 근처에는 웬 까마귀 한 마리가 까악거리며 요란스럽게 날고 있었다.

가관이었다. 황제가 혀를 끌끌 찼다.

"여기가 동물농장인 것이냐."

저것들은 다 어디서 저렇게 모여드는지, 이러다가 황궁이 동물의 왕국이 될 기세였다.

미하일은 가까이로 다가섰다. 다연이 흙먼지를 옴팡 뒤집어쓰고 바닥에 주저앉아 헤헤거리고 있자 황제는 잔소리를 하고 싶어 미칠 것 같은 얼굴을 했다. 그는 실제로 입을 몇 번 열려고 했다.

위험하게 말 바로 옆에 앉으면 어떡하느냐, 그러다 밟히면 뼈가 부러진다, 뼈의 강도를 그렇게 시험해 보고 싶니, 그리고 땅바닥에 함부로 앉는 거 아니다, 풀독 오르잖아.

온갖 종류의 말들이 황제의 머릿속을 스쳐 지나갔지만 그는 모두 초인적인 인내심으로 꾹 눌러 참았다.

시종장은 보고도 믿을 수가 없었다.

세상에, 폐하가 하고 싶은 말을 참으시다니! 사랑의 힘이 진짜 위대하긴 하구나.

대신 황제는 시립한 시녀들을 싸늘한 눈초리로 바라봤다.

사람을 저렇게 맨바닥에 앉게 하다니. 너희들이 주인을 이따위로 모시고도 무사할 성싶으냐.

황제의 서늘한 분노는 모두에게 느껴졌다.

물론 시녀들은 약간 억울했다. 자리를 마련할 틈도 없이 바닥에 털썩 주저앉는 것은 다연의 습관이었다.

황제가 알면 난리가 날 일이지만 그녀는 가끔은 풀밭에서 신발을 베고 누워 있을 때도 있었다.

"깔고 앉을 것을 가져와라."

황제가 매우 언짢은 얼굴로 말했다.

그제야 황제가 무엇 때문에 짜증이 났는지 알게 된 다연이 멋쩍은 얼굴로 일어나 옷을 털었다.

"웃지 말거라. 이 말썽꾸러기 망나니야."

황제는 핀잔을 했다. 말은 그렇게 하면서도 다연의 뺨에 묻은 흙먼지를 털어 내는 미하일의 손길은 한없이 부드러웠다. 황제는 사실 오늘 다연에게 물어볼 것이 있었다.

다연을 양탄자 위에 끌어 앉히며 미하일이 말했다.

"치료소 방문에 대해 반응들이 좋다. 와 주기를 청하는 곳들도 많고."

"그래요?"

황제가 그녀를 빤히 바라보며 물었다.

"또 할 수 있겠느냐?"

그가 묻는 것은 그날 다연이 다소 긴장되고 힘들어 보였기 때문이다. 다연은 쓰게 웃었다.

이렇게 제 세금 루팡의 꿈이 멀어져 가나요?

다연의 표정을 뭐라고 해석했는지 황제가 몹시 미안한 얼굴을 하며 그녀를 안쓰러워했다. 그러고는 검지손가락으로 장난스레 그녀의 뺨을 콕 찍으며 사과했다.

"미안해. 너를 좋은 곳에 데리고 가고 싶은데."

번번이 치료소에, 수해 지역에, 목적도 늘 일이다. 다른 데려가고 싶은 곳, 보여 주고 싶은 예쁜 것들이 많은데.

"저는 그런 거 신경 안 써요."

황제의 사과에 애매한 얼굴로 웃던 그녀는 고개를 저었다.

그녀가 자신의 이야기를 하는 것은 흔하지 않은 일이기에 미하일은 눈을 동그랗게 뜨고 '그럼?' 물었다.

"장소 같은 건 별로 중요하게 생각 안 한다구요."

다연은 원래 굉장한 집순이였다. 사실은 석 달 열흘을 방 안에만 처박혀 있으라고 해도 그녀는 아무렇지 않게 잘 해낼 수 있을 것이었다.

"뭐, 가장 중요한 건 결국 어떤 사람하고 보내느냐잖아요."

다연이 너무 아무렇지 않게 말을 해서 미하일이 그 말을 이해하는 데는 시간이 꽤 걸렸다. 그리고 머지않아 그의 귓가는 홧홧하게 달아올랐다. 한마디로 그랑 같이 가니까 장소는 어디가 됐건 별로 신경 안 쓴다는 뜻이었다.

이쯤 되면 지켜보고 있던 사람들은 황제가 불쌍해졌다.

그녀는 죄질이 나빴다. 한 번씩 저런 짓을 하곤 했다.

뭐 이렇게 예고 없이 덤덤하게 사람 마음을 흔드나. 황제는 그녀 때문에 불시에 심장에 폭격을 당하곤 했다.

그리곤 꼭 저렇게 제가 뭘 잘못 말했나요? 영문을 모르겠다는 표정을 짓는 것이다.

귀를 물들이고 모르면 되었다고 고개를 젓는 황제만 불쌍할 따름이었다.

✤

아산카 왕자는 기마술을 배우는 중이라는 다연의 이야기에 흥미를 보였다.

그는 사실 세인들의 평가와는 다르게 평범한 애마가는 아니었다. 그저 자신의 어여쁜 흑마에 한정하여 지극한 애정을 갖고 있을 뿐이었다. 왕자는 루리와 리리를 소개시켜 주고 싶다는 다연의 말에 흔쾌히 응하며 2마사에서 1마사로 본인의 말을 데리고 왔다.

뿐만 아니라 그녀가 승마란 무엇인가? 나는 누구인가? 여긴 어디인가? 하는 이상한 소리를 늘어놓자 도와줄 의사를 밝히기도 했다.

왕자는 사실 그렇게 살가운 성격은 아니었다. 도리어 무뚝뚝한 성정의 사교적이지 못한 사내였다. 그러나 본인의 말을 치료할 수 있게 해 준 신녀에게만큼은 특별한 호의를 가지고 있었던 것이다.

하지만 왕자는 다연이 말을 타는 자세를 보더니 난감한 기색을 감추지 못했다.

"누가 이렇게 가르쳐 줬지?"

아산카의 얼굴은 전에 없이 심각했다. 황실에 고발이라도 할 기세였다.

아무도 저렇게 하라고 가르쳐 준 적은 없는데요!

시녀들은 이 자리에 없는 베른하르트 경의 명예를 지켜 주고 싶었다.

"말 등을 볼 게 아니라 턱을 당겨서 앞을 봐야지. 그리고 너 지금 상체가 너무 앞으로 기울었어. 그렇게 몸에 힘을 주면 말도 불안해 해."

왕자는 루리 위에 올라타서 직접 몇 번의 시범을 보였다.

다연이 워낙 초심자이기 때문에 정석적인 자세만을 시범 보였지만 사실 왕자는 달리는 말 위에 서 있을 수도 있었고 어지간한 묘기에 가까운 자세들도 모두 구현 가능했다.

아산카는 마술에 엄청나게 능숙했고 그것은 웬만한 제국인들과 비할 수 없는 경지였다. 당연한 일이다. 그가 사르만 족이기 때문이다.

다연은 본인은 몸치였지만 그래도 보는 눈까지 없지는 않았다. 그녀는 잠시 숙연해졌다가 물었다.

"혹시 전생에 말이셨어요?"

"뭐?"

324

그의 진지한 반응에 다연은 소심해하며 중얼거렸다.

"죄송해요. 농담이었어요."

왕자는 본인이 말을 타기 시작한 나이가 걸음마를 시작한 나이와 많이 차이 나지 않을 것이라고 얘기했다.

다연은 그게 농담인 줄로만 알았지만 무뚝뚝한 왕자는 원래 실없는 소리는 안 하는 성격이었다.

얼마만큼의 시간이 흘렀을까. 다연이 지쳐 하자 아산카가 먼저 풀밭에 주저앉았다. 신분과 어울리지 않는 털털한 태도였다. 그러자 다연도 신나 하며 말에서 내려 냉큼 따라 앉아 쉬었다.

왕자가 문득 말했다.

"난 이제 곧 내 나라로 돌아간다."

다연이 눈을 동그랗게 뜨며 물었다.

"사르만으로요?"

"응. 협상도 마무리됐고 이제 여기에서 내가 더 할 일은 없으니까."

타국에 온 것이 그에게도 고생이었던 걸까? 돌아간다 말하는 왕자는 후련해 보였다.

"넌 혼인한다는 얘기가 있던데."

왕자가 외무대신에게서 주워들은 소문을 말하자 다연이 깜짝 놀라 부인했다.

"네? 아니요, 아직 그런 건 아닌데…… 그런데 제가 폐하와 연인 사이인 것은 맞아요."

대체 날 둘러싸고 무슨 소문이 돌고 있는 거지?

처음으로 황궁에 돌고 있는 본인의 결혼설을 접한 당사자는 몹시 당황했다.

수면 아래 잠겨 있던 결혼설은 어느 시점부터 당사자가 모르는 곳에서 점점 공론화되는 중이었다.

그것은 다연의 사고로 대단히 모순적이고 납득하기 어려운 일이었다. 결혼은 개인적인 것이기 때문이다. 그러나 그것은 황궁 사람들의 사고로 대단히 자연스러운 일이었다. 황제의 결혼은 정치적인 것이기 때문이다.

많은 이들의 운명을 짊어진 황제의 삶은 그 자체로 정치사였고 그들은 이 일생일대의 정치적 이벤트로 최대의 통치 효과를 거두기 위해 벌써부터 혈안이 되어 있었다.

왕자는 다연이 당황스러워하는 것을 별로 대수롭지 않게 여기는 눈치였다.

"좋은 남자이지."

의외의 후한 평가였다. 적대국의 왕족이자 전장에서 검을 겨눈 사이라고 하지 않았나? 다연을 힐끔 바라보던 그가 알쏭달쏭해하는 다연의 표정을 뭐라고 해석했는지 몇 마디 덧붙였다.

"무인으로서도 정치가로서도 훌륭한 남자다."

"아, 네."

"음, 말본새만 고치면 완벽할 텐데."

편을 들어 주어야 했지만 반박할 수 없는 엄혹한 진실 앞에 다연은 그만 웃음을 흘려 버렸다.

웃음을 그치려고 노력하던 다연이 간신히 말을 돌렸다.

"음음, 사르만은 어떤 곳이에요?"

"글쎄. 제국에 비교하면 훨씬 자연이 살아 있는 곳이지. 말로만 들어서 알 수 있나. 기회가 되면 한번 놀러 와."

그리고는 무언가를 떠올리는 왕자의 표정은 너무도 부드러워져 다연은 그의 기분을 고스란히 느낄 수 있었다.

"사르만에선 하늘과 대지가 만나는 곳을 볼 수 있지. 알티우스보다 더 많은 별이 뜨고 더 많은 친구들이 있고."

고개를 젓는 그의 얼굴엔 미소가 떠올랐다.

"솔직하게 말하면 온화한 기후의 곳은 아니야. 일교차가 무척 심하거든. 재해도 많고 자연은 험준하고. 그렇지만 그 모든 것이 사람을 겸허하게 해."

제국인들의 눈에 사르만은 그냥 척박하기만 한 땅이었다. 그러나 왕자의 입을 통해 울려 퍼지는 사르만은 마치 강한 생명력을 품고 있는 신비롭고 아름다운 땅처럼 느껴진다.

왕자는 고국에 돌아가고 싶었다. 가서 그를 아끼는 사람들을 만나고, 예전처럼 뛰어난 이들과 대련하고 검을 겨루고 그 길을 끝까지 걷고 싶다. 드넓은 초원을 자유롭게 달리고 싶었다.

고국은 그에게 허울 좋은 왕족의 삶을 선물하고 수없는 생의 위협과 고통을 대가로 받아 갔지만 그럼에도 왕자는 사르만을 사랑했다. 그를 따르는 많은 사람들이 이 처우와 핍박은 부당하다며 분개했지만 왕자 본인은 왕위에 욕심이 없었고 순리대로 살다 초원에서 죽고 싶었다. 그러니 이 비굴한 삶은 그가 스스로 선택한 것이다.

그러나 그는 원하는 대로 먼지 같은 조용한 인생은 살 수 없으리라. 왜냐하면 그가 비범한 사람이기 때문에. 사람들이 그것을 알아보았기 때문에.

그러한 사실들은 그를 몇 번 만나 보지 못한 다연의 눈에도 어렴풋이 보였다. 그로 인해 그가 겪어 왔을 풍파들과 앞으로 견뎌 내야 할 세상의 고된 모습이.

"사실은 한 가지 부탁하고 싶은 게 있다."

"뭐를요?"

뜬금없는 말에 다연이 의아해하자 왕자는 잠시 머뭇거렸다.

그런 의외의 모습에 다연은 더욱 그의 부탁이 궁금해졌다.

"루리한테 물어봐 줬으면 하는 게 있어서."

무뚝뚝한 그의 얼굴에 떠오른 감정이 멋쩍음과 민망함이라는 사실에 다연은 조금 놀랐다.

"그…… 전에 화살에 맞았던 곳, 아직 많이 아픈가 하고."

예전에 루리가 앞발을 굴렸을 때 다연이 짚어 낸 자리를 말하는 것이었다.

언제부턴가 생겨난 말의 이상행동이 몇 년 전 입은 부상 때문이라는 사실을 왕자는 얼마 전에야 알았다.

친구라고 생각하면서 내가 너를 위험한 곳에만 끌고 다녔구나. 아산카는 죄책감을 느꼈다.

"그냥 시큰거릴 때가 있대요. 아주 가끔. 그렇지만 괜찮다고 하는데요."

왕자는 어두운 표정으로 잠시 고민에 빠졌다. 그리고 곧이어 딱딱한, 그렇지만 무섭게는 느껴지지 않는 표정으로 말했다. 다치게 한 것이 미안하고, 그러니 앞으로는 절대로 위험한 곳에 데려가지 않겠다고. 전투에 나갈 때는 다른 말을 타도 된다고.

왕자의 결심은 자책에 가까웠다.

다연이 루리의 부드러운 갈기를 쓰다듬으며 속삭이자 그 순간 흑마가 작게 투레질을 하며 반응을 보였다.

다연은 처음에는 괜찮았다. 아무렇지 않게 고개를 끄덕였다.

그러나 그 마음을 왕자에게 전하려던 순간 얼굴을 찌푸리고 말았다. 갑자기 울컥거리며 치솟는 감정 때문에.

"루리는…… 항상 함께 있고 싶대요."

위험한 곳에서도요.

문득 형용할 수 없는 이상한 기분이 들었다.

마음이 몽글거리면서도 심장 어딘가가 아릿한 그런 애틋하고 서글픈 마음.

너희들은 어떠한 순간에도 인간을 저버리지 않는구나.

어쩐지 눈물이 날 것 같아서 다연은 얼굴을 찡그리며 이 사랑스러운 흑마를 꼭 끌어안았다.

미하일의 새로 생긴 취미는 집무실 창가에서 다연이 리리와 노는 모습을 보는 것이었다.

궁인들이 일컫는 제4차 이국 왕자 말 치정 사건은 이렇게 일어났다.

사건은 2차 때와 기시감을 불러일으킬 정도로 꼭 같았다. 사건의 주연도 같았고 장소도 같았다. 예전과 달라진 것이 하나 있다면 그사이 황제와 다연이 연인 사이가 되었다는 것뿐이다.

미하일은 속이 부글부글 끓었다. 그는 침묵하고 있었으나 시종들의 눈에는 부들부들하며 분개하는 황제의 속마음이 뻔히 보이는 것 같았다.

시종장의 업무 처리는 무척이나 깔끔하고 훌륭했다. 모두가 커튼이나 닫아 놓고 있을 때 시종장은 왕자의 말을 다른 마사로 이동시키는 신속하고도 과감한 행동력을 보였다.

업무 능력은 이러한 사소한 차이가 좌우하는 것이다.

그런 그가 다연의 말까지는 미처 고려하지 못했다고 하여 그것을 시종장의 불찰이라고 할 수 있을까? 애초에 그는 이러한 자잘한 일까지 신경 쓰기에는 바쁜 사람이었다.

그러나 시종장은 이 순간 자신의 근시안적 업무 태도를 깊이 자책했다.

안 될 놈은 뭘 해도 안 되는구나. 저놈의 창문을 다 벽돌로 막아 버리든가 해야지.

이 중년의 남자는 모처럼 과격한 감정을 느꼈다.

상황이 이쯤 되자 선물로 해맑게 말을 추천했던 기사는 집에 잠시 다녀오고 싶었다.

가족에게 마지막 인사를 할 시간은 주시지 않을까?

그는 자신의 뒷목을 잠시 만지작거렸다.

내 목 그때까지 잘 붙어 있어야 해?

"아니, 저것은 왜 말을 사 줘도 남의 말을 껴안고 저 난리란 말이냐?"

이제 정말 말이라면 지긋지긋해진 황제가 혀를 차며 한탄하듯 말했다. 그러고는 짧게 한숨을 쉬며 서류의 산 앞에 다시 앉았다.

사실 미하일은 이제 예전처럼 다연이 저 자식을 좋아하나, 그런 생각은 조금도 하지 않았다.

황제는 자신이 다연을 잘 안다고 생각했다. 그는 사실 그러한 생각을 늘 해 왔다. 물론 그런 생각을 하기가 무섭게 그녀의 몰랐던 모습, 숨겨진 생각들을 직면하곤 했지만 그래도 이제는 예전보다 확실히 그녀에 대해 잘 안다고 생각했다.

그녀는 근본적으로 그럴 수 없는 사람이다. 그래, 안다. 그런데 알면서도 언짢다. 질투가 나고 서운해진다.

아니, 내가 이렇게 속이 좁은 남자였단 말인가?

황제는 본인 스스로 흠칫 놀랐다.

황제는 이제껏 감정이 수반되는 연애는 해 본 경험이 없었다. 그래서 이러한 마음들이 때로 당혹스럽고 정신을 차릴 수가 없다.

마음이 통하면 그걸로 끝인 줄 알았다. 연인이 되기만 하면 그 자체로 무언가가 완성되고 이루어지는 것일 거라고 여겼다. 그가 흔히 말하는 성취.

그러나 아니었다. 연애는 그 자체로 하나의 시작이었다.

두 사람은 인내와 이해라는 지난한 과정의 출발점에 이제 겨우 함께 선 것이었다.

대범한 남자처럼 보이고 싶은데 자꾸만 속 좁은 남자가 되어 일희일비하게 된다.

그녀가 의도 없이 퍽퍽 던져 대는 돌멩이가 자신의 연못에 다양한 형태의 파문을 일으킨다. 기쁨의 물결도 서운함의 물결도 만들어 낸다.

그녀는 별다른 힘을 들이지 않고서도 자신을 행복하게 만들 수 있고 우울하게 만들 수도 있다.

자신이 더 많이 사랑하기 때문에 돌멩이가 그녀의 손에 쥐어진 것이다. 이 관계의 주도권은 어느새 그녀에게 있었다.

그 마음의 크기가 같지 않다는 것을 알고 기다리겠다고 말했다.

그러나 연애를 하고도 그 마음의 격차는 여전히 좁혀지지 않는 것 같은 기분이 종종 든다.

앞으로도 쉬이 좁혀지지 않을 것 같다.

작은 사건이 나비효과가 되어 결국 침울한 기분에 이른 황제는 홀로 땅굴을 팠다.

서류 조각을 손에 쥐었지만 집중할 수가 없다.

그는 들릴락 말락 하게 한숨을 쉬었지만 시종들의 귀에 그 소리는 너무도 선명하게 들렸다. 황제가 속으로 무슨 생각을 하건 간에 지켜보던 시종들의 눈에는 그냥 시무룩해 보일 뿐이었다.

어쩐지 안쓰러웠다. 이제 애인한테는 그 잘난 잔소리마저 제대로 못 하고 화는 더더욱 못 내고 그저 절절매는 황제는 거의 중증의 사랑병 환자였다.

사람들은 나중에 황제가 혼인을 하면 엄청난 애처가가 될 것임을 믿어 의심치 않았다.

331

✤

까마귀는 무언가 남다른 구석이 있었다.

다연은 이 황성의 동물들을 다 알지는 못했다. 무수하게 많았기 때문이다. 아르제니아가 인접해 있는 황궁은 서식하는 동물도 그저 오가는 동물도 많았다.

그러나 별궁 생활이 장기화됨에 따라 다연은 별궁 부근에 서식하고 있는 동물들만큼은 그 면면을 익혔는데, 까마귀는 그중에서 가장 특별했다.

대부분의 동물들은 인간의 말을 소상히 알아듣지는 못했다. 그들이 말을 이해할 수 있는 것은 신녀뿐이었다.

허나 별궁에 살고 있는 이 까마귀는 달랐다. 까마귀는 궁에 돌고 있는 소문을 다연보다 먼저 듣고 와서는 떠벌리기도 했고 때로는 짓궂게 놀리고 괴롭히기도 했다.

「황-후-폐-하!」

사실 제일 남다른 것은 저 싸가지였다.

황궁에 네가 곧 결혼할 거라는 소문이 돌아, 네가 황후라니 나도 터진다, 증말. 까마귀는 낄낄거렸다.

그러고는 매번 침소 근처 나뭇가지에 앉아서 황, 후, 폐, 하! 까악거리며 저 짓거리를 하는 것이었다.

아니, 저 못돼 처먹은 것 좀 보소.

자꾸 놀려 대니 열이 받은 다연은 돌멩이를 집어 던지려다가 시녀들의 눈을 생각하여 꾹 참았다.

영물일까?

왜 까마귀만큼은 인간 모두의 말을 알아들을 수 있는 것일까?

다연은 문득 의구심이 일었다.

이 힘과 힘의 근원인 헤르니야에 대해서 궁금해졌다.

"거의 끝나 가네요."

사제는 얼마 남지 않은 책장을 묘한 눈으로 바라보았다. 그에 비해 다연의 눈길은 조금 더 후련했다.

분량이 주는 압박감에 스트레스를 받고 있었나 보다. 다 해 간다고 생각하니 기뻤고 황제에게 자랑도 하고 싶었다. 테오는 그런 다연을 물끄러미 바라보았다.

하얀 사제복을 입은 다정한 남자.

그의 시선은 늘 이상했다. 대부분 온화하고 사람 좋은 미소를 띠고 있었으나 그는 때로 기이한 열기에 사로잡히기도, 또 때로는 복잡한 감정에 빠진 얼굴을 하기도 했다.

딱 잘라 재단하기 어려운 느낌이었고 사제로서의 보잘것없는 그 삶은 제대로 알려진 바 없다.

황제와 배석한 기사들은 그런 그를 늘 경계했다.

─ 전 당신들이 생각하는 그런 사람이 아녜요.

─ 전 어떤 것도 할 수 없어요. 제가 신의 숲에서 발견된 건 그냥 우연일 거예요.

사제와의 첫 만남에서 다연은 굉장히 야위고 메마른 표정으로 그렇게 말했다. 그것은 일견 체념과 자조로도 보였다. 그러나 사제는 그 감정 기저에 깔려 있는 것이 분노라는 것을 알았다.

신녀는 세상에 실망한 것이다. 그것을 그는 누구보다 잘 읽을 수 있었다.

왜냐하면 그는 한때 신력이 없는 사제였으니까. 신전에 귀의하였지만 그도 신성이 없었으니까.

이 세계는 냉혹하다. 능력과 가문과 혈통이 없는 자는 올라갈 수 있는 자리가 없다. 신을 모시고 있었으나 생을 비관하고 비탄하는 감정은 그에게도 익숙한 것이었다.

그녀는 이 세계에 와서 말라비틀어져 버린 것 같았다. 그리고 사제는 온통 어두운 감정에 사로잡혀 있는 여신의 징표에게 흥미가 있었다.

그런데 그녀는 변모하기 시작했다. 다연은 메마른 식물이 물을 머금는 것처럼 조금씩 생기를 머금어 갔다.

그 작은 변화는 매일같이 그녀를 보는 황궁 사람들보다는 일주일에 한두 번씩 방문하는 젊은 사제에게 더욱 확연하게 다가왔던 것이다.

그녀는 변했다. 무엇이 그녀를 괜찮게 만들었을까?

그는 의아했다. 동시에 질시라는 배덕한 감정을 느꼈다.

"문자를 다 익히시면 신학을 배워 보시는 건 어떻습니까?"

사제가 미소 띤 얼굴로 부드러이 물었다.

"신학이요?"

테오는 고개를 끄덕였다.

사제의 생각에 황제는 신성력이라고는 보잘것없는 회복 능력 한 줌밖에 없는 자였다.

황제는 신성력에 대해 아무것도 모른다. 그런 그가 그녀에게 능력을 일깨워 줄 수 있을 리가 만무했다.

모든 인생의 가치 기준이 신성력에 달려 있는 신관다운 가치 판단이었다.

"어렵지만 분명히 도움이 될 겁니다."

뜬금없는 제안에 고개를 갸웃하던 다연은 테오의 의중을 깨달았는지 쓴웃음을 지었다.

사제는 신학을 배우면 능력을 깨치는 데 도움이 되리라 말하고 있는 것이었다.

이쯤 되자 다연은 진실로 궁금했다. 그래서 물었다.

"그걸 배우면 달라질까요? 근데 테오는 왜 아직도 제가 뭔가를 할 수 있다고 생각하세요? 이제 아무도 그렇게 생각하지 않는데요. 솔직히 말하면 다른 사람들은 관심도 없어요."

"신성력은 보이지 않는다고 해서 존재하지 않는 것이 아닙니다. 우리는 신을 볼 수 없지만 헤르니아는 늘 우리와 함께 계시듯이."

그의 대답은 진지하고 성직자의 품격을 갖추고 있었다.

그러나 이런 현학적이고 종교적인 수사는 다연이 즐겨 하지 않는 것이었다.

가끔은 궁인들의 돌려 까는 화술도 익숙하지 않은 다연은 지키고 서 있는 기사들을 가만히 바라봤다.

얘가 지금 뭐라는 거야?

뇌가 온통 근육으로 이루어진 기사들의 표정은 더 노골적이었다.

뭔 소리 하는 겁니까? 어휴, 이 성직자 놈들.

양측의 부정적인 시선을 받고 난 사제가 땀을 삐질 흘리며 서둘러 말을 덧붙였다. 그러나 얼떨결에 받은 질문의 답에선 그의 진심이 조금 묻어 나왔다.

"사람들은 보여지는 대로 혹은 믿고 싶은 대로 모두가 현상만을 가지고 판단합니다. 정말로 그 사람이 어떤 사람인지에 대해 이해하려고 관심을 갖고 탐구하는 사람은 별로 없죠. 그러나 인간이 겉껍데기만으로 판단되는 존재입니까? 본인이, 타인이 그 사람을 이러하다고 규정하면 그 존재는 그렇게 되어 버립니까?"

사제의 표정은 담담했다. 그러나 그 안에 깃든 지독한 감정 같은 것이 느껴져 다연은 당혹스러웠다.

"세상에는 원래 드러나지 않는 것들이 많습니다. 숨겨진 것들은 우리가 본래 알 수 없는 것들이죠. 그런 데다 누군가가 작정하고 자신을 숨기고 감추기 시작하면 우리는 그 사람이 가지고 있는 힘이나 그 사람이 진정 어떤 사람인지에 대해서는 알기가 어렵죠."

그의 말에 다연의 표정은 굉장히 기괴해졌다. 자신이 능력을 숨기고 있음을 알고 하는 소리인가? 하는 의심이 들었기 때문이다. 그러나 그는 경험에 비추어 이야기하고 있을 뿐이었다.

"저는 보이지 않는 신을 믿는 성직자입니다. 눈앞의 현상으로 모든 것을 규정지었다면 이 길을 갈 수 없었을 것입니다."

말의 무게가 느껴져 다연은 잠시 말을 잃었다.

그러나 사제가 대답을 기다리고 있다는 것을 깨닫자 움찔했다. 최초의 물음은 신학을 배워 보지 않겠냐는 것이었다.

"……그건 제가 지금 여기에서 정할 수 없어요. 폐하께 여쭙고 말씀드릴게요."

"그렇습니까."

다연은 처음 황궁에 왔을 때 본인의 입지에 대해 위태로움을 느꼈다.

그럴 능력도 안 되면서 황실과 신전 사이에서 줄타기를 하려고 마음먹었었다.

그러나 이제는 아니었다. 심정적으로 황제의 편이 되어서이기도 했지만 시간이 지날수록 다연은 신관에게 글자를 배우겠다고 한 자신의 청이 얼마나 무리한 것이었는지를 깨달았다.

신전과 황실의 갈등의 골은 깊었다. 무려 3백 년이었다. 자신이 아니었다면 신관이 황궁에 정기적으로 발걸음을 하는 일 따위는 현 황제 치세에 일어나지 않았을 것이다.

다연의 답변을 듣고 고개를 끄덕이던 사제는 문득 생각이 난 듯 최근에 자신이 들었던 소문의 진상을 당사자에게 물었다.

"그런데 다연 님, 혹시 황제와 혼인합니까?"

요즘따라 유독 저 이야기를 많이 듣는 다연이 까마귀가 생각나 살짝 인상을 썼다.

황제 역시 국무회의만 참석하면 결혼하라는 소리를 들었다.

황제가 정말로 듣기 싫었으면 오만 성질을 다 부리며 신하들을 까댔을 것이다.

노인네들은 치고 빠지는 게 귀신이었고 눈치는 더더욱 귀신이었다. 누울 자리를 보고 발을 뻗는다고 황제가 싫어하는 눈치가 아니니 이야기를 꺼내는 것이었다.

사실 황제는 혼인 얘기가 나오면 은근히 좋아하는 것 같았다.

"폐하, 외부 방문 일정 말이옵니다."

요즘따라 한껏 의욕에 불타 야근을 자처하고 있는 내무대신이 말을 꺼냈다.

"수해 지역보다는 아무래도 지난번처럼 치료소로 하는 것이 어떨까 싶습니다. 발티온 지방에 있는 치료소가 좋을 듯하옵니다."

내무대신이 하는 주장의 근거는 이랬다.

첫째가 개방된 곳에서의 호위의 어려움. 둘째가 환자들에게 정서적 접근이 쉬운 신녀의 이미지. 셋째가 발티온에 있는 황실 소유의 사저.

그러나 가장 큰 이유는 따로 있었다.

"발티온으로 가는 길에 중앙 신전을 경유하게 됩니다. 그 앞을 신녀와 함께 행차하시며 제국민의 환호를 받으시는 게 어떨지요."

내무대신의 제안은 다소 도발적이었다. 그리고 대단히 상징적이었다.

황실의 공격은 집요하고 때로 유치하기까지 했다. 그러나 정쟁이란 원래 더러운 것이다.

제국군의 승전 이후 신전은 계속해서 그 영향력을 잃어 가고 있었다. 본인들이 알티우스에서 황실에 견줄 만큼 중요한 세력이라고 자부하는 신전의 자존심에는 타격이 될 터였다.

그리고 젊은 황제는 그 발칙한 계획이 마음에 들었다.

"내무대신의 의견을 받아들인다."

사람들이 황제의 허가에 한숨인지 탄성인지 모를 신음성을 냈다.

근위대장은 호위 인원과 경로를 짤 생각에 벌써부터 어두운 표정을 했다. 쉴 날이 없었다.

이때 외무대신이 발언했다.

"폐하, 아산카 왕자가 고국으로 돌아가기를 청하고 있습니다."

그의 말에 미하일은 팔짱을 끼며 인상을 썼다. 무언가 마음에 들지 않는다는 얼굴이었다.

사람들은 황제의 반응이 의아했다. 협상은 한참 전에 끝났으며 약속대로 학자들도 파견되었다.

물론 적대국의 왕족이 머물고 있는 것은 그 자체로 볼모가 된다. 외교적으로 그 이상의 좋은 카드는 없었지만 시일이 너무 흘렀고 더 이상은 명분이 없었다.

"음, 아직 이른데."

생각에 빠진 황제가 중얼거렸다. 황제는 외무대신에게 다시 물었다.

"내가 그대에게 따로 명한 일은 어떻게 되어 가나? 사르만 왕실은 아직도 반응이 없나?"

외무대신이 움찔했다.

황제는 오래전 외무대신에게 한 가지 명을 내렸다. 둘째 왕자가 제국과 손을 잡았다는 이야기를 흘려 사르만의 왕세자를 자극하라는 것이었다. 외무대신은 사실 오늘 이 일로 황제에게 독대를 청할 예정이었다.

비밀스러운 명이었다. 그러나 황제가 공개적인 국무회의 자리에서 그 일을 묻자 어디까지 이야기를 해도 좋은지 몰라 당황스러웠다. 외무대신은 조심스럽게 대답했다.

"움직임이…… 있습니다."

짧은 답변이었지만 상황을 모두 파악한 황제가 만족스럽게 웃었다. 모든 일이 황제의 뜻대로 돌아간다.

외무대신은 문득 젊은 황제가 두려웠다. 황제는 이 일을 언제부터 계획한 것일까? 아산카 왕자가 사절로 당도했을 때부터일까? 강화를 주장했을 때부터일까? 아니면 전장에서 왕자와 검을 맞댄 순간부터일까.

대신들은 황제와 외무대신이 주고받는 이야기가 무슨 뜻인지 몰라 다들 어리둥절했다.

조금이나마 상황을 파악한 것은 군무대신뿐이었다. 그는 어쩐지 돌아가는 상황을 알 것 같았다.

왜냐하면 황제가 얼마 전 그에게 전쟁 준비를 하라고 일렀기 때문에. 연내에 전쟁이 일어날 것이라고.

저런 의미셨구나.

아니나 다를까 미소 짓던 황제가 곧이어 군무대신을 향해 의미심장한 시선을 던졌다.

"본격적으로 준비해."

군무대신은 움찔하며 고개를 조아렸다.

그 역시 황제가 두려웠다.

✤

왕자의 속성 강좌 효과는 엄청 났다.

지방 치료소로 출발하는 날, 다연은 마침내 다른 사람들처럼 말에 오를 수 있었다.

사르만 족은 정말로 대단한 기마민족이었어! 이 어려운 걸 사르만 족이 해냅니다.

다연의 몰라보게 나아진 자세를 보며 사람들은 숙연한 박수를 쳤다.

일행의 숫자는 엄청났다. 하루 만에 왕복할 수 없는 거리였기 때문에 도착한 뒤에는 일단 황실 소유의 사저에 묵을 예정이었다. 그래서 일행에는 요리사들도 포함되어 있었고 당연한 수순으로 궁의 또한 포함됐다.

지난번 일정이 남들보다 고통스러웠던 궁의는 이 일행에서 빠지고 싶었다. 물론 이루어질 수 없는 소망이었다. 멱살 잡혀 오다시피 합류한 그는 여신께 다연의 만수무강을 기원하는 중이었다.

"괜찮아? 말은 탈 만하니?"

"네네, 괜찮다니깐요."

"오래 가려면 틀림없이 고될 것이다. 힘들면 말하거라."

황제는 다연을 세심하게 살피며 말했다.

사람들은 인상을 썼다.

괜찮냐고 대체 몇 번째 물어보시는 거야? 어느 순간부터는 시종장도 셈하는 것을 포기했다. 요즘 들어 미하일의 잔소리는 조금씩 이상한 방향으로 진화하기 시작했다.

괜찮아? 안 힘들어? 짧은 간격으로 반복되는 걱정과 염려에 사람들은 모두 괴로워했다.

차라리 예전처럼 다채로운 레퍼토리의 잔소리를 해 주십시오, 그 편이 낫겠습니다.

호위 중인 근위대장은 진언을 올려야 하나 깊은 고민에 빠졌다.

시종들은 진심으로 궁금했다.

대체 다연 님이 뭘 한 게 있다고 시종일관 괜찮느냐고 물어보시는 걸까? 아무리 봐도 대단히 괜찮아 보이시는데! 혹시 바람이 불면 날아갈까 봐 그러시나! 죄송한데 그렇게 가볍진 않아 보이시는데!

나중에는 당사자인 다연도 웃기고 지겹고 그야말로 미칠 것 같은 얼굴을 했다.

다연이 다소 난처한 표정으로 시종장과 근위대장을 바라봤다.

그녀는 황제가 물색없는 짓을 할 때면 한 번씩 저런 눈으로 황제의 측근들을 쳐다봤다.

너네 폐하는 대체 왜 이러니, 하는 시선이었다.

그리고 그들은 그때마다 항의하고 싶었다. 당신 애인이라고!

몇 번을 거듭하여 괜찮다고 답변하던 다연은 황제가 그냥 내 앞에 타서 갈래? 묻자 한숨을 쉬었다.

"제가 기마술도 미숙하고 좀 못 미더운 건 사실이지만 아직은 힘들지 않고요, 말 타는 것도 조만간 더 익숙해질 수 있을 거예요."

"못 미덥다니 대체 누가 못 미덥단 말이냐? 너 또 말 그렇게 하느냐?"

어느 포인트에서 마음이 상했는지 듣고 있던 황제는 순간 울컥했다.

어이쿠야. 뒤따르던 측근들은 움찔했다.

아니, 요즘 왜 저렇게 감정 기복이 심해서?

할 말을 잃은 다연 또한 다짐했다. 왜 저러는지 도무지 모르겠으니 그냥 잠자코 가만히 있어야겠다.

황제의 증세는 나날이 심해져 이제 병 수준에 와 있었다. 그가 다연과 동반하여 외출을 할 때마다 어찌나 유난을 떨어 대는지 측근들은 준비 과정부터 하나하나 스트레스를 받았다.

불면 날아갈세라, 넘어지면 깨질세라. 시종일관 다연을 애지중지하는 황제를 보며 사람들은 권력자가 사랑에 빠지면 주변이 초토화된다는 것을 몸소 깨달았다.

시종 하나가 소리 낮춰 속삭였다.

야, 근데 이제 사귄 지 한 달 넘은 거 아니냐? 누가 우리 폐하의 콩깍지를 그만 좀 벗겨 주라.

다른 시종 하나가 반대 의견을 제시했다.

황궁 노숙자 시절을 다 보고도 싹튼 위대한 참사랑이시다. 그거 어지간해선 안 벗겨질걸.

어째 갈수록 더 심해지는 것 같다고 그들은 고개를 절레절레 저었다.

"조금 이따가 중앙 신전을 지나가게 될 것이다. 네가 그곳에 잠시 머물렀었지."

황제가 다연을 바라보며 다정하게 말을 붙였다. 다연은 무심한 얼굴로 고개를 끄덕였다.

잠시 머물렀다지만 그녀는 그곳에 별 감흥은 없었다. 물론 이 이동 경로가 목적하는 바는 알고 있었다. 황실은 신전을 등지고 신녀와 함께 제국민들의 환호를 받고 싶은 것이다.

누가 했는지 참 신전 물 먹이는 발상이었다.

황제가 신녀와 함께 또다시 외부 일정을 갖는다는 것을 알게 된 신전은 가만있진 않았다.

그들은 한 가지 제안을 해 왔다. 성기사들로 하여금 호위를 돕겠다는 것이다.

그들은 황실과 신녀가 만들어 내고 있는 이 그림에 자연스럽게 끼어들 구실이 필요했다.

그러나 황제의 반응은 차가웠다. 이것들이 또 공으로 숟가락을 얹으려 든다고, 이건 또 무슨 개소리냐며 황제는 서신을 구겨 던졌다.

– 그냥 씹거라.

그리고 그 한마디로 신전의 제안을 가볍게 무시했다. 분명히 정치적인 목적과 의도들이 난무하는 행차였다.

그러나 다연은 복잡하게 생각하지 않고 이 외출을 가볍게 여기기로 했다. 마음을 편하게 먹으니 오랜만의 외출은 제법 즐겁게 느껴지는 것도 같았다.

황궁에서 신전은 황도를 가로지르면 그리 먼 거리는 아니었다. 그렇지만 안전을 위해 그들은 인가에서 떨어져 나와 우회하고 있었다.

시간은 몇 배나 더 소요될 예정이었지만 숲의 공기는 맑았고 사람이 없어 한적했다.

다연은 말의 경쾌한 발걸음에 자연스럽게 몸을 맡겼다. 몸이 일정한 리듬으로 흔들리는 것이 기분 좋았다.

리리를 좋아하는 만큼 승마 또한 좋아하게 될 수 있을 것 같다.

다연은 이내 콧노래를 흥얼거렸다.

월루, 월루, 세루, 세루.

저건 또 무슨 노래야? 타령이야?

흥겨워하는 그녀를 곁눈질하며 황제는 남몰래 피식거리며 웃었다.

그리고 그때였다. 대단히 많은 수의 동물들이 반대편에서 이동해 오는 것을 느끼며 다연이 하늘을 올려다봤다.

「소나기가 올 거 같아요! 지금 그쪽으로 가면 틀림없이 비를 맞을걸요?」

조그마한 참새가 날아가다 말고 귀엽게 지저귀며 알려 주었다.

그리고 다연에게 경고를 던진 것은 참새뿐이 아니었다.

「이 멍청하기 짝이 없는 인간 놈들아! 비를 쫄딱 처맞고 싶지 않으면 되돌아 가라!」

"……."

아, 그래. 알려 준 건 고마운데요. 까마귀란 종은 원래 성격이 다 저런가?

그 멍청한 인간들 중 하나인 다연은 떨떠름한 눈으로 날아가는 까마귀를 바라보았다.

그녀는 조금 당혹스러운 기분을 느끼며 황제를 힐끔거렸다.

달리다 보면 소나기를 만나게 될 거라는데 어떻게 말해야 할지 잘 모르겠다.

사실 다연은 비를 맞으면 큰일이 나는 소녀 같은 성격은 아니었다. 그렇지만 중무장한 기사들이 소나기를 만나면 그건 무척 곤혹스러울 것이라고 여겼다.

그녀는 잠시 고민에 빠졌다. 그리고 도움의 손길은 의외의 곳에서 뻗어 나왔다.

"폐하, 이곳에 잠시 멈추어서 요기를 하시겠습니까? 아니면 조금 더 가다가 멈출까요?"

벌써 점심때가 다 된 모양이었다. 근위대장의 물음에 잠시 인상을 쓰며 생각하던 황제는 말했다.

"식사는 조금 이따가 하지."

아니, 뭐가 이렇게 느긋해? 황제는 작게 핀잔했다.

망설이던 다연이 이내 결심하고는 그들의 대화에 끼어들었다.

"폐하."

"응?"

황제도 근위대장도 의아한 표정으로 다연을 바라보았다.

두 남자가 동시에 자신을 바라보자 압박감을 느낀 다연이 순간 움찔했지만 그녀는 곧 소심한 목소리로 말을 꺼냈다.

"여기서 먹고 가면 안 될까요?"

황제는 그만 깜짝 놀라고 말았다.

"배고파?"

"······네."

"여기서 먹도록 하지."

황제는 바로 태세를 전환하여 느긋한 사람이 됐다.

애인이 배 좀 고프다 했다고 손바닥 뒤집듯이 말을 바꾸는 것이 뻔뻔하기 이를 데 없었다.

빨리 준비 안 하고 뭐 해? 근데 넌 아직도 거기 있었냐?

황제가 시선으로 재촉하자 근위대장은 약간 울컥했지만 신분이 깡패였다. 억울한 마음을 삭이며 그는 바로 일행을 멈춰 세웠다.

자리가 마련되고 황제는 우물거리며 빵을 먹는 다연을 물끄러미 바라보았다.

그는 어쩐지 웃음이 나오려는 것을 참았다. 생각할수록 귀여웠던 까닭이다.

먹고 가자고 할 정도로 배가 그렇게 고팠나? 진작 얘기할 것이지, 어이구, 이 순둥이.

미하일은 다연이 먹는 것을 바라보느라 정작 본인이 먹는 것은 잊을 지경이었다. 결국 건드리고 싶은 마음을 참지 못하고 검지손가락으로 그녀의 뺨을 쿡 찍었다.

시종장은 어쩐지 한숨이 나왔다. 저렇게 일거수일투족을 다 쳐다보고 있으면 부담스러워서 먹을 수가 없을 것 같았다.

그만 좀 보십시오, 체하시겠습니다.

그러나 그것도 잘못된 걱정으로 다연은 황제의 귀여워 죽겠어, 시선 공격에도 크게 신경 쓰지 않고 잘 먹었다. 도리어 황제의 식사를 걱정했다.

"폐하도 얼른 드세요."

"그래."

그러나 황제가 대답만 하고 먹을 생각을 안 하자 다연이 난처한 얼굴을 했다. 망설이던 그녀는 앞에 놓인 포크로 과일을 찍어 직접 황제의 입가에 대 주었다.

황실 예법의 관점으로 다소 무례한 식사 예절에 사람들은 좀 뜨악했는데 황제는 화사하게 웃더니 선뜻 과일을 받아먹는 것이었다.

그뿐일까. 고무된 황제 또한 몇 차례 음식을 그녀의 입가로 나르기 시작했다. 멀찍이 떨어져서 요기하던 사람들은 그 광경에 무척이나 괴로워했다.

두 분 다 그냥 평범하게 식사를 하실 순 없는 걸까?

여러모로 사람들에게 충격과 공포를 안겨 준 식사 시간이었다.

간단한 식사를 마치고 다시 말을 달리던 일행은 마침내 젖은 땅과 마주했다.

축축한 흙과 서늘한 공기를 느끼며 황제가 중얼거리듯이 말했다.

"땅이 젖었군."

"아마 비가 왔었나 봅니다."

근위대장의 답변에 고개를 끄덕이던 황제가 다연을 보며 미소했다.

"다연, 네 덕에 비를 피했다."

"음음."

사실 그건 참새랑 까마귀가 알려 준 거예요, 라고 말할 수 없는 다연은 어색하게 웃을 뿐이었다.

조금 더 말을 달리던 황제의 일행은 숲을 빠져나와 정비된 대로로 들어섰다.

안전을 위해 인가와 떨어진 경로로 달리고 있었지만 여기서부터는 사람들이 필요했다. 신전이 코앞이었기 때문이다.

황제와 신녀, 중무장한 황궁 기사단의 행렬은 황도의 사람들에게도 자주 볼 수 없는 구경거리였다. 내무대신은 일반 군중으로 위장한 병사들을 동원했지만 이 정도로 몰려든 사람들을 보았을 때 그것은 대단히 불필요한 일이었음에 틀림없다.

다연은 사람들의 함성에 귀가 떨어져 나갈 것 같았다. 그리고 그에 맞춰 속도를 늦춘 그들은 머지않아 중앙 신전에 도달했다.

"……."

신전의 건물은 옛 명성과 위용을 그대로 간직하고 있었다.

황제와 귀족 관료들이 원했던 대로 그들은 신전을 배경 삼아 제국민의 환호를 받았다.

젊고 강하고 오만한 황제는 사람을 매료하는 힘이 있다. 재능의 한계를 극복하고 무인의 길을 걸으며 패배 없는 전쟁만을 해 온 황제의 인기는 제위 내내 계속 최고치를 경신하고 있었다.

그리고 신전 앞에는 하얀 신관복을 입은 사제 몇이 나와서 황제의 행차를 바라보고 있었다. 그중에는 낯익은 얼굴도 있었다.

눈이 마주치자 테오는 다연에게 가만히 고개를 숙여 보였다. 다연 역시 자신의 선생님에게 꾸벅 묵례를 했다. 그리고 다시 한 번 찬찬히 그들의 면면을 훑어보았다.

신전에 보름 정도 머물렀던 과거가 있는 다연은 신관들의 얼굴을 비교적 많이 알고 있었다.

그녀는 깨달았다.

대신관은 그렇다 치더라도 고위급 신관들조차 하나도 나오지 않았구나. 그래도 명색이 황제의 행차인데 이 정도면 일부러였다.

신전도 끝내 황실에게 고개를 숙일 생각은 없는 것이었다.

⚜

그들이 발티온 지방에 도착한 것은 해 질 무렵이었다.

발티온은 황도에서는 비교적 거리가 가까운 축에 속하는 대규모 영지였다. 채굴 가능한 광산이 있어 부유하고 상등품의 사과가 생산되는 것으로 유명하다. 땅이 비옥하고 물자가 풍족하기에 지방 영지치고는 인구밀도 또한 높았다.

제국이 중앙집권화를 완전히 이루기 전 지방 귀족들은 황실과 대립하며 신전의 정치적, 경제적 비호 세력이 되어 왔다. 그러나 개국공신의 후예인 발티온 영주는 중앙 정계를 떠나서도 대대로 그에 반대하는 지방 귀족들을 황실로 규합하는 구심점 역할을 해 왔다.

즉, 발티온 영지는 제국의 지방 통제력이 건재함을 상징하는 땅이었던 것이다.

오랜 시간 신전과 결탁해 왔던 지방 세력들은 현재 황실의 끊임없는 회유와 조세제 개편 움직임에 와해되고 있었다. 이 시점에 이루어진 황제의 발티온 영지 시찰은 치료소 방문 목적 외에도 이러한 정치 상황에 대한 과시였다.

일행이 도착한 곳은 독특한 분위기를 풍기는 고택이었다. 저택이라기보다는 하나의 작은 성이라고 보아야 옳을 것 같았다. 이 오래된 건물은 미하일의 고조부인 21대 황제 때 지어진 것으로, 황실이 재산으로 보유한 수많은 사저들 중 하나였다.

"이 방을 쓰시면 될 것 같아요. 저희가 금방 정리할 테니 잠깐만 계시어요."

도착하자마자 다연의 시녀들은 빠르게 여장을 풀기 시작했다.

그녀들을 뒤로한 채 다연은 찬찬히 배정받은 방을 둘러봤다. 사용하지 않은 지가 꽤 되었을 텐데도 을씨년스러운 느낌보다는 오래된 건물 특유의 품격과 고풍스러움이 있다.

그을린 자국이 있는 벽난로와 짐승의 뿔 장식, 목재를 통으로 잘라 만든 투박한 가구는 이제껏 황성에선 보지 못한 독특한 분위기여서 다연은 약간의 신기함을 느꼈다.

"뭐 해?"

갑작스럽게 들려온 목소리에 다연이 고개를 돌렸다. 언제 온 것인지 황제가 문가에 기대서 있었다.

"방 구경을 하고 있었느냐?"

"네네. 가구들이 좀 신기해요. 건물도요."

"머무는 데 불편하진 않겠니?"

황제가 다연처럼 방을 둘러보며 물었다.

"음, 전혀요."

"괜찮아 보여도 오랫동안 사용하지 않아서 틀림없이 부족한 점이 있을 것이다. 불편한 게 있으면 사저 관리인들에게 바로 말하고."

"네. 그럴게요. 폐하 방은 어디예요?"

"난 이 방 위층."

"아아."

이야기를 나누면서 보니 황제가 평소와 어딘가 달라 보여 다연은 고개를 갸웃했다.

한참을 관찰하니 무엇이 달라진지 알 것 같았다.

이곳이 황궁이 아니라는 것을 증명이라도 하듯 황제는 평소보다 격식을 많이 벗어 던진 모습이었다. 아무래도 방금 씻고 내려온 것 같았다.

349

언제나 단정하게 정돈되어 있던 블론드색 머리칼은 약간 젖은 채로 내려와 있다. 그리고 그는 평소의 화려한 의복 대신 무늬 없는 셔츠를 대충 껴입고 있었다.

아무런 무장도 하지 않고 장신구도 없이 간편한 옷차림을 하고 있는 황제는 어쩐지 생경했다. 그래선지 다연은 그런 그에게서 눈을 뗄 수 없었다. 황제가 눈 밑으로 흘러내린 머리가 귀찮은 듯 쓸어 올리며 말했다.

"아무래도 저녁 식사를 같이 못 할 것 같은데. 혼자 먹어도 괜찮겠느냐?"

미하일이 다소 난처한 얼굴로 다연을 바라보았다.

황제는 발티온 영주를 비롯한 지방 귀족들의 알현을 받고 저녁 또한 그들과 함께할 예정이었다. 영지 상황에 대한 보고는 물론 지방 귀족들의 동향에 대해 들어야 했다.

영지 시찰에 따라오는 당연한 업무였다. 그러나 그는 여기까지 와서 다연을 혼자 식사하게 하는 것이 내심 미안했던 것이다.

다연은 생각했다. 황제는 참 아무나 하는 게 아니었다. 그렇지만 황제라고 해서 다 그와 같은 것은 아니겠지. 단지 저 남자가 저런 성격의 사람인 것이다. 정말 살인적인 부지런함이었다.

아니, 그래도 하루 저녁 정도는 쉬어 줘야 되지 않나?

하루 꼬박 이동한 후에 이어지는 일정이 피곤하지는 않을까, 걱정이 되었던 다연은 조금 어두운 얼굴을 했다.

"식사는 괜찮아요. 그런데 오자마자 또 일부터 하시나요."

그러나 황제는 그 말과 표정을 뭐라고 해석했는지 굉장히 멋쩍고 미안한 얼굴을 했다.

"지루하지? 여기까지 와서 혼자 두어 미안하다."

응? 황제의 사과에 다연은 의아한 얼굴을 했다.

대화는 기묘하게 어긋났다. 사실 둘 다 서로를 모르는 것은 마찬가지였다.

다연은 혼자 있는 것을 좋아하는 사람이고 황제는 일과 정치에서 인생의 의미를 찾는 사람이었다. 그러니까 그들이 지금 하고 있는 걱정은 둘 다 쓸데없는 것이었다. 황제의 오해를 먼저 알아챈 다연이 서둘러 부인했다.

"아뇨, 그게 아니구요. 오자마자 쉬지도 않고 바로 일을 하시니까."

잠시 생각하던 황제도 곧 무언가를 깨달은 표정을 했다.

"아아, 내가 힘들까 봐? 지금 나를 또 걱정하는 것이냐?"

황제는 소리 내어 웃었다. 그는 이 상황이 재미있었다.

다연은 꼭 한 번씩 저렇게 자신을 안쓰러워했다. 자신의 어떤 부분이 그녀 마음의 약한 곳을 자극하는지 잘 모르겠다.

그러나 이러면 자신은 몹시 뻔뻔하게 행동을 하고 싶어진다. 그 걱정을 핑계 삼아 애정을 구하고 싶어진다. 그래서 그는 아름다운 얼굴로 작위적이고도 처연한 표정을 지어 보였다.

"다연. 대답해 봐. 너 나를 걱정해?"

"그럼요. 당연하죠."

"내가 정말로 걱정이 되면 다른 걸 해 줘."

"……뭐요?"

"입 맞춰 주지 않을래?"

다연은 흠칫 놀랐다.

아니, 세상에 이건 또 무슨 기적 같은 삼단논법이야?

그녀는 빨개진 얼굴로 입을 벌리고 한동안 우두커니 서 있었다.

그의 낯이 상상 이상으로 두꺼워 그만 할 말을 잃어버렸던 탓이다.

그러나 웃는 얼굴로 대답을 기다리던 황제는 그럼 전혀 힘들지 않을 것 같다고 덧붙이기까지 했다.

351

참으로 태연하고 천연덕스러웠다.

낮 뜨거움에 몸서리치던 그녀는 잠시 뒤 정신을 차리고 대꾸할 말을 찾기 위해 고민했다.

그러나 여기서 어떤 말을 하더라도 말 잘하기로 소문난 황제를 이길 순 없겠지?

매우 현실적인 전력 분석이었다.

그러한 결론에 도달하자 이 부끄러움을 더는 견딜 자신이 없는 무뚝뚝한 토마토는 회피를 선택했다.

등을 돌려 방 안으로 뛰어 들어가려 한 것이다. 그러나 애초에 그녀가 말싸움에서 황제를 이길 수 없듯이 몸치인 그녀가 황제의 눈앞에서 도피에 성공할 가능성 또한 없었다.

다연은 방 안으로 쏜살같이 들어가 그대로 문을 닫으려 했다. 그렇지만 그 모든 동작은 그녀의 상상 속에서만 일어났다. 그녀가 등을 돌려 한 걸음 떼기가 무섭게 미하일이 다연의 손목을 번개같이 낚아챈 것이다.

제국에서 손꼽히는 기사인 황제는 어이가 없었다. 그만 실소가 나왔다.

정말 이 허술하고 운동 능력이라고는 눈곱만큼도 없는 몸으로 줄행랑이 가능하다고 생각한 거니? 아니 정말 이 자신감 무엇?

눈 깜짝할 사이에 다시 돌려세워진 다연은 문과 황제 사이에 갇혀서 놀란 얼굴을 하고 있었다. 황제를 바라보는 눈이 휘둥그레져 있었다. 본인이 어쩌다 다시 이러고 있는지도 감이 안 오는 표정이었다.

그리고 이 심상치 않은 분위기를 감지한 시종과 기사들은 어느 틈에 복도 너머로 후다닥 사라졌다. 여장을 풀어 정리하던 시녀들도 시야에서 사라진 지 오래였다. 거의 생존 본능에 가까운 감각이었다.

황제의 바람과는 달리 다연이 다소 소극적인 탓에 둘의 진도는 느린 편이었다. 그러니 혹시라도 있을 진전을 방해했다가는 오늘 다 죽은 목숨이었다. 그들은 황제의 분노와 히스테리를 감당할 자신이 없었다.

한편 다연의 새빨간 얼굴을 보고 있으려니 미하일은 만감이 교차했다.

아니, 그렇다고 도망갈 건 또 뭐람. 이렇게 깜짝 놀랄 건 또 뭐람.

내가 언제 저 허락 안 받고 뭘 함부로 한 적이 있다고. 항상 신사처럼 굴었잖아. 날 못 믿는 거야, 뭐야.

요즘따라 불만도 많고 삽질도 잘하는 황제는 다소 뚱하게 생각했다.

다연의 뺨을 감싸 쥐며 그가 속삭였다. 약간 하소연에 가까운 발언이었다. 언제부턴가 황제는 다연에게 격식과 위엄을 배제한 말투들을 자주 섞어 썼다.

"네가 매번 너무 부끄러워하니까 내가 파렴치한 짓을 하는 것 같잖아."

"……폐하가 일부러 사람을 부끄럽게 만들잖아요. 절 놀리려고."

그녀가 지지 않고 대꾸하자 미하일은 웃음을 흘렸다. 틀린 말은 아니었다. 일부러 부끄러운 소리를 해서 놀렸던 적이 있는 것도 사실이기에 마냥 아니라고 할 수가 없었다. 그래서 황제는 사실을 일부 인정하며 빠져나가는 방식을 택했다.

"그래도 안 부끄러워하도록 노력해 봐. 우리 연인이잖아."

다연은 뭐라고 더 말하려는 것 같았다. 그러나 그 말을 끝으로 황제는 더는 답변을 듣지 않았다.

어차피 이 상황에서는 어떤 말도 사족이었다.

미하일은 그대로 다연의 이마에 입을 맞추었다. 그녀가 반사적으로 눈을 찡그리며 감자 이번에는 그 눈 끝에 입술을 내리눌렀다.

한동안 그대로 입술을 대고 있다가 떼니 그녀도 가만히 눈을 뜬다.

검은 눈동자는 황제를 올려다봤다. 그 검고 정직한 눈동자를 본 순간 미하일은 더는 참기 어려워 얼굴 여기저기에 계속해서 입술을 내리찍었다. 콧잔등에, 이마에, 미간에, 뺨에, 턱에.

다연은 숨도 제대로 쉬지 못하고 황제의 소맷귀를 꽉 부여잡고 있었다. 이 열기와 시간을 그저 견디는 사람처럼 얼굴을 붉힌 채 약하게 떨고 있다. 그 모습을 보니 더운 열기가 훅하고 몰려오는 것 같았다.

미하일은 다시 고개를 숙였다.

"……."

입술과 입술은 아주 찰나의 순간 스치듯이 닿았다가 떨어졌다. 그런데도 화인을 찍은 듯이 뜨거웠다.

다연은 황제를 올려다봤다. 황제의 초록빛 눈동자는 정염에 물들어 타는 듯이 일렁이고 있었다. 그 선정적인 표정을 마주 보는 것이 힘겨워 다연은 어쩌지 못하고 다시 고개를 숙였다.

그 어쩔 줄 모르는 얼굴을 보니 황제는 머리도 마음도 온통 뜨거운 것으로 가득해지는 기분이었다.

왜 이 정도에 얼굴을 붉히는 거야. 내 머릿속이 요즘 얼마나 난잡한 줄 알아? 내가 너랑 정말로 뭘 하고 싶은지 알긴 하냐고.

자꾸만 무언가를 갈구하게 된다. 자신의 얼굴은 지금 열망에 가득 차 있을 것이 분명했다.

그 솔직한 얼굴을 보이기 싫어 황제는 그대로 다연을 품 안에 끌어안았다.

그리고 그녀의 머리 위에 턱을 올려놓고 가만히 서서 한숨을 쉬었다. 마음을 가라앉히는 데는 시간이 걸렸다.

한참 뒤 떨어지기 싫은 마음을 억지로 내리누르며 그녀를 부드럽게 떼어 낸 황제는 다소 딱딱한 목소리로 말했다.

"매번 놓아주는 것이 쉽지 않다는 것을 알아주길 바란다."

"……."

그는 손으로 다연의 머리를 쓰다듬으며 이내 조금 헝클어뜨렸다. 그리고 이번에는 다연을 손수 방 안으로 들여보냈다. 문을 닫기 전에 그가 말했다.

"피곤할 테니 푹 쉬거라. 내일도 고단한 하루가 될 터이니."

"……."

"잘 자."

"폐하도요."

그래, 대답하는 그의 얼굴엔 어느새 다정한 미소가 떠올랐다.

치료소에 방문하기 전, 황제의 일행은 발티온 영주를 대동하고 짧은 영지 시찰을 했다. 다연은 그 유명하다는 발티온의 대규모 사과 농장도 구경할 수 있었다.

말을 타고 앞서 가던 황제가 조금 뒤처져 따라오는 다연의 옆으로 붙더니 이런저런 설명을 하기 시작했다.

"발티온 영지 수입의 대부분은 철광에서 나오는데도 워낙 상등품의 사과가 생산되다 보니 제국민들의 머릿속에 발티온 하면 사과로 인식되어 있지. 가끔 황실로도 진상되어 올라오는데 나도 수확 철에 직접 방문하는 것은 처음이구나."

황제는 그 외에도 대귀족인 발티온 영주가 중앙 정계를 떠난 이유라든지 그의 선조와 초대 황제의 관계 등에 대해 자상한 설명을 덧붙였다.

아직 젊은 발티온 영주는 표정 관리에 실패하고 그 옆에서 어색한 얼굴을 하고 있었다. 너무 어색한 나머지 자꾸만 시종장과 근위대장을 힐끔거렸다.

그 표정은 말하고 있었다.

폐하께서 대체 왜 이러시죠? 올 초 신년 파티에서 뵈었을 때까지만 해도 이런 분이 아니셨는데……?

근위대장과 시종장은 우리가 그 마음 다 안다는 듯 고개를 끄덕끄덕했다. 황제에게 이렇게 자상하고 인간적인 면모가 있을 줄 누가 알았겠는가. 황제는 대신들이 뭘 모르면 무식한 것들이라고 치를 떨며 공부해 오라고 신경질을 내면 냈지. 이렇게 하나하나 알려 주는 사람이 아니었다.

수확 철을 맞이한 사과는 새빨갛고 탐스러웠다. 나무마다 한가득 매달려 있는 사과를 보고 다연은 눈이 동그래져서 말에서 내렸다.

그녀는 대체로 조용하다. 그래서 사람들은 잘 모르겠지만 그녀의 뒤통수에서 벌써부터 들뜸이 묻어나는 게 황제의 눈에는 보인다. 그래서 보고 있는 황제도 입가에서 웃음을 흘렸다.

일적인 시찰이 이렇게 즐거울 수가 있나.

황제는 비로소 다연의 말을 이해했다. 어디를 가느냐가 중요한 게 아니었다. 누구와 함께하느냐가 중요한 것이었다. 다른 세계의 사람에게서 사랑을 배운다.

다연은 사과나무 아래 서서 탐스럽게 열린 사과들을 올려다봤다. 사과는 위용이라는 단어가 어울리는 크기였다. 이 세계의 사과는 원래도 크기가 컸고 그중 발티온의 사과는 더욱 그랬다.

고국의 것보다 훨씬 늠름한 사과의 위용에 다연은 또 우와아아아 탄성을 지르며 감탄했다.

그 모습에 황제도, 영주도, 기사들도 모두 웃음을 터뜨렸다.

연인 간의 다툼은 때로 굉장히 사소한 사건 때문에 일어난다. 싸움이 커지고 심각해지는 이유는 사실 알고 보면 그 사건이 대단히 중요했다거나 심각한 사안이어서가 아니다.

가끔 전쟁 같은 싸움 후 그런데 우리가 무엇 때문에 싸웠더라? 하게 되는 것은 결국 싸움이 그 사소한 계기에서 촉발되었을지언정 그게 싸움의 근본적인 원인은 아니기 때문이다.

연인들은 그 사소한 사건을 해석하는 관점과 반응하는 방식의 차이 때문에 싸우게 되는 것이다.

같은 상황을 바라보는 시야가 다르고 때로 누군가의 방식이 한 사람의 상식에서는 대단히 비상식적으로 느껴질 때가 있다.

그 차이를 이해할 준비가 되지 않았다면 다툼은 사소한 사건 A로도, 사소한 사건 B로도, 사소한 사건 C로도 소재를 바꾸어 매번 일어날 수 있다.

어떠한 차이는 맞춰 나갈 수 있다. 그러나 어떠한 차이는 좀처럼 좁혀질 수 없다.

당연한 일이다. 서로 다른 객체이기 때문이다. 그리고 사람이란 존재는 그 당연한 사실 때문에 상처를 입는다. 상대가 나와 같아지지 않아서, 이 차이를 평생 좁힐 수 없어서. 혹은 상대가 이 차이를 인정하지 않아서, 나를 있는 그대로 인정하지 않아서.

영지 시찰이 끝나고 황제의 일행은 본연의 목적대로 치료소로 향했다. 치료소는 기존의 건물을 활용한 것으로 황도의 것보다는 규모가 작았다.

보기 드문 황제와 신녀의 행차는 이미 영지 내에 널리 소문이 퍼져 있었다. 치료소 주변은 이른 아침부터 웅성거림으로 가득했다.

황제의 측근들은 내심 전과 같은 기적을 바라며 독수리를 기다렸다. 과장된 소문을 접한 제국민들도 마찬가지였다. 그들 모두는 신화의 한 장면을 목격하고 싶었다.

그러나 정작 그 소동을 일으켰던 장본인인 다연은 잠자코 있을 뿐이었다.

그녀도 기적을 바라는 사람들의 마음은 알고 있었다. 그러나 그녀의 상식에서 이런 것은 남발하면 그 효과가 떨어지게 된다. 사람들이 잠깐 실망하더라도 후일을 도모하기 위해서는 이편이 훨씬 낫다고 판단했다. 그녀는 어쩔 수 없는 전직 판촉기획팀 직원이었다.

황도와 정도의 차이는 있었지만 그래도 사람들의 환영하고 싶은 마음, 들뜬 기분은 여실하게 느껴졌다.

황제와 헤르니야를 연호하는 목소리, 신녀님께 손을 잡아 달라고 외치는 목소리, 알티우스 만세를 부르는 목소리. 그리고 그 수많은 목소리들을 뚫고 들려온 외침이 있었다.

"황후 폐하 만세! 헤르니야 만세!"

이것은 아마 요즘따라 의욕이 넘치는 내무대신의 솜씨였을 것이다.

그런데 다연은 그 호칭과 상황에서 약간의 위화감을 느꼈다. 그래서 조금 오묘하고 불편한 표정으로 주변 사람들을 바라보았다.

옆에 있던 황제 또한 다연과 같은 외침을 들었다. 그는 다연보다는 훨씬 가볍게 생각했다. 그냥 내무대신 그것이 또 시키지도 않은 짓을 했구나, 실소하고 말았을 뿐이다.

또한 이 상황은 황제가 장기적으로 지향하는 계획에서 크게 어긋남이 없었다. 황제는 다연을 황후로 맞을 생각이 확고했다.

그러나 만약 그게 아니었다고 한들 달라졌을까? 그래도 그는 이 상황에 조금의 불편함도 느끼지 않았을 것이다. 그에게 타인의 의견이란, 더군다나 뭣 모르는 군중의 흥분 섞인 외침이란 한 귀로 듣고 한 귀로 흘려버려도 크게 문제 될 게 없는 것이었으니까.

찰나의 순간을 받아들이는 둘의 생각은 달랐다.

그러나 이 찰나의 순간이 발단이 되어 다툼이 일어날 것이라고는 두 사람 다 생각하지 못했다.

이미 충분한 목적을 달성한 일행은 되돌아가는 길에는 더 이상 인가를 경유하지 않았다. 덕분에 행렬은 조용했다. 군중의 시선을 신경 쓸 필요도 없었고 말발굽 소리와 가끔씩 숲의 새소리만이 들렸다.

그래서 다연은 깊은 생각에 빠졌다.

혼자 생각에 빠져 자신의 감정을 정의하는 것은 다연의 고질적인 습관이었다.

그녀가 하는 생각들은 좀처럼 쓸데없을 때가 많다. 왜냐하면 해결 방안을 찾는 것이 아니라 현상을 규정하는 것에 그치기 때문이다.

그녀가 하는 생각의 패턴들은 미래에 대한 새로운 그림을 그리기보다는 현재와 과거의 그림을 덧그릴 때가 많고 그래서 비관적이거나 다소 피해 의식에 젖어 있을 때가 많았다. 그 그림은 노력으로 바꿀 수 없는 것이기 때문이다.

다연은 사실 기분이 조금 안 좋았다. 속상하고 또 시무룩했다.

결혼은 두 사람의 일이었다. 그런데 자신에게 선택권이 있긴 한 건가 싶은 생각이 들었기 때문이다.

황후 폐하 만세라니! 사람들은 모두 답이 정해져 있다는 듯 군다. 이대로 가면 당연하게도 황제와 혼인을 하고 황후가 되겠지. 자신이 아무런 의사 표현을 하지 않았는데도 사람들은 응당 그렇게 될 것이라고 생각하고 그렇게 되어야 한다고 주장한다.

왜냐하면 저 남자가 황제이고 자신이 헤르니야의 징표이니까. 신전이 황실의 적이고 그녀가 황후가 되는 것이 정치적으로 황실에 유리하니까.

그렇지만 이것은 혼인이었다. 자신의 의사 결정이 선행되고 모든 것이 뒤따라와야 맞는 것 같은데 모든 것이 정해진 상황에서 선택을 강요당하는 것 같다.

그게 씁쓸하다고? 그러나 돌이켜 보면 그것은 정확하게도 다연이 살아온 방식이었다. 그녀는 원래 항상 그렇게 살아왔다.

누군가가 마련해 준 삶의 표준화된 경로를 이탈하지 않고 이것에 대한 가치판단을 보류하고 이것을 좋아하는지 싫어하는지에 대한 감정조차 외면하다 보면 어느새 돌아갈 수 없이 멀리 와 있었다. 결국 항상 보류함으로써 선택을 대신해 온 것이다.

어떠한 생각이 자괴감으로 이어지는 것은 그녀의 오랜 버릇이었다. 생각을 줄이고 행동을 더 해야만 이 삶이 달라질 것 또한 알고 있었다. 다연은 그럼에도 습관적인 생각에 빠져들었다.

"……."

그리고 아까부터 골똘히 생각에 빠진 듯한 다연을 미하일은 빤히 바라보았다.

사실 다른 사람들의 눈에 다연은 평소와 별반 다를 것이 없어 보였다. 그녀는 원래도 말이 많지 않고 조용히 있을 땐 가끔 우울한 분위기를 자아냈으니까.

그러나 미하일은 이내 다연의 좋지 않은 기분을 알아챘다. 기분이 좋지 않은 것뿐만 아니라 어딘가 화가 난 것 같았다. 황제는 원래 눈치가 빨랐다.

"왜 그래."

"……뭐가요?"

"아까부터 계속 기분이 안 좋잖아."

황제의 말에 사람들은 모두 어리둥절해했다.

대체 어디가 기분이 안 좋아 보인다는 거야?

그러나 다연이 딱히 부정을 하지 않고 침묵하자 사람들은 흠칫 놀랐다.

뭐야, 진짜야? 근데 폐하는 어떻게 아는 거야? 이거 관심법이야?

사람들은 소름이 끼쳤다.

다연이 침묵하자 황제는 머리를 살짝 긁적였다.

미하일은 가만히 쳐다보고 있다가 자신의 눈에만 뾰로통해 보이는 그 뺨을 손가락으로 콕 찔러 봤다.

그러자 그녀가 뭔가를 말할 듯 입을 열다가 다시 다문다.

그래서 황제는 확신했다. 너 진짜 화난 게 있구나.

그렇지만 뭐가 문제인지까지는 알 수 없었다.

물끄러미 바라보던 황제는 혼자 고민하는 대신 성격대로 물어보기로 했다.

"왜 그러는지는 말해 주지 않을 것이냐?"

"아니에요."

"……."

"기분 안 좋은 거 아닌데요."

"……."

안 하느니만 못한 대답이었다.

별거 아닌 대화 몇 마디였고 다연의 얼굴은 아무렇지도 않았다.

그런데 오히려 황제의 표정이 점점 심상치 않아지자 지켜보던 사람들은 조마조마해졌다.

싸우지 마! 우리가 다 잘못했어! 제발 싸우지 말라고!

거참. 황제는 답답한 기분을 느끼며 다연을 바라봤다.

아니라고 하는데 치료소에서부터 꿍해 있는 기색이 확연하다. 아무리 봐도 이건 자신에게 화가 난 것이다.

그게 참 당혹스럽기도 하고 귀엽기도 해서 미하일은 이 양가적인 감정을 고스란히 느끼고 있다.

이유도 말해 주지 않고 저러니 야속하고 어이가 없기도 하고 너는 화가 나면 이런 식으로 반응하는구나, 신기하기도 하고.

그런데 생각하다 보면 억울해진다. 내가 저를 이렇게 좋아하는데 저건 또 뭐가 그렇게 문제인데 싶고. 사실 화낼 일로 치면 내가 훨씬 많을 텐데. 다른 남자랑 말을 붙잡고 시시덕대서 내 속을 다 뒤집어 놓은 게 엊그제인데 너 참 까분다 싶기도 하고.

이런데도 귀엽다는 감정이 새록새록 올라오니 자신이 심각하긴 심각하구나. 황제는 본인의 병세를 비로소 자각했다.

한숨을 쉰 황제는 다시 한 번 그녀의 뺨을 톡 건드렸다. 그러자 드디어 다연이 울컥해서 아, 좀! 하며 불만스럽게 쳐다봤다. 저렇게 사람을 흘겨보는데도 화가 안 나니 큰일이라고 황제는 생각했다.

자신도 이런 스스로가 어처구니가 없어서 헛웃음이 나왔다.

싸움의 승자와 패자는 이미 결정되어 있는 것 같았다.

외무대신과 군무대신은 황제의 부름을 받아 입궁했다.

황제의 집무실에는 시종장 외 황제가 신뢰하는 최측근들만 자리해 있었다. 그런데도 사안의 무거움을 입증하듯 그들의 목소리는 매우 조심스럽고 낮았다.

황제가 수심에 가득 차 있는 외무대신에게 물었다.

"정변의 조짐이 있느냐?"

"확실하진 않사옵니다. 그러나 왕세자가 군부 쪽 인물들과 비밀리에 회동을 갖는 등 확실히 전과 다른 움직임이 있는 것은 사실입니다."

"아직 단정 짓기는 이르겠군."

외무대신은 고개를 조아리며 긍정의 뜻을 표했다.

"그러나 심상치 않은 움직임이 있는 것만은 사실일 터. 군무대신."

"예, 폐하."

"전쟁 준비를 서두르거라."

"그리하겠습니다. 준비에 만전을 기하겠사옵니다."

황제의 말이 가진 무게는 무거웠다. 좌중은 더욱 한 치 앞을 내다볼 수 없어진 양국 관계에 저마다 심각한 표정을 지었다.

황제의 계산된 수 싸움은 치밀했다. 이 모든 상황을 처음부터 끝까지 지켜본 시종장과 외무대신은 소름이 끼칠 지경이었다. 모두가 입을 모아 강력한 국방정책을 주장할 때 황제만은 홀로 유화책을 주장했다. 그리고 그 시도는 결국 사르만의 주화론자인 차남 아산카 왕자를 제국으로 불러들였다.

대신들이 협상을 장기화하는 사이 황제는 사르만 왕실에 은밀히 정보를 흘려 가며 정쟁을 부채질했다. 그리고 이제 사르만에는 정말로 정변이 일어날 조짐이 있었다. 관건은 사건이 시기에 맞춰 일어나 줄 것이냐 하나뿐이었다.

황제는 전쟁 준비를 하라는 명을 끝으로 더는 말이 없었다. 그가 깊은 생각에 빠져든 듯하자 대신들은 힐끔힐끔 황제의 눈치만 살폈다. 물러가라는 소리가 없으니 계속 있어야 하는지 어째야 하는지 알 수가 없다.

그렇다고 소신들이 물러가도 되겠사옵니까 여쭙자니 요즘따라 저조한 황제의 기분 상태가 마음에 걸린다.

결국 기댈 곳은 성격 좋은 시종장뿐인지라 대신들은 애처로운 눈빛으로 중년의 남자를 바라봤다. 그러자 시종장이 눈치껏 나가시라고 문 쪽을 손짓하며 신호를 준다.

그들은 황제의 심기를 거스를세라 숨죽여 집무실을 빠져나갔다.

사랑싸움에 죽어 나가는 것은 아랫사람들이었다.

사실 사람들은 도무지 무엇이 문제인지 모르겠다고 생각했다. 다연의 태도는 평소와 별반 다를 것이 없었다. 그녀는 본디 화가 나도 잘 삭였다. 기분이 저조할 때 조금 처박히는 경향이 있어서 그렇지, 누군가에게 화풀이를 하는 법도 없었고 조금만 그렇게 내버려 두면 금세 기운을 회복하기도 했다.

그냥 좀 동굴이 필요한 사람인 것 같았다.

모두가 처음부터 그 사실을 알았던 것은 아니다. 그 방식이 옳다고 동조하는 것도 아니었다. 다만 익숙해진 것이다. 궁인들 모두는 이제 그녀가 원래 저런 사람인가 보다 생각하게 됐다.

그런데 그게 황제만은 유독 잘 안 되는 듯했다. 그 꼴을 두고 볼 수가 없는 모양이었다.

생각해 보면 미하일은 처음부터 조금 그런 경향이 있기는 했다.

다연이 무기력하고 깊은 우울에 빠졌던 시기에도 황제는 그것을 그냥 두고 보지 못하고 들쑤셔 댔다. 아마 사적인 벗이 있었거나 조금 더 간이 큰 측근이 있었다면 틀림없이 조언했을 것이다.

제발 그냥 내버려 둬라 좀! 사람이 혼자 있고 싶을 때도 있지!

황제로 말할 것 같으면 문제가 있으면 바로잡아야 되는 성미의 사람이다. 반드시 해결을 본 뒤 올바른 방향으로 나아가게 만들어야 직성이 풀리는 성격이었다.

그래서 그는 다연이 자신과의 관계에서 그런 방식을 취하는 게 솔직히 싫었다.

그녀가 동굴로 들어가는 게 싫다. 문제가 있고 갈등이 있다. 그래서 감정이 상했다. 그 상황을 초래한 인원은 분명 하나가 아닌 두 명이었다. 다연과 자신.

그런데 자신과 조율하지 않고 참고 시간이 지나면 괜찮아진다니. 그건 결국 감내가 아닌가?

때로 어떤 사람들은 상대방이 그렇게 조용히 감내할 때 그것을 당연하게 받아들인다.

상대의 배려와 인내에 익숙해지고 그 관계성을 가지고 놀고 즐기기도 하다 결국엔 기고만장해진다.

그러나 그녀에게 조금의 잘못도 하고 싶지 않은 미하일은 이 혼자만의 침묵에 조금 상처를 받았다.

그는 길게 고민하지 않았다. 황제는 언제나처럼 대화를 하기로 했다. 구실이 필요했던 그는 다연에게 데이트를 신청했다.

다연, 너에게 가을의 아르제니아를 보여 주고 싶다.

다연은 선선히 따라나섰다.

가을의 아르제니아는 여름의 울창함과는 또 다른 멋이 있다.

두 번째로 오는 이 천연의 숲은 오색찬란한 빛깔의 단풍으로 형언할 수 없는 아름다움을 자아내고 있었다.

입을 열면 소리를 지르게 될 것 같다.

난생처음 보는 하얀 나뭇가지와 분홍의 단풍에 다연은 충격에 가까운 감동을 받았다.

오늘 그녀는 모처럼 기분이 좋아 보였다.

전에 보았던 잿빛 토끼를 다시 만날 수는 없을까 두근거렸다. 멧돼지랑은 화해를 했냐고 물어보고 싶다. 원한다면 당근을 갖다 줄 테니 이제 그만 친하게 지내라고 얘기해 주고 싶다.

감각을 깨우면 어디에 있는지 들여다볼 수 있을지도 모른다. 능력을 보다 정교하게 사용하고자 그녀는 약간 정신을 집중했다.

바람이 부니 다연의 검은 머리칼과 미하일의 금빛 머리칼이 자연스럽게 나부꼈다.

"……."

황제가 그녀를 골똘히 바라보기 시작하자 호위하던 기사들은 눈치껏 그들에게서 조금씩 멀어졌다.

호위의 원칙에는 대단히 어긋나는 일이나 어차피 황제는 대륙에서 손으로 꼽을 만한 실력의 기사였다. 정작 호위가 필요한 것은 황제가 아니라 기사들일지 몰랐다. 일을 그르쳤을 때 신경질이 난 황제가 대련을 빙자하여 야무지게 후려 팬다 해도 막아 줄 사람이 없었다.

발티온 영지를 다녀온 뒤로 다연은 아주 약간 기분이 좋지 않았고 황제는 그보다도 훨씬 기분이 좋지 않았다. 사람들은 그 이유까지는 잘 몰랐다. 다만 둘이 현재 사랑싸움 중이라는 것 정도만 황궁 내에 소문이 파다했다.

둘은 심각했지만 궁인들은 모이기만 하면 참 좋을 때다 하는 이야기들로 한가로이 수다 꽃을 피웠다.

권모술수가 가득하던 황궁에 모처럼 피어난 연애는 눈부시게 순수하고 아름다웠다.

다연을 만나고부터 황제는 세상 온갖 종류의 감정에 다 시달리는 사람 같았다.

사랑이 주는 열기에 들뜨다가도 번민하고 고뇌에 빠진다.

결과 지상주의의 냉정하고 현실적인 정치가였던 황제는 그녀를 처음 만났을 때부터 그랬다.

사람들은 사실 이제 황제가 조금 안쓰러울 지경이었다. 다연은 때로 덤덤한 얼굴로, 또 때로는 헤헤 웃으며 아무렇지 않게 황제의 마음에 돌멩이를 집어 던지고 또 감정의 폭풍우를 선물했다.

"물어볼 것이 있다."

미하일의 표정은 덤덤했다.

"내가 너에게 무언가 잘못한 것이 있느냐."

다연은 멈칫했다.

지난번 일로 황제가 자신의 기분을 매우 신경 쓴다는 것을 알고 있다.

생각했던 것보다 참 예민하고 섬세한 남자가 아닌가?

다연은 조금 난처한 기분에 빠졌다.

사실 그녀는 이제 아무렇지 않았다. 그래서 이렇게까지 마음을 써 주는 황제에게 조금 미안하기도 했다. 마음이 분명히 상했지만 이해할 수 있는 범위의 일이라고 생각했다.

그러니 그냥 넘어갈 수 있는데, 그는 사소한 일을 왜 이렇게 크게 키우는 것일까?

다연이 망설이는 눈치이자 황제가 단호하게 말했다.

"솔직하게 말해 줘. 그게 좋으니."

"······그냥 좀 신경 쓰이는 일이 있었어요. 그렇지만 별거 아닌데요."

"별게 아닌지는 듣고 판단하겠다."

"······."

황제는 단호했다. 다연은 머뭇거렸다.

고민에 빠져 풀숲을 바라보던 그녀가 이내 시선을 돌려 황제를 바르게 응시했다. 그리고 마침내 물었다.

"우리는 결혼하게 되나요?"

황제의 눈이 의아한 빛을 띠자 그녀가 다시 물었다.

"음, 그러니까 저는 황후가 되나요?"

그는 다연보다 훨씬 정치적이고 외교적 수사에 익숙한 남자였다.

어떠한 설명이 없어도 그 말만으로 황제는 다연의 불만을 알아들었다.

본인의 일인데 지금 그렇게 되어 가고 있는 것이냐고 남의 일처럼 묻고 있었다. 그 말은 거꾸로, 자신의 일인데 왜 남이 결정하냐고 묻는 것이었다.

다연은 본인의 의사와 상관없이 일각에서 추진되고 있는 혼인과 사람들의 입방아에 압박감을 느끼고 있었다.

지금 그 부분을 지적하고 있는 것이었다.

"모두가 이미 다 정해져 있는 것처럼 굴어요."

다연은 황족도 이국의 왕족도 아니었고 명문 귀족가의 영애도 아니었다. 그녀에겐 황제와 달리 아무런 의무도 없었다. 정치나 가문과 상관없이 살아온 그녀의 불만은 너무도 타당했고 황제도 그 타당성을 알았다.

그런데 그 타당함을 알아도 황제는 그녀가 원하는 것을 들어줄 수가 없었다. 다른 사람들의 간섭을 배제한 개인적 삶. 정치적 상황에 좌우되지 않는 평범하고 소박한 결혼.

둘이서 오롯하게 꾸려 가는 인생은 그가 제위에 있는 한은 다연에게 평생 선물할 수 없는 것이었다.

다연도 그 상황을 이해했다. 그래서 여태껏 아무 말도 하지 않은 것이다. 이것은 황제의 탓이 아니었다. 이 모든 일은 결국 이 남자가 황제이기 때문에 일어나는 것이다.

그러면 황제로 태어난 것이 이 남자의 잘못인가? 황실의 정적이 신전인 것도 이 남자의 잘못인가? 그것이 미하일의 잘못이라면 그녀가 신녀인 것도, 이 세계에 신탁을 받고 떨어진 것도 다연의 잘못이어야 했다.

다연은 이 복잡한 상황들을 머리로는 모두 이해하고 있었다. 마음으로 받아들이지 못하는 부분들이 있을 뿐이었다.

"……."

미하일은 복잡한 얼굴로 다연을 바라보았다.

다연이 가진 불만은 해소될 수 없는 것이다. 그리고 황제는 지킬 수 없는 약속을 하고 싶지는 않았다.

사람들은 변함없이 그들에 대해 왈가왈부할 것이고 황후를 맞이해야 하는 당위성과 후사의 중요성, 황제와 신녀의 결합이 의미하는 바와 어느 시점이 가장 효과적일지에 대해 끊임없이 떠들어 댈 것이었다. 황궁에서는 그것이 정치이고 그들의 일이기 때문이다.

그녀에게는 아마 더 이상의 생각할 시간조차 허락되지 않을지도 모른다. 그래서 황제는 허황된 장밋빛 미래를 약속하지는 않았다. 대신 본인의 솔직한 마음을 다시 한 번 고백하기로 했다. 이 마음만큼은 허황되지 않고 지킬 수 있는 것이었기에.

현실은 원래 더러운 거야. 정치도 내가 발 디디고 있는 세상도.

너는 조용히 살고 싶어 하는데 너를 꺼내 주지 못하는 게 미안해.

그래도 너를 많이 사랑한다고. 혼탁한 세상이지만 그래도 나는 네가 헤르니야의 신탁을 받고 이 세계에 온 것을 진심으로 감사하게 생각한다고.

황제는 이 마음이 전해지길 바랐다.

"결혼하게 되냐고 물었느냐? 나는 물론 그럴 수 있기를 간절히 바란다."

"……."

"나는 황제이기 때문에 평범한 사내로서의 삶은 살 수 없지만."

너에게 조용한 삶을 선물할 수도 없고 네가 원하는 것들을 다 들어 줄 수도 없지만.

"네가 혼인을 허락한다면. 그래도 너에게만큼은 그냥 한 사람의 좋은 남편이 되기 위해 노력하겠다."

그걸로는 안 되는 걸까?

그것은 미하일 나름의 청혼이었다.

물론 황제의 청혼치고는 소박하기 짝이 없었다. 꽃도 보석도 준비되지 않은 고백은 초라하고 멋이 없다. 그렇지만 그게 황제의 진심이었다. 애타는 순정적 마음을 준비 없이 날것으로 드러내는 데에는 이

369

뻔뻔한 남자에게도 용기가 필요했다.

그렇게 둘 사이에는 잠깐의 시간이 흘렀다.

그러나 마음을 쏟아부은 고백에도 다연은 계속해서 복잡한 표정을 지을 뿐 답이 없었다. 그녀는 아직도 생각할 시간이 필요했다.

황제는 그 반응을 이해했다. 어차피 처음부터 기다림 너머 기다림의 관계가 아니었나?

그녀가 뭐 한 가지를 결정하는 데 대단히 소극적인 사람이라는 것쯤은 이미 수차례 겪어 온 것이었다.

중요한 결정을 할 때 항상 남들보다 많은 시간을 필요로 한다는 것도 알고 있었다. 틀린 선택을 극도로 두려워하기 때문이다.

무엇이 현명한 그녀를 그렇게 만들었는지 모른다. 그렇지만 그 시간이 지나면 반드시 본인이 원하는 답, 옳은 길을 찾아낼 것이라고 믿고 있었다. 그러니 섭섭해서는 안 된다고 생각했다. 시간을 두고 기다려야 한다고. 그것이 그녀의 방식이라고.

그러나 황제 역시도 사람이라서. 청혼이 바로 받아들여지지 않자 그는 이 순간 별수 없이 실망하고 또 섭섭해지고 말았다. 마음의 무게 차이를 절감하게 된다.

마음의 무게는 분명 숫자로 수치화하여 계량할 수는 없다. 그러나 사랑에 빠진 사람들은 그 무게가 상대적으로는 계량 가능한 것임을 깨닫게 된다. 관계의 당사자 둘만이 올라탈 수 있는 양팔 저울. 그 감정적 갑을 관계. 어떠한 예쁜 말로 포장해도 결국에는 더 많이 사랑하는 사람이 더 고통스러워지는 것이다.

그리고 이 순간 황제는 이 감정의 저울추가 어느 쪽으로 기울어져 있는지를 여실하게 느꼈다. 이 사랑에서 약자가 누구인지를 철저하게 깨닫게 된다. 사랑은 자비 없이 찾아와서는 사람의 신분을 따지지 않고 무참히 비참하게 만들었다.

이 쓸데없이 공평한 인생 같으니라고.

신분제의 최정점에서 언제나 군림하며 살아온 사내는 사랑에서만큼은 이렇게 타인에게 감정적 우위를 내어 주어야 했던 것이다. 어쩔 수 없는 일이라고 생각하면서도 한숨이 나온다.

황제는 사실 좀처럼 그녀를 이해할 수 없었다.

그의 가치관에 의하면 그녀는 지금 대단히 쓸모없고 무가치한 고민들에 빠져 있었다.

그는 원래 다연에 비해 훨씬 결과 지향적인 사람이었다. 답지 않은 순정적인 사랑을 하고 있었지만 사실 황제는 주변과 남들에 이다지도 구애받는 다연이 완벽하게 이해되지는 않았다.

누가 뭐라 하든 서로가 사랑을 하고 혼인에 대한 이견이 없는지만 확인하면 되는 게 아닌가? 중요한 것은 결국 그게 아니었나? 왜 남들의 시선에 압박감을 느끼고 움츠러들고 연연하는 것일까.

황제의 시선엔 그녀가 매우 불필요한 것들에 신경을 쓰고 있는 것처럼 보였다. 결국 중요한 건 본인의 마음뿐일 텐데.

황제는 물었다.

"이곳은 황궁이고 사람들은 떠들기 마련이다. 그러나 어차피 결정은 네가 하는 것이다. 다른 사람들이 지껄이는 게 그렇게 중요한 것이냐?"

미하일은 혼란스러워했다. 다연을 바라보는 그 얼굴은 어떤 이해 불능의 생명을 바라보는 것 같다.

언제나 그렇지만 황제는 이론적으로는 별로 틀린 말을 하는 법이 없었다.

반박할 수는 없지만 실천할 수 없는 소리를 하니 그 자체로 언어폭력이 되는 것이다.

다연은 조금 툴툴거리며 말했다.

"중요하다기보다 그냥 신경이 쓰여요. 저는 폐하처럼 그렇게 아무렇지 않게 생각하는 게 안 된다고요."

황제는 고개를 끄덕이긴 했는데 사실은 전혀 이해를 못 하는 표정이었다.

그래, 무슨 말을 하고 있는지는 알겠는데 그게 대체 왜 안 되지?

아니, 애초에 그게 왜 신경이 쓰이는 거야?

황제는 오만한 황족이자 전제군주로서 인생을 철저하게 자기중심적으로만 살아온 인물이다.

그는 항상 본인의 판단에 의해 본인의 인생을 결정하고 국정의 방향을 결정했다.

황제가 만약 모두의 의견을 같은 무게로 받아들여 귀 기울이고 조심하며 살아왔다면 지금쯤 신경쇠약에 걸리거나 극도의 스트레스로 폭군이 되었을 것이다.

다연은 조금도 이해하는 것 같지 않은 미하일의 찌푸린 표정을 보며 한숨을 쉬듯 말했다.

"제 유일한 소망은 먼지처럼 사는 거예요. 폐하는 저 같은 사람이 잘 이해가 안 되겠죠. 근데 저는 다른 사람들이 제 인생에 대해 왈가왈부하는 것도 싫고 이래야 한다 저래야 한다 말하는 것에도 너무나 지쳤어요. 늘 그렇게 떠밀면 마지못해 떠밀리듯이 살아왔단 말이에요. 제 잘못이에요. 아는데요. 이젠 가끔 듣는 것조차 힘들어요. 짜증 나고 싶어요."

그녀는 딱히 혼인에 국한되어 말한 것은 아니었다. 그저 말하다 보니 울컥해서 지긋지긋했던 과거의 삶을 반추했을 뿐이다.

그러나 서운한 마음, 야속한 마음에 사로잡힌 황제는 그녀의 말에 일견 예민하고 삐딱하게 반응하고 말았다.

"뭐? 짜증 나고 싶어? 너 혹시 다른 이유 때문인 것은 아니냐."

"무슨 이유요?"

"나와 혼인까지는 생각하고 싶지 않아서 그러느냔 말이다."

그럼 나랑 연애는 하고 결혼은 안 할 거야? 너 지금 나 가지고 놀아?

황제는 요즘따라 가끔 쭈굴쭈굴했고 불시의 공격을 받은 다연은 몹시 황당해했다.

"지금 제가 그런 말을 하고 있는 게 아니잖아요."

저따위로 말하면 다연도 대화를 할 생각이 없어진다. 그래서 그녀는 입을 다물려고 했다.

그러나 순간 울컥해서 말이 비죽 튀어나오고 말았다.

"저는 바로 그런 것들이 싫다는 거예요. 제가 마음을 정하지 않았는데 다들 답을 강요하고 있잖아요. 심지어 폐하도요."

둘은 그 뒤로도 많은 이야기를 나누었지만 둘의 대화와 생각은 묘하게 조금씩 어긋났다.

그들은 동시에 느꼈다. 우린 정말 다른 세계의 사람들이구나. 그리고 서로 다른 세계를 가진 사람들이구나. 그래서 참 다르구나.

원래도 알고 있었지만 상대를 알아 갈수록 느껴지는 차이는 확연하다.

그 극도의 다름을 새삼 확인한 채 둘은 각자의 말에 올랐다.

돌아가는 길은 왔던 길보다 조용하고 길게만 느껴졌고 천천히 황궁으로 돌아오면서 둘은 저마다의 생각에 빠졌다.

황제는 속상했다.

그녀가 파묻으려 했던 갈등의 조각을 들쑤셔 낸 것은 황제 본인이었다.

그는 싸움을 즐기는 사람은 아니었지만 그렇다고 해야 하는 싸움을 피하는 사람도 아니었다.

논쟁은 가끔 생산적이기까지 한 것이었다. 회의를 할 때에도 치열한 공방 끝에 보다 창의적인 결론이 도출된다는 사실을 그는 믿었다. 회피하고 묻어 놓기만 하는 것은 그의 방식이 아니었다.

그런데 그녀와 언쟁을 하고 난 기분은 저조하기만 했다. 심력이 소모되고 결과적으로 자기 자신이 못난 것 같은 자괴감이 들기만 했다.

황제는 자신이 선물한 순한 갈색 말에 오른 채 역시나 생각에 빠져 있는 다연을 물끄러미 바라보았다.

"……."

다연도 속상했다.

때로 어떤 말은 하지 않느니만 못하다. 다른 사람에게 상처를 주고 싶지도 않고 말실수를 하고 싶지도 않은 그녀는 원래 싸움을 극도로 회피하는 성향이 있었다.

황제의 말은 대부분 옳았다. 별로 중요하지 않은 것에 연연하고 예민하게 구는 자신이 극도의 사회 부적응자같이 느껴져서 다연은 본인 성향에 조금 자괴감을 느꼈다.

한참 뒤 다연이 무척이나 조용한 목소리로 황제에게 물었다.

"제가 만약에 혼인을 하지 않겠다고 하면 어떻게 되나요."

조용한데 그 내용이 너무 어마어마한 질문이라 뒤따르던 사람들은 모두 식겁했다.

오늘 청혼한 남자에게 하기에는 너무 잔혹한 질문이었다.

아니, 누구 경을 치게 하시려고 그런 말씀을 하신단 말입니까.

다들 당혹한 표정으로 눈치만 살폈다.

황제 역시 말을 잃었다.

그런데 그는 문득 겁이 난다는 감정을 느꼈다. 어느 순간 이별이 사고처럼 올 것 같아서 심장이 내려앉는다.

그녀는 어떻게 저런 말을 할 수 있는 것일까? 자신은 그 가능성을 생각하는 것만으로도 마음이 이렇게 안 좋은데 그녀는 왜 아무렇지 않고 불안해하지도 않을까. 자신은 내심 이렇게 덜덜 떨고 있는데.

이 마음의 온도 차가 비참했다. 이 관계의 패자가 된 기분이다.

문득 미하일은 이 사랑의 마음이 참 괴롭고 다툼 또한 부질없으며 허무하다고 느꼈다.

둘은 너무 다른 사람일 테고 결국 어떤 차이들은 좁힐 수 없는 것이 분명했다. 그런데 그 차이가 너무 커져서 결국엔 서로의 존재가 불가해하게 느껴지는 날이 온다 해도 멀어지고 싶지 않았다.

자신은 어쩌다 이렇게 깊은 사랑에 빠져 버린 걸까?

마음에 무거운 추가 달린 것처럼 한없이 바닥으로 내려앉았다. 동시에 황제는 이제 그만 현실을 받아들이기로 했다. 그는 조금 상처받았지만 마음을 넓게 가지려 애쓰며 생각했다.

좀 패자가 되면 어떠하냐고. 지면 어떠하겠느냐고.

사랑이라는 이름의 전쟁. 그 안에서 더 많이 사랑하는 것이 지는 것이라면 열심히 사랑하고 그냥 철저한 패자가 되겠다고. 사랑하니 언제나 기꺼이 패배를 거두겠다고.

어차피 자신이 먼저 좋아했고 이 관계에 있어서 감정적 약자는 자신이었다. 그런 사실에 뒤늦게 억울해하고 싶지는 않았다. 사랑하는 여자 앞에서 그 감정의 크기를 재고 따지는 추레한 남자가 되고 싶지도 않았다.

본인이 더 많이 사랑한다는 사실을 그냥 당연하게 받아들이자. 그저 기다리고 더 많이 사랑하고 아껴 주겠노라고 황제는 다짐했다.

그는 다연에게 실망한 기색을 보이지 않고 애써 덤덤하게 대답했다.

"거절을 받아들여야겠지. 하지만 이후로도 내 마음이 받아들여질 때까지 계속 노력하겠다."

기사단은 자신들의 상관이 보여 주는 순정적인 사랑에 이제 거의 통곡할 지경이었다. 같은 남자로서 다연을 원망하는 마음까지 모락모락 생기려고 했다.

이 정도 했으면 그냥 좀 받아 주세요…….

그리고 한편으로는 무서워졌다. 다연은 잘 모를 것이었다. 황제가 말하는 범주의 노력이라는 것은 일반적인 사람들의 노력과는 그 차원이 매우 달랐다. 그것은 황제의 수련을 오랫동안 가까이에서 봐 온 기사들만이 예측할 수 있는 미래였다.

이대로 차이면 노력이 지나쳐 집착의 끝을 보게 되실지도 모릅니다. 그러니 이 정도 했으면 그냥 좀 받아 주세요…….

다연을 처소까지 바래다주고 황제는 그 앞에 서서 다연을 물끄러미 바라봤다. 그리고 픽 웃었다.

"좀 다퉜다고 눈도 마주치지 않는 것이냐?"

다연은 싫어서 그러는 것이 아니라 그냥 좀 헤집어진 마음이 복잡하고 괜히 어색해서 그러는 것이었다.

남의 속도 모르면서 황제는 늘 본인 마음을 표현하는 데 여념이 없고 무섭도록 솔직하기만 했다.

"나는 너와 멀어지고 싶지 않다. 그러니 안심시켜 줘."

"저 화난 거 아니에요."

그 성실한 대답이 우스워 황제는 또 좀 웃었다.

"안다, 이것아."

그렇지만 묘하게 시무룩해 보이는 그녀의 뺨에 입을 맞추며 다시 한 번 마음을 속삭였다.

"이것만 기억하거라. 내가 너를 진심으로 사랑하고 연모한다."

무정한 연인은 작게 고개를 끄덕일 뿐 대답이 없다.

그리고 다연은 머지않아 그날의 바보 같은 자신을 후회해야 했다.

제국력 327년 10월, 사르만 내전의 발발이었다.

✤

도스야 왕세자는 친부인 왕을 유폐했다.

차남인 아산카 왕자가 외세와 손을 잡아 왕위 계승을 노리는데 그것을 왕이 방조한다는 명분이었다.

어떠한 왕자의 측근은 몸을 피할 새도 없이 숙청이 됐다. 그러나 어떠한 측근들은 재빨리 몸을 빼 제국으로 망명을 했다. 그중에는 본인의 사병을 끌고 온 자들도 있었고 왕세자에 동조하지 않은 군부 세력 인물도 있었다.

제국은 그런 자들에 대해 두말하지 않고 모두 국경을 열어 주었다. 황제와 군무대신 사이에 미리 논의가 된 사안이었다.

덕분에 아산카 왕자와 사절단이 머물고 있는 동궁 별관은 흡사 이산가족 상봉의 현장과도 같았다.

망명 귀족들의 반응은 한결같았다. 왕세자 편에 서지 않고 위험을 무릅쓴 그들은 왕자를 만나기만 하면 다들 말도 없이 눈물부터 주룩주룩 쏟았다.

이 정도면 하나의 과학이었다. 사실 그 모습만으로도 왕자의 품성은 가히 짐작하고도 남았다.

보통의 사람 같았으면 이쯤에서 황제에게 군사적 도움을 청했을 것이다.

굳이 그럴 의도가 아니더라도 국경을 열어 주어서 감사하다든지, 자신의 사람들을 황성에 머물게 해 주어서 감사하다든지 어쨌든 한 번쯤은 만남을 청했을 것이다.

377

그러나 왕자는 동궁 별관에 칩거라도 하듯이 모습을 드러내지 않고 있었다.

"정말 뭣 같은 꼿꼿함이네."

짜증이 난 황제는 거친 감상을 내뱉었다.

왕자의 성격에 많이 당해 온 외무대신은 조용히 속으로만 동의했다. 왕자는 황제와는 전혀 다른 의미로 사람을 질리게 하는 구석이 있었다. 황제가 이를 갈듯 외무대신에게 말을 전했다.

"내가 좀 보잔다고 해."

결국 만남을 제안한 것은 황제였다.

그래도 마음고생이 있었는지 아산카 왕자의 얼굴은 그다지 좋지 않았다.

당연한 일일지 몰랐다. 왕자는 이번 정변으로 수족 같은 이들을 몇 잃었다. 그리고 그중엔 동복누이도 포함되어 있었다.

내전을 부채질한 황제는 그 사실에 인간적인 안타까움을 느끼긴 했으나 죄책감을 가지고 괴로워하진 않았다.

당연한 일이다. 그는 일국의 황제였고 이것은 정치였다. 이국 왕족의 가족의 안위까지 보아주면서 큰 제국을 통치해 나갈 수는 없었다.

"얼굴이 많이 상했군."

황제의 안부 비슷한 말에도 왕자는 답이 없다. 정말 지독히도 무뚝뚝한 사내였다.

"내가 왜 보자고 했는지 알겠는가?"

"……."

"거두절미하고 본론만을 말하겠다. 네가 세력을 모아 왕세자군을 진압하고 왕위에 오르겠다면 제국이 군사적 지원을 해 줄 것을 제안한다."

왕자의 표정은 기이했다. 어이가 없는 것 같기도 하고 괴로워하는 것 같기도 했다.

사실이었다. 그는 지금 세상과 운명을 원망하고 있었다.

왕자의 이복형제인 도스야 왕세자는 항상 그를 의심하고 핍박했지만 맹세코 왕자는 왕위에 관심이 없었다.

사르만의 땅을 사랑했지만 그의 존재가 분란이 되니 평생 사르만 땅을 밟지 말라는 명을 내렸다 한들 왕자는 말없이 따랐을 것이다.

그가 그런 사람이라는 것은 황제는 물론 그를 몇 번 보았을 뿐인 외무대신조차 동의하는 바였다.

주변인들 모두가 그의 성정을 아는데 혈육만은 모른다. 어리석은 일이었다.

왕자가 말했다.

"나보고 왕국을 배반하고 외세와 손을 잡으라는 말인가."

"나는 왕을 유폐하고 네 친인들을 숙청한 왕세자에 대항하라고 한 것이지 왕국을 배반하라고 한 적은 없다."

황제와 말을 섞어 봐야 당해 낼 수 없다는 걸 알면서도 왕자는 또 같은 실수를 반복했다.

황제는 침묵하고 있는 왕자를 설득했다.

"네가 어떤 선택을 하든 너의 측근들은 병사를 이끌고 국경을 넘었다. 제국은 그들을 받아들였고. 이미 사르만인들의 눈에 너는 제국과 손을 잡은 것과 다를 바 없고 실제가 그러하다."

"다른 이들이 뭐라고 생각하든지 그것은 중요치 않다. 중요한 것은 사실이고 내가 결국 군을 일으키지 않으면 곧 다른 이들도 그 사실을 알게 될 것이다."

황제는 코웃음을 쳤다.

"혼자 그렇게 고결하고 싶다면 평생 그래도 좋다. 그러나 네가 네

개인의 신념을 지키는 동안 얼마나 많은 사람들이 너를 위해 죽었고 또 앞으로 죽을 것인지 생각해 봤으면 하는군. 그들의 죄는 너를 믿고 따른 것뿐이다."

"……."

"사사롭게 왕위에 올라 네 주변인들을 살리는 일을 손을 더럽히는 것이라 생각한다면. 아직도 그런 머저리 같은 생각을 갖고 있다면 그냥 명예롭게 다 같이 죽어라. 말리지는 않겠다. 그러나 그게 집단 자결이랑 뭐가 다른지 모르겠군."

오늘따라 물이 오른 독설의 향연에 황제의 측근들은 마음이 조마조마했다.

그러나 황제의 말은 진실이었다.

황제는 정변이 일어나기 전에도 왕자에게 같은 제안을 한 적이 있었다. 받아들일 것이라고 생각하고 꺼낸 제안은 아니었다.

그러나 만약 왕자가 그때 황제의 제안을 받아들였더라면, 그래서 먼저 비겁한 반역을 일으켰더라면 왕자는 자신의 친인들과 꽃 같았던 동복누이를 살릴 수 있지 않았을까?

먼저 죽이지 않았기 때문에 죽게 된 것이다. 칼을 꽂지 않았기에 자신의 등에 칼이 꽂힌 것이다.

그런 정치의 역학 관계들이 있었다. 황제와 신전의 관계처럼.

아산카 왕자는 생각이 많은 표정으로 얼굴을 찌푸렸다.

왕자는 아직 황제를 완전하게 믿지 못했다. 그래서 황제에게 물었다.

"왜 도와주려고 하는 거지? 그래서 제국이 얻을 게 무엇인지 모르겠군."

제국은 좀 번거로울 뿐이지 마음만 먹으면 사르만을 지도에서 지워 버릴 수 있는 군사력을 가지고 있는 나라였다.

굳이 군사를 일으킨다면 왕자를 도와 친제국 정권을 세우느니 사르만 자체를 복속시켜 버리는 게 나은 선택일지 몰랐다.

왕자의 물음에 황제는 빙긋 웃었다. 이제부터 정말 본론이었다.

황제는 오래전부터 한 가지 의심을 갖고 있었다. 그것은 바로 신전과 사르만의 관계였다. 그 이야기를 할 차례였다.

"나는 오래전부터 한 가지 의심하고 있는 게 있다."

"……."

"바로 너희 사르만이 신전과 뒤에서 손을 잡고 있는 것이 아닌가 하는 것 말이다."

처음 알게 된 황제의 의중에 시종장은 물론 호위 기사들의 얼굴까지 경악으로 가득 찼다.

저 말이 진짜란 말인가?

황제의 의심은 뚜렷한 물증은 없었다. 그러나 제법 합리적인 의심이었다.

황제는 자급자족도 버거워 보이는 척박한 사르만에서 어떻게 매번 그런 군자금이 나오는지가 궁금했고 왜 항상 공교로운 시기에 국경 지방에서 수탈이 일어나는지가 궁금했다.

황실의 인기가 높아지고 새로운 정책을 펼치려 할 때쯤이면 어김없이 침탈이 일어났다.

앞서 말했듯 이 의심은 증거가 없었고 황제가 하는 것은 도박이었다. 그러나 이것이 사실과 다를지언정 황제는 이제 아산카 왕자를 왕위에 올리고 없는 증거를 조작해서라도 그것으로 신전을 칠 심산이었다.

그리고 왕자의 표정에서 황제는 그럴 필요가 없다는 것을 깨달았다.

"정말이었군."

왕실은 이국의 신전과 손을 잡고 군자금과 물자를 지원받은 것이다.

왕자는 왕실이 타국의 정쟁에 끼어 불필요한 병사들의 피를 흘리게 해서는 안 된다고 생각하여 주화론을 주장한 것이고, 그로 인해 왕세자의 미움을 샀다.

황제는 어이가 없었다. 짐작하고 있었던 일이지만 실제라는 것을 알게 되니 시퍼런 분노가 일었다.

"그것들이 세금 한 푼 내지 않고 신을 팔아 순진한 제국민들의 고혈을 빨더니 그 돈으로 이따위 짓을 하고 있었다."

몰랐던 사실과 황제의 노여움 앞에 황제의 측근들은 어찌할 바를 몰랐다.

너무 충격적인 사실 앞에 모두가 말을 잃었다.

사르만과 신전의 관계는 오래되었다. 제국은 그 긴 시간 동안 불필요하고 소모적인 전쟁을 계속해 온 것이었다.

"시종장."

"예, 폐하."

"지금 당장 국무회의를 열겠다."

"각 부처에 이르겠습니다."

"이 자리에 있는 이들 모두는 일이 마무리될 때까지 신전과 왕국의 관계를 함구해야 할 것이다. 짐은 이번만큼은 결단코 신전에게 빠져나갈 틈을 주지 않겠다."

"명을 받드옵니다."

황제는 다시 아산카 왕자를 바라봤다. 초록의 눈동자는 서늘한 분노로 타는 듯했다.

"내가 원하는 것은 단 하나다. 사르만과 신전 사이에 모종의 거래가 있었음을 입증할 수 있는 하나의 증거. 그 증거 하나만을 넘겨준다면 너는 왕위에 오를 것이고 네 주변인들 모두 살 것이다. 제국은 그 이상 왕국의 내정에 간섭하지 않겠다."

황제가 제안하는 것은 거래였다.

왕자는 수심이 가득한 얼굴로 고민에 빠졌다.

전장에서 자신 때문에 죽어 갔던 친우들의 얼굴이 떠올랐다. 왕족으로 태어났지만 서자로서 받았던 불온전한 대우와 서러웠지만 아름다운 어린 시절에 대해 떠올렸다. 자신보다 더한 처지이면서도 늘 자신을 걱정했던 누이의 얼굴도 떠올랐다.

그런데 죽더라도 명예를 잃지 않고 죽고 싶었다.

아무리 벌레 같은 인생이어도 자신은 왕족이었다. 그 직분을 잃지 않겠다고 생각했다. 비굴한 삶을 살더라도 비겁한 마음으로 살지는 않겠다고.

그렇지만…….

"……제국의 제안을 받아들이겠다."

이것은 그의 인생에서 가장 비겁한 선택이 될지 모른다.

왕자는 살기로 했다.

사르만에 정변이 일어났고 왕국의 많은 실력자들이 제국으로 망명해 온 사실로 국무회의 분위기는 어수선했다.

사르만은 제국과의 강화 거부를 선언했고 양국 간 이루어지던 모든 교역 협상들은 중단되었다. 황립학교에 파견된 사르만 관리와 학자들은 보호라는 명목으로 감금됐고 고국에 돌아갈 길이 요원해졌다.

전후 배상금을 받는 협상에서 사르만과의 교역 협상으로 전환할 것을 주장한 것은 황제였다. 대부분의 대신들은 내심 황제의 판단이 결과적으로 틀린 것이 되었다고 생각했다. 내막을 어느 정도 알고 있는 외무대신과 군무대신만 고개를 절레절레 저었다.

황제가 대신들을 향해 말했다.

"알티우스는 왕실의 차남 아산카 왕자군을 도와 출정한다."

대신들의 반응은 경악에 가까웠다.

황제는 개의치 않았다. 매우 태연하고 한가로워 보이기까지 했다.

"목적은…… 음, 일단 아산카 왕자의 왕위 계승과 그로 인한 친제국 정권의 수립 정도로 해 두지."

황제의 명에 따라 오래전부터 전쟁 준비를 하고 있었던 군무대신이 말했다.

"군을 준비시키겠습니다."

"이전처럼 국경 방어에 그치는 것이 아니라 이국의 영토 깊숙이 들어가 내전에 개입하는 것이다. 대규모 병력과 보급이 필요하다."

"병력과 전술에 대해서는 따로 보고를 올리겠습니다."

심각한 분위기를 뚫고 법무대신이 황제에게 물었다.

"직접 참전하십니까."

황제는 뭘 그런 걸 묻느냐는 듯이 대답했다.

"물론이다."

제국력 327년 10월의 열한 번째 날.

알티우스가 참전을 선언함으로 사르만 내전은 예상과 다른 양상으로 흘러가기 시작했다. 이 갑작스러운 전쟁에 모두가 충격을 받았지만 그중 누구보다 충격받은 이는 다연이었다.

황실은 암묵적으로 출정일을 정해 놓고 전쟁 준비로 눈코 뜰 새 없이 바빴다.

그러나 다연이 충격을 받아 식사를 제대로 하지 못했다는 소식을 듣고 황제는 한달음에 별궁으로 달려왔다.

"다연."

처소 문이 다 열리기도 전에 황제가 내 망나니 어디 있냐며 다연을 찾았다.

무슨 망나니 타령을 저렇게 사랑스러워하며 하는지, 그리고 애초에 저 조용한 사람이 망나니라는 게 가당키나 한지 시종들과 기사들은 자꾸만 표정이 썩는 것을 막을 수가 없었다.

"폐하."

다연이 평소와는 다르게 벌떡 일어나서 빠른 걸음으로 걸어 나와 황제를 맞이한다.

가볍게 말다툼을 한 뒤로는 처음 보는 것이었다. 얼굴을 보니까 서운했던 감정들은 모두 다 사라지고 그저 서로에 대한 애잔함과 애틋함만 남아서 두 사람은 말을 잇지 못했다.

다연은 전투에 나가야 하는 황제가 걱정이 되어서, 황제는 식사도 제대로 하지 못할 만큼 충격을 받은 다연이 안쓰러워서.

다연은 큰일을 앞둔 그에게 속상한 티를 내고 싶지 않아서 애써 밝게 미소를 지어 보였다. 보는 사람의 마음을 울리는 처연한 미소였다.

황제는 그만 가슴이 아파져서 다연의 머리를 쓰다듬었다.

"누구 마음을 홀리려고 이렇게 예쁘게 웃는 것이냐."

주변 사람들이 고통스러워하든 말든 둘은 또 둘만의 세계에 빠져 있었다.

시종들은 생각했다. 우리 폐하는 애정 표현보다 차라리 욕을 하시는 게 듣기에 훨씬 나은 것 같아.

언변과 표현력이 뛰어난 황제는 애정 표현의 강도도 남달랐다.

385

황제가 다정히 물었다.

"식사 왜 안 했어."

"……."

당신이 걱정되어서. 그래서 밥이 넘어가질 않았다고.

입을 열면 눈물이 날 것 같아서 다연은 글썽거리기만 하고 대답하지 못했다.

다연이 말이 없자 황제가 의아하게 여기며 다시 말했다.

"잘 챙겨 먹어야지, 응?"

그 다정한 책망에 다연은 참지 못하고 원망 섞인 말을 내뱉었다.

"전쟁에 나가시는 분이…… 저 같은 거 걱정할 시간에 본인 걱정부터 하세요."

당신은 목숨이 오가는 위험한 곳에 가면서 편안한 곳에서 편안히 지낼 나를. 나 같은 것을.

갑자기 다연이 울기 시작하자 황제는 너무도 당황했다.

얼마나 당황했냐 하면 시종과 기사들의 면면을 바라봤다.

본인이 추구하는 방식이 자꾸만 그녀를 상처 입히자 황제는 요즘 주변인들의 판단에 의존하려 했다.

그럼에도 계속 다연의 심사를 상하게만 하고 있는 황제는 '또 나야? 나만 쓰레기야?' 하며 시선으로 물었다.

내가 또 뭘 잘못했느냐?

사람들은 쓰게 웃으며 고개를 저었다.

이건 폐하가 잘못한 게 아니라 폐하 애인이 마음이 약해서 그렇습니다.

다연이 눈물을 그치지 못하고 나중에는 소리 내어 통곡할 지경에 이르자 황제는 어쩔 줄을 몰라 했다.

애인이 우니까 당혹스러워서 돌아 버릴 것 같았다.

"세상에."

이렇게까지 우는 건 처음 보는 황제가 정신없이 눈물을 닦아 주다가 마르지 않는 눈물샘에 나중에는 포기했다.

"제발 그만 울어. 누구 속을 뒤집어 놓으려고 이렇게 우는 것이냐."

"눈물이, 흑, 안 멈추는데, 어흑, 어떡하라고요."

코가 빨개져서 대꾸하니 그게 또 웃겨서 황제는 큭큭댔다.

"울보였네. 내 울보 망나니."

놀리면서도 이렇게나 서럽게 우는 것이 애잔해서 미하일은 다연의 머리를 계속 쓰다듬으며 달랬다.

"그냥 하는 말이 아니고, 정말 식사 잘 챙겨 먹거라. 방에 틀어박혀서 울지도 말고. 건강하게 잘 지내고 있거라. 내가 네 걱정에 발걸음이 떨어질 것 같지 않다."

그럼 가지 않으면 안 되냐고 하고 싶었다. 떼를 써서 잡을 수 있다면 그러고 싶었다. 그러나 제국의 황제라는 사람에게 그런 철없는 말을 할 수가 없어서 다연은 다시금 눈물을 흘렸다.

아니 얘 왜 밥 얘기만 하면 우는 거야?

황제는 또다시 황당해져서 주변인들을 쳐다봤지만 시종들은 그저 송구스러워하며 고개를 조아릴 뿐이었다.

전쟁을 제대로 겪어 보지 못한 다연은 황제가 전쟁터에 나간다는 사실이 끔찍하기만 했다.

그가 다칠까 봐, 피를 흘릴까 봐, 어딘가 잘못될까 봐, 눈을 감으면 끔찍한 생각이 들고 잠도 이룰 수 없을 것 같았다.

당신을 다시 못 보면 어떡하지?

그런데 황제는 한가로이 자신의 밥 얘기나 하고 있다.

"폐하는, 흡, 목숨이 오가는 전쟁터에 나가시면서, 어헝, 편한 곳에 있는 사람 밥 같은 걸 걱정하시면 어떡해요."

387

황제는 그제야 까닭을 알고 빙긋 웃었다.

그녀의 선한 마음이 느껴져 또 감동받았다.

황제는 자신감 넘치는 얼굴로 따뜻하게 말했다.

"어차피 이길 전쟁이라면 남겨질 정인의 마음을 달래는 것이 훨씬 생산적인 일이 아니겠느냐?"

그러나 그 위로를 들은 다연은 더 가슴이 아파지고 말았다.

이 남자는 늘 그랬다. 그렇게 늘 아무렇지 않은 얼굴로, 강한 모습만을 보이면서. 당신의 마음에도 분명 약한 부분이 있을 텐데.

자신은 처음부터 끝까지 항상 못나고 못된 모습만을 보여 왔다. 더 힘든 인생을 살고 있는 사람 앞에서 완전히 무너져 내린 모습을 보이고 좌절해 왔다. 그리고 그런 최악인 순간에도 이 사람은 자신을 외면하지 않았다.

별것 아닌 일들로 마음이 상했다고 티를 내고 그의 마음에 생채기를 냈던 자신이 너무 못나고 추하게 느껴진다.

그게 뭐라고. 그냥 사랑한다고 하면 됐잖아. 그런 사사로운 일들은 웃어넘기고 그냥 아무렇지 않게 넘어갈 수 있었잖아. 이 남자는 이렇게나 어른스러운데. 넌 그까짓 게 뭐가 그렇게 중요했는데, 이 멍청아.

미래에 대한 불길한 생각과 자신에 대한 자책에 참을 수 없는 기분이 된다.

사랑이란 원래 그런 거였다. 어떤 사랑은 분명 너무 쏟아부으면 만신창이가 된다. 그런데 어떤 사랑은 할 수 있을 때 힘껏 하지 못하면 후회를 남긴다.

다연은 이 현실이 너무 괴롭고 고통스러웠다. 다음이 없으면 어떡하나, 입에도 올리기 불경스러운 생각들이 자꾸만 피어오른다.

그녀는 황제가 전장에 나간다는 현실 자체를 받아들이는 게 괴로운 사람 같았다.

그 모습을 보는 시종들과 기사들은 쓰게 웃었다. 어쩐지 안타까웠다.

정복 전쟁의 시대가 저물어 가고 있었지만 그래도 제국은 기본적으로 전쟁을 바탕으로 성장해 온 국가였다.

앞으로 황제가 전쟁에 나가는 일은 몇 번이고 더 있을 텐데, 그때마다 저렇게 죽을 지경으로 울면 어떡하나.

그리고 엄밀히 말하면 이 전쟁은 황제가 일으킨 것이나 다름없었다.

아니, 이건 당신 애인이 일으킨 전쟁이라고!

걱정의 대상이 한참 잘못됐다고 말하고 싶었지만 힘이 없는 측근들은 속으로만 삭였다.

도무지 괜찮아지지 않는 다연의 상태를 보며 황제가 안타까워도 하고 웃기도 하고 오락가락하다가 결국 애잔해하며 물었다.

"나를 걱정하는 것이니."

무던하던 연인이 세상이 끝난 듯이 우니 큰 재난을 만난 것 같았다.

얘를 어떻게 하면 좋아. 다연은 원망스러운 표정으로 바라봤다.

그걸 지금 말이라고 하는 거예요?

그러나 미하일은 그만 울라고 농을 걸고 있는 것이었다.

"대답해 봐. 나를 걱정해?"

"……."

"내가 정말로 걱정이 되면 다른 걸 해 줘."

"……."

"입 맞춰 주지 않을래?"

그 언젠가 발티온 영지에서 나누었던 대화였다.

다연은 약간 실소했다.

그가 장난을 걸고 있다는 것을 아니 받아 줘야 하는데, 이 모든 것이 서럽기만 하니 이상하게 대답이 나오질 않았다.

그녀는 그저 얼굴을 무너뜨리고 고개를 숙인 채 잠시간 슬픔을 참고 있었다.

전에 황제가 같은 말을 했을 때 다연은 후다닥 도망가려 했다.

그러나 다연은 이번에는 도망가지 않았다. 도리어 갑자기 팔을 뻗더니 까치발을 들어 황제의 목을 끌어안고는 입술을 부딪혀 왔다. 순식간이었다.

그 과감한 돌진에 주변 사람들도 놀랐지만 가장 놀란 건 황제 본인이었다.

그녀는 추돌과도 같은 입맞춤 후에 황제에게서 떨어지려 했다. 그러나 불이 붙은 황제는 그녀를 보내 주지 않았다. 팔을 뻗어 다연을 품 안으로 끌어안더니 다시 입을 맞추었다.

어이쿠, 야, 다들 튀어!

오늘 걸리적거리다 눈에 띄면 이건 시말서 각이 아니라 사형 각이다!

시종들과 기사들은 후다닥 방 밖으로 뛰쳐나갔다. 시녀들은 눈망울을 빛내며 조금이라도 더 보려고 꾸물거렸지만 시종장의 차가운 눈길을 받고 총총거리며 자리를 떴다. 다들 살고는 싶었다.

황제는 다연의 등허리를 품 안으로 깊숙이 끌어당겼다. 그리고 그녀의 아랫입술을 깊게 베어 물었다.

물컹한 것을 한참을 입안에서 음미하며 빨아내다가 더 깊은 곳을 탐미하고자 입안으로 혀를 뻗었다. 혀를 섞고 입안을 두드리는 움직임은 집요한 정열이 있었다.

곧이어 황제는 다연을 안아 들고 소파로 가 앉았다.

그녀를 무릎 위에 옆으로 앉히고 가만히 내려다본다.

"……."

처음 나눈 키스는 눈물로 기억될 것 같았다. 다연은 입맞춤을 하는 동안에도 헐떡거리며 눈물을 참지 못했다. 황제는 혀를 찼다.

어이구, 이 울보 좀 보게. 이렇게나 울보면서 매번 덤덤한 얼굴로 자신을 포장하고 속으로는 늘 이렇게 바들바들 떨면서 그저 괜찮다고.

처음 만났을 때부터 그래서 항상 눈에 밟혔던 것 같다.

무릎 위에 앉아 울먹이며 자신을 바라보는 다연의 눈을 황제는 찬찬히 들여다봤다. 그리고 다정하기 그지없는 어조로 책망했다.

"못된 것아. 네가 이렇게 울면 어찌 놓고 갈 수 있단 말이냐?"

잘은 모르지만 다연은 자신이 전쟁터에 나간다는 사실을 받아들이기 힘든 모양이었다.

그러나 황제는 인생의 상당 부분을 위험한 곳에서 전쟁을 지휘하며 살아왔다. 그것이 황족의 숙명이었다.

여린 그녀에게 또 다른 짐과 고통을 준 것 같아서 미안했다. 그리고 고마웠다. 그는 열여섯 살 황태자 시절부터 참전했지만 자신이 전장에 나가는 당연한 일에 저렇게까지 고통스러워하며 울어 준 사람은 아무도 없었다. 심지어 선황과 모후마저도.

벌써부터 짓무를 기미가 보이는 빨개진 눈가에 황제는 콕 하고 입술을 찍었다.

다연이 반사적으로 눈가를 찌푸리면서도 곧이어 황제의 목에 팔을 두르고 볼에 입을 맞췄다.

엄청 걱정이 되는 모양이네. 평소와는 다른 말랑한 태도에 황제는 기분이 좋으면서도 다연이 안쓰러웠다.

계속해서 얼굴 여기저기에 입을 맞추며 황제가 속삭였다.

"전쟁은 괜찮아. 나는 괜찮아. 두렵지 않고 이길 자신도 있다. 늘 해 온 것이니까."

"……."

"그런데 널 두고 가는 것은 너무 마음이 아파. 그러니 약속해 다오."

"무엇을요?"

"건강하게 잘 있겠다고."

"……."

"예전처럼 방에 틀어박혀서 밥도 안 먹고 울고 그래선 안 돼. 확인할 것이다. 아프지 않고 씩씩하게 잘 있을 거라고 약속해 주거라."

다연은 눈물지으며 고개를 끄덕였다.

두 연인은 그 뒤로도 한참 입을 맞추며 찾아온 이별을 슬퍼했다.

황제는 출정에 앞서 신관들의 황궁 출입을 금했다. 황궁에 정기적으로 출입하는 견습사제를 의식한 것이었다.

사실 그 결정은 옳지 않았다. 황제는 비밀스럽고 은밀하게 신전을 칠 준비를 하는 중이었다. 신전에게 불필요하게 황제가 그들을 경계한다고 경각심을 심어 줄 필요는 없었다.

그러나 황제는 자신이 없는 황궁에 신관이 드나드는 것이 싫었다. 다연 때문이다.

물론 다연을 지킬 호위 기사들은 황궁에 많았다. 그러나 신전은 선한 얼굴로 뒤에서는 외세와 손을 잡고 제국을 공격하라고 사주한 교활한 자들이다. 자신이 없는 곳에서 다연에게 무슨 짓을 할지 모른다는 불안감, 그녀를 빼돌릴지도 모른다는 강박에 가까운 생각은 황제가 평소와 다른 결정을 하게 만들었다.

수업이 없어지고 할 일이 사라진 다연은 더욱 생각이 많아지고 불안해했다. 몇 자 안 남은 교재를 붙들고 혼자 공부하는 모습이 너무 안타까워서 마리는 그녀의 옆에 붙어 앉아 이미 다 아는 글자를 같이 써 주곤 했다.

근위대장과 황궁 근위대 일부는 황제와 함께 출정이 결정됐다. 근위대장 대행으로 결정된 것은 다연의 검술 스승이기도 한 베른하르트 경이었다. 그 이야기를 듣고 다연은 그간 많이 친해진 자신의 스승을 달리 봤다.

오오, 베른하르트 경, 능력자였네요. 출세를 축하합니다.

그러나 상관 애인에게 검술을 가르치면서 그간 머리가 많이 빠진 베른하르트는 진지하게 이 직책을 사임하고 싶었다. 머리숱을 지키고 싶었다.

황제는 그를 따로 불러 말했다.

"베른하르트."

"예, 폐하."

"그대에게 황실 호위는 물론 다연에 대한 호위 책임을 맡긴다."

"명을 받드옵니다."

"……다연의 안위에 무슨 일이 생긴다면 너는 편히 죽지 못할 것이다."

엄청난 협박이었고 두말할 필요 없는 진심이었다. 베른하르트는 차라리 최전방에 참전하고 싶었다.

황제가 다연의 침소를 찾은 것은 출정일 전야였다.

황제는 밤늦게 예고도 없이 시종 하나만 대동한 채 별궁에 찾아왔다. 다연은 이제 그만 자려고 침의 차림으로 침대에 누웠다가 때아닌 방문에 일어나 황제를 맞이했다.

황제는 빙긋 웃으며 다연을 바라봤다. 내일 아침 전장에 나가는 사람이라고는 보여지지 않을 정도로 평온하고 여상한 태도였다.

찻잔을 사이에 두고 다연은 왜 황제가 이 시간에 자신의 처소에 왔을까 생각했다.

마리는 차만 내어 주고 이미 자리를 피한 지 오래였다. 그녀는 내심 황제가 자신과 밤을 보내기 위해 온 것이리라 여겼다.

황제는 그러고 싶다는 의사를 종종 내비쳐 왔고 그는 내일 전쟁터로 떠난다. 둘은 당분간 보지 못할 것이었고, 불길한 생각인 것을 알지만 그 기간이 얼마나 길어질지는 아무도 몰랐다. 만약 황제가 원하는 것이 그것이라면 다연도 함께 밤을 보내고 싶은 생각이 있었다.

그녀는 미하일이 위험한 전쟁터에 나간다는 사실에 평정을 유지하기도 힘든 상태였다. 감정적으로 무척이나 격양된 상태였다. 황제의 앞에서는 억지로 괜찮은 척하고 있었지만 사실은 매일 밤 잠을 이룰 수가 없었던 것이다.

그러나 황제는 그녀보다 훨씬 이성적이고 다연이 생각하는 것보다도 더 순정적인 남자였다. 그는 떠나기 전 정말 마지막으로 다연의 얼굴이 보고 싶어서 온 것이었다. 그리고 그녀를 안심시켜 주고 싶어서 왔다.

"다연. 내일 출정식에는 나오지 말거라."

그렇게 말하는 황제의 표정은 너무 아무렇지 않아 보여서 다연은 지금 내가 무슨 말을 들었나 했다.

나오지 말라고? 앞으로 한참을 보지 못할 텐데 어떻게 그래.

황제는 그녀의 흔들리는 눈동자를 보며 다정한 얼굴로 설명했다.

"우는 모습을 보면 내 발길이 차마 떨어지지 않을 것 같다."

다연은 고개를 떨구었다. 그렇다면 이 밤이 마지막이었다. 떠나기 전 마지막이라고 생각하니 무슨 말을 해야 할지 모르겠다.

자신이 말주변이 조금만 더 있는 사람이었다면 얼마나 좋았을까. 먼 길을 떠나는 그에게 힘을 실어 줄 수 있는 말, 이 고통스러울 정도로 사랑하는 마음을 표현할 수 있는 단어들을 다연은 몰랐다.

말을 고르고 골라 다연은 마침내 입을 열었다.

"승전해서 돌아오실 것을 기다리고 있겠습니다."

격한 감정을 추스르지 못하고 몸을 벌벌 떠는 다연을 황제는 끌어안았다. 황제의 출정 사실을 알게 된 뒤로 다연은 계속 이렇게 불안정한 상태였다. 황제는 마음이 놓이지 않았다.

이렇게 금방 무너져 내리다니. 이렇게 약하고 위태로운 마음으로 세상을 살아왔다니.

"부디 다치는 곳 없이 무사히 돌아오시기를 헤르니야의 이름으로 기원합니다."

여신의 권능을 나누어 받았지만 그녀를 숭배하지도 않으면서, 다연은 이 순간 이 세계의 신에게라도 기대어서 황제의 무사를 빌고 싶었다.

황제를 마주 안고 다연은 열심히 빌었다. 이 기원이 신에게 닿기를 간절히 바라며.

헤르니야여, 제가 당신의 힘으로 이 세계에 왔습니다. 저를 조금이라도 특별히 여기신다면 부디 이 남자의 편에서 이 남자를 도와주세요.

혹시라도 이 남자가 당신께 지은 죄가 있다 해도 그건 전부 제가 짊어지겠습니다. 안 좋은 일들은 전부 다 저에게만 주시고 그가 가는 길은 오롯이 좋은 일만 가득하게 도와주세요.

그는 정말로 축복받아 마땅한 사람입니다. 이 사람을 도와만 주신다면 제가 무엇이라도 할게요.

다연은 간절한 기도를 드리며 마음을 가라앉혔다. 그리고 떨어져 앉아 그를 바라보며 억지로 미소 지었다. 내일 떠나는 그에게 웃는 얼굴을 보여 주고 싶었기 때문이다.

황제는 그녀를 일렁이는 눈으로 바라봤다.

어긋날 때가 있다. 몰라주어서 야속할 때가 있다. 그러나 마음이 통하는 순간들이 분명 있었다.

진심이 응답받는 순간. 황제는 지금이 그렇다고 느꼈다. 그녀는 참 사랑스럽고 애달팠다.

"이름을 불러 주겠느냐."

그의 말에 다연은 조금 의외라는 표정을 지었다.

언젠가 한번 그의 이름을 불렀을 때 그는 매우 놀란 기색이었다.

현 황제의 이름을 부를 수 있는 자는 제국에 없었다. 그러나 다연은 이 세계의 사람이 아니었고 황제가 청하자 망설이지 않았다.

"미하일."

황제는 이번만큼은 놀라지 않고 시원스러운 미소를 지었다. 그리고 준비한 말을 했다.

"네가 말한 대로 다치지 않고 무사히 승전하여 돌아올 것이다. 그러니 걱정할 것 없다."

"……."

"돌아오면."

"……."

"그때는 다시 정식으로 청혼하겠다."

꽃도 반지도 없는 청혼은 잊어 달라며 황제는 웃었다.

그 한결같은 마음에 다연은 가슴이 미어졌다.

날은 밝았다. 황제는 중앙군과 함께 출정식을 거행하고 사르만과 인접한 국경으로 떠나 그곳에서 북부군과 합류할 예정이었다.

제국군의 옆에는 망명해서 넘어온 사르만의 군부 세력과 아산카 왕자가 있었다.

왕자가 어찌하여 마음을 바꾸게 된 것인지 사르만인들은 몰랐다. 그러나 왕자를 왕위에 옹립하고자 했던 이들은 이 상황이 도리어 잘된 것일지도 모른다고 여겼다. 그들은 하나같이 결연한 표정이었고 사르만 전사들은 기백이 남달랐다.

왕자군은 출정식 후 제국군과 따로 떨어져 왕국 내 반군 세력이 있는 총집결지로 향할 예정이었다.

제국으로 넘어온 세력도 꽤 많았다. 그들이 이끌고 온 병사도 무시할 만한 수준은 아니었다. 그러나 왕국 내 집결해 있는 반군의 규모를 듣고 미하일은 헛웃음을 지었다. 왕자군의 세력이 황제가 생각한 것보다 너무 많았던 탓이다.

황제는 이제껏 왕세자가 왕자를 사사건건 견제하고 암살하려 든 것이 단순한 자격지심 때문이라고 여겼다. 모두가 그의 욕심 없는 성정을 아는데 오로지 혈육만이 그것을 모르고 질투에 눈이 멀어 일을 그르쳤다고 내심 비웃었다. 그러나 반군의 규모를 듣는 순간 황제는 생각을 바꾸지 않을 수 없었다.

왕자를 왕위에 옹립하고자 하는 세력이 이렇게나 많았다면 왕세자도 다른 수가 없었을 것이다. 자신이 그 자리에 있었더라도 숙청이라는 강수를 둘 수밖에 없을 것 같았다. 아마 왕자의 의사와는 상관없이 그를 왕위에 추대하려는 사람들이 이미 세력화되어 있었을 것이다. 어찌 보면 필연이었던 것이다.

출정을 앞둔 장성들과 병사들의 눈빛은 결연했다. 제국군은 25대 황제 즉위 이후 단 한 번도 전투에서 패한 적이 없었다. 이번 또한 그럴 것이다. 패배를 모르는 군의 사기는 최고였다.

다연은 그 광경을 높은 성탑 위에서 바라보고 있었다. 황제는 나오지 말라며 신신당부했지만 그럴 수는 없었다. 그녀는 새벽같이 일어나 마사에 가서 황제가 탈 명마에게 대화를 걸고 축복했다.

그 남자를 잘 부탁해. 헤르니야가 너를 축복하기를. 그래서 부디 위험에서 그를 보호할 수 있기를.

그리고 다시 볼 수 있을지 모르는 루리에게도 인사를 했다. 루리는 그녀와의 이별을 서운해했다.

사랑스러웠던 흑마를 꼭 끌어안으며 다연은 속삭였다.

루리. 네 바람처럼 네 친구와 언제나 함께하기를 바랄게. 그리고 네 친구의 앞날에 행운이 있기를 기원한다. 그는 이제 내게도 친구이니까.

할 수 있는 것이 별로 없었다. 그렇지만 다연은 자신이 할 수 있는 것은 모두 해 주고 싶은 마음이었다.

이제 정말 출정이 코앞인지 병사들이 소란스러웠다. 원래 격식을 별로 좋아하지 않는 황제인지라 출정식은 간략했다.

황제는 황가 대대로 가보로 내려오는 초대 황제의 명검을 뽑아 들었다. 그리고 출정을 선언하며 선두에서 말을 몰았다. 그 뒤를 쏟아질 듯 많은 수의 병사들이 대오를 이루어 따랐다.

다연은 다시 한 번 독수리를 불러 모았다. 아르제니아에서 날아온 황가의 상징이 유영하듯 날아 활강하더니 황제와 근위대 뒤를 따랐다. 반론의 여지가 없는 길조였다. 그 광경을 본 제국군의 함성은 하늘을 뚫을 듯했다.

사람들의 함성에 황제가 고개를 돌려 무슨 일인지 주위를 확인했다.

의아한 표정일까? 웃고 있을까? 거리가 멀어 그의 표정까지는 잘 확인할 수 없었다.

사위를 확인하던 그의 시선이 어딘가를 향하더니 잠시 멈추었다. 다연이 서 있는 성탑의 꼭대기였다.

"……."

표정을 알아볼 수 없을 정도로 거리는 멀었고 황제가 무엇을 바라보고 있는지는 확실치 않다. 말없이 나왔기에 황제는 다연이 여기 있는지조차 짐작할 수 없을 것이었다.

그렇지만 이 순간 그가 자신을 보고 있는 것 같은 생각을 다연은 지울 수 없었다.

그래서 그가 자신을 보고 있기라도 한 듯 열심히 손을 흔들었다.

그러자 거짓말처럼. 그 또한 손을 들어 올려 보였다.

멀어서 다행이었다. 이 눈물은 그에게 보이지 않겠지.

그렇다면 웃는 얼굴 또한 보이지 않을 텐데 그래도 그녀는 있는 힘껏 웃어 보이며 손을 흔들었다.

9장.
너에게 나를

　황제는 신신당부를 했지만 다연은 불안감을 떨치지 못하고 며칠을 울었다.

　궁인들은 그녀가 진심으로 안타까웠다. 불필요한 걱정을 하고 있다고 여겼기 때문이다. 황성 내에 제국군이 패할 거라고 여기는 사람은 아무도 없었다. 불쌍한 것은 예상치 못한 알티우스의 참전으로 박살이 날 왕세자군이었다.

　그리고 무엇보다 당신 애인은 그렇게 연약한 사람이 아니에요…….

　그러나 괴로워하는 그녀에게 불확실한 미래를 가지고 위로를 해 줄 수 있는 사람은 없었다.

　무가의 후예인 황제는 제위에 있는 동안 앞으로도 종종 전투를 이끌어야 했고, 이것은 그녀가 극복해야 할 문제였다.

　신계의 사람들은 정말 섬세하고도 유약한 정신을 가졌구나, 사람들은 오랜만에 다시 한 번 느꼈다.

다연은 다시 한 번 처소에 틀어박혔다.

글자 수업도 없고 근위대장 대행을 하느라 베른하르트가 바빠진 탓에 검술 수업도 없다.

괴로워하던 그녀가 고통스러운 현실을 회피하기 위해 선택한 것은 술이었다.

다연이 어느 날 갑자기 술을 달라고 하자 마리는 매우 당혹스러웠다. 그러나 윗사람의 명을 거스를 수는 없는 노릇이었다. 다연은 꽤 자주 술을 찾았고 그녀가 요구할 때마다 마리는 몇 번이고 술을 올렸다.

마시고 딱히 주정을 하는 것도 아니고 잠이 들 뿐이니 문제 될 것은 없었지만 시녀들이 걱정하는 것은 오로지 황제였다. 나중에 황제가 이 사실을 알았을 때 어떤 난리가 날지가 두려운 것이다.

성실한 황제는 원래도 정신을 흐린다며 술이라면 좀 질색하는 스타일이었다. 연회 때조차도 입에 잘 대지 않았다.

그런데 꽃같이 귀히 여기는 애인이 술 쓰레기가 되어서 널브러져 있는 사실을 알게 된다면 아마 노발대발할 것 같았다. 제국 역사상 처음으로 황궁에 술 반입이 금지될지도 몰랐다.

밖에도 나가지 않고, 글공부도 하지 않고, 울고, 술을 마시고 다연은 그렇게 며칠간을 폐인처럼 살았다.

시계를 되돌린 것 같았다. 처음 이 세계에 왔을 때처럼 시들고 의미가 퇴색된 일상. 스스로를 망가뜨리는 하루하루.

그 당시 그녀를 밖으로 꺼낸 것은 황제였다. 거의 멱살 잡고 끌어내다시피 한 거친 방식이었지만 그가 아니었더라면 자신은 어떻게 되었을까. 계속 세상을 원망하고 미워하고 있지 않았을까.

그러나 황제는 지금 곁에 없었고 이번에 다연은 스스로의 힘으로 그런 생활에서 나왔다.

그녀는 문득 생각하게 된 것이다. 이러고 있을 수 없다고.

그 남자는 지금 생사가 오가는 위험한 곳에 있어. 그런데 너는 이렇게 형편없이 아무것도 하지 않으면서 괴로워만 하고 있을 거야?

그에게 무슨 일이 생긴다면 자신을 용서할 수 없을 것 같았다. 그래서 생각했다.

'무언가를 해야 해. 그를 도와야 돼.'

세금이나 축내며 평생을 살고자 했던 이 이기적이고 게으른 생명체는 이렇게 기적적인 생각의 전환을 맞았다.

사람은 원래 쉽게 변하지 않는다.

그 사람이 미래에 어떻게 행동할지를 알고자 한다면 그냥 단순하게 과거를 보면 된다. 사람들은 대개 본인이 살아온 과거의 궤적에서 크게 벗어나지 않는 길을 걸어가기 때문이다.

그러나 어떤 인간은 반드시 변하고야 만다. 일생에 두 번은 일어나기 힘든 큰일을 당했을 때 갑작스럽게 변하기도 하고 누군가의 영향으로 서서히 변하기도 한다.

다연은 둘 다에 해당하는 경우였다.

황제를 사랑해서, 오로지 황제를 돕고 싶어서, 그가 위험에 빠지는 것이 싫어서 다연은 본인이 살아온 삶의 궤적, 가치관과 대단히 위배되는 행동들을 하기 시작했다.

그녀는 헤르니야의 신녀였지만 이 능력이 의미하는 바가 무엇인지를 알 수 없었다. 동물을 부리고 소통하는 능력을 어디에 써야 할지도 알 수 없었고 그것으로 특별히 무언가를 하려 한 적도 없다.

정확히 어느 정도의 힘을 가졌는지도 가늠할 수 없었다.

그래서 일단 힘을 시험하는 것부터 해 보기로 했다.

오랜만에 다연은 별궁 후원으로 나왔다.

혼자 있고 싶다며 시녀들을 물렸고 그녀는 요즘 들어 늘 혼자 있고 싶어 했기에 시녀들은 별말 없이 그녀를 내버려 두었다.

「다연이 나왔다!」

며칠 동안 그녀를 보지 못한 삼식이가 반가워하며 멀리서 뛰어왔다. 어이쿠. 뒤로 넘어간 그녀를 깔아뭉개고 삼식이가 정신없이 얼굴을 핥아 댔다.

"아오, 삼식아, 비켜 봐. 내가 할 게 있단 말이야."

삼식이는 금세 떨어져서 다연 옆에 앉아 혀를 내밀고 헥헥댔다.

근사한 대형견이 된 삼식이는 이제 몸집이 어린아이만 했다. 오랜만에 보는 다연이 반갑고 좋아서 어쩔 줄 모르겠는지 앉아서도 계속 꼬리를 흔들었다. 개들은 원래 한번 마음을 준 이는 죽을 때까지 좋아하고 따랐다.

고민하며 머리를 긁적이던 다연은 일단 무턱대고 새를 불러 모아 봤다. 사실 별생각 없이 한 행동이었다. 그리고 그녀는 머지않아 큰 충격에 빠졌다.

그냥 지금 안 바쁜 애들은 와 줘, 했을 뿐인데.

"이…… 이건."

거의 세기말적 재앙이었다.

새 떼들이 날아와 황궁 하늘을 온통 새카맣게 뒤덮자 다연은 입을 떡 벌렸다.

이 정도면 역사서에 기록될 불길한 흉조 느낌이었다. 아니, 내가 황제 치세에 이런 오점을 남기다니.

심상치 않은 현상에 별궁 주위를 호위하던 기사들이 웅성거리기 시작했다. 옆에서 지켜보던 삼식이가 멍멍 짖었다.

「다연이 멍청이! 바보! 똥개!」

"……."

개가 사람한테 똥개라고 하니까 왜 이렇게 기분이 나쁘지.

조금 떨떠름해하던 다연은 일단 화급히 사과하며 새들을 다시 돌려보냈다.

이 세계의 동물들은 헤르니야의 징표인 다연에게 대부분 우호적이었지만 그녀가 쓸데없이 오라 가라 하자 성격이 까칠한 애들은 짜증을 냈다.

「뭐야! 난 헤르고니아에서 여기까지 날아왔다고!」

뭐? 헤르고니아? 그녀는 의아함에 눈을 크게 떴다.

헤르고니아는 중앙 신전이 소유한 숲이었다. 말로 달려도 황궁에서는 한참을 가야 하는 먼 거리의 곳이었다.

다연은 자신의 힘이 미치는 범위에 대한 정확한 자각은 없었다.

그러나 이것은 확실히 알 수 있었다. 예전에는 이 정도까지 멀리 있는 새들을 불러낼 수 없었다. 그런데 지금은 이상하게도 그 이상의 거리에 있는 짐승들도 불러낼 수 있을 것 같았다. 심지어 발티온 영지의 사과 농장을 맴돌고 있는 까마귀까지도.

그녀는 의아하게 생각했다.

힘이 강해졌잖아. 왜지?

다연은 오늘 서고에 갈 계획이었다. 그러나 그 전에 베른하르트 경부터 찾았다. 부탁할 것이 있기 때문이다.

"전황을 알고 싶습니다."

그녀의 말에 베른하르트는 난처해했다.

전황은 기밀이다. 그러나 상대는 신녀이고 황제의 애인이었다. 어떻게 해야 좋을까 고민하던 그는 결국 원칙적인 답변을 내놓았다.

"전황은 군사기밀입니다. 군법상 제 독단으로는 유출할 수 없습니다. 다연 님을 못 믿어서가 아니라 원칙이 그렇다는 것을 부디 이해해주십시오."

"그럼 제가 알아도 되는지 폐하께 여쭈어 봐 주실 수 있을까요?"

"그리하겠습니다. 헌데 보고서나 서신은 보급 마차 편에 함께 보내는 것이라 좀 시일이 걸릴 듯싶습니다. 보급품은 나흘 후쯤에나 출발할 겁니다."

"……전서구 같은 건 없나요?"

"훈련된 비둘기가 있긴 합니다. 그런데 제대로 전해지지 않을 확률도 있고 중간에 적군에게 유출될 확률도 있어 별로 사용하지 않습니다."

"제국군이, 그러니까, 황제 폐하가 대충 어디쯤에 계시는지 정도만 알려 주시면 안 될까요?"

다연은 보급 마차가 오갈 때까지 그렇게 오랜 시간을 기다릴 생각은 없었다. 그녀에게는 편지를 전해 줄 좋은 친구들이 많았으니까.

베른하르트는 잠시 고민했다. 몇 만 단위인 제국군의 위치는 이미 비밀도 아니었다. 그 정도는 별문제가 없을 것이라 여긴 베른하르트는 대략적인 군의 현재 주둔지를 알려 주었다. 북쪽 국경 너머였다.

원하는 답변을 얻어 낸 다연은 감사를 표하고는 황궁 서고로 향했다.

다연은 며칠 전부터 서고에 출입하기 시작했다. 출입은 예전부터 가능했지만 워낙 게으르게 지낸 탓에 가 본 적은 많지 않았다. 그러나 힘을 파악하기 위해 애쓰면서부터 그녀는 이곳에서 오랜 시간을 보내며 신학 서적들을 탐독하기 시작했다.

예상대로 신학 서적은 그 수준이 높고 용어나 사용된 글자 자체가 어려웠다. 글을 끝까지 배우지 않았다면 엄두도 못 냈을 난해함이었다.

사실 신학이니 사제에게 배우는 것이 가장 좋을 테고 테오는 교수법이 뛰어난 선생님이었지만 황제는 출정 전 신관들의 황궁 출입을

406

금했다. 때문에 다연은 이 어려운 신학 책을 혼자 힘으로 읽어 내야 했다.

며칠간 신학책과 신화들을 도장 깨기 하듯 읽어 가며 다연은 몇 가지 사실을 알게 됐다.

헤르니야는 특별히 한 가지를 주관하고 상징하는 신은 아니었다. 성서에 따르면 이 세계 전체를 보살피는 여신이었는데 성품이 자애롭고 부드럽다고 전해지며 일상을 소중히 하며 생명을 사랑한다고 적혀 있다.

헤르니야의 모습을 그린 그림들은 모두 제각각이었지만 그 안에서도 몇 가지 공통점들이 있었다. 그림 속 헤르니야는 항상 동물들을 거느리고 있었다. 동물들은 모두 헤르니야의 권속이었다. 다연은 그래서 이런 힘을 나눠 받은 것이었다.

그림 속 여신은 다양한 동물들과 함께였다. 토끼나 멧돼지와 함께 있을 때도 있었고 야생의 맹수, 하늘의 제왕과 함께 있을 때도 있었다. 기세 좋게 흑곰을 타고 다닐 때도 있었다. 그러나 거의 대부분 빠지지 않고 등장하는 것은 까마귀였다.

다연은 유독 까마귀만이 인간의 말을 알아들을 수 있는 이유를 깨달았다. 헤르니야가 총애하기 때문이다. 까마귀는 이 세계에서만큼은 유독 헤르니야의 축복을 받은 특별한 권속이었던 것이다.

아니 근데 저 싸가지 없는 게 뭐가 예쁘다고. 헤르니야도 참 취향이 독특하시네.

그녀는 읽을수록 성서에 빠져들었다.

왜 이렇게 힘이 강해지고 있을까. 날이 갈수록 능력은 더욱 강해지고 정교해진다. 다연이 가장 궁금한 것은 그것이었다. 이유를 명확하게 알 수 없었던 그녀는 어느 날 서고에 비스듬히 누워 잠이 들었다.

눈을 떴을 때는 해가 지고 있는지 창으로 눈이 부실 정도의 찬란한 노을빛이 흘러 들어왔다. 펼쳐 놓았던 성서에서 다연은 문득 어떠한 구절 하나를 발견했다. 그 구절은 그녀에게 영감 하나를 주었다.

「여신은 세상을 보살피신다.
모든 이의 마음에 평화와 긍정이 깃들게 하사,
아들딸의 마음에 어둠이 드리울 때마다 헤쳐 나갈 힘을 주시고,
그녀의 아들딸들은 그 힘을 자양분 삼아 일상을 일구어 낸다.」

"……."
그녀는 갑자기 깨달았다.
자신이 신탁을 받고 이 세계에 왔지만 처음에 아무것도 할 수 없었던 이유도, 그러다 어느 순간 갑자기 힘이 생긴 이유도, 점점 강해지고 있는 이유도.
그랬구나. 미하일 당신 때문이었구나.
당신이 세상을 긍정할 수 있게 해 주어서. 내 마음에 어둠을 몰아내서. 버석거리던 이 마음에 찰랑이는 물을 채워서.
다연은 책을 부여잡고 어두운 서고 한가운데에서 울었다.

❧

다연은 황제에게 보낼 편지를 썼다.
질이 좋은 종이를 골라 반듯하게 글자를 적어 내려갔다.
분명 목적은 전황을 전달 받을 수 있게 허락해 주세요, 하는 것이었는데 어느덧 쓰다 보니 구구절절 그리움이 가득한 연서가 되고 말았다. 조금 부끄러웠다.

황제가 받으면 좋아할까? 적어도 다연 본인은 편지를 쓰면서 무척 행복했다.

글을 배워 놓아서 다행이었다. 편지를 쓸 수 있으니. 여신의 권능이 있는 것도 다행이었다. 그 편지를 전할 수 있으니. 이 모든 것이 다행이었다. 그중 가장 다행인 것은 전하고 싶은 사람이 있는 것이었다. 그만큼 사랑하는 사람이 있다는 것이니.

다연은 어느 순간 하루하루가 너무 소중하다는 것을 느꼈다. 그리고 이 마음 자체가 소중해졌다.

문득 황제에게 감사를 표하고 싶어졌다. 이런 마음을 알게 해 줘서 고맙다고. 왜 전에 당신이 나에게 고맙다고 했는지 나도 이제는 알 것 같다고.

따져 보면 감사하지 않은 것이 하나도 없었다. 세상을 긍정하지 않을 수가 없었다.

일상에서는 어느 순간부터 빛이 난다. 누가 자신의 일상을 이렇게 아름다운 빛깔로 채색했는지 안다. 누가 꽃을 피우고 뭉게구름을 만들고 분수를 가져다 놓았는지 안다. 마음속에 태양을 품고 있는 그 남자였다. 그녀는 편지를 쓰다 말고 또 조금 울었다.

연서를 다 썼으니 이제 중요한 것은 메신저를 정하는 일이었다. 다연은 곰곰이 생각하다 결론을 냈다. 최고로 빠른 애한테 전달하게 하고 싶었다. 황제가 하루빨리 이 편지를 받았으면 하는 마음이었다.

그렇다면 하늘의 제왕이 제격 아닐까? 역시 중요한 행사엔 뭐니 뭐니 해도 독수리지!

어쩌다 보니 독수리 성애자가 된 다연은 오늘도 아르제니아에서 독수리 한 마리를 호출했다. 이 구역 독수리 중에서도 제일 서열이 높은 녀석이었는데 날개를 편 흰머리수리는 과장을 조금 보태면 거의 사람만 했다.

우와, 가까이서 보니까 엄청 크구나. 다연은 그 멋진 자태에 감탄했다. 그러나 이 독수리는 굉장히 오만한 성격으로 엄청 툴툴대며 비싸게 굴었다.

아니, 이봐. 네가 이 세계에 온 뒤부터 우리 독수리들이 너무 바빠졌다. 내가 명색이 하늘의 제왕인데 네가 오란다고 오고 가란다고 가야 하느냐? 이 빌어 처먹을 세상 같으니라고.

하늘의 제왕은 거침없는 말투가 어딘가 대륙의 제왕인 황제와 비슷했다. 다연은 그 까칠함에 일단 납작 엎드리며 읍소했다.

아이고, 독수리님 저 좀 도와주십시오, 꺼이꺼이. 제 어여쁜 애인 좀 도와주십시오!

다연이 자세를 낮추자 독수리는 처음보다는 태도가 순순해졌다. 그렇다고 막 부드러워진 것은 아니고 적어도 부탁을 들어줄 용의 정도는 생긴 모양이었다.

"아니, 다른 게 아니라 이 편지 좀 내 애인한테 전해 주라."

「뭐? 연애편지 전해 달라고? 지금 고작 그따위 일에 네가 이 몸을 부려 먹는 거냐?」

다연이 바보인 양 헤헤 웃으며 물색없이 말했다.

"황제의 막사라서 제일 좋고 눈에 잘 띌 거야!"

흰머리수리는 좀 못마땅해하는 눈치였지만 여기에 묶으라고 앞발을 내밀었다. 그러나 다연이 편지와 함께 보랏빛 꽃을 줄로 매었을 때는 버럭 짜증을 냈다.

「야이 씨, 가오 떨어지게.」

다연은 계면쩍어하며 웃을 뿐이었다.

황제는 전쟁터에 와서도 부하들을 어김없이 까 대고 있었다.

군무부 장성들은 전술 회의 때면 유독 예민해지는 황제 때문에 스

410

트레스로 복통을 호소했다. 무인들은 눌변이 많았다. 그래서 황제가 작정하고 말로 때려 패면 속절없이 혼나고 있을 때가 많았다.

아, 차라리 회의 말고 매시간 전투를 하고 싶다. 최전선에서 개고생을 하더라도 그게 낫겠다.

황제의 군대가 유독 전투 의지가 강한 것은 당연한 결과였다.

그날도 대장군의 뼈를 때리는 회의의 기술을 사정없이 발휘한 황제는 근위기사들과 함께 자신의 막사로 돌아가는 길이었다. 그리고 그는 그날따라 이상한 점을 발견했다.

"……."

황제가 빤히 하늘을 바라보자 기사들과 시종장 역시 황제를 따라 하늘을 바라봤다. 멀리서 보아도 대단히 커다란 새 한 마리가 계속해서 큰 원을 그리며 허공을 맴돌고 있었다.

"독수리인 것 같습니다. 폐하."

황제는 요즘따라 자신의 주변에 이상한 일들이 일어난다고 생각했다. 그는 원래 대단히 현실적인 사람이다. 한 번은 우연이라고 생각했지만 또 한 번 독수리가 자신을 따르자 의아하게 여기고 있는 터였다.

그때 허공을 맴돌던 독수리가 빠른 속도로 활강하더니 막사 근처 공터에 자리를 잡았다. 사람들은 매우 당황스러워했다. 일단 그들이 놀란 것은 독수리의 크기였다. 독수리는 체구가 작은 성인 여성에 준하는 엄청난 몸집을 갖고 있었다.

그다음에 그들이 당혹스러워한 것은 독수리가 마치 인간들을 쏘아보고 있는 듯한 느낌을 주었기 때문이다. 뭔가 묘하게 눈빛이 더러웠다.

이 기묘한 대치 상태는 한참이나 계속되었다.

마침내 어떤 기사 하나가 황제의 의중을 물었다.

"쫓아낼까요?"

독수리는 황가의 상징이고 길조였기에 평소라면 절대 있을 수 없는 물음이었다.

그러나 가까이서 본 독수리의 부리부리한 시선은 대단히 반항적이고 살짝 공격적인 구석마저 있었다.

하지만 황제는 잠시 대답이 없었다.

황제가 뚫어질 듯 바라보고 있는 것은 독수리의 오른쪽 다리였다. 거기 매인 보랏빛 꽃에 시선을 주니 독수리의 눈빛이 어쩐지 더 더러워진 것 같았지만 당연히 착각이겠지.

순간 어떠한 생각이 황제의 뇌리를 스치고 지나갔다. 보랏빛 꽃은 일종의 약속이었다. 오늘도 좋은 하루를 보내자는 둘 사이의 약속.

"저걸 가지고 오거라."

황제가 손가락으로 꽃과 작게 접힌 흰 종이를 가리켰다.

어지간한 어린아이는 잡아채 갈 수 있을 것 같은 흰머리수리의 앞발과 발톱을 보며 기사들은 흠칫했지만 독수리는 기사들이 자신의 발에서 매듭을 풀어낼 때까지 얌전히 있었다.

꽃과 종이가 황제에게 전달되었다.

"……"

종이를 펼쳐 보고 보낸 이를 확인한 황제는 잠시 말을 잃었다. 이것은 다연에게서 온 서신이었다.

이걸 정말로 그녀가 보냈단 말인가? 저 독수리한테?

황제는 인상 더러운 독수리를 한 번 봤다가 서신을 한 번 봤다 하며 눈앞의 현실을 의심했다.

그런데 얼핏 봐도 다연이 쓴 것이 맞았다. 글자를 이따위로밖에 못 쓴 것이 딱 이제 갓 문자를 뗀 다연의 필체가 확실했다.

그런데 어떻게?

"그건 서신이옵니까?"

옆에서 시종장이 궁금해하며 여쭈었다. 황제가 천천히 고개를 끄덕이며 긍정했다.

"누가 보낸 것입니까? 황궁에서 온 것입니까?"

"다연이 보냈다."

"예?"

"다연이 나한테 보냈다고."

기사들을 비롯한 좌중은 침묵에 휩싸였다.

황제의 애인이 박력 넘치게 하늘의 제왕 독수리를 전서구 대용으로 사용한 탓이다. 이 도전적인 펜팔 신청에 다들 식은땀을 흘렸다.

누가 황제의 애인을 두고 심약하니, 유약하니 하는 소리를 하였는가. 비둘기 대신 독수리라니, 나중엔 말 대신 곰을 타고 다닐 것 같은 호방함이었다.

황제는 편지의 겉 부분을 꼼꼼하게 살펴봤다. 여러 번 접은 종이를 한 번 편 뒷면에는 후에 첨언한 듯한 글자가 몇 자 적혀 있었다.

「개한테 물이랑 먹을 걸 좀 챙겨 주세요.
좀 험상궂지만 나쁜 애는 아니에요.」

이건 또 무슨 개가 풀을 뜯어 먹는 소리야.

더 생각하자니 어쩐지 심란해져서 황제는 고개를 절레절레 저었다. 그녀가 어떻게 훈련 안 된 독수리에게 서신을 전달하게 할 수 있었는지 알 듯 말 듯 했다.

그는 떨떠름한 표정으로 독수리를 바라보며 시종장에게 말했다.

"물과 먹을 걸 챙겨 주거라."

"예, 폐하."

"그리고 편지는……."

황제는 한숨을 쉬었다.

"황궁 전서구가 가져온 것으로 하지."

함구하라는 이야기였다.

그 말을 끝으로 황제는 서신과 작은 꽃송이를 손에 들고 본인의 막사 안으로 들어가 버렸다.

그리고 혼자 있겠다며 막사에서 사람들을 모두 물렸다.

탁자 위에 여러 번 접힌 하얀 종이를 올려 두고 황제는 그것을 뚫어져라 바라보았다.

무척 놀라고 당황스러웠다. 그렇지만 그 당황이 가시고 나자 이내 가슴이 두근거렸다. 아무도 없는 곳에서 제대로 읽고 싶어 들고 왔지만 어쩐지 열어 볼 수가 없다.

부모의 원수를 바라보듯 한참을 노려보기만 하던 황제가 마침내 마음을 먹고 종이를 펼쳤다.

엉망진창이지만 한 자 한 자 정성을 담아 눌러쓴 글자들이 눈에 들어오자 벌써 마음이 따뜻해졌다.

「폐하, 저예요.

연일 승전하고 계시다는 소식은 베른하르트 경께 들었습니다. 식사는 잘하고 계시는지 잠자리가 불편진 않으신지, 혹여 다친 곳은 없으신지 궁금하고 무척이나 염려됩니다.

사실은 부탁드리고 싶은 것이 있어 서신을 썼습니다. 제가 베른하르트 경께 전황을 전달받을 수 있게 허락해 주세요. 이유는 조만간 말씀드리겠습니다.

펜을 든 것은 이 말을 하기 위해서였지만 종이에는 아직 여백이 많고 기왕 시작을 하였으니 조금만 더 적겠습니다.

빛나는 승리를 거두고 오실 테니 그때가 되면 다시 말할 기회가 있겠지요? 그렇지만 지금 당장 얘기하고 싶은 마음을 참을 수가 없어서 글자로나마 전하려 합니다.

폐하 덕분에 글을 배워서 서신으로라도 전할 수 있으니 참 다행한 일이라는 생각을 계속했습니다.

폐하.

너무도 후회하고 있습니다.

그날 아르제니아에서 폐하께 답변을 드리지 못한 일을 후회합니다.

제 마음이 작고 옹졸해서 무엇이 중요한지를 알지 못한 채 번민하고 당신에게 상처를 주었습니다. 그게 잘못된 일이라는 것을 폐하가 없는 동안 깨닫고 자책하면서 무척이나 괴로웠습니다.

저도 폐하를 진심으로 사랑하고 연모합니다. 그리고 이제는 저도 준비가 끝났습니다. 돌아오시면 청혼하신다 하셨으니 돌아오실 날만을 기다리고 있을 것입니다.

폐하와 제국군의 앞길에 승리와 영광이 따르길 빕니다.

당신의 연인으로부터.」

그는 한동안 편지를 쥐고 말없이 가만히 앉아 있었다.

술렁거리는 감정의 파도에 한없이 휘청거리는 자신을 느끼며 그는 이 모든 감정들이 가만히 지나가기를 묵묵히 기다렸다.

"이게 진짜……."

어쩐지 목이 메서 황제는 말끝을 흐렸다.

왜 이런단 말인가.

이 순둥이가 대체 왜 이렇게 사람의 마음을 흔든단 말인가.

황제는 문득 그녀가 원망스러웠다. 미안하고 스스로가 부끄러웠다.

모두가 너를 몰아붙였지.

기다린다 하였으면서 자신마저 조급하게 굴었다.

너는 그런 내가 밉진 않았을까. 그런데도 너는 끝내 나를 탓하지 않고 나를 걱정하고 나를 염려하는구나. 이 먼 곳에까지 그 다정하고 티 없는 마음을 날려 보냈다.

길을 잃지 않고 와 준 것이 고마웠다. 많이 헤매지 않아 줘서 감사했다. 자신에게 와 주었으니 평생 아끼고 감사하며 살 것이었다.

다연이 너무 그리웠다.

황제는 좀 떨떠름한 표정으로 부리부리한 눈빛의 흰머리수리를 바라보았다.

정말 다연이 저 독수리를 여기까지 오게 한 것인가.

이쯤 되면 누구나 할 수 있는 합리적 의심이었다. 황제는 최근 들어 독수리가 세 번이나 나타난 이유를 알게 된 것 같았다.

이미 죽은 짐승의 사체를 포악하게 뜯어 먹은 독수리는 거만한 표정으로 인간들을 바라보고 있었다. 다연이 보냈다지만 저 눈빛이 아무리 봐도 정이 가지 않아 황제는 혀를 쯧쯧 찼다.

"다리에 매어 주거라."

연인이 연서를 보냈으면 모름지기 답신을 하는 것이 도리였다.

황제는 서신과 함께 주변에서 꺾어 온 소담한 꽃 한 송이를 건넸다. 이 와중에 꽃을 잊지 않은 황제 또한 참 지독한 사랑꾼이었다.

독수리가 잠시 꽃을 보고 그냥 날아가려는 것 같았지만 이것도 착각이겠지. 모두는 애써 그렇게 스스로를 합리화했다.

커다란 독수리는 다리에 서신을 매달자마자 벼락같이 하늘 위로 날아갔다. 신비로운 광경이었다. 사람들은 그 독수리가 점이 되어 사라질 때까지 파란 하늘을 바라보고 서 있었다.

　북쪽 국경에서 황도까지는 독수리가 전속력으로 날아도 반나절은 걸리는 먼 거리였다.

　다연이 진상한 것들 중 물부터 몇 번을 쪼아 마신 독수리는 곧 으아아아아아 짜증을 냈다.

「**일단 이 망할 꽃부터 내 몸에서 떼라.**」

　어이쿠, 성격 한번 굉장하네.

　다연은 굽실굽실하며 독수리의 다리에서 서신과 꽃을 풀어냈다.

　비죽비죽 웃음이 새어 나왔다.

　전쟁통에 어디서 또 이렇게 예쁜 꽃을 찾았을까?

　황제는 확실히 남자치고는 대단히 섬세한 구석이 있었고 미의식 또한 까다롭고 높았다.

　갑자기 설레는 기분을 어찌하지 못하고 그녀는 신발을 베고 아예 벌러덩 풀밭에 누워 버렸다. 가슴 위에는 황제가 보낸 꽃 한 송이를 올려 두고 다연은 서둘러 종이를 펼쳤다.

　원래도 투머치토커 경향이 있는 황제의 서신은 다연의 것보다 훨씬 길었다. 물 흐르듯 유려하고 감각적인 필체가 아름다웠다.

「내 예쁜 망나니.

　잘 지내고 있느냐?

　이런 악필이라니 내 보다 그만 깜짝 놀라고 말았다.

　역시 스승이 잘못된 것이다. 이참에 갈아치우는 것이 좋겠다.

　필체는 연습해야 그 실력이 느는 것이니 앞으로도 자주 서신을 보내거라.

그리고 여백이 남아 더 쓴다니 이런 궁색한 것을 보았나.

황궁에 종이가 남아돌고 있으니 있는 힘껏 재고떨이를 해 보거라,

귀여운 것.

나는 항상 네 서신만을 기다리고 있겠다.」

여기까지 읽고 다연은 킥킥거리고 웃고 말았다.

야멸찬 문투가 평상시의 어투 그대로였다.

이거 음성 지원인가요?

텍스트로도 잔소리를 하는 놀라운 재능이었다.

사람을 쥐어 팼다 쓰다듬었다 하는 것이 황제다웠다.

다연이 뒹굴거리며 키득키득하자 독수리가 별 희한한 것을 다 본다는 듯 떫은 얼굴로 바라보다가 나는 간다며 날아가 버렸다.

그녀는 대충 손을 흔들고는 계속해서 서신을 읽어 내려갔다.

「어떻게 지내느냐.

너는 내 안부를 잔뜩 물어 놓고 정작 네가 어떻게 지내는지는 제대로 적지 않다니 너는 역시 참으로 박정하다. 못된 것.

나는 잘 지낸다. 먼지 나는 전쟁터가 황궁과 같겠냐마는 식사도 잠자리도 아무런 문제가 없다.

다치진 않았는지 걱정하다니 지금 내 실력을 의심하니?

그렇지만 네가 나를 생각해 주니 기분이 좋다.

다연.

너는 아무것도 잘못하지 않았고 나는 상처받지 않았다.

설령 네가 내게 잘못을 한다 해도 나는 얼마든지 받아 줄 수 있다.

그러니 후회하지 말아라. 지나간 일에 자책하지 말고 괴로워하지도 마. 나는 그런 것을 바라지 않는다. 다시 만날 날까지 그저 즐거운 마음으로 잘 지내고 있기만을 바랄 뿐이다.

전황을 전해 듣는 것은 동봉한 서신을 베른하르트 경에게 보여 주면 해결될 것이다. 그의 입을 통해 너에게 승리와 종전의 소식을 전하기 위해 노력하겠다.

너의 미하일 드나르 알티우스.」

"……."

다연은 종이를 소중하게 가슴에 끌어안았다.

아득하고 그리운 감정이 밀려와 잠시 그대로 눈을 감고 있었다.

보고 싶다.

다연이 동봉된 또 다른 서신을 들고 베른하르트를 찾은 것은 조금 후의 일이었다.

베른하르트에게 가기 전 그녀는 바빴다. 다연은 일단 처소에 들러 본인이 빼곡하게 적어 놓은 종이 뭉치와 펜을 챙겼다. 물어볼 것들과 앞으로 해야 할 일들이 모두 거기 적혀 있었다. 그리고 그다음으로는 황궁 서고에 들러 사르만 전도를 반출해 왔다.

그 시각 베른하르트는 근위대장 집무실에 있었다.

그는 요즘 대행 업무를 수행하느라 대부분의 시간을 그곳에서 보냈다. 안 해 보던 서류 업무의 향연에 며칠째 집에도 가지 못하고 팔자에 없는 일에 치여 사는 중이었다.

그는 실력도 뛰어나고 인품 면에서도 두루 좋은 평가를 받는 기사였다. 그러나 대행일지언정 근위대장 직을 수행하기에는 젊었으며 위

419

로도 다른 훌륭한 선배 기사들을 두고 있었다.

그러니 이것은 사실상의 벼락출세였다.

동기들은 네가 신녀님이라는 튼튼한 줄을 잡아 승승장구하는구나, 부러워했지만 그의 입장에선 다 멋모르는 개소리에 불과했다. 그에게는 머리카락이 출세보다 소중했고 한번 스트레스로 빠져 버린 머리카락은 돌아오지 않았다.

그런 상황에서 집무실에 다연이 찾아오자 베른하르트는 눈에 띄게 긴장했다.

다연은 까칠한 성격이 아니었고 대하기 어려운 윗사람도 아니었지만 문제는 그 뒤에 버티고 있는 상관이었다. 황제가 무서우니 다연을 대할 때마다 자꾸만 눈치를 보게 된다.

"여기까지 어쩐 일이십니까?"

조금 머뭇거리던 다연은 헤헤 웃으며 베른하르트에게 서신 하나를 건넸다.

뭐지? 의아해하며 받아 든 베른하르트의 안색은 그것을 펼쳐 본 뒤 흙빛으로 변했다. 편지를 들고 있는 그의 태도는 조금 더 공손해졌다.

종이 위에 적혀 있는 글자는 몇 자 없었다.

「그녀가 묻는 것은 모두 대답해 주거라. 잘 보살펴라.」

그 아래 찍혀 있는 것은 의심할 수 없는 황제의 인장이었다.

몇 자 안 되는 서신은 남들이 보았을 때는 별 내용이 아닐 수 있다. 그러나 황제에게 자주 굴려진 기사단 소속 베른하르트는 그 행간에 생략된 글자들이 보이는 것만 같았다. 잘 보살피지 못하면 어떻게 될지 굳이 상상하고 싶지 않았다.

한참을 침묵하던 베른하르트가 의아한 얼굴로 다연에게 물었다.

"대체 어떻게 서신을 주고받으신 것입니까?"

보급품을 실은 병참 부대는 내일모레나 출발할 예정이었다. 그 편에 업무 보고서를 보내며 황제에게 다연이 부탁한 것을 여쭐 예정이었다.

그런데 이 서신은 무엇이고 더군다나 이 내용은 또 무엇이란 말인가? 서신의 내용으로 보자면 황제는 이미 한 차례의 서신을 받은 것이 분명했다.

그러나 베른하르트의 의아한 얼굴에도 다연은 애매하게 웃으며 명확한 대답을 회피했다. 머리만 긁적이던 그녀가 미숙하게 말을 돌렸다.

"음음, 근데 지금 시간 괜찮으세요?"

"네?"

"지금 바쁘시냐고요. 바쁘시면 조금 이따가 오려고요."

베른하르트는 고개를 갸웃했다. 그는 한참을 생각하다 결국 되물었다.

"……네?"

결국 다연은 방주인의 허락도 구하지 않고 일단 소파에 가서 자리를 깔고 앉았다.

그러자 영문을 모르면서도 베른하르트가 따라와 맞은편에 앉았다.

다연이 그러는 사이 펼쳐 놓은 것은 사르만 전도와 본인이 정리해 놓은 여러 장의 종이였다.

뭐야, 뭔데 이렇게 본격적이야?

베른하르트가 당혹스러운 얼굴로 종이를 바라봤다.

그런데 적혀 있는 것은 도무지 읽을 수가 없는 문자였다.

그는 진지해졌다.

"이건 신어입니까?"

다연은 푸핫, 웃어 버릴 뻔했다.

"이건 한글이라는 거예요."

그러나 베른하르트는 아직도 진지했다.

"한글이 신어입니까?"

"……."

설명을 포기하고 다연은 펜을 집어 들었다. 그러자 그도 곧 헛소리를 멈추었다.

"궁금하신 게 무엇입니까?"

"우선은 정말 대략적인 것들부터 알고 싶어요. 제국군, 왕자군, 그리고 왕세자군의 현 주둔지, 예상되는 진격 경로, 또 군의 규모를 알고 싶고요. 그 구성이 음, 어, 그러니까 보병, 창병, 기마병, 궁병의 비율이 어느 정도인지도 알고 싶어요."

"……."

베른하르트는 잠시 말을 잃었다.

"……방금 전에 대략적인 거라고 하시지 않으셨습니까?"

"네! 일단 대략적인 거요."

"예……."

사실 다연이 전황을 알고 싶다고 했을 때, 베른하르트는 이런 구체적인 질문을 예상하지는 않았다.

그녀의 궁금증은 황제가 무사하냐, 지금 그들은 어디쯤이냐, 그래서 전쟁은 언제 끝나냐의 연장이리라 생각했었다. 물론 그것 또한 군사비인 것은 마찬가지였다.

그런데 다연의 질문은 그의 예상과는 다소 동떨어진 차원에 있었다. 그것은 아마 인장을 찍어 보낸 황제도 마찬가지였을 것이다.

그녀는 지금 전쟁의 면면을 기록하려는 사가처럼 굴고 있었다.

그러나 이것은 둘째 치고 베른하르트를 정말로 당혹스럽게 한 원인은 다른 데 있었다.

아니, 원래 이렇게 의욕적인 분 아니시잖습니까? 갑자기 저한테 왜 이래요?

검술과 기마술 훈련을 할 때마다 매사 무기력하고 그냥 땅바닥에 널브러지기 일쑤인 모습만 보다가 묘하게 눈마저 초롱초롱 빛내고 있는 것을 보니 어쩐지 조금 무서웠다.

베른하르트는 몰랐지만 종이 위에 빼곡하게 적힌 것은 사실 다연이 물어볼 것을 정리해 놓은 질문 요약집이었다. 한글로 적힌 내용을 읽을 수 있었다면 그는 아마 시작도 하기 전에 바로 조퇴 신청을 했을 것이다.

깨알같이 적힌 요약본은 질문만 자그마치 마흔여덟 개였다.

어서 와, 질문지옥은 처음이지? 오늘은 첫날이라 내가 조금만 가져와 봤단다.

이것은 입시로 다져지고 회사 생활로 완성된 신묘한 요점 정리 기술의 정수가 담겨 있는 노트였다.

그러나 베른하르트 역시 훌륭한 인품의 좋은 선생이었다.

"음, 일단 제국군은 제국의 북부, 즉 사르만의 남쪽 국경에서부터 북진하여 사르만 수도를 향해 진격할 것입니다."

"네네."

"왕자군의 주둔지는 제국에서는 서북 방향, 사르만 서부인 울바로 초원입니다. 그쪽에 왕자의 지지 세력들이 집결해서 왕자가 올 때까지 도스야 왕세자군의 공격을 버텨 내고 있었죠. 생각보다는 꽤 잘 버텼던 모양입니다. 그렇지만 왕자가 마음을 먹는 것이 며칠만 늦어졌더라도 궤멸했을지 모릅니다. 우두머리가 없는 저항 세력이 뭐, 얼마나 버틸 수 있겠습니까? 솔직히 폐하께서 설득하시지 않았다면 구심점을 잃고 와해되어 지금쯤 다 몰살이죠. 제국군이 참전을 선언했기 때문에 왕세자군은 일단 공격을 멈추고 수도 방어를 위해 후퇴한 상태입니다."

다연은 고개를 끄덕이며 전도에 베른하르트가 말한 내용들을 적어 내려갔다.

대체 뭐라고 적는 걸까, 생각하면서도 그는 계속해서 말을 이었다.

"사르만이 자랑하는 것은 기마병입니다. 그리고 궁병도 있죠. 왕자 군도, 왕세자군도 그러합니다. 그에 반해 제국군의 장점은 소수 정예 인 황궁 기사단과 우수한 공성 무기, 그리고 압도적인 물량입니다. 그러나 쉽지는 않을 것입니다. 이것은 최초의 사르만 원정이고, 더군 다나 정통성은 왕세자에게 있으니까요. 원정은 원래 민의를 생각하지 않을 수 없습니다. 제국군 입장에서는 보급이 대단히 중요한 전쟁이 될 것이라 사료됩니다."

베른하르트는 단순히 신녀의 줄을 잡아 벼락출세한 사내는 아니었 다. 그는 황궁 한가운데에서도 나름의 넓은 시야로 사르만 내전의 흐 름을 읽고 있었다.

다연의 질문은 그 뒤로도 한참을 멈추지 않았다. 이제 보니 커플이 쌍으로 사람을 괴롭히는 재주가 있었다며 베른하르트는 오늘도 고통 스러워했다. 며칠을 철야한 그에게 지대한 민폐를 끼친 뒤에야 다연 은 만족하여 별궁으로 돌아왔다.

별궁에 돌아온 다연은 하룻밤 사이 할 일을 다시금 정리했다.

그녀가 지금부터 할 일은 대단히 번잡스럽고 사람들의 눈총을 사 기 쉬운 일들이었다.

다연은 소문을 내고 싶은 마음은 없다. 여전히 조용한 것을 좋아하 고 주목 받는 것을 싫어하는 성격 탓도 있었다. 그러나 단순히 그것 때문만이 아니었다.

424

사람들이 모르는 능력은 모르기 때문에 더욱 큰 힘이 된다. 그녀는 가진 패를 최대한 끝까지 드러내 보이지 않을 것이었다.

자신의 애인은 일국의 황제였다. 그의 적은 현재는 왕세자군이었지만 제위에 있는 동안은 끊임없이 정쟁을 하고 계속해서 또 다른 적들과 싸워야 하겠지.

그렇다면 내가 그때마다 당신을 지켜 줄 거야.

다연은 마리를 불렀다.

"있지, 미안해. 그런데 나 좀 도와줄래?"

다연이 침소와 후원에 사용인들이 출입하지 않게 해 달라고 말하자 마리는 의아해하면서도 고개를 끄덕였다.

종종 혼자 있고 싶어 하는 것은 언제나 일관된 그녀의 성향이었던 것이다.

아산카 왕자군에게 서신이 한 장 도착한 것은 왕자가 지지 세력과 합류하고도 일주일이 지난 후였다.

주둔지를 맴돌고 있는 것은 연갈색 빛깔의 아름다운 매였다.

드나르 황가의 상징이 독수리라면 사르만 왕국의 길조는 매였다. 이게 정통성 문제를 겪고 있는 아산카에게 조금이라도 도움이 되었으면 좋겠다는 마음으로 다연은 매를 불러들였다. 내전은 결국 명분 싸움이니까.

디테일을 중요시한 선택이었다.

꽤 잘나가는 회사에서 마케팅 관련 일을 했던 그녀는 과거 사람의 감성을 건드려서 주머니를 털어먹는 데 일가견이 있는 자본주의 조직의 하수인이었다.

다연은 무던한 성격이었지만 일을 할 때만큼은 꽤나 섬세했다. 뭐 하나 허투루 진행하는 법이 없었다.

생각이 많은 것은 실패를 저어하는 데에서 비롯된 오래된 습관이었다. 매우 결정적인 결점은 추진력과 과감성이 없는 것이었지만 눈치 볼 사람도 없고 애인이 전쟁터에 나가 정신적으로 몰린 그녀는 이제 딱히 망설이는 게 없었다.

왕자와 친위대는 진지 위를 날고 있는 커다란 매를 꽤 오랜 시간 바라보았다. 야생의 매는 길들이기 힘든, 자존심이 강한 생물이다.

동물을 대하는 데 스스럼이 없는 왕자만이 활강하는 매 앞으로 나서 팔을 뻗었다. 그는 날카로운 발톱을 가진 매의 다리에서 직접 쪽지를 풀어냈다.

쪽지를 보고 그는 순간 얼굴을 찌푸렸다.

「왕자 저하.

아산카라고 부르라고 했지요?

안부는 생략합니다. 이 서신이 제시간에 도착했기를 간절히 바랍니다.

긴급히 본론만을 적습니다.

오늘 밤 야습이 있을 것입니다. 왕세자군이 도하하고 있습니다.

병력은 약 5천. 그중에 기마병이 1천, 후미의 궁병이 5백, 나머지는 일반 보병입니다.

어떻게 알았는지는 이미 아시리라 생각합니다.

제겐 남다른 친구가 많으니까요.

전략적인 면은 제가 아는 바가 없고 주변에 의논할 시간도 없어 더 드릴 말씀이 없습니다. 그렇지만 아산카에겐 이것으로 충분하리라 생각하여 확인된 내용만을 황급히 전달합니다.

무운을 빕니다. 그리고 루리에게도 안부를 전해 주세요.」

"……."

서신은 알티우스 문자로 적혀 있었고 보낸 이의 이름은 없었다.

이름을 적지 않은 것에서 보낸 사람의 고민과 조심스러운 성격이 느껴졌다. 그래서 아산카는 오히려 보낸 이가 누구인지를 확실하게 특정할 수 있었다.

아무리 왕자를 지지하는 세력이어도 왕자가 제국의 손을 잡은 것에 대해 불만을 가진 사람들은 많았다. 그녀는 민감한 입장에 놓인 왕자에게 혹시라도 곤란한 상황이 있을까 봐 배려한 것이다.

과묵한 왕자는 친위대의 의아한 시선을 무시하고 팔 위에 앉은 매를 뿌리치듯 날려 보냈다.

"회의를 다시 연다. 전략을 바꿔야 할 것 같다."

새가 사라진 하늘을 바라보며 왕자는 한동안 이상한 감정에 빠졌다.

별궁은 겉으로는 조용하고 음침해 보였다.

혼자 있고 싶다던 신녀는 별궁에 스스로를 유폐하다시피 했다. 그녀가 외부 출입을 하는 것은 황궁 서고를 오갈 때와 베른하르트의 집무실을 방문할 때가 전부였다.

사람들은 다연이 두문불출하자 또다시 우울증에 걸렸다고 수군거렸다. 어렵게 나왔는데 황제가 없어서 그런가 보다, 안쓰러워하는 시선도 있었다.

그러나 이것은 모르는 사람들의 시선으로 다연은 현재 황궁 내의 누구보다 바쁜 하루를 보내는 중이었다.

별궁 후원은 동물원이 된 지 오래였다.

단언컨대 아르제니아에 나들이를 가도 이렇게 많은 동물 친구들을 한 번에 만날 수는 없을 것이었다.

정원사도, 하녀들도 출입을 못하니 고통스러운 건 청소하느라 바쁜 마리뿐이었다. 마리는 바닥에 떨어진 새 깃털만 꼬박 반나절을 주운 적도 있었다. 망할 세상 같으니라고.

다연의 처소 바닥은 구겨진 종이들로 가득했다. 다연은 그것들을 함부로 치우지도 못하게 했다. 구겨졌던 종이는 때로 다시 펼쳐져 활용되기도 했다.

그녀는 별궁 후원에 매일같이 새 떼를 불러들였다. 혼자 뭐라고 중얼거리면서 아무도 이해할 수 없는 문자를 써 댔고 그것을 알티우스 문자로 옮겨 써서 새에게 매달아 날려 보내기를 반복했다.

이런 사실을 짐작이라도 하는 것은 마리와 베른하르트 정도였다. 알아주는 이 하나 없지만 다연은 코피를 쏟을 지경으로 하루하루 혼자서 고군분투하고 있었다.

가장 가까이에 있는 마리조차 다연이 정확하게 무엇을 하고 있는지는 몰랐다. 다만, 언제부턴가 다연이 신녀이기에 동물을 부릴 수 있다는 것만큼은 확실히 이해하게 되었다. 다연은 그 비밀을 알아도 좋을 측근으로 자신을 선택한 것이다.

그렇다면 더 생색을 내도 좋을 텐데. 더 신신당부를 하고 고압적으로 얘기한다고 누가 뭐라고 할까?

참 아랫사람을 부리는 요령이 없는 이라고 흉을 보면서도 마리는 어쩐지 눈물이 찔끔 나올 것 같았다.

그리고 아무도 없는 쓸쓸한 처소에서 그녀가 바닥에 무언가를 한껏 늘어놓고 쓰기 시작했을 때. 언제부턴가 침대에 잘 눕지 않기 시작했을 때. 탁자에 엎드려서 잠들기 시작하던 날. 정말로 코피를 쏟아버린 어느 날 아침, 마리는 진짜로 찔끔 눈물을 흘리고 말았다.

남들이 안쓰럽게 생각하건 말건 다연은 요즘 까마귀와 황궁 나무를 건 숙명의 빅딜을 진행 중이었다.

다연의 계획이 성사되려면 필수적인 동물 하나가 있어야 했다. 헤르니야의 축복을 받아 신녀 외 인간의 언어를 알아들을 수 있는 유일한 새, 까마귀였다. 다른 동물들은 모두 대체가 가능했지만 이 계획에서 까마귀만큼은 대체가 불가능한 주역이었다.

그런데 이 까마귀는 인간보다 더 인간 같은 물질만능주의적 사고에 절어서 다연의 치를 떨게 했다. 부탁을 들어줄 때마다 열매가 열리는 나무를 한 그루씩 요구하더니 이젠 별궁 후원에 있는 나무의 반을 자기 소유로 만들었다.

물론 다연은 처음에 망설였다. 자신의 처소라 해도 이 나무가 본인의 것이라 할 수는 없었다. 엄밀히 말하면 나무는 황실의 소유였고 현황제의 것이었다.

그러나 나중에 사정을 차근히 설명하면 자신의 애인이 나무 몇 그루, 열매 조금을 가지고 쪼잔하게 굴 것 같지는 않았다.

그런데 별궁 까마귀는 날이 갈수록 스케일이 커져서 소심한 거래 상대인 다연의 간을 쪼그라들게 만들더니만, 이제는 내궁이나 아르제니아의 나무마저 탐을 냈다.

셈도 정확했다. 어려운 일이라고 생각되면 요구하는 수준이 높아졌다.

야! 너 까마귀 아니지!

"어어, 왔어?"

사르만에 정찰차 보냈던 독수리들 중 한 마리가 돌아오자 다연은 벌떡 일어나며 새를 반겼다. 물과 준비해 놓은 먹이를 내어 주며 그녀는 눈을 반짝반짝 빛냈다.

턱을 괴고 독수리를 흐뭇하게 바라보며 들을 준비를 하고 있는 다연 옆에는 한참 뛰어다닌 삼식이가 혀를 내밀고 헥헥대고 있었다.

요즘 다연의 최대 관심사는 적의 보급 경로였다.

왕세자군은 연합군이 서부와 남부에서 각기 진격해 오자 주 병력을 분할하여 방어하고 있었다.

왕자군과 제국군은 특별히 공조를 하고 있지는 않았다. 수도 공략이라는 공통적인 목표를 향해 전진하고 있었으나 독립적으로 움직이는 두 군은 성격도 전투의 습관도 완전히 달랐다.

왕세자군은 이 두 진영을 각각 상대해 내는 데 무척이나 고전하고 있었다. 그리고 다연은 이 틈을 타서 적의 보급 부대에 혼선을 주고 싶었다.

적의 보급 경로를 정찰하는 것은 어렵지 않았다. 그러나 알아냈어도 그다음이 쉽지 않았다.

조금만 더 가까이 있었더라면 쓸 수 있는 방법이 더 많았을 텐데.

다연은 꽤 원거리의 동물들까지 불러낼 수 있었지만 시야를 공유하지 못하고 황도와 사르만은 거리가 멀다 보니 오가는 동안 자꾸만 효율이 떨어졌다.

서신 하나를 주고받는 것에도 반나절 가까이 걸린다.

독수리가 이야기해 준 왕세자 진영의 병참 부대 이동 방향을 지도에 표시하며 다연은 무심결에 생각했다. 내가 전선에 있으면 훨씬 더 많은 도움을 줄 수 있을 텐데 하고.

그녀는 이제 급기야 이런 생각을 하는 데까지 이르렀다.

궁 안에만 있으니 작전과 움직임에 제약이 많다고.

그녀는 황제와 왕자에게 각각 한 통의 서신을 쓰기로 했다.

왕자에게는 오늘 알게 된 왕세자군의 주요 보급 경로를 누설해 줄 것이고, 그것을 활용하는 것은 전적으로 왕자의 능력에 맡길 것이다.

황제에게는 전선에 가고 싶다고 청해 볼 것이다.

도움이 되고 싶은 마음도 있었지만 사실은 그를 보고 싶은 마음이 더욱 컸다. 방해가 될 수도 있다는 걸 안다. 그런데 그냥 운이라도 띄

430

워 보고 싶었다. 그를 보지 못한 지가 벌써 한 달이 다 되어 간다.

오늘 해야 할 일들을 빠르게 적어 내려가며 다연은 한가롭게 사과를 쪼아 먹고 있는 별궁 까마귀에게 말했다.

"까마귀야. 폐하가 이번에 수도를 목전에 두시고 타미르 성을 공략하시잖아."

다연이 운을 띄우기가 무섭게 까마귀가 신이 나서 말했다.

「뭘 줄 건데!」

다연이 누군가한테 배운 나, 너, 극도로 혐오함 표정으로 까마귀를 노려봤다.

넌 어떻게 황궁에 기거하는 까마귀가 이렇게까지 애국심이 없냐. 안보 의식이 제로였다. 아오, 진짜 다른 까마귀를 불러오든가 해야지, 내가 나무가 없지 까마귀가 없냐.

그러나 다연은 그렇게 생각하면서도 또 마음이 약해져서 선선히 묻고 말았다.

"뭘 갖고 싶은 건데."

이 와중에 의사를 묻는 다연은 정말로 협상의 기술이 지독히도 없었다. 황제가 이 착취의 현장을 보았더라면 가슴을 치며 세상 물정 모르는 자신의 애인에게 2박 3일 정도는 잔소리를 퍼부었을 것이다.

까마귀는 뭘 줄 수 있는데! 하며 낄낄 웃었다. 다연은 이를 갈며 별궁 까마귀를 흘겨보았다. 그녀는 평소 말을 곱게 하는 편에 속했지만 까마귀를 바라보면 절로 된소리가 나오곤 했다.

저 돈만 밝히는 까마귀 새끼. 아무리 생각해도 여신은 취향이 이상했다.

"……일단은 왕도에 가서 정보를 좀 물어다 줘."

다연이 거래에 응하는 눈치이자 까마귀는 신이 났다. 까마귀가 요구 사항을 말했다.

「발티온 지방에서 자란 사과가 그렇게 크고 맛있대!」

까마귀는 탐욕이 이글거리는 표정으로 까악거렸다.

이미 몇십 그루의 나무를 보유한 까마귀는 이제 조류 최초의 농장주를 꿈꾸고 있었다.

"……와 씨."

뭐, 발티온?

듣고 있던 다연이 울컥하여 집어 던질 돌멩이를 찾기 시작했다.

헤르니야여, 저것은 좀 맞아야 합니다.

거래에 소질이 없는 다연은 매번 까마귀에게 털렸다. 애인이 제국 최고의 권력자가 아니었더라면 지금쯤 한정치산자가 되었을 것이다.

지방 귀족의 과수원은 한 그루라 해도 그녀 마음대로 약속할 수 있는 것이 아니었다. 수중에 돈이 없는 다연은 결국 황제에게 선물 받은 보석들을 뒤적거리기 시작했다.

나무 한 그루에 얼마나 하는지를 알 수 없었다. 보석 하나의 가치가 얼마인지도 감정할 줄 모른다. 생각하기 귀찮아진 그녀는 그냥 적당히 값이 나가 보이는 것을 골랐다.

그리고 곧바로 발티온 영주에게 보낼 서신을 썼다.

발티온 영주는 때아닌 날벼락을 맞았다.

흔히 볼 수 없는 크기의 사파이어와 서신을 보며 영주는 대체 이게 무슨 상황인지 몰라 당혹감에 젖었다.

신녀의 서신은 '용건만 간단히'의 표본을 보여 주듯 아무런 미사여구가 없었다. 귀족적이지 않은 문투는 무척이나 세속적이었다. 그냥 다짜고짜 나무를 몇 그루만 팔라고 적혀 있었다. 혹시 이걸로 부족하면 솔직하게 말해 달라고 자신감 없는 문장도 덧붙였다.

"이, 이건."

뭐야, 신녀님이 왜 이렇게 물질적인 건데.

보석을 들고 기가 막혀 하는 영주를 보며 전령 역할로 내려온 기사가 애도하는 표정을 지었다. 다연이 제국어 수업을 할 때마다 배석한 선임 기사였다.

다연은 원래도 이렇게 한 번씩 제국인들의 상식에 어긋나는 파격적인 행동을 할 때가 있었다.

황제를 보필한다고 촌구석에 박혀 있느라 영주는 황도 돌아가는 사정을 잘 몰랐다. 그를 가엾게 여긴 기사는 황가에 충성해 온 영주가 나중에 영문도 모르고 황제에게 횡액을 당할세라 귀띔을 해 주었다. 그러기 위해 직접 내려온 것이었다.

"참고로 그 사파이어는 폐하께서 사귄 지 보름이 되었다고 기꺼워하시며 선물하신 것인데 다연 님만 아직도 그 의미를 모릅니다."

"……."

발티온 영주의 얼굴이 사파이어보다 더 파랗게 질렸다. 근래 들은 것 중에 가장 무서운 이야기였다.

그는 곧바로 이 불민한 헤르니야의 자식이 신녀님께 나무 몇 그루를 진상하고자 하며, 이런 영광은 감히 보석으로 그 값어치를 환산할 수 없는 것이라며 매우 귀족적인 답신을 썼다.

농장에서 수령이 가장 오래된 축에 속하는 세 그루의 사과나무는 그 뒤 신녀의 나무로 별칭이 붙어 영지의 명물이 됐다.

✤

이른 아침 갑작스러운 교전이 있었으나 왕세자군은 병력의 일부를 잃고 후퇴했다. 직후 군무대신 및 장성들과 회의를 가진 황제는 본인의 막사로 돌아가는 길이었다.

막사에 거의 도착했을 때쯤 황제는 무심결에 하늘을 바라보았다.

"……."

황제는 무의식중에 하는 행동이었지만 가장 가까운 측근들은 황제의 행동이 의미하는 바를 모두 알고 있었다. 황제는 요즘 하늘에 참새만 날아가도 표정이 달라지곤 했다.

애인의 편지를 기다리고 있는 것이었다. 내심 목 빠지게 기다리는 것이 너무 표가 나서 이제 주변 사람들이 보기에 안타까울 정도였다.

황제와 늘 함께 다니는 측근들은 그가 겪고 있을 감정의 풍랑이 공유되는 듯했다. 황제의 애인은 종종 이렇게 의도치 않게 남의 마음에 못할 짓을 했다.

차라리 연락할 방도가 마땅치 않았을 때는 황제도 괜찮았을 것이다. 그러나 서신을 보내기 시작하면 기다리게 되지 않는가. 연락할 방도가 있다 하면 기대하게 되지 않는가. 그게 바로 사람이 아닌가?

어떨 때는 하루 건너 오기도 하고 어떨 때는 주에 한 번 오기도 하고, 언제가 될지 알 수 없는 이 불규칙성은 황제에게 기약 없는 기다림을 주었다.

더군다나 무슨 일인지 자주 왕래하던 서신은 요즘따라 뜸했다.

모두가 힘든 전쟁터에서 황제가 그런 사적인 일로 짜증을 부리진 않았지만, 점점 하늘을 보는 횟수가 잦아지고 은근히 실망하는 것이 느껴질 때마다 측근들은 본인이 다 송구스러운 것을 감출 수 없었다.

그런데 하늘을 바라보던 황제가 오늘은 꽤 오랜 시간 발길을 멈추고 있자 사람들은 저마다 당혹스러워했다. 황제에게 아뢰어도 좋을지 알 수 없었다.

저것은 아무리 봐도 독수리가 아니오라 참매인 것 같은데 잘못 보신 것은 아니신지…….

그러나 공중을 맴돌던 매는 정말로 다연이 보낸 것이 맞았다. 회갈색 참매는 사람들을 조롱하듯 천천히 지면으로 내려왔다.

독수리나 매나 맹금류라 사나워 보이는 것은 마찬가지였다. 그러나 이 새 또한 어울리지 않게 한쪽 다리에는 종이쪽지와 함께 앙증맞은 꽃 한 송이를 매달고 있었다.

"……."

다들 말이 없었다.

모두가 같은 생각을 하고 있을 것이었다.

독수리가 끝이 아니야? 이러다가 나중에는 정말 곰 타고 나타나는 거 아니야?

황제가 뭐라 명령하기 전에 근위대장이 얼른 가서 다리에서 서신과 꽃을 풀어냈다. 황제는 그것을 말없이 건네받았다.

내심 좋은 것 같긴 한데 이 비현실적인 상황에 마냥 좋아하지는 못하고 매를 떨떠름한 눈으로 바라보고 있다.

마침내 그가 말했다.

"……이것도 황궁 전서구가 가져온 것으로 하지."

황제의 복잡한 심사가 느껴져서 다들 고개를 조아렸다.

그 후 황제는 자신의 막사로 들어갔다.

오랜만에 도착한 서신은 서두부터 괴상했다.

「안녕하세요?

격조하였습니다.

요즘 서신을 전해 주던 독수리가 저에게 화가 많이 나서요.

순한 비둘기에게 대신 보내려 했는데 사르만에는 천적이 너무 많이 산다며 중간에 되돌아왔더라고요. 급하게 심부름할 아이를 찾아 다시 보내느라 늦어졌습니다.」

435

"⋯⋯."

그녀는 역시 뭐 하나 쉬운 게 없다며 명랑하게 넋두리를 하고 있었다. 황제는 어쩐지 머리가 지끈거리며 아파 오는 것 같았다.

독수리 정도면 그냥 어찌 길들였다고 치부할 수도 있었다. 그러나 서신이 의미하는 바는 그게 아님이 명백했다.

상황도 편지의 내용도 하나부터 열까지 다 괴상하기만 했다.

그런데 가장 괴상한 것은 이 상황에도 웃음이 나오는 자신이었다.

그는 일주일 만에야 자신에게 도착한 이 편지를 간절한 마음으로 기다렸던 것이다.

「폐하, 청하고 싶은 것이 있습니다.

제가 전선에 가는 것은 어려울까요?

제국군과 함께 움직이고 싶습니다.

방해되지 않게 노력할게요.

제가 하려는 일이 있는데 황성에서는 너무 제약이 많아서요. 그리고 다른 무엇보다 폐하를 못 본 지가 오래되어서 너무 보고 싶어요.」

미하일은 글자에 심장이 난타당하는 희한한 경험을 또 했다. 심지어 이 글자는 어린아이 수준에도 못 미치는 지독한 악필이었는데 이상하게 사랑스럽기만 했다.

역시 내용은 형식을 뛰어넘는구나. 실리주의자인 황제는 남들과 다른 포인트에서 또 이상한 깨달음을 얻었다.

편지를 곱게 다시 접어 놓고 황제는 생각에 잠겼다.

오라고 하고 싶은 마음이야 굴뚝같다. 그런데 어떻게 그럴 수 있을까. 이곳은 전쟁터였고 하루에도 두세 번씩 교전이 일어난다.

잦은 이동으로 제대로 몸을 누이지 못하는 밤도 많았다. 목숨처럼 귀하게 여기는 애인을 그런 전쟁터에 둘 수 없었다.

그런데 안 된다고 하자니 다연보다 아쉬운 것은 자신이었다.

이것이 왜 나를 시험에 들게 하나. 이제 진짜 알고서 이러는 게 아닌가 싶을 정도로 다연은 요망한 짓만 골라 하고 있었다.

내적 갈등에 시달리던 미하일은 겨우 이성을 회복하고 답신을 썼다. 편지를 많이 기다렸다는 내용, 독수리는 아니었지만 어쩐지 네가 보냈을 것 같더라고, 오늘따라 그런 기분이 들었다고.

항상 네 연락을 기다리니 조금 더 자주 편지를 써 달라는 그런 말들.

정말 별거 아닌데, 상대에게는 하고 싶어지는 그런 말들.

「발티온 영주가 사과나무를 진상하였다니 그이가 원래 그리 살갑거나 아첨하는 이가 아닌데 무슨 수로 나무를 얻었느냐?

혹여 너에게 음심을 품은 것은 아니더냐? 사내가 무언가를 공연히 준다고 할 때는 의심부터 하거라, 이 순진한 것아.

헤르니야의 자식입네 하는 것이 더더욱 의심스럽기만 하다.

내 기억에 그렇게 신실한 신도가 아니었거늘.

다음에 만날 땐 너도 거리를 두고 쓸데없이 웃어 주지 말거라.」

재수가 없는 놈은 뒤로 넘어져도 코가 깨진다고 발티온 영주가 알았다면 환장할 내용이었다.

황제가 무서워서 나무를 대가 없이 바쳤더니 황제는 도리어 이상한 의심을 하고 있었다.

남이 억울하거나 말거나 그런 거 모르는 황제는 계속해서 문장을 적어 내려갔다.

「무슨 일을 하고 싶은진 모르겠지만 그냥 그곳에 있으면 안 되겠느냐? 나 역시 보고 싶은 마음은 같지만 그 부탁은 들어줄 수 없다.

솔직히 말하면 내게는 익숙하지만 너에게만큼은 보여 주고 싶지 않은 흉한 광경이 많다.

너를 위험한 곳에 둘 수 없는 내 마음을 부디 이해해 줬으면 한다.

- 너의 미하일 드나르 알티우스.」

마지막으로 완곡하고도 분명한 거절의 문장을 적어 내고 황제는 펜을 내려놓았다.

"……."

조금 심란한 감정에 젖어 있던 미하일이 피식 웃은 것은 다연이 꺾어 보낸 꽃 한 송이에 시선이 미쳤기 때문이다.

우연한 계기로 꽃을 주고받는 게 둘만의 특별한 의식처럼 되어 버렸다.

비스듬히 턱을 괴고 꽃을 감상하던 황제는 싱긋 웃으며 그 꽃을 전술서 사이에 끼워 두었다.

언젠가의 다연은 꽃이 시들었다고 버리는 것은 아깝다며 자신이 보낸 꽃을 압화로 만들었다.

그땐 몰랐지만 이제는 왜 그랬는지를 알 것 같았다. 그게 상대의 마음 같았기 때문이다.

그게 마음이라 생각하니 소중히 간직할 수밖에 없었던 것이다.

그녀는 그 보랏빛 꽃을 선호했던 게 아니라 자신의 마음에 기뻐한 것이다. 그 꽃이 어떤 빛깔이었어도 어떤 모양을 하고 있었어도 다연은 소중히 간직해 주었을 것이다.

한편 이제 그만 이동 준비를 해야 한다는 말을 아뢰러 들어왔다가 그 광경을 목격한 시종장은 어색한 표정을 감추기 힘들어 고개를 숙였다.

황제는 언제부턴가 상사병 초기 증세 비슷한 증상을 보이고 있었다. 사실 황제를 호위하는 근위대 소속 기사들은 자신들의 상관이 향수병에 빠진 것이 아닌가를 심각하게 고민 중이었다.

황제의 증상은 전쟁이 길어지면 병사들 사이에서 왕왕 나타나곤 하는 고향을 그리워하는 마음의 병과 유사했다.

시도 때도 없이 멈춰 서서 하늘을 보기도 했고, 혼자 실망했다가 서신이 도착하면 화사하게 웃는다.

멍하니 생각에 빠져 있기도 했고 혼자 종이쪼가리를 부여잡고 찡그렸다 웃었다 오락가락하기 일쑤였다.

막사 뒤에서 꽃을 꺾지를 않나, 애인이 보낸 편지는 건국 황제가 쓰던 황가의 명검보다 더 귀중히 모시더니, 이제는 기어이 애인이 보낸 꽃마저 압화로 만들기 시작했다.

뭐랄까. 전쟁터에서 하기엔 참으로 고상하고 섬세한 취미 생활이었다.

남들은 이 피 튀기는 전장에서 칼부림을 한다고 남성 호르몬을 폭발시키고 있는데, 황제는 혼자서만 감수성이 폭발하는 모양이었다. 종종 그렁그렁했다.

시종장은 생각했다.

외람되지만 좀 진상이셨다.

❖

황제의 군대는 사르만 수도로 진격하기 전 가장 어려운 관문을 남겨 두고 있었다.

난공불락의 요새로 이름 높은 타미르 성이었다.

왕국 역사상 몇 차례 있었던 외침에도 단 한 번도 함락되지 않았다는 이 성을 공략하기 위해 제국군은 공성 무기를 동원하고 기동성을 다소 포기했다. 별다른 변수가 없다면 이번 전쟁에서 가장 큰 전투가 될 예정이었다.

타미르 성 공략은 장기전이 될 확률이 높았다. 황제의 군대가 대규모 물량 공세를 퍼부으며 타미르 성의 군을 상대하는 동안 빠른 기동력의 아산카 왕자군이 서부에서 수도로 먼저 입성한다는 것이 출정 당시 그들 사이에서 이야기되었던 내용이다.

황제가 다연에게 서신을 날려 보낸 바로 다음 날 제국군 진영에는 또 한 번의 서신이 도착했다.

이번에는 접때 보았던 거대한 독수리였다.

사람들은 모르겠지만 그 독수리는 황성 근처에서는 가장 빠르게 오랜 시간을 날 수 있는 새였다.

오늘도 다리에 꽃을 매달고 있는 독수리가 묘하게 인생을 체념한 것 같은 표정인 건 물론 그냥 착각이겠지?

사람들은 애써 그렇게 생각했다.

빠른 답신에 황제는 부푼 마음을 감추지 못하고 종이를 펼쳐 들었다. 그리고 곧 미간을 조금 찌푸렸다.

서신은 믿기 힘든 내용들로 가득 차 있었다.

「폐하, 긴급히 전해 드릴 내용이 있어 오늘도 서신을 씁니다. 중요한 내용입니다.

타미르 공성전을 앞두고 계신 것으로 압니다. 그러나 폐하, 왕세자군이 타미르 수성을 포기하였습니다. 그리고 남하하고 있습니다.

그들이 생각하는 최초 격전지는 타미르 성이 아니라 타미르 성으로 가는 길목에 있는 에르난 협곡입니다.

만약 협곡을 그대로 지나신다면 양측에 매복해 있는 사르만 궁병을 만나게 되실 것입니다. 궁병의 선제공격 후 기마병이 앞뒤로 제국군을 포위하여 기습할 계획입니다.

위의 내용은 사실입니다.

여기서부터는 추측입니다.

왕세자 군은 보급에 있어서 제국군의 우위가 명확하기 때문에 수성에 가망이 없고 장기화될 경우 공성 무기를 방어해 낼 수 없다고 생각한 것 같습니다. 더 나아가 분할된 병력으로는 수도 또한 지켜 낼 수 없다고 생각하지 않았을까요?

그들은 지리적 이점을 이용해 제국군에 짧은 시간 동안 최대한의 피해를 끼칠 생각입니다. 그리고 빠른 기동력으로 수도에 돌아가 전면전을 준비할 것입니다.

매복해 있는 왕세자군을 상대하는 것이 옳은지, 우회하여 바로 수도로 진격하는 것이 맞는지 그런 전술적인 부분까지는 저는 잘 모르겠습니다. 다만 꼭 방비하시길 바라는 마음에 급히 편지를 씁니다.

가까이 있었다면 더 많은 부분을 의논할 수 있었을 테지만 폐하의 뜻을 이해해요. 그러니 고집부리지 않겠습니다. 저도 이곳에서 최선을 다할 것입니다. 노심초사하는 저를 위해 부디 조금도 다치지 마시고 건강하게 돌아와 주세요.

당신의 연인으로부터.

추신. 발티온 영주님은 부인과 세 살짜리 어린 따님이 있는 유부남이시던데요?」

서신을 들고 있는 황제의 표정이 하도 무서워서 측근들은 슬금슬금 눈치를 보기 시작했다.

편지는 믿을 수 없는 내용들을 담고 있었지만 동시에 대단히 현실적이었다.

전황 그 자체였다.

왕세자를 보좌하는 인간들이 머저리가 아니라면 낼 수 있는 지극히 합리적이고 가능성이 있는 방안이었다. 문제는 다연이 이것을 알티우스의 황궁에 앉아서 어떻게 알게 되었냐는 것이다.

황제는 이제 본인의 예감을 신뢰하지 않을 수 없었다.

그의 뇌리로 수많은 깨달음들이 스쳐 지나갔다.

치료소에 방문했을 때부터 자신을 둘러싸고 일어나던 이상한 일들과 서신을 전하는 다양한 야생의 날짐승.

하려는 일이 있으니 합류를 허락해 달라던 다연과 그녀가 헤르니야의 신녀라는 가장 기본적인 대전제까지.

그녀는 이런 사실들을 대놓고 고백하듯 알려 오진 않았다.

그렇지만 가장 본인다운 방법으로 과시하지 않으며 자연스럽게 미하일이 알게 했다.

점점 무서워지는 황제의 표정을 보며 측근들은 수군거렸다.

장거리 연애를 견디다 못한 황제의 애인이 이별 통보를 한 것이 아닌가 하는 루머가 측근들 사이에서 퍼져 나가기 시작할 때쯤 황제가 몹시 잠긴 목소리로 말했다.

"전략 회의를 다시 연다."

전술을 번복하기 위한 회의였다.

왕자의 부대는 울바로 초원에서 왕세자군을 격퇴하고 빠르게 수도를 향해 진격 중이었다.

군의 규모가 황제의 군대보다 작은 왕자군의 경우 왕세자군의 더 많은 공격에 시달렸다.

당연한 판단이었다.

연합군의 명분은 아산카 왕자에게 있었다.

제국군에게 수도가 함락당하는 최악의 경우가 온다 해도 왕자만 죽으면 이 싸움의 승자는 왕세자가 된다.

슬프게도 민의는 왕자의 편이 아니었다.

왕을 유폐하고 왕자의 세력에게 공격을 가해 온 것은 도스야 왕세자가 먼저였지만, 외세의 군대를 함께 끌고 들어온 왕자에 대한 왕국민들의 시선은 싸늘했다.

원망의 마음은 오만한 제국의 군주보다 같은 민족인 왕자를 향해 쏟아졌다.

그러나 아산카 왕자는 개의치 않았다.

어차피 운명은 한 번도 자신의 편이었던 적이 없었다. 불운한 삶이었을지언정 그 사실에 불만을 품어 본 적은 없다.

오히려 그는 요즘 이상하게 심장이 뛰었다. 그렇게 한 번도 자신의 편이었던 적이 없던 운명이 이제는 조금씩 자신을 돕고 있다고 느꼈기 때문이다.

모든 것이 안배된 일들처럼 흘러간다.

수도 입성은 머지않은 일이었다.

헤르니야의 징표가 보이지 않게 도움을 주고 있었다.

얼마 전 다연은 두 번째 서신으로 왕세자군의 보급품을 실은 병참 부대가 출발했음을 알려 왔다.

물소 떼에게 도움을 요청해 볼 것인데 거리가 멀어서 시간을 맞출 수 있을지 확신이 없다고, 실패를 대비해 정찰을 멈추지 말아 달라고.

모르는 사람이 보면 그냥 정신 나간 소리 같은 서신이었다.

"왕자 저하. 수도에 쥐 떼가 들끓고 있다고 합니다."

"……쥐 떼?"

보고를 하는 부관도 다소 황당해하는 표정이었다.

초원에서는 흔히 땅쥐들을 볼 수 있지만 왕국에서 정비가 제일 잘 되어 있는 수도는 아니었다.

적어도 왕자가 자라는 동안은 한 번도 그런 일이 없었다.

"그게 거리뿐만이 아니라 왕궁 안에도 심각한가 봅니다."

"……뭐?"

"그런데 밤이 되면 또 박쥐가 활개를 친다고 합니다."

"…….."

사람들은 말을 잃었다.

모두의 의아해하는 시선을 받은 부관은 당혹스러워했지만 침착하게 수집한 정보에 기반하여 대답했다.

"잠입시킨 자들로부터 들은 한결같은 이야기입니다. 대단한 흉조로 받아들여지고 있어서 민심이 이반할까 왕세자가 골머리를 앓고 있다고 합니다. 한두 마리가 아닌지라 당장에 처치도 안 되고 있고요."

잠시 생각하던 왕자는 곧이어 어떻게 된 일인지를 깨닫고 한숨처럼 웃었다.

다연이 한 짓이 분명했다.

왕자는 책상 위에 올려 둔 서신을 물끄러미 바라봤다.

누군가의 대가를 바라지 않는 도움에 어쩐지 자꾸 마음이 이상했다.

사흘 전 정찰을 보냈던 참매가 돌아왔다.

다연은 신발도 제대로 신지 않고 후원으로 날아갈 듯 뛰어가 참매를 맞이했다.

444

식사를 챙겨 왔다가 다연이 뛰쳐나가자 마리는 허둥대며 따라왔다.

다연의 뒷모습을 바라보던 마리는 생각했다.

'너무 마르셨다.'

옆에서 열심히 챙겨 먹이고 있었지만 다연은 확실히 무리하고 있었다.

하루에만도 사르만에 수십 마리의 새를 정찰을 위해 날려 보냈다.

각각 어디어디에 무엇을 확인하기 위해 날려 보냈는지를 구분하는 것도 일이었다.

그녀의 주변엔 언제나 빼곡한 메모가 가득했다.

별궁 후원은 무슨 철새들이 오가는 서식지의 압축판 같았다.

살면서 평생 보아도 다 볼 수 없는 다양한 새들을 한 번에 목격하고 있는 마리는 후원에 나올 때마다 조금 기가 질렸다.

비단 새뿐이 아니었다.

지난번에 박쥐가 나타났을 땐 얼마나 놀랐는지 모른다.

마리가 지르는 우렁찬 비명에 심약하고 소심한 박쥐가 더 놀랐다는 사실을 마리는 모른다.

"다연 님."

참매의 식사를 챙기는 다연에게 다가온 마리가 자리를 깔며 간단한 요깃거리를 펼쳐 놓았다.

"여기에 앉으셔요. 그리고 다연 님도 이것 좀 드시면서 하시어요."

"응응."

건성건성 고개를 끄덕이는 것이 아무래도 허투루 듣는 것 같았다.

모시는 이의 익숙한 행태에 마리는 한숨을 쉬었다.

"이번엔 절대로 거르시면 안 돼요. 지금 너무 야위셨어요."

종이에 무언가를 재빠르게 옮겨 적으면서 다연은 열심히 고개를 끄덕였다.

역시 한 귀로 듣고 한 귀로 흘리고 있는 것이 분명했다.

마리는 다가올 미래가 슬슬 두려웠다.

다연은 황궁에 처음 와서 식사도 거르고 우울하게 지낼 때만큼이나 말라 있었다. 심지어 처음에는 무리하다 코피도 한 번 쏟았다.

황제가 귀환하고 이 사실을 알게 되는 날 별궁 시녀들은 모두 목을 내어 놓아야 할 것이다.

황제의 군대가 사르만 수도 입성을 눈앞에 두고 있다는 소식은 제국 전역에 퍼졌다.

예상보다 빠른 속도였다.

전황이 막바지를 향해 거침없이 달려가자 이제는 슬슬 베른하르트마저 불안해하는 눈치였다.

한 번씩 별궁에 찾아와서는 마리에게 다연의 안부와 식사 여부를 묻기 시작했다. 얼마 전엔 궁의마저 약을 잘 드시고 있는 거냐며 마리에게 외압을 넣었다.

황제의 성격을 아는 사람들은 모두 앞으로가 두려웠다.

다연은 마리가 자리를 뜨지 않자 머리를 조금 긁적이더니 눈치를 보다 빵을 한 입 베어 물었다.

그제야 마리는 안도한 얼굴로 고개를 조아리며 물러났다.

참매는 매서운 부리로 물을 몇 번 쪼아 먹더니 다연에게 목격한 사실들을 말해 주었다.

이 참매는 다연이 에르난 협곡에 날려 보낸 새였다.

황제의 군대는 우회하여 수도로 진격하는 대신 다연이 보낸 정보에 기초하여 매복한 왕세자군을 친 모양이었다.

당장의 이득보다는 미래를 생각한 선택이었다.

그대로 남겨 두면 수도로 진격할 때 등 뒤에 적을 두게 된다. 군사 회의에서는 불확실성을 제거하자는 데 다수의 의견이 모였다.

험준한 지형에서 내지인들을 상대로 이루어진 전투에서 황제 또한 병사를 잃어야 했지만 기습을 생각하고 있다 오히려 기습을 당한 왕세자군의 병력 손실은 더 컸다.

그렇게 격렬한 전투 후 전열을 정비한 황제의 군대는 다시 순조롭게 수도를 향해 전진 중이라는 참매발 오피셜이었다.

"고생했어. 많이 먹고 쉬어."

다연은 참매에게 고마워하며 그 회갈색 날개를 조심스럽게 쓰다듬었다.

현재 왕국의 수도에서는 때아닌 쥐 떼와 박쥐가 들끓는 중이었다.

모두 다연이 한 행동이었다.

아산카 왕자가 이번 내란으로 누이동생을 잃고 민심마저 그에게 등을 돌렸다는 이야기를 듣고 다연은 마음이 너무 아팠다.

쏟아지는 사람들의 비난은 오히려 다연을 상처 입혔다.

왕자는 고귀한 왕족으로 제국의 군사적 도움을 받아선 안 됐을지도 모른다.

그렇지만…… 그가 살려고 한 것이 그의 잘못인가?

다연은 물리적인 승리 외에도 그를 돕고 싶었다.

이대로라면 종전이 코앞이다.

왕자의 군대가 먼저 수도에 진입할지, 황제의 군대가 함께 진입할지는 모른다.

황제의 군대가 먼저 진입하지는 않을 것이다.

이것은 아산카를 왕위에 올리기 위한 전쟁이고 그 명분으로 일어난 전쟁이니까.

그렇다면…….

다연은 그 순간을 위해 생각하고 있는 이상적인 그림이 있었다.

에르난 협곡에서의 전투가 성공적으로 끝났다는 소식에 다연이 기뻐하자, 가만히 보고 있던 까마귀는 가까이로 날아와서 깐족거렸다.

「나 뭐 시킬 거 없어?」

진심 꺼지라고 하고 싶었다.

다연은 떨떠름한 표정으로 까악까악거리는 까마귀를 바라봤다.

까마귀는 탐욕스럽기가 이루 말할 수 없었다.

바닥을 두리번거리는 그녀는 어디 멋지게 모가 난 돌멩이가 없나 찾고 있었다.

물론 이 까마귀의 활약상은 눈부셨다.

왕세자군이 타미르 성 수성을 포기했다는 것도, 민의가 왕자의 편이 아니더라는 것도 모두 이 까마귀가 물어다 준 정보였다.

새들은 인간이 절대로 따라갈 수 없는 속도와 시야를 갖고 있었지만 대부분 지능에 한계가 있고 인세에 무지했다.

이 세속적인 황궁 까마귀가 아니었더라면 다연은 전황에 이만큼이나 개입할 수 없었을 것이다.

그러나 그 대가로 별궁 후원의 과일이 열리는 모든 나무는 까마귀의 소유가 되었다. 조류 최초의 농장주 샛별이었다.

후원이 내 것이 아닌데 이래도 되나? 나중에 별궁 후원을 관리하는 정원사에게 뭐라고 설명을 해야 할지 막막해졌다.

그녀는 고개를 절레절레 저으며 한숨을 쉬었다.

애인이 명색이 황제인데 어떻게든 해 주겠지, 체념하고 참매에게 들은 상황을 깨알같이 기록하고 있을 때쯤 하늘에서는 또 한 마리의 커다란 새가 날아왔다. 다연이 그 어떤 새보다 가장 두 손 모아 기다리는 새, 흰머리수리였다.

독수리는 오늘도 다리 한쪽에 꽃 한 송이와 서신을 매달고 있었다.

"왔어?"

다연이 반갑게 맞이했지만 독수리는 세상만사를 포기한 표정으로 말이 없었다. 다연이 다리에서 꽃과 서신을 풀어내는 동안 독수리는 공허한 눈동자로 허공을 응시하고 있었다.

이 늠름한 하늘의 제왕은 커플이 쌍으로 본인의 다리에 귀여운 꽃을 매다는 수모를 참지 못하고 파업을 선언했다.

그러나 다연이 너처럼 빠른 새가 없는데, 입을 내밀며 눈빛 공격을 하고 급기야는 황제가 걱정돼서 잠이 안 온다고 눈물을 글썽거리자, 으아아아아 소리를 지르며 결국 다시 다연의 발닭개로 돌아왔다.

다연의 말처럼 좀 험상궂지만 착한 새였다.

그녀는 설레 하며 황제가 보낸 꽃의 향기를 맡았다.

어디서 이렇게 매번 예쁜 꽃을 구하는 것일까?

황궁에서 편히 지내는 다연보다 황제가 전쟁터에서 꺾어 보낸 꽃들이 훨씬 다양하고 예쁘다.

꽃은 이런 색일 때도 저런 색일 때도 있었지만 보랏빛일 때가 가장 많았다.

좋은 하루를 보내자는 둘 사이의 약속.

다연은 자신의 목에 걸린 보랏빛 목걸이를 만지작거렸다.

그리고 편지를 펼쳤다.

「내 예쁜 망나니 잘 지내고 있니?」

별거 아닌 문장에서도 그다움이 느껴져서 웃음과 함께 그리움이 왈칵 쏟아졌다.

군사 회의 분위기는 묘하게 들떠 있었다.

황제의 군대는 강했고 출정 당시부터 승전을 의심하는 사람은 제국에 아무도 없었다.

그렇지만 행운이라 칭할 수밖에 없는 일들이 계속되자 제국군의 사기는 하늘을 찌를 듯했다.

기적을 등에 업었다.

에르난 협곡에서의 전투 이후 그들 앞엔 더 이상은 가로막는 것도, 거칠 것도 없었다. 수도는 이제 코앞이었다.

"폐하, 이대로 가면 저희가 왕자군보다 먼저 수도에 입성하게 됩니다."

황제 밑에서 전투를 실질적으로 지휘하는 대장군이었다.

황제가 대답했다.

"그러할 테지. 그렇지만 수도 앞에서 진을 치고 왕자의 군대가 올 때까지는 대기할 것이다."

황제는 왕자의 군대보다 먼저 입성할 생각이 없는 것이다.

안 그래도 외세가 내정에 개입하는 것이 아닌가 예민한 왕국민들의 심기를 굳이 건드릴 필요는 없었다.

장성들은 모두 고개를 끄덕였다.

그러나 이 때, 간부급 장성 하나가 다른 의견을 제시했다.

"그냥 이대로 점령하는 것은 어떻겠습니까?"

막사 안은 숙연함에 가까운 정적이 흘렀다.

그가 제안한 것은 아산카 왕자와의 거래를 끊고 이대로 사르만을 정벌하여 제국령으로 두자는 것이다.

황제의 속마음도 사실은 그것이 아닐까, 사람들은 그런 생각이 있었다.

이 전쟁으로 제국이 얻는 것이 무엇일까.

사람들은 황제가 이 제안을 어떻게 받아들일지 몰라 조마조마하면서도 내심 기대했다.

턱을 괴고 있던 황제는 조금 웃으며 그 제안을 한 이의 얼굴과 사람들의 면면을 훑어봤다. 그들의 눈에 들어차 있는 기대감과 흥분이 눈치 빠른 황제에게도 보였다.

군인들은 원래 다소 호전적인 법이다. 그게 또 훌륭한 자질이 되는 자리였다.

황제는 저 제안을 한 자를 신의를 모르는 자라고 비난할 생각은 전혀 없었다.

정치 또한 원래 신의만으로 하는 것이 아니다. 제국은 출정을 위해 많은 물자를 소비했고 모름지기 국익만을 생각한다면 저 판단 또한 틀리지 않았다.

그러나 황제는 이 전쟁으로 사르만의 땅덩이보다 더 큰 것을 노리고 있었다.

신전을 치기 위해서는 왕자와의 우호 관계는 계속되어야 했다.

그 모든 음흉하고 계산적인 생각들을 드러내지 않은 채 황제는 태연하게 웃으며 말했다.

"그대들은 용맹한 군부 장성들이니 점령 욕구는 당연한 것이다. 그러나 외교적으로 보았을 때 아직은 사르만과 우호 관계를 쌓으면서 누릴 수 있는 이득이 크니 이번만큼은 그 용맹함을 조금만 참아 주길 바란다."

황제가 적당히 농담을 섞어 말하자 분위기는 금방 다시 부드러워졌다.

군 장성들 또한 황태자 시절부터 몸을 사리지 않고 참전한 황제에 대해 우호적인 분위기가 형성되어 있었다.

황제의 군대는 아산카 왕자의 군대가 도착할 때까지 수도의 변방에서 대기할 것이다.

그것이 금일 군사 회의의 결론이었다.

회의가 끝나고 황제는 측근들을 이끌고 본인의 막사로 향했다.

돌아가는 길에 황제는 잠시 발걸음을 멈춰 세웠다. 그리고 가만히 하늘을 바라봤다.

덩달아 뒤를 따르던 기사들과 시종들도 발걸음을 멈추었다.

황제는 회의를 주관할 때와 다른 사람이 된 것 같았다.

장성들과 회의를 하면서 잘 웃고 떠들던 황제는 막사로 향하면서부터 묘하게 기력을 잃은 듯 말이 없었다. 그게 사실 요즘 황제의 본모습이었다.

시종들과 기사들은 저마다 눈치를 살폈다.

"……."

사르만의 하늘은 알티우스의 것보다 훨씬 파랗고 높았다. 구름 한점 없는 하늘에는 새도 없다. 황제는 실망감을 감추지 못하고 다시 고개를 내린 채 걸었다.

편지를 보낸 지는 사실 사흘밖에 되지 않았다.

아니, 그녀도 나름 할 일이 있을 게 아닌가. 그런데도 황제는 실망을 하는 것 같았다.

그 모습을 보는 측근들의 마음도 같이 우울해졌다.

다연에게 매일같이 편지를 쓰라고 종용이라도 하고 싶을 지경이었다.

"혼자 있을 테니 모두 물러가라."

시종들과 호위 기사들은 송구스러워하며 막사 앞에서 발걸음을 멈추었다.

황제는 요즘 들어 자신의 애인을 닮아 가는지 부쩍 혼자 있고 싶다고 말할 때가 많았다.

미하일은 막사 안에 들어와 서탁 앞에 앉았다. 책상 위에는 보고서가 한가득이었다. 모여 있는 보고서의 내용들은 다양했다.

그러나 그것이 가리키고 있는 것은 오로지 한 사람이다. 황제는 요즘 들어 생각이 많았다.

얼마 전 다연이 보내 준 정보를 기초하여 제국군은 화를 면했다.

원래라면 결코 승리할 수 없는 전투에서 믿을 수 없는 큰 승전을 거두었다.

사람들은 이 기적 같은 일들이 어떻게 벌어졌는지 잘 모른다.

황제는 최근에 새로 올라온 서류들을 들추었다.

적의 부대를 정찰하던 정찰병은 괴상한 보고서를 보내 왔다.

이른 아침 적의 부대에서 군마들이 일부 탈주해서 소란이 있었다, 적의 보급 마차가 물소 떼에게 공격을 받더라, 우왕좌왕하는 것을 후에 아산카 왕자군이 완전히 궤멸시켰다, 왕도에 갑자기 쥐 떼가 창궐하고 있다는 것까지.

이 모든 것이 그녀의 흔적이 담긴 보고서들이다.

보고서의 행적들은 하나같이 너무나 섬세하고 다양했다. 그리고 그 내용들이 자꾸만 차곡차곡 쌓인다.

너, 대체 그곳에서 무슨 짓을 하고 있는 거야.

왜 이렇게 혼자서 고생하고 있는 거야.

황제는 보고서를 들추어 보다 울컥하는 심정에 얼굴을 찌푸렸다.

"……."

그는 생각했다.

이 모든 것이 그 사람이었다.

이게 진짜 너구나. 그런데 나는 왜 그것을 몰랐을까? 미안해.

항상 그녀에 대해 다른 사람들보다 잘 안다고 자신해 왔다. 자신의 안에서 정형화된 그녀라는 사람이 있었다.

그런데 이제는 그게 아니라는 생각이 든다. 그녀가 어떤 상처를 갖고 있고 어떤 마음으로 세상을 살고 있는지 자신은 하나도 모르고 있다는 생각이 들었다.

어쩐지 눈시울이 뜨거워져서 황제는 울컥하며 고개를 숙이고 말았다.

한때 효용이라는 것에 대해 생각했었다. 다연을 사랑하면서도 그녀가 이제껏 자신이 가까이해 온 유형의 사람들과는 거리가 멀다고 생각했었다.

그런데 정말로 그 판단은 옳은 것이었나?

황제는 다연이 무기력하게 살아온 이유를 깨달았다.

무능력하기 때문이 아니었다. 효용을 증명할 수 없기 때문이 아니었다.

이 사람은 그냥 그러고 싶지 않았던 것이다.

그녀는 황제의 생각보다도 훨씬 뛰어난 사람이었다.

모두가 잊고 있었지만 그녀는 여신이 선택한 단 하나의 사람이었다.

얼마든지 과시하고 증명해 낼 수 있었다.

그러나 다연은 끝내 그러지 않았다.

이러한 일들을 행하면서도 그녀는 언제나 조용하고 덤덤했다.

왜 무기력하게 살아왔는가.

그녀는 일상에 그만한 가치를 느끼지 못했던 것이다. 세상에 너무나도 염증을 느꼈던 것이다. 주변과 사람에 실망했던 것이다. 그래서 아무것도 하고 싶지 않은 상태가 되었던 것이다.

그런데……

그랬던 사람이 지금 누구보다 열정과 신념에 가득 차서.

‒ 저도 이곳에서 최선을 다할 것입니다.

다름 아닌 자신 때문에.

나를 도우려고. 나를 지키려고. 나를 위해서.

황제는 정신이 아득해졌다.

항상 본인이 더 다연을 좋아한다고 생각했다.

서운해하면서도 그건 어쩔 수 없는 것이라 생각했다.

다연은 그런 사람이고 왜인지 모르지만 마음에 상처가 많아서. 자
꾸만 움츠려 드니까. 내가 더 마음에 여유가 있으니까. 내가 더 가진
것이 많으니까.

그런데 그것이 정말로 옳은 판단이었을까?

세상과 정치적 부침으로부터 다연을 지키고 있다고 생각했다. 지
키는 사랑을 할 것이라고 생각했다. 신전으로부터, 세상으로부터, 전
쟁의 위협으로부터.

그런데 아니었다.

사랑을 받고 있다.

지킴을 받고 있었다.

자신을 항상 안쓰럽게 바라보고 있던 그녀는 정말로 신전으로부
터, 세상으로부터, 전쟁의 위협으로부터 자신을 지켜 내기 위해 최선
을 다하고 있었다.

그 사실이 황제를 참을 수 없게 만들었다.

어떻게 이런 사람이 있는 걸까.

이런 사랑은 대체 왜 존재하는 것일까.

눈시울이 계속 뜨거워져서 황제는 얼굴을 감싸고 고개를 숙이고

말았다.

✤

제국군 진영은 소란스러웠다.

전쟁이 장기화되면서 부상을 입은 기사들이 생겨났다.

황제에 대한 호위 책임이 있는 기사단은 늘 최상의 몸 상태와 인원을 유지해야 했다.

부상을 입은 자들은 황도로 복귀하여 치료에 전념하고 그들을 대신할 다른 기사들이 오늘 합류했다.

베른하르트는 그들 편에 황궁 근위대의 그간 업무에 대한 보고서를 딸려 보냈다. 그리고 그는 본인 목의 안위를 걱정하며 노심초사하다가 다연의 과로에 대해 불어 버렸다.

그는 원래 거짓말을 못하고 요령이 없었다. 그리고 어쭙잖게 황제에게 숨겨 봐야 어차피 다 들통날 일이었다.

보고를 위임받은 기사는 황제가 평온한 얼굴로 보고를 듣다가 몇 줄 안 되는 신녀에 대한 부분에서 표정이 점점 안 좋아지자 목소리가 기어들어 가기 시작했다.

시종장은 한탄했다.

대체 왜 검 좀 쓸 줄 아는 양반들은 다들 저렇게 눈치코치가 없는 것일까.

요즘 시도 때도 없이 하늘만 쳐다보는 황제의 앞에서 다연은 거의 금기어나 다름없었다.

"그댄 나랑 따로 이야기 좀 하지."

결국 회의가 끝나고 황제의 막사로 따로 소환당한 기사는 벌벌 떨었다.

456

황제를 오래 모신 자들은 황제가 보고 내용을 듣고 매우 노여워하고 있다는 것을 알았다.

그리하여 막사 안에 들어가면 불같이 화를 낼 것을 예상했다.

그들의 예상대로 울컥한 황제는 보고 내용을 읊은 기사에게 다연에 대해 꼬치꼬치 캐묻기 시작했다.

황제를 두려워한 기사는 보고서 내용에는 없는, 굳이 하지 않아도 좋을 신변잡기적인 이야기들까지 줄줄 불기 시작했다.

시종장은 한숨을 쉬며 고개를 절레절레 저었다.

오늘 하루도 망했군.

기사는 다연의 근황에 대해 비교적 상세하게 알고 있었다.

사실 근위대 소속 기사들에게 다연은 황제 못지않게 인기가 좋았다.

그 성품이 매우 털털하고 까다롭게 굴지 않아서 기사들과 코드가 잘 맞았기 때문이다.

그녀는 게으른데 이상하게 성실한 구석이 있는 사람이었다.

세상에 두 명은 있기 힘든 몸치이면서도 체념한 표정으로 한숨을 쉬며 검을 배우는 모습을 보면 희한하게 웃겼다.

거기다 다연이 처소 안에 다시 틀어박혀 폐인처럼 지내고 있다는 것은 이미 황궁 내에선 비밀도 아니었다.

그녀의 근황에 대해 늘어놓던 기사는 황제의 앞에서 너무 긴장한 나머지 의식의 흐름대로 이야기하다가 마침내 다연이 식사를 종종 거른다는 이야기까지 하고 말았다.

시종장과 기사들은 이제 다가올 암울한 미래를 준비하기 시작했다. 그러나 황제는 이번엔 사람들의 예상과 전혀 다른 반응을 보였다.

열이 받아서 아무 말 대잔치 중인 기사에게 넌 그럼 그때 뭘 하고 있었냐며 보고서를 집어 던질 줄 알았다.

밥을 안 먹으면 네가 산해진미라도 해다 바쳤어야 하는 것이 아니냐며, 이 무능하고 쓸모없는 것 같으니, 잔소리를 늘어놓고, 진정한 호위란 무엇인가 일장연설을 펼칠 타이밍이었다.

"뭐? 그것이 밥을 안 먹어?"

"예, 그런데 그게 다른 이유 때문이 아니라 뭘 하느라 바쁘신지 가끔 건너뛰신다고⋯⋯."

"야위었다고⋯⋯."

황제는 청천벽력 같은 소리를 들었다는 듯 구슬프고 서러운 얼굴을 했다.

사람들은 당혹스러워했다.

뭐야, 지금 같은 얘기 들은 거 맞아?

황제는 혼자서 세상의 종말을 맞이한 듯했다.

"그, 요즘은 밖에도 통 나오질 않으십니다."

"⋯⋯."

기사가 눈치 없는 소리를 자꾸 늘어놓자 시종장은 마구 인상을 쓰며 그만 입 다물라는 신호를 주었지만 긴장한 기사는 알아듣지 못했다.

이어지는 말들에 처량한 얼굴을 하던 황제는 어느 순간 화들짝 놀랐다.

"코피를 쏟았어?"

"⋯⋯예."

"왜?"

"그것까진 저도 잘⋯⋯ 그런데 좀 된 일입니다. 그것도 단 한 번 그러셨다고. 저도 별궁 시녀에게 그렇게만 들었습니다."

"⋯⋯왜?"

"⋯⋯."

황제는 이제 남의 말이 잘 안 들리는 듯했다.

"아니, 왜…… 내가 건강하게 있으라고 그렇게 말했는데……."

"……."

"편지엔 그런 말이 없었는데……."

"……."

"짐에겐 분명 잘 지내고 있다고 하였는데……."

시종들은 당혹한 표정으로 서로의 눈치를 봤다.

어떡해, 얘들아. 근데 지금 폐하 우시는 건 아니지?

아니, 대체 요즘 왜 저렇게 소녀 감성이 되신 거야?

시름에 잠긴 황제는 이야기를 더는 듣지 못하고 다들 나가 보라고 혼자 있겠다며 측근들을 막사에서 내쫓았다.

황제의 증세는 무척이나 심각했다.

유약하다고 평가받던 애인은 시도 때도 없이 호방하게 집채만 한 독수리를 날려 보내는데 황제는 그 호방한 애인이 밥 몇 끼 굶으면 큰일이 날 듯 약하게만 보이는 모양이었다.

측근들은 진심으로 황제가 걱정스러웠다.

시종장은 그길로 이 전쟁이 빨리 끝날 방법은 없겠냐며 의논을 하기 위해 대장군의 막사로 향했다.

역시 측근 중의 측근, 진정한 충신이었다.

황제는 그날 이후 정말로 증세가 심각해졌다.

시도 때도 없이 울컥하며 입을 다물었으며 틈만 나면 멍하니 하늘을 바라봤다.

황제가 너무나 우울해했기에 사람들은 실수로라도 다연의 이름을 입에 올리지 않기 위해 애썼다.

장성들은 빨리 전쟁을 마무리 지어 달라는 시종장의 독촉에 시달렸다.

참 웃을 수도 그렇다고 울 수도 없는 괴상한 상황이었다.

황제가 출정을 할 때 다연은 황제와 떨어지는 것을 무척이나 고통스러워하며 애인이 전쟁터에 나가야 한다는 혹독한 현실을 받아들이지 못하는 듯 보였다.

그래서 사람들은 이 기간 한정 이별을 견디지 못하는 쪽은 당연히 황제가 아니라 다연이리라 생각했다.

그러나 그것은 대단한 착각으로, 상사병에 걸린 것은 출중한 무인이자 지엄한 절대군주인 황제 쪽이었다.

황제가 측근들에게 비밀 엄수를 명했기 때문에 다연의 비범한 능력과 그녀가 적극적으로 전황에 개입하고 있다는 사실을 아는 사람들은 시종장과 근위대장을 비롯한 호위 기사 몇이 전부였다.

시도 때도 없이 그렁그렁하는 자신들의 황제를 안타까이 여기면서도 이 비밀을 아는 모두는 황제를 이해했다.

다연이 황제에게 보여 준 것은 단순한 힘이 아니라 진실한 사랑의 마음이었다.

언제부터 그녀가 그런 힘을 갖게 되었는지는 아무도 모른다. 처음부터였을 수도 있고 이후에 우연한 계기로 발현되었을 수도 있다.

능력이 없음으로 인해 무시를 당하고 특출하지 않다는 것에 상처를 받았다.

그러나 그녀는 끝내 그 능력을 아무에게도 밝히고 싶지 않았음이 분명하다.

하지만 모두가 그녀의 능력을 모를 때에도 그녀는 남몰래 뒤에서 황제를 도와 왔다.

황제가 신전과 대립할 때, 모종의 이유로 출정을 하게 됐을 때 능력을 감춘 채 독수리를 띄워 황제에게 명예를 보탠 것은 그녀였다.

그리고 마침내 전쟁이 일어나자 그녀는 이제 자신의 능력을 드러내는 것에도 거침이 없었다.

　오직 한 사람을 위해서.

　사랑이라는 이름의 숭고함이었다.

　그들은 황제가 느끼고 있을 감정을 어느 정도는 공유했다. 그리고 감탄했다.

　이런 사랑은 누구나 받을 수 있는 것이 아니었다.

　돈으로 살 수 없었고 황제라는 지위로 강제할 수도 없었다.

　사람의 순수한 마음이었다.

　제국 최고의 권력자는 어떠한 이권도 물질도 개입되지 않은 순수 그 자체인 사람의 마음에 사정없이 심장을 얻어맞은 것이었다.

　제국군은 이제 최후의 교전을 준비하고 있었다.

　이른 새벽 본대보다 먼저 출발한 아산카 왕자군의 별동대가 황제의 진영에 와서 본대의 위치를 알려 왔다.

　두 군대는 연합하여 수도로 진격할 예정이었다.

　아침에 열린 군사 회의에서는 왕자의 본대가 올 때까지 대기하였다가 합류 후에 교전을 치를 것이 결정되었다.

　남의 집안싸움에 혼자 피를 흘리며 독박을 쓰는 짓은 그만하자는 의견이 있었기 때문이다.

　그리고 어차피 수도 입성만큼은 왕자가 주역이 되어야 했다.

　그러나 왕세자 진영은 두 군대가 합류할 때까지 기다려 주지 않았다.

제국군의 전력 또한 왕세자의 군대가 상대하기에는 강하고 거대했다. 그러나 양국의 군대를 동시에 상대하는 것보다는 훨씬 승산이 있다고 판단했음이 틀림없다.

대규모 전투를 앞둔 제국 장군들의 자세는 여유로웠다. 차라리 잘 된 일이라고 호쾌하게 말하는 이도 있었다.

그들은 매일매일이 한숨인 상관의 상사병을 보다 못해서 차라리 빨리 전투를 치르고 이 전쟁을 끝내는 것이 낫겠다는 생각에 이르렀다.

기이한 상황이 피워 낸 낙관적 사고였다.

그렇게 종전까지 이제는 마지막 한 걸음이었다.

왕국의 수도는 출입을 통제하고 침략을 막기 위한 견고한 성벽으로 둘러싸여 있었다.

왕세자의 부대는 성벽이 가지고 있는 이점을 전투에 십분 활용하려는 듯했다.

성벽에서 궁병들이 등장하더니 황제의 진영을 향해 무수히 많은 화살을 쏘아 댔다.

황제의 군대는 한 걸음 물러나서 투석 무기로 대응했다.

큰 피해도 없었지만 큰 피해를 입히지도 못하는 겉핥기식의 교전만이 이어졌다.

머지않아 황제가 지시를 내렸다.

"화차를 사용해서 성문을 부순다."

왕세자의 군대를 성벽 밖으로 끌어내야 했다. 성문을 공략하는 동안 제국의 병사들이 입은 피해는 만만치 않았다.

왕세자군은 성문을 마지막까지 사수하기 위해 화살을 쏟아부었지만 두세 차례의 시도 끝에 화차가 폭발하며 마침내 성문을 부수어 냈다.

그리고 그다음부터는 순식간이었다.

황궁 기사단과 황제는 선두에 서서 왕세자의 군대와 싸우며 병사들을 이끌었다.

성문이 파괴되고 투석 무기로 성벽마저 파괴되자 왕세자군의 사기는 급격하게 꺾였다.

승리는 이제 시간문제로 보였다.

그리고 그때 근위대장이 적군의 심장에 검을 깊숙이 찔러 넣으며 황제에게 외쳤다.

"폐하, 왕자의 군대가 옵니다!"

기가 막혀서 황제가 헛웃음을 지었다.

멀리서 먼지구름을 일으키며 왕자의 부대가 오는 것이 보였다.

다 끝나니 도착하다니 이건 어디서 배운 예의지?

이내 아산카 왕자가 그 모습을 드러내자 황제가 퉁명스럽게 말을 건넸다.

"참 빨리도 오는군. 서부에서 수도가 그렇게 멀었나."

왕자는 실소했다.

못된 말본새는 여전했다.

그런데 못 본 사이 정이라도 든 것일까, 어쩐지 저 말투가 묘하게 반갑다고 느끼며 무뚝뚝한 왕자는 평소와 달리 웃는 얼굴을 했다.

"늦어서 참 미안하게 되었군. 제국군이 보여 준 우의에 진심으로 감사를 표한다. 마지막은 이쪽에서 마무리하겠다."

뒤늦게 합류한 왕자군의 기마 부대가 퇴각하려는 적을 빠른 속도로 섬멸하기 시작했다.

무장이 아닌 도스야 왕세자는 이번에도 참전하지 않았다. 패색이 짙었을 시점에 이미 수도에서 몸을 뺐을 것이다.

차가운 눈빛을 한 왕자가 마침내 출중한 무위로 적장의 목을 베자 남아 있는 병사들은 검을 버리고 항복했다.

대승이었다.

다음 권으로 이어집니다.